Arnold Küsters

Schweineblut

PIPER

Zu diesem Buch

Der Brauereiangestellte Michael Voogt wird während eines »Schweineblut«-Abends vor dem Wirtshaus erstochen, während die anderen Gäste drinnen beim Kartenspiel noch darauf hoffen, ein Spanferkel oder ein Stück Wildbret zu gewinnen. Die Ermittlungen der Mönchengladbacher Kriminalkommissare Frank Borsch und Michael »Ecki« Eckers im Umfeld der Schützenbruderschaft gestalten sich schwierig, denn noch gilt hier das Motto: Glaube, Sitte, Heimat. Um jeden Preis. Für die Polizei geht es aber um weit mehr. Denn es stellt sich heraus, dass der Ermordete Kontakt zur Drogenszene hatte, die von dem Niederländer Marco van Bommel beherrscht wird. Eine brisante Entdeckung, da im Grenzgebiet zu den Niederlanden immer mehr Hanfplantagen angelegt werden und van Bommel überdies illegale Pestizide an die Bauern verkauft. Die Drogenfahndung schaltet sich ein und schleust Viola Kaumanns in die Kreise um den Drogenhändler ein. Doch dieser durchschaut die Aktion und bald schwebt die junge Kommissarin in Lebensgefahr …

Arnold Küsters, geboren 1954 in Nettetal-Breyell, studierte unter anderem Anglistik, Amerikanistik, Pädagogik und Psychologie. Seit 1986 ist er als Journalist tätig, vor allem für den Westdeutschen Rundfunk und die ARD, und berät Unternehmen in Presse- und Imagefragen. Küsters lebt in Mönchengladbach, ist verheiratet und hat einen Sohn. Wie seine Ermittler liebt er den Blues und spielt privat in der Rockband STIXX. Er veröffentlichte bereits die Niederrhein-Krimis »Lambertimord«, »Maskenball« und »MK Bökelberg«. Weiteres unter: www.arnold-kuesters.de

Arnold Küsters

Schweineblut

Ein Niederrhein-Krimi

Piper München Zürich

Mehr über unsere Autoren und Bücher:
www.piper.de

Meinen Eltern

Mix
Produktgruppe aus vorbildlich bewirtschafteten Wäldern und anderen kontrollierten Herkünften
www.fsc.org Zert.-Nr. GFA-COC-001223
© 1996 Forest Stewardship Council

Originalausgabe
August 2010

Umschlaggestaltung: semper smile, München
Umschlagabbildung: plainpicture / Millennium und Franz Pfluegl / Fotolia
Autorenfoto: Detlef Ilgner
Satz: Kösel, Krugzell
Papier: Munken Print von Arctic Paper Munkedals AB, Schweden
Druck und Bindung: CPI – Clausen & Bosse, Leck
Printed in Germany ISBN 978-3-492-25843-2

»Im Laufe des Lebens erfindet man Strategien, sich die Wirklichkeit vom Leib zu halten. Manche Leute gucken Fußball, andere malen oder töpfern. Man erschafft sich seine eigenen dummen kleinen Probleme. Selbst wenn man mit seiner Frau eine wunderbare Beziehung hat, erschafft man sich Schwierigkeiten, die man überwinden zu müssen glaubt. Das beschäftigt einen und lenkt ab von den unlösbaren Problemen der Welt.«

Woody Allen

Sonor surrend schob sich das Seitenfenster in den Rahmen zurück. Sie hatte genug gesehen. Entschlossen drückte sie die Zigarettenkippe in den Aschenbecher. Dann tastete sie mit einer Hand nach dem Messer. Der schmale Stahl auf dem Beifahrersitz war so kalt, dass sie fröstelte. Zufrieden legte sie die Hand zurück auf das Lenkrad. Es würde ganz leicht sein.

»Na, ihr habt doch wohl noch nicht genug, oder?« Hans Didden wedelte auffordernd mit den restlichen Karten.

Die Männer an den blank gescheuerten Tischen unterhielten sich lachend, manche rauchten. Der verwinkelte Schankraum war gut besucht. Es war laut und warm, Zigarrenqualm stand in der Luft. Ein dünner Kellner räumte wortlos leere Biergläser auf ein Tablett. Im Hintergrund klapperte der schwitzende Wirt beim Zapfen mit den Gläsern auf der Tresenplatte.

»Immer noch nur fünfzig Cent die Karte! Ein halber Euro, eine alte Mark, und ihr könnt eure Kühltruhe quasi zum Nulltarif füllen. Eure Frauen werden heute Nacht ausnahmsweise mal nicht mit dem Nudelholz über euch herfallen, denn ihr kommt mit fetter Beute nach Hause. Sie werden euch auf Händen ins Bett tragen. Seid ehrlich, das habt ihr lange nicht erlebt, Männer!«

Statt Karten aus dem Skatblatt zu verkaufen, erntete der Kassierer der St.-Lambertus-Bruderschaft Gelächter und einige Zwischenrufe über die Höhen und Tiefen einer Ehe.

Hans Didden konnte sich die Zurückhaltung nicht erklären. Dabei war der Hauptpreis an diesem Abend äußerst verlockend: Ein Spanferkel wartete im Kühlhaus des Wirtes auf den Gewinner.

Und die Bruderschaft konnte im Moment jeden Cent gebrauchen. Die Einnahmen aus dem Schützenfest hatten kaum die Ausgaben gedeckt. Einzig die Mallorca-Fete war halbwegs erfolgreich gewesen.

Nein, heute Abend war Hans Diddens ganzer Einsatz gefragt, für *Glaube*, *Sitte*, *Heimat*, zum Wohl der Bruderschaft St. Lambertus. Schließlich musste der im kommenden Jahr anstehende Vogelschuss finanziert werden.

»Was ist, Hermi? Hat deine Mia keinen Platz mehr im Kühlhaus? Oder isst du den Panhas und die Leberwurst der Konkurrenz nicht?«

Noch bevor der Metzgermeister auf den Spott antworten konnte, meldete sich Kurt Thofondern, der im hinteren Teil des Gastraumes saß, mit dröhnendem Bass. »Hermi mag den Panhas bestimmt deshalb nicht, weil er weiß, was da alles drin ist. Komm, Hans, gib mir mal drei Karten.« Der Viehhändler warf drei Münzen auf den Tisch. Dann winkte er den Kellner herbei. »Und du, Tünn, bring dem Hans noch ein Bier.«

»Eine weise Entscheidung.« Hans Didden trat zu Thofondern an den Tisch und hielt ihm die Karten hin. »Zieh.«

Der Viehhändler setzte sich in Pose und rückte seine Strickjacke über seinem karierten Wollhemd zurecht.

»Karo-König, Herz-As und Kreuz-Sieben. So sehen Siegerkarten aus.« Thofondern zeigte die gezogenen Karten in die Runde.

Seine Freunde am Tisch nickten beifällig.

»Die Panhas-Pakete sind mein. Hm, Panhas mit Schwarzbrot und Rübenkraut: Es gibt nichts Leckereres auf dieser Erde.«

»Doch, deine Tochter.«

Thofonderns selbstgefällige Miene versteinerte. »Lass gefälligst meine Tochter aus dem Spiel, Frank.«

Der untersetzte Schaufensterdekorateur hob entschuldigend die Hände. »War nur ein Scherz, Kurt.«

Es wurde schlagartig still im Schankraum von »Haus Berten«.

Thofondern nickte dem Wirt gönnerhaft zu. »Eine Runde für alle.«

Hans Didden atmete auf. Das hätte noch gefehlt, ein Streit an diesem Abend. Dann hätten sie die Verlosung sofort abbrechen können. Was war nur in den Dekorateur gefahren? Jeder wusste, dass Kurt Thofondern äußerst sensibel reagierte, wenn es um seine Tochter ging. Seit er Witwer war, klammerte er sich richtig an seine Barbara.

»Was ist nun?« Didden wollte die Gunst der Stunde nutzen und auch die restlichen acht Karten an den Mann bringen.

Frank Gierth zog seine Geldbörse. »Komm her, Didden. Ich nehm den Rest.«

»Macht genau vier Euro, Frank. Dem edlen Unterstützer unserer Bruderschaft sei gedankt. Viel Glück!«

Hans Didden brauchte jetzt wirklich eine Auszeit. Er war für die Finanzen zuständig, penibel und ehrlich, aber er war kein Marktschreier. Der Kassierer wollte sich gerade ein frisches Pils vom Tablett nehmen, als krachend die Tür aufflog, hinter der der Flur zu den Toiletten, zur Kegelbahn und zum Hof von »Haus Berten« abging.

»Da draußen. Da draußen.« Mehr brachte Wilfried Tüffers in seiner Aufregung nicht hervor. Der Steuerprüfer deutete mit ausgestrecktem Arm in die Richtung, aus der er gekommen war. Tüffers war weiß im Gesicht, und das hatte nicht das Geringste mit einer Betriebsprüfung zu tun.

Die Gäste im »Haus Berten« sahen Wilfried Tüffers neugierig an. Den meisten waren Steuerprüfer suspekt. Menschen, die mit Formularen, Verordnungen und unverständlichen Gesetzestexten in langweiligen, mit Akten überladenen Finanzämtern und im ständigen Kampf mit säumigen Zahlern lebten, mussten entweder verrückt oder auf geheimnisvolle Weise allwissend sein. Wilfried Tüffers hatte sich heute Abend offenbar für *verrückt* entschieden.

»Keine Chance. Scheißregen.« Ecki suchte mit den Augen den düsteren Parkplatz ab.

»Reifenspuren kannste hier wirklich vergessen.« Frank hatte sich neben seinen Freund und Kollegen gestellt. »Nichts als Matsch.«

»Und jetzt?«

»Das ganze Programm.« Kriminalhauptkommissar Frank Borsch trat einen Schritt zurück unter das Vordach des flachen Anbaus. Dabei stieß er mit den Fersen gegen einen Stapel Bierkästen. Die leeren Weizenbierflaschen schepperten. »Mir ist saukalt.«

»Schlechte Laune?« Ecki blies in seine Hände, die er zu einem Hohlraum geformt hatte.

Statt zu antworten, schlug Frank den Kragen seiner Jeansjacke hoch. Der Leiter der Mönchengladbacher Mordkommission sprang drei Schritte um Pfützen herum zu dem kleinen weißen Pavillon, den die Spurensicherung über dem Tatort errichtet hatte.

Der Mann war tot. Offensichtlich war er erstochen worden. Sein niederrheinisches Blut hatte sich auf dem weißen Hemd mit dem niederrheinischen Regen gemischt.

»Ich gehe davon aus, dass die Bauchschlagader glatt durchtrennt wurde.«

Frank hatte keine Lust auf ein Gespräch mit dem Gerichtsmediziner, der bei der Mönchengladbacher Polizei als *Mad Doc* bekannt war und in seinem weißen Einmaloverall nicht nur heute wie ein Wesen von einem anderen Stern wirkte.

»Hatte eigentlich Konzertkarten.«

Es dauerte einen Augenblick, bis Frank die Bedeutung der Worte begriffen hatte: Mad Doc hatte doch tatsächlich ein persönliches Wort an ihn gerichtet!

»Konzertkarten?« Frank wollte nicht unhöflich sein.

»Grefrath, Eissporthalle. Schürzenjäger.« Leenders sah den Leiter der Mordkommission herausfordernd an. »Die Band hat eine unglaubliche Art, Musik zu machen. Echtes Gänsehaut-Feeling.«

Frank wusste nicht, was er schlimmer finden sollte: an Leichen rumzuschnippeln oder die schnulzige Stimme von Peter Steinlechner zu mögen.

»Schade nur, dass sich die Band auflöst. Von mir aus hätten die Rolling Stones schon längst Schluss machen können. Echt. Aber die Schürzenjäger?«

»Kümmer dich besser um die Leiche als um die Stones.« Frank wollte das Gespräch wieder auf den eigentlichen Anlass ihres Zusammentreffens zurückbringen. »Was könnte das für ein Messer sein?«

»Hm. Sieht aus wie eines der Modelle, die heute bei jedem Kochduell im Einsatz sind. Es könnte aus der Kneipe hier stammen oder aus einer Metzgerei. Das müssen die Kollegen von der Spusi klären.«

»Michael Voogt, 33, ledig. Sagt der Wirt. Arbeitete in einer Brauerei. In Neersbroich. Bolten.« Mehr gaben Eckis Notizen noch nicht her.

»Was hat er hier gemacht?« Frank deutete in Richtung Gaststätte.

»Er ist hier im Dorf geboren. Seine Papiere stecken in seiner Regenjacke, die drinnen an der Garderobe hängt.«

»Sonst schon was gefunden?«

Ecki schüttelte den Kopf. »Wie du siehst, die Kollegen sind noch auf dem Parkplatz unterwegs.«

Frank beobachtete nachdenklich die Mitarbeiter der Spurensicherung, die Schritt für Schritt und mit gesenkten Köpfen das Gelände absuchten.

Die Männer blickten auf, als sie den Schankraum betraten. Frank sah auf einigen Tischen Spielkarten liegen. Der Wirt stand mit aufgestützten Armen hinter seinem Tresen.

»Sie kannten den Mann also«, Ecki sprach ihn an.

Walter Mertens richtete sich auf und griff nach einem Handtuch, das auf dem Tresen lag. »Ja. Michael Voogt ist hier groß geworden. Ich kenne ihn, seit er klein war. Jeder hier im Dorf kannte ihn.«

Einige Gäste nickten zustimmend.

»Hatte er Feinde? Oder in der letzten Zeit mit jemand Streit?« Ecki schlug sein kleines Notizbuch auf.

»Nein, Michael hatte keine Feinde. Nicht bei uns im Dorf.« Mertens schüttelte den Kopf.

»Hat jemand von Ihnen den Raum zwischendurch verlassen? Oder ist jemand nicht mehr da, der vor einer Stunde noch mit Ihnen am Tisch gesessen hat?« Frank sah beim Sprechen von einem Tisch zum anderen.

Niemand antwortete.

»Hören Sie, Herr Kommissar«, meldete sich Walter Mertens in Franks Rücken, »Sie glauben doch nicht, dass einer von uns was mit dem Mord zu tun hat?«

»Noch glaube ich gar nichts. Kann ich ein Bier haben?«

»Natürlich.« Geschäftig hielt Mertens ein Glas unter den Zapfhahn.

»Fehlt ein Messer in Ihrer Küche?«

»Sie meinen das Messer, mit dem Michael ...?« Der Wirt drehte den Kopf Richtung Küchentür. »Yüksel, zähl mal die Messer, ob eins fehlt!«

»Haben Sie etwas Auffälliges beobachtet? War Herr Voogt nervös? Ist er vielleicht öfter zur Tür hinaus?«

»Nee, ist mir nicht aufgefallen. Er hat da hinten gesessen. In der Ecke. Am Tisch von Kurt. Kurt Thofondern.«

Der Viehhändler hob erstaunt die Augenbrauen, als Frank an den Tisch trat.

»Darf ich mich setzen?«

»Bitte.« Außer Thofondern saßen zwei weitere Männer an dem Tisch. Sie rückten respektvoll ein wenig von Frank ab.

»Mein Name ist Borsch, Frank Borsch. An der Theke, das ist mein Kollege Michael Eckers. Sie kannten den Toten?«

Thofondern zog an seiner Jacke. »Natürlich.«

»Ist Ihnen etwas aufgefallen, heute Abend?«

Der Viehhändler lehnte sich zurück. »Nein. Michael war wie immer. Er hat seine Späße gemacht.« Thofondern sah seine Tischnachbarn an. Die beiden nickten.

»Schlimme Sache.« Der Viehhändler griff in seine Hemdtasche und zog eine Zigarre hervor. Er biss eine Spitze der Zigarre ab, spuckte das Tabakstückchen achtlos auf den Boden und hielt dann sein Feuerzeug an das andere Ende. Zufrieden sah er zu, wie das Deckblatt unter leichtem Drehen langsam Feuer fing. Schließlich blies er die Flamme aus und steckte sich die Zigarre umständlich zwischen die Lippen.

»Ich habe bisher immer gedacht, die Polizei in Viersen ist für uns hier auf dem Land zuständig.«

»Ja. Aber bei Kapitaldelikten sind wir zuständig.«

»Sososo. Die Mordkommission kommt also aus Gladbach. Interessant. Man lernt doch immer wieder etwas Neues.«

Seine Körpersprache ließ keinen Zweifel daran, dass er im Dorf ein wichtiger Mann war.

»Was haben Sie heute Abend hier gespielt?« Frank deutete auf die Spielkarten, die vor Thofondern lagen.

»Schweineblut.«

»Bitte?« Frank meinte, sich verhört zu haben.

»Schweineblut. Sie sind nicht von hier, nicht wahr?«

»Ich bin nicht allzu weit von hier geboren. In Breyell.«

»Breyell? Aha. Dann müssten Sie ›Schweineblut‹ doch eigentlich kennen.«

»Natürlich weiß ich, was Schweineblut ist. Ich war im Augenblick nur nicht darauf vorbereitet.«

»Haben Sie das Plakat nicht gesehen? ›Heute Schweineblut‹. Wir haben Anfang November, Herr Kommissar.«

Thofonderns schulmeisterliche Art ging Frank langsam auf die Nerven.

Walter Mertens trat zu ihnen an den Tisch und stellte ein Pils vor Frank. »Meine Köchin hat nachgezählt. Es fehlt kein Messer. Hätte mich auch gewundert.«

»Können wir weitermachen?«

Frank drehte sich um.

»Ich meine, mit unserem Schweineblut. Wir haben noch längst nicht alle Hasen und Fasane ausgespielt. Und das Spanferkel muss auch noch weg.« Hans Didden machte ein besorgtes Gesicht.

»Ich fürchte, wir müssen Ihre Verlosung unterbrechen, bis wir mit unserer Arbeit fertig sind.« Der letzte Satz löste bei den Anwesenden ein Murren aus.

Frank erhob seine Stimme. »Meine Herren, bitte. Es geht immerhin um Mord und nicht um einen harmlosen Unfall.«

Frank stand auf und stellte sich zu Ecki an die Theke.

Ecki räusperte sich und sprach dann laut in den Raum hinein. »Also, um ganz ehrlich zu sein, Sie alle machen auf mich nicht den Eindruck, als ob Ihnen der Tod Ihres Schützenbruders Michael Voogt sonderlich naheginge.«

Bevor Ecki weitersprechen konnte, übertönte Kurt Thofondern die aufgeregten Stimmen.

»Was wollen Sie uns denn da unterstellen? Michael war ein guter Kamerad und ein zuverlässiger Freund. Wir stehen alle unter Schock.« Thofondern stand auf. »Ich möchte euch bitten, liebe Kameraden, erhebt euch von euren Plätzen und lasst uns einen Augenblick seiner gedenken, wie wir auch aller verstorbenen Mitglieder unserer geliebten St.-Lambertus-Bruderschaft gedenken.«

Nur das Scharren der Stühle und Füße war zu hören.

Mitten in die andächtige Stille hinein öffnete sich quietschend die Tür zum Flur.

»Was …?« Irritiert hielt Klaus Peters von der Spurensicherung Frank und Ecki einen kleinen durchsichtigen Plastikbeutel entgegen. Darin schimmerte grün und silbern ein ovales Abzeichen.

»Wo habt ihr das gefunden?« Frank nahm den Beutel neugierig in der Hand.

»Lag nicht weit von dem Toten im Matsch. ›Historische Deutsche Schützenbruderschaft‹. Siehst du den silbernen

Lorbeerkranz und die 25? Außerdem haben wir in Voogts Hemdtasche eine Spielkarte gefunden. Ein Herz-As.«

Frank zuckte mit den Schultern und reichte den Beutel an Ecki weiter. »Die Spielkarte ist leicht zu erklären. Schweineblut.«

Klaus Peters zog eine Augenbraue hoch.

»Ist ganz einfach, Peters, jeder kann eine oder mehrere Spielkarten ›kaufen‹. Bis das ganze Kartenspiel weg ist. Dann werden aus einem anderen Spiel Karten gezogen. Stimmen sie mit deinen überein, hast du gewonnen: eine Blutwurst, ein Karnickel oder sogar ein Schwein.«

»Steht ein Name drauf. Hinten.« Peters deutete auf den Beutel.

Ecki drehte den Beutel um. »Raimund Kamphausen.« Er hielt den Beutel hoch. »Kennt jemand von Ihnen Raimund Kamphausen?«

Die Mitglieder der St.-Lambertus-Bruderschaft Bracht sahen stumm zu Boden.

Frank warf Ecki über den Schreibtisch hinweg den Plastikbeutel mit dem Abzeichen zu. Die Untersuchung in der KTU hatte wenig gebracht. Der Regen hatte mögliche Faseranhaftungen abgewaschen, auch Fingerabdrücke gab es keine. Lediglich der eingeprägte Name und die Abbildung des von vier Pfeilen durchbohrten heiligen Sebastian boten einen ersten Ermittlungansatz.

»Lass uns zu Voogts Arbeitsstelle fahren. Vielleicht wissen seine Kollegen etwas.«

»Ist doch merkwürdig, just an dem Abend, an dem Voogt erstochen wird, taucht dieser Kamphausen nicht bei seiner Bruderschaft auf. Angeblich ist er krank. Und dann macht niemand auf, wenn wir an seiner Wohnungstür klingeln.«

»Du meinst, Kamphausen könnte auf dem Parkplatz auf sein Opfer gewartet haben? Es kommt zum Kampf, und dabei verliert er sein Abzeichen? Nee. Warum sollte er ausgerechnet an diesem Abend seine Medaille tragen? Ich habe in der Kneipe niemanden mit so einem oder einem anderen Abzeichen gesehen. Das wurde absichtlich dort abgelegt. Ich weiß von meinem Vater, dass man die meisten Orden und Ehrenzeichen nur zur Uniform trägt.«

Auf dem Weg zu ihrem Dienstwagen begegneten sie Ingo Thiel und Bean Paulert von der *MK Bruderschaft*. Nach einem kurzen Abgleich der neuesten Informationen und der Verabredung zu einer ausgiebigen Besprechung mit der gesamten Mordkommission für den späten Nachmittag verabschiedeten sich Frank und Ecki.

»Was hat Ingo noch mal gesagt, wo arbeitet Kamphausen?«

»In einem Landhandel, in Niederkrüchten. Dort kaufen die Bauern ein: Saatgut, Maschinen, Dünger, Mistgabeln.«

»Und weiter?« Frank bog von der Umgehungsstraße ab.

»Nix weiter.«

»Wenn ich das richtig verstehe: Kamphausen ist in Breyell geboren, lebt in Bracht und arbeitet in Niederkrüchten?«

»So ist es. Ist bis jetzt ziemlich herumgekommen in der Welt, der Mann, was?«

Aus der Entfernung sah die Brauerei wie eine Mischung aus altem Großbauernhof und Burg aus.

Frank parkte gegenüber dem großen Eingangstor auf dem geteerten Platz, der bis auf wenige Fahrzeuge leer war.

»Da lang.« Ecki zeigte auf die breite Glasfront.

Hinter den betagten Fenstern waren zwei offene Büros zu erkennen, in denen das geordnete Chaos eines prosperierenden Unternehmens herrschte. Auf den breiten Schreibtischen stapelten sich Papiere, die Ablagekästen quollen über, dazwischen lagen und standen Musterstücke von Wasserflaschen, Bierseideln und Bierdeckeln.

»Wir hätten gerne Ihren Chef gesprochen.« Frank stellte Ecki und sich vor und zeigte seinen Dienstausweis. Abrupt erstarb jede Aktivität. Einer der Angestellten führte sie durch einen kurzen dunklen Flur in den rückwärtigen Bereich.

»Ich habe Sie schon erwartet. Bitte, nehmen Sie doch Platz, meine Herren. Eine schreckliche Geschichte. Was kann ich für Sie tun? Was darf ich Ihnen zu trinken anbieten? Wasser, Limo, Cola? Oder lieber ein Bier?«

»Danke. Kaffee wäre nicht schlecht.« Ecki und Frank setzten sich.

Ulrich Böhling griff zum Telefon und orderte drei Tassen Kaffee.

»Sie müssen entschuldigen«, der Unternehmer beschrieb mit einer Hand einen Halbkreis, »ich habe die Brauerei erst vor relativ kurzer Zeit übernommen und bin noch nicht dazu gekommen, ein ordentliches Büro zu beziehen.«

Frank sah sich um. Die klobigen Eichenmöbel, die Bilder und die Seidel entsprachen eher dem Ambiente eines alten Jagdhauses.

»Ist doch ganz nett.« Ecki fand, die Einrichtung passte auch heute noch zu einer Altbierbrauerei.

»In meinen Augen ist das eher eine düstere Gruft als ein Ort kreativer Arbeit.« Böhling sah Ecki ernst an. »Aber bitte, ich möchte mehr erfahren über den Tod von Michael Voogt.«

»War er schon lange bei Ihnen?« Ecki hatte sein Notizbuch gezückt und nickte der Sekretärin, die den Kaffee brachte, freundlich zu.

»Ja. Ich habe ihn sozusagen vom Vorbesitzer übernommen.«

»War er am Freitag im Büro?«, fragte Frank und rührte in seinem Kaffee.

»Natürlich, wie üblich. Warum fragen Sie das?«

Die beiden Ermittler schilderten kurz die Vorfälle in Bracht und erwähnten dabei auch das Abzeichen des Schützenverbandes.

Böhling hörte mit leicht zur Seite geneigtem Kopf aufmerksam zu.

»Und nun wollen Sie von mir sicher wissen, ob dieser Herr Kamphausen etwas mit dieser schrecklichen Tat zu tun haben könnte? Aber ich muss Sie enttäuschen, ich kenne den Mann gar nicht. Und ich kann mich nicht daran erinnern, dass Herr Voogt den Namen je erwähnt hat.«

»Sind Sie sicher?«

Ulrich Böhling nickte. »Ja, schon. Andererseits, Kamphausen ist ein Allerweltsname. Möglich, dass Kamphausen und Voogt befreundet waren. Aber ich kenne das Privatleben meiner Mitarbeiter nicht.«

Frank trank einen Schluck Kaffee. »Was war denn Michael Voogts Aufgabe?«

»Voogt war zuständig für den Einkauf unserer Rohstoffe, in der Hauptsache Hopfen und Sommergerste. Ein echter Profi, was die Verhandlungen mit den Bauern betrifft, und ein absoluter Fachmann, was die Qualität der Rohstoffe anbelangt. Voogt war neben dem Einkauf auch für die Qualitätssicherung zuständig. Das hat in unserem Gewerbe oberste Priorität. Nirgendwo sonst gibt es solch strenge Qualitätsanforderungen wie beim Bier.« Böhling griff in einen Stapel von Unterlagen, die auf dem Tisch lagen, und zog mehrere Blätter hervor. »Das sind die Analyseergebnisse der letzten Lieferungen.«

Frank nahm die Zettel in die Hand und überflog die Tabellen. Allerdings konnte er mit den chemischen Bezeichnungen und langen Zahlenkolonnen wenig anfangen.

»Und Voogt hat immer den günstigsten Preis ausgehandelt?«

»Er hatte beste Kontakte zu unseren Lieferanten. Weitgehend sind das Landwirte aus der Umgebung. Die meisten kannte er schon lange. Wissen Sie, neben seiner Schlitzohrigkeit war Voogt auch für seine Zuverlässigkeit bekannt. Das hat ihm bei den Bauern viel Vertrauen eingebracht. So werden Preise gemacht. Und vor allem langfristige Lieferverträge. Wir müssen jeden Tag aufs Neue Überzeugungsarbeit leisten, damit uns die Lieferanten nicht von der Fahne gehen. Dieser subventionierte Biodieselraps ist ein echtes Problem. Der blockiert immer mehr Flächen, die wir für die Gerste dringend brauchen.«

Ecki nickte. »Hatte Herr Voogt trotzdem möglicherweise Feinde? Hat sich jemand von ihm betrogen gefühlt? Oder hat es hier in der Firma Streit gegeben?«

Der Brauereidirektor faltete seine Hände und legte sie auf die Tischplatte. »Das kann ich für beide Bereiche verneinen. Michael Voogt war beliebt, bei seinen Kolleginnen und Kollegen und bei unseren Partnern. Ich habe einen meiner besten Mitarbeiter verloren.«

»Wir müssen trotzdem mit seinen Kollegen sprechen.«

»Natürlich. Soll ich sie holen lassen?«

Frank stand auf. »Bemühen Sie sich nicht.«

Ihre Nachfragen blieben ohne Ergebnis. Michael Voogt war ein beliebter Kollege gewesen, und alle waren sichtlich schockiert über seinen gewaltsamen Tod.

Auf dem Parkplatz blieb Ecki kurz stehen und hob schnuppernd die Nase. »Riecht nach frischem Bier. Hm. Ein Stück die Straße hinunter ist Huppertz. Lass uns anhalten und ein paar Teilchen kaufen.«

»Überleg lieber, was wir mit den Aussagen anfangen. Zumindest scheint es so, dass es bei Bolten noch so etwas wie eine heile Arbeitswelt gibt. Allein das sollte uns nachdenklich stimmen.«

»Was du gleich denkst. War immerhin jahrhundertelang ein Familienunternehmen. Lass uns lieber Teilchen kaufen und Kamphausen suchen.«

»In dieser Reihenfolge?« Frank wusste, dass Ecki ohne seine geliebten Hefeteilchen zu keinem klaren Gedanken fähig sein würde.

»In dieser Reihenfolge«, nickte Ecki beim Einsteigen und drückte den Startknopf des CD-Players, den sie, zumindest aus Sicht der Verwaltung, illegal in ihren Dienstwagen eingebaut hatten. Aus den Boxen plärrte laut *Rock 'n' Roll muass sei*.

»Oh, Gott, was ist das denn?« Frank verdrehte die Augen.

»Die Klostertaler.« Ecki bewegte seinen Kopf im Takt.

»Das ist ja grausam. Mach aus. Hast du nichts anderes dabei?«

»Doch. *Einen Stern, der deinen Namen trägt, hoch am Himmelszelt, den schenk ich dir heut Nacht.* DJ Ötzi.«

Frank warf einen flehenden Blick gegen den Autohimmel.

Aber Ecki forderte während der gesamten Fahrt gnadenlos sein Recht auf Volksmusik ein.

Das Büro des Landhandels war nur über eine steinerne Treppe zu erreichen, die auf eine breite Laderampe führte. Auf der überdachten Fläche standen ein offener Sack mit Futtermöhren und eine Palette mit abgepacktem Rindenmulch. Zu sehen war niemand. Eine staubige Tür mit der Aufschrift *Büro* war abgeschlossen.

»Keiner da.« Ecki rüttelte an der ausgeleierten Klinke.

»Hallo?« Frank war an der Bürotür vorbei in den scheunenartigen Raum getreten. Durch die offenen Holz- und Metallregale, in denen in Schütten und auf Brettern Saatgut, Dünger, Schaufeln, Motorsägen und Spaltäxte lagerten, zog ein kalter Wind.

»Hallo?«

»Was kann ich für Sie tun?«

Aus einem dunklen Zwischengang tauchte wie aus dem Nichts ein untersetzter Mann auf, dessen fülliger Körper in einem viel zu engen, ausgewaschenen Arbeitsoverall steckte. Sein rundes Gesicht wurde von einer alten Wollmütze gekrönt. Der Mann rieb sich mit einem öligen Lappen über seine dicken Finger.

»Ich habe Sie nicht gehört. Ich bin draußen mit einer Ballenpresse beschäftigt. Die Mechanik, wissen Sie.«

»Raimund Kamphausen?« Ecki sah sein Gegenüber prüfend an.

»Nein, Raimund, ich meine, Herr Kamphausen, ist nicht hier.« Der Mann trat einen Schritt zurück und sah die beiden argwöhnisch an. »Ist irgendetwas nicht in Ordnung?«

»Mein Name ist Borsch, Frank Borsch. Kriminalpolizei

Mönchengladbach. Und das ist mein Kollege Eckers.« Frank hielt ihm seine Ausweiskarte entgegen. »Wer sind Sie, wenn ich fragen darf?«

»Peter Fischermanns. Ich bin alleine hier. Um diese Jahreszeit ist nicht viel los.«

»Sind Sie der Mechaniker?« Frank deutete vage in die Runde.

»Ich bin Mädchen für alles, wenn Sie so wollen.«

»Können Sie uns sagen, wo wir Herrn Kamphausen finden?«

»Der ist zu Hause, nehme ich an. Raimund hat sich krank gemeldet. Er ist schon die ganze letzte Woche nicht hier gewesen. Ich meine, ich habe seither nichts von ihm gehört.«

»Ist das üblich?«

»Wie meinen Sie das?«

»Hören Sie, können wir vielleicht in Ihr Büro gehen?«

»Meinetwegen. Kommen Sie.« Fischermanns ging voraus, ohne auf die Beamten zu warten.

Im Büro standen auf viel zu dünnen Regalböden prall gefüllte Aktenordner. Aus Ablagen quollen verschiedenfarbige Zettel, neben eselsohrigen Notizblöcken lag eine Sammlung Kugelschreiber. Auf einem einst weißen Aktenschrank stand eine fleckige Kaffeemaschine, und zu allem Überfluss war die Heizung voll aufgedreht.

»Sie müssen die Unordnung entschuldigen. Aber Raimund fehlt an allen Ecken und Enden. Möchten Sie einen Kaffee?«

Die beiden Ermittler lehnten dankend ab.

»Wir wollen es kurz machen. Wir haben Herrn Kamphausen bisher nicht erreichen können.« Frank begann zu schwitzen.

»Ist es wegen dieser Sache? Sind Sie deshalb hier?«

»Welche Sache?« Frank und Ecki wechselten einen Blick.

Fischermanns zog den Lappen wieder hervor und begann erneut seine Hände abzuwischen. »Also, Herr Kamphausen soll Gelder der Genossenschaft veruntreut haben. Aber bisher hat die Polizei nichts finden können. Ich glaube ja auch nicht, dass da was dran ist.«

»Was hat er denn so abgerechnet, der Herr Kamphausen?« Ecki fuhr sich mit einem Finger zwischen Hals und Hemdkragen.

»Ich bin ja nur für das Zusammenstellen und das Ausliefern der Waren zuständig. Raimund hat den Einkauf gemacht.«

Frank knöpfte seine Jacke auf. »Wie sind die Kollegen auf Herrn Kamphausen aufmerksam geworden?«

Fischermanns rieb heftiger über seine Finger. »Anonym. Raimund ist angezeigt worden. Aber Sie sind nicht vom Betrugsdezernat, oder?«

»Ist Herr Kamphausen Mitglied der St.-Lambertus-Bruderschaft in Bracht?« Auf Franks Rücken bildete sich ein feines Rinnsal aus Schweiß.

»Einen verrückteren Schützen gibt es am ganzen Niederrhein nicht. Die Bruderschaft ist sein Ein und Alles.«

»Er hat also alle Termine der Bruderschaft wahrgenommen?«

»Die Bruderschaft ist so was wie seine Familie.«

»Dann war er am Wochenende auch beim Schweineblut?«

»Wenn er krank war, vermutlich nicht. Hat er was mit der Sache in Bracht zu tun?«

Die Ermittler ignorierten die Frage, und der Mechaniker fuhr sich mit dem Lappen über die Stirn, der dort einen dunklen Streifen hinterließ.

»Wollen Sie uns vielleicht noch etwas sagen?« Frank hatte das Gefühl, langsam zu ersticken.

Peter Fischermanns schüttelte nur langsam den Kopf.

»Ich versteh's nicht.« Ecki biss in eine Nussschleife. Der Rest seiner Worte ging im Kauen unter.

»Was verstehst du nicht?« Frank sah seinem Freund interessiert zu. Es war schon erstaunlich, welche Mengen frischer Hefeteilchen dieser Mann verdrücken konnte, ohne zuzunehmen. Neben der Vorliebe für klebrige WDR-4-Musik hatte Ecki eine Schwäche für Gebäck, die durch nichts zu toppen war.

»Hör mal auf zu kauen, und was verstehst du nicht?«

»Also«, Ecki legte die Nussschleife beiseite und leckte genüßlich jeden Finger einzeln ab, »dieser Kamphausen verschwindet doch nicht so einfach spurlos. Wir sollten Wirtz bitten, eine Suchmeldung abzusetzen.«

»Habe ich schon erledigt, während du beim Bäcker warst.«

»Prima. Wann ist Schmitz wieder im Dienst? Ich möchte zu gerne wissen, was er in Sachen Landhandel in Erfahrung gebracht hat.«

»Seit heute. Und er weiß, dass er sich bei uns melden soll. Ich habe schon überlegt, ob es eine Verbindung geben könnte zwischen der anonymen Anzeige und Voogts Tod. Mal rein hypothetisch: Voogt hat von illegalen Geschäften Kamphausens gewusst, ihn erpresst und musste deshalb sterben?«

»Möglich.« Ecki griff nach dem Rest des Teilchens.

»Vielleicht hat einer der Schützen irgendwas mitbekommen.«

»Ich besorge mir die Liste von den Vereinsmeiern. Die kann Bean abarbeiten. Oder sollen wir Viola auf die Herren ansetzen?« Ecki grinste bei dem Gedanken, dass Kommissarin Kaumanns die St.-Lambertus-Bruderschaft aufmischen könnte.

»Lass das lieber Bean machen. Der kommt mit den älteren Herren sicher besser klar.« Frank rutschte auf seinem Drehstuhl unruhig hin und her.

»Is was?«

»Nee.«

Frank wusste, Kurt »Bean« Paulert würde sie nicht enttäuschen. Der Mittvierziger war ein erfolgreicher Drogenfahnder, ließ aber keine Gelegenheit aus, bei der Mordkommission auszuhelfen.

»Du hast doch was?«

»Hab ich nicht.«

»Was wackelst du denn so auf deinem Stuhl hin und her? Willst du ein Teilchen?«

Frank nickte stumm.

»Dann nimm. Ist noch eine Nussecke drin.«

Dankbar griff Frank zu. Er hatte den Tag über noch nichts Richtiges gegessen. Viola! Er hatte seine Kollegin schon einige Zeit nicht mehr gesehen. Sie saß derzeit meist in langen Sitzungen, in denen es um eine engere Verzahnung der Mönchengladbacher Polizei mit der Nachbarbehörde im Kreis Neuss ging.

Frank musste an ihr unbekümmertes Lachen denken. Mit ihrer häufig wechselnden Haarfarbe und ihren oft ungewöhnlichen T-Shirts erfüllte Viola so gar nicht das Klischee einer pflichtbewussten Hüterin von Recht und Ordnung.

Mit Getöse flog die Bürotür auf.

»Hallo, Jungs. Pause?«

Heinz-Jürgen Schrievers: das Fleisch gewordene Gedächtnis der Gladbacher Polizei. 120 Kilogramm geballte Archiv-Erfahrung. Wie ein Fels in der aufgewühlten See des Polizeialltags stand Schrievers auf seinen stämmigen Beinen im Raum. Wären da nicht die Filzpantoffeln an seinen Füßen, man hätte richtig Ehrfurcht vor diesem Koloss in Strickjacke haben müssen. Braunkarierte Filzpantoffeln im Dienst! Das konnte sich bei der Mönchengladbacher Polizei nur Heinz-Jürgen »Heini« Schrievers erlauben.

»Mensch, Heini, äh, Heinz-Jürgen, musst du mich so erschrecken?«, beschwerte sich Frank hustend. Er hatte sich an Krümeln seiner Nussecke verschluckt.

Schrievers grinste. »Das ›Heini‹ habe ich jetzt überhört. Dafür habe ich läuten hören, dass ihr im Umfeld des Sommerbrauchtums ermittelt?«

Frank hustete immer noch und nickte.

»Oh, oh, das wird nicht einfach für euch.« Schrievers

schielte auf die Gebäcktüte. »Bruderschaft: Der Name sagt doch schon alles. *Glaube, Sitte, Heimat.* Das ist eine Art Geheimbund. Vor allem auf dem Dorf.« Schrievers räusperte sich und ließ die Tüte nicht aus den Augen.

»Sorry, nix mehr drin.« Ecki nahm die Tüte und zerknüllte sie raschelnd.

Enttäuscht streckte Schrievers seinen massigen Körper. »Jedenfalls wünsche ich euch noch alles Gute für eure Ermittlungen.«

»Kennst du rein zufällig jemanden in Bracht?«

Bracht. Das war das Stichwort für den Archivar. Bereitwillig zog er einen Stuhl zu sich. Frank hielt den Atem an, denn für geschätzte zweieinhalb Zentner Lebendgewicht waren die meisten Bürostühle nicht gemacht. Das Sitzmöbel knirschte dann auch ein wenig, als Schrievers seine ganze Last auf der Sitzfläche verteilte.

»Ich habe einen Cousin mütterlicherseits, Elektriker, der ist nach Bracht gezogen. Den kann ich mal fragen.«

»Ist der zufällig in der St.-Lambertus-Bruderschaft?«

»Soweit ich weiß, nicht. Und wenn es in Bracht so ist wie in Amern, dann wird es sowieso schwer für euch.«

Frank stöhnte innerlich, Ecki hatte nicht aufgepasst!

»Ich bin ja schon seit meiner Jugend in der Bruderschaft! Wie sich das im Dorf so gehört. Und bei aller Bescheidenheit, liebe Kollegen, vor zehn Jahren, nee, es ist schon zwölf her, war ich sogar Minister. Das war eine wirklich schöne Zeit für mich und Gertrud. Wir haben sehr viel Spaß gehabt. Alle haben mit angepackt. Die Leute reden noch heute davon, was wir alles auf die Beine gestellt haben. Das Zelt war jeden Abend brechend voll. Wir hatten aber auch echte Granaten verpflichtet für den Krönungsball und den Weinball. Eddi's Moonlight-Dancers. Und Lovely Mendy mit ihrem Sextett. Echt klasse. Und Fips Asmussen! Das muss man uns erstmal nachmachen!« Heinz-Jürgen Schrievers' Wangen glühten. »So schön war es seither nicht mehr. Das sagen alle.

Ich habe gerade vorgestern noch mit Gertrud bei einem leckeren Weinchen die Fotos rausgekramt. Wirklich schön, Gertrud in diesem unglaublich vornehmen Festkleid, zusammen mit den anderen Frauen. Und dann der Klompenball! Die Frauen aus unserem Zug haben natürlich den ersten Preis gemacht. Wenn ihr wollt, bringe ich die Fotos mal mit. Oder, noch besser, wir essen was zusammen und gucken uns nachher die Fotos und den Film an, den wir damals gedreht haben!«

Genau das hatte Frank vermeiden wollen. »Können wir ja mal machen.« Er hoffte inständig, dass auch Ecki vage bleiben würde.

»Echt gute Idee, hei…, äh, Heinz-Jürgen. Wir kommen gerne. Nicht wahr, Frank?«

Frank nickte gequält.

»Gut. Gertrud kocht uns was Leckeres, und dann machen wir es uns im Wohnzimmer gemütlich.«

Frank startete einen letzten Versuch. »Macht bloß keine Umstände wegen uns.«

»Quatsch. Gertrud freut sich garantiert. Und das Raussuchen der Fotos macht wirklich keine Mühe. Sind doch bloß acht Diakästen. Aber der Film erst! Gut anderthalb Stunden, mit jeder Menge Knallern und lustigen Szenen. Wie der Marc nachts auf dem Weg nach Hause besoffen im Graben gelandet ist! Noch zwei Tage später hat er seinen Säbel und seinen Hut im Feld gesucht.«

Bevor Frank darauf antworten konnte, klingelte das Telefon. Eine Kollegin von der Wache am Haupteingang an der Theodor-Heuss-Straße hatte eine Frau in der Leitung, die dringend eine Aussage zum Mord in Bracht machen wollte.

Was die Frau erzählte, ließ Frank aufhorchen. Sie habe an jenem Freitagabend mit ihrem Golden Retriever einen Spaziergang gemacht. Wie jeden Abend. Und dabei sei sie auch am »Haus Berten« vorbeigekommen. Auf dem Parkplatz habe im hinteren Teil ein Auto gestanden, in dem eine Frau saß. Die Frau sei ihr nur aufgefallen, weil ihr Robin schnurstracks auf den Parkplatz getrottet war, um am Rand des matschigen Platzes an den Büschen und dann weiter an den Reifen der Autos zu schnuppern. Sie habe sich über ihren Hund geärgert, erzählte die Anruferin, weil er auf ihr Pfeifen und Rufen nicht hörte und sie hinter ihm herlaufen musste.

Die Frau sei ihr auch deshalb aufgefallen, weil sie trotz des Regens und der Kälte das Seitenfenster geöffnet hatte. Und weil sie die Frau auf dem Rückweg immer noch im Auto hatte sitzen sehen. Sie hatte sich noch gewundert, warum sie nicht längst ausgestiegen und in die Kneipe gegangen war.

»Und diese Frau. War sie jung oder schon älter?« Frank hatte das Telefon längst auf Lautsprecher gestellt.

»Nein. Ich habe nur gesehen, dass sie dunkle Haare hatte und geraucht hat.«

»Haben Sie mit ihr gesprochen?«

»Nein. Robin ist ja dann doch zurückgekommen, und ich konnte endlich weitergehen. Wissen Sie, es war ja ziemlich usselig draußen.«

»Haben Sie den Wagentyp erkannt?«

»Ich glaube, das war so ein großer, dunkler Wagen.«

»Ein Geländewagen?«

»Nein, nicht so einer, wie ihn unser Förster fährt. Eher so ein moderner.«

»Deutsches Fabrikat?«

»Kann sein. Ich kenne mich mit den Marken nicht so aus, Herr Kommissar, wissen Sie. Er sah jedenfalls teuer aus.«

»Das Kennzeichen. Haben Sie auf das Kennzeichen geachtet?«

»Nein. Ein Viersener Kennzeichen, glaube ich. Nichts von außen, Kreis Heinsberg oder Mönchengladbach, meine ich.«

»Und der Wagen stand ganz sicher nicht bei den anderen?«

»Sagte ich doch. Weiter hinten, im Dunkeln. Ich habe die Zigarette glühen sehen, sonst wär's mir vielleicht gar nicht aufgefallen.«

Sicherheitshalber nahm Frank die Personalien der Frau auf.

»Sagen Sie, gibt es eigentlich eine Belohnung für den Fall? Ich meine, das gibt es doch immer bei Mord, oder?«

»Das wird der Staatsanwalt entscheiden. Aber ich glaube derzeit nicht, dass Sie mit einer Belohnung rechnen können.«

Kopfschüttelnd legte Frank auf.

Ecki kramte in seinen Unterlagen. »Wir haben auf dem Parkplatz ein Dutzend Autos gezählt, meist Mittelklasse und ältere Gebrauchte. Bis auf den silberfarbenen Mercedes, Baujahr 2006, von Thofondern. Ein dunkler Geländewagen steht nicht auf der Liste.«

Frank lag schon lange wach. Er vermisste Lisa. Ursprünglich hatte sie schon vor mehr als zwei Wochen wieder bei ihm sein wollen, hatte aber ihre Rückkehr dann mehrfach verschoben. Ihr letztes Lebenszeichen war eine Postkarte aus dem Alten Land gewesen, die blühende Obstbäume vor blauem Himmel zeigte. Sie war vor zwei Tagen angekommen. Frank hatte sich über die Karte gefreut. Aber dann hatte er den Text gelesen: *In einem meiner schlimmsten Albträume kippt die Struktur der Zeit – nichts geschieht mehr hintereinander, sondern gleichzeitig. Raum und Zeit stürzen in die Sonne und verbrennen. Ich bin an allem schuld! – Blixa Bargeld.*

Über Wochen hatte Frank nur Postkarten bekommen mit nicht mehr als einem flüchtigen Gruß. Lebenszeichen, die doch keine waren. Lisa war immer schon ein Fan von Zitaten gewesen.

Frank stand schließlich auf und ging in die Küche. Er trank ein Glas Apfelsinensaft in kleinen Schlucken. Dann ging er ins Wohnzimmer und setzte sich in einen Sessel. Sein Blick fiel auf Lisas Strickzeug, das in einem Korb neben dem Sofa stand. Der Anblick der bunten Wollknäuel und des schmalen Bündchens, das bereits auf den Stricknadeln saß, ließ Frank schlucken.

Er stand auf und ging zur Musikanlage. Frank zog aus dem Stapel CDs, der neben dem CD-Player lag, *Full Circle* von Walter Trout. Er wollte jetzt *Can't help falling apart* hören, und das möglichst laut.

Bei *Clouds on the horizon* schreckte Frank auf. An seiner Wohnungstür hatte es geklingelt. Statt zu öffnen, stand er auf, schaltete den CD-Player aus und legte sich wieder ins Bett. Vor der Tür konnte nur der alte Dorthausen stehen. Der Nachbar konnte ihm gestohlen bleiben. Frank schlief ein und träumte von Lisa, die in einer Blumenwiese saß und ihm von Ferne zuwinkte.

Als er am Morgen aufwachte, hatte er Kopfschmerzen. Sie blieben, obwohl er lange duschte. Er vermied es, auf Lisas Postkarten zu sehen, die er nebeneinander auf dem großen alten Küchentisch ausgebreitet hatte. Ohne Frühstück machte er sich auf den Weg ins Präsidium. Sein MGB brauchte eine Weile, bis er ansprang.

Markus Schmitz hatte eine dünne Akte aufgeschlagen auf seinen Knien liegen.

»Viel ist es nicht. Der Anrufer hat behauptet, dass in dem Landhandel krumme Geschäfte laufen.«

»Was hat er denn gesagt?« Ecki drehte sich auf seinem Stuhl ungeduldig hin und her.

»Kamphausen soll unter der Theke illegales Zeug verkauft haben. Auf eigene Rechnung. Pestizide. Giftspritzen gegen Bares, ohne Beleg. Wundermittel für den Acker. Wir haben die Bücher geprüft. Kamphausen hat uns bereitwillig durch das Lager geführt. Auf den ersten Blick war alles sauber. Aber wir haben auch nicht wirklich gewusst, wonach wir suchen sollten. Und einen Durchsuchungsbeschluss haben wir bei diesem dünnen Anfangsverdacht natürlich nicht gehabt.«

»Also, nur dummes Geschwätz oder hat euer Anrufer Beweise angekündigt?« Frank reckte sich.

»Nee. Keine Chance. Der Mann hat lediglich gesagt, dass wir selbst suchen müssten.«

»Was ist das denn für Zeug?« Frank sah seinen Kollegen an, der ihn durch seine Brille nachdenklich anlächelte.

»Parathion und Vinclozolin. Sollen in Peru und in den USA schon eine Menge Leute umgebracht haben. Das Gift war bei uns jahrelang im Gebrauch. Hochwirksam. Deshalb wollen einige Landwirte wohl auch nicht von ihren liebgewonnenen chemischen Erntehelfern lassen.« Markus Schmitz beugte sich vor. »Angeblich sollen die Stoffe aus den Niederlanden bei uns ›einsickern‹.«

»Könnte doch sein, dass Kamphausen der Boden zu heiß geworden ist und er sich abgesetzt hat.« Frank hielt seine Idee für die einzig plausible.

»Auszuschließen ist das nicht. Aber ohne stichhaltige Beweise …« Schmitz ließ das Satzende offen.

»Und wenn ihr den Laden observieren lasst?«

» Normalerweise sage ich in solchen Fällen: Alles geht, nur der Frosch hüpft. Auf einen anonymen vagen Hinweis hin kriege ich dafür keine Genehmigung.« Markus Schmitz grinste schief und stand auf. »Gebt mir Bescheid, wenn ihr was wisst. Ich hätte schon noch ein paar Fragen an Kamphausen.«

Kriminalhauptkommissar Jan Kuhnert pfiff leise durch die Zähne. Vor ihm lag die Scheune im künstlichen Licht ungezählter Lampen. Eine derart große Hanfplantage hatte selbst er noch nicht gesehen, obwohl er seit mehr als zehn Jahren beim KK 14 Dienst tat. Der Drogenfahnder mit niederländischen Wurzeln sog hörbar die Luft ein. Sie roch süßlich.

»Profis«, sagte Kuhnert anerkennend.

Seine Kollegin nickte.

Kuhnert begann zu schwitzen. »Kann vielleicht mal jemand die Heizungen ausmachen? Die brauchen wir nicht mehr.«

Am Ende der Zählaktion kamen die Fahnder des KK 14 auf 3125 Pflanzen in unterschiedlichen Wachstumsstadien. Die mitgebrachten blauen Plastiksäcke reichten nicht aus, um den gesamten Bestand ins Labor zu bringen.

Ina Weber rieb sich die Nase. »Was meinst du, wie viel Tetrahydocannabinol mag wohl in den Pflanzen stecken, Jan?«

»So zwanzig Prozent.«

»Und die Menge?« Die blonde Kommissarin zog ihre Handschuhe aus und strich sich eine Haarsträhne aus dem Gesicht.

Ina Weber war erst seit wenigen Wochen im KK 14. Sie hatte sich ausdrücklich zur Drogenfahndung gemeldet. Angeblich, um eine Familiengeschichte aufzuarbeiten. Kuhnert hielt das Ganze eher für ein dummes Gerücht, er wusste nur, dass Weber eine gute Polizistin war und einen Bruder hatte, der früh gestorben war. Mehr wollte er auch nicht wissen.

»180 bis 200 Kilogramm, denke ich mal. Macht im Straßenverkauf circa anderthalb Millionen Euro.«

Kuhnert ließ seine Kollegin stehen und ging vor das Scheunentor. Er brauchte jetzt eine Zigarette.

»Der Besitzer der Scheune heißt Willi Berten. Er will von der Sache nichts gewusst haben. Angeblich hat ein Typ aus Holland die Scheune gemietet.« Albert Coentges hatte mit seinem Streifenwagen dicht neben Kuhnert gehalten und das Seitenfenster heruntergefahren.

»Was grinst du so dämlich?«

»Nix, nur so. Ich meine ja nur, mal wieder Holländer.«

»Bemüh dich nicht, Coentges. Meine Urgroßeltern kamen zwar aus Almelo nach Deutschland, aber ich bin Kaldenkirchener.«

»Das sind doch auch halbe Holländer.« Coentges' Grinsen blieb.

»Hast wohl 'nen Clown gefrühstückt, was? Sieh lieber zu, dass Berten ins Präsidium kommt.«

»Du musst dir mal die Mengen ansehen, die so ein Landhandel vermarktet.« Ecki schlug den Aktendeckel noch einmal auf. »In einem Jahr allein mehr als 44 000 Tonnen Kartoffeln und Getreide. Da behaupte noch mal jemand, den Bauern geht's schlecht.«

»44 000 Tonnen?«

»Macht einen Umsatz von gut 22 Millionen Euro. Der Umsatz im Einzelhandelsbereich des Landhandels lag bei fünf Millionen Euro.«

»Allerhand.«

»Eben. Und bei den Mengen kann man den einen oder anderen Euro ganz leicht in der Bilanz verstecken. Außerdem sind an den Landhandel mehr als 400 Mitglieder angeschlossen.«

»Wir haben die Lieferlisten mit den Namen und wissen, dass die Getreideproben in dem Labor in Neuss analysiert werden. Aber was bringt uns das, solange wir die Analyseergebnisse nicht einsehen können?«

»Wir würden sowieso nichts finden. Diese Chemiker sind doch nicht blöd.«

Ecki starrte angestrengt auf den Bildschirm seines Computers. »Das ist alles nur Spekulation. Warum sollten das Labor, Voogt und Kamphausen gemeinsame Sache gemacht haben? Es gibt nicht den geringsten Zusammenhang. Mal abgesehen von der Tatsache, dass Raimund Kamphausen und Michael Voogt in derselben Bruderschaft waren.«

Es klopfte. Es war Bean, der sichtlich zufrieden einen Aktenordner unter seinem Arm hervorzog.

»Ich kann beim besten Willen keinen Anhaltspunkt für weitere Ermittlungen finden.«

»Setz dich.« Frank deutete auf einen Stuhl.

Paulert rückte sich auf dem Stuhl zurecht. »Die St.-Lambertus-Bruderschaft hat 35 aktive und 43 passive Mitglieder. Mit Voogt ist niemand verwandt. Erstaunlich für so einen kleinen Ort. Auch nicht mit Kamphausen. Es gibt nach meinen Recherchen keine engeren Verbindungen, weder zum Opfer noch zu Kamphausen, außer der Zugehörigkeit zur Bruderschaft.«

Frank war enttäuscht. »Und was bedeutet das jetzt für unsere Ermittlungen?«

»Nichts. Ich wollte es nur nicht unerwähnt lassen.«

»Sonst noch was Erhellendes?«

»Niemand weiß etwas über den Verbleib von Kamphausen. Und niemand kann sich einen Reim auf den Mord an Voogt machen.«

»Trotzdem danke, Bean.« Frank seufzte. »Ich habe gehört, dass ihr im KK 14 an einer dicken Sache dran seid.«

»He, bist du mit meiner Arbeit unzufrieden, Frank?« Beans Hals wurde rot.

»Frank meint es wirklich nur nett, Bean. Du weißt, dass wir deine Arbeit schätzen.« Ecki wollte Bean beruhigen.

Bean sah Frank aus schmalen Augen an. »Schon gut. Aber was tun wir jetzt?«

Ecki hatte eine Idee. »Könntest du noch einmal genau abchecken, zu welchen der Namen auf deiner Liste die Autos gehören, die wir am Tatabend auf dem Parkplatz gefunden haben? Und vor allem, ob die feinen Bruderschaftler auch noch andere Autos fahren? Wir suchen einen großen Geländewagen. Dunkel oder schwarz. Baujahr und Kennzeichen sind nicht bekannt. Möglicherweise in Viersen zugelassen.«

»Was für ein Auto fährt eigentlich Kamphausen?«

Frank und Ecki sahen sich an. »Gute Frage.«

»Es gibt Neuigkeiten.« Ecki stieß am nächsten Morgen gut gelaunt die Tür zu ihrem Büro auf.

»Was denn?« Frank ließ die jüngste Ausgabe der *bluesnews* sinken.

»Kamphausen. Er hat Kontakt zur Rauschgiftszene.«

»Was?«

»Die Autobahnpolizei hat auf der A 61 einen Unfall aufgenommen. Ein holländischer VW-Transporter, voll beladen mit jungen Cannabissetzlingen. Von den Insassen fehlt zwar noch jede Spur, aber jetzt kommt's: Zwischen Tankquittungen, Straßenkarten, Pizzakartons und anderem Müll haben die Kollegen eine Handynummer gefunden. Und die gehört Raimund Kamphausen!«

»Weiß man schon, wem die Karre gehört?«

»Warte.« Ecki zog sein Notizbuch hervor. »Der Wagen ist auf einen Marco van Bommel zugelassen. Aus Arnheim.«

»Was sagen die Kollegen vom KK 14 dazu?«

»Kuhnert hat mir erzählt, dass van Bommel die Scheune in der Nähe von Bracht angemietet haben soll, in der sie vor ein paar Tagen diese illegale Plantage entdeckt haben.«

»Und wie sind die Kollegen auf diese Scheune gekommen?«

»Die Stadtwerke haben sich über den hohen Stromverbrauch auf dem Anwesen gewundert und sind dann aktiv geworden.«

Frank lehnte sich zurück. »Ich weiß nicht. Brauchtum und Kiffen, das passt irgendwie nicht zusammen.«

»Vielleicht hat Kamphausen die ganze Bruderschaft mit Stoff versorgt. Voogt hat davon Wind bekommen und musste deshalb sterben.«

»Kiffende Schützen? Du spinnst doch.«

»Warum nicht? Gras gibt es sicher nicht nur auf Blueskonzerten zu kaufen.« Ecki grinste.

»Wer weiß, was im Musikantenstadl so alles geschnupft wird.«

Renate Pesch stand unschlüssig vor dem Schreibtisch ihres Chefs. Sie hielt einen Ordner wie einen Schutzschild an ihre Brust gedrückt. »Kann ich Sie einen Augenblick sprechen, Herr Böhling?«

»Sicher. Setzen Sie sich.«

Renate Pesch nahm nur auf der Kante Platz. »Nun?« Der Brauereibesitzer nickte ihr aufmunternd zu.

»Ich bin gerade dabei, die Unterlagen von Michael, ich meine, von Herrn Voogt, durchzusehen.« Sie stockte.

»Nur zu.« Ulrich Böhling hatte Renate Pesch beim Kauf der Brauerei ebenso wie Voogt übernommen. Er hatte schnell gemerkt, dass sie für ihr Alter zwar ein wenig altmodisch und steif wirken mochte, aber andererseits eine hervorragende Fachkraft war.

»Mir sind einige merkwürdige Dinge aufgefallen.« Renate Pesch legte den Ordner auf ihren Schoß. »Michael Voogt hat immer mit demselben Labor in Neuss zusammengearbeitet.«

»Das ist doch so ungewöhnlich nicht, oder?«

»Nein, aber die Rechnungen für die Analysen sind ungewöhnlich hoch. Wir haben die Untersuchungen natürlich immer pünktlich bezahlt.«

»Dann ist doch alles in Ordnung. Ich meine, ohne die Analysen können wir unsere Rohstoffe nicht verarbeiten. Ich weiß, dass manche Labore wahre Apotheken sind, wenn es um ihre Preise geht. Aber so ist das nun mal.«

»Wegen der Kostenkalkulation habe ich andere Angebote eingeholt. Und die liegen erheblich unter den Preisen der Neusser. Manche um mehr als fünfzig Prozent.«

Ulrich Böhling winkte ab. »Dann hat unser Herr Voogt wohl schlecht gewirtschaftet. Ich habe bisher gedacht, dass er ein Pfennigfuchser war. Haben Sie noch andere Auffälligkeiten entdeckt, Frau Pesch?«

»Nein. Nur dieser Abrechnungsposten ist mir aufgefallen. Und …« Sie sprach nicht weiter.

»Und?«, echote Böhling.

»Wir haben für Analysen gezahlt, für die es keinen Auftrag gab. Ich habe die vergangenen zwei Jahre überprüft. Allein in dieser Zeit wurden gut dreißig Beprobungen bezahlt, die aber in unseren Unterlagen nirgendwo mehr auftauchen. Es geht hier um knapp dreißigtausend Euro.«

»Voogt hat uns betrogen?«

»Man soll über Tote ja nicht schlecht reden.«

»Sie verhalten sich absolut korrekt, Frau Pesch. Ich danke Ihnen. Bitte sorgen Sie dafür, dass wir künftig mit einem anderen Labor zusammenarbeiten. Sie haben freie Hand.«

Renate Pesch sah ihren Chef erstaunt an.

»Ja, Sie haben richtig gehört. Sie sind ab jetzt meine Chefsekretärin, Frau Pesch.«

Langsam begann ihr Gesicht zu strahlen. »Danke. Vielen Dank. Ihr Vertrauen ehrt mich wirklich.«

»Dann an die Arbeit. Wir brauchen ein neues Labor. Und an die Herren in Neuss habe ich noch einige Fragen. Bitte, machen Sie mir zuerst eine Verbindung zu dieser Firma.«

»Selbstverständlich.« Renate Pesch verließ das Büro. Ihr zufriedenes Lächeln nahm sie mit.

Ecki und Frank standen mit dem Mitarbeiter eines Schlüsseldienstes vor Kamphausens Wohnung.

»Sie können.« Frank nickte dem Mann zu.

»Keine große Sache, das haben wir gleich. Kein Sicherheitsschloss. Die Leute sind ja so leichtsinnig.«

»Vielen Dank. Wir kommen jetzt alleine zurecht. Die Rechnung schicken Sie bitte ans Präsidium.«

Frank und Ecki gingen systematisch vor. Auf den ersten Blick hatte Kamphausen sich nicht sonderlich viel Mühe gegeben, sein Zuhause möglichst aufgeräumt und sauber zu verlassen. In der Spüle stand Geschirr, das Bett war ungemacht.

»Hast du schon etwas gefunden?« Eckis Stimme klang dumpf, so als stecke er in Kamphausens Schlafzimmerschrank.

»Nee, bisher nicht. Du?«

»Fehlanzeige. Nur Designerunterhosen.«

»Kannst du mal kommen?« Frank hatte einen Stapel CDs aus einem Fach des Sideboards genommen. Dabei war ihm ein Notizbuch entgegengefallen.

»Was gibt's?« Ecki stand im Türrahmen, einen Bademantel

aus Seide über dem Arm. Er sah aus, als ob er noch in die Sauna wollte.

»Ein Timer. Lag hinter den CDs. Voll mit Telefonnummern und den verschiedensten Einträgen. Volltreffer, würde ich mal sagen.«

»Hat also doch was gebracht, unser kleiner Ausflug.«

Frank nahm das schnurlose Telefon in die Hand und ließ sich die zuletzt gewählten Nummern anzeigen.

»Und?«

»Kamphausen hat ins Ausland telefoniert. Mit einem Anschluss in den Niederlanden.«

»Ruf doch mal an.« Ecki sah Frank neugierig über die Schulter.

Frank drückte die Wahltaste. Der Ruf ging durch.

»Und?«

»Scheint niemand zu Hause zu sein oder abheben zu wollen.«

Zurück im Präsidium, brachte eine erste Untersuchung des Timers die Fahnder nicht wesentlich weiter. Die meisten Einträge passten zu den Namen, die ihnen in ihren bisherigen Ermittlungen begegnet waren. Sie fanden den Festanschluss und die Mobilnummer des Viehhändlers Thofondern ebenso wie die privaten und dienstlichen Telefonanschlüsse des Opfers, die Telefonnummer von »Haus Berten«, aber auch die Nummern eines Apothekers und des Schatzmeisters der Bruderschaft.

»Sieht aus wie eine Telefonkette in Sachen Brauchtum.« Ecki klang ein wenig enttäuscht.

»Sei nicht so ungeduldig.« Frank blätterte in dem schmalen Buch und schrieb nacheinander mehrere Telefonnummern ab. »Hier stehen auch Nummern mit niederländischen Vorwahlen.«

»Vielleicht hat Kamphausen eine Schwäche für nette Meisjes.« Ecki feixte.

Frank tippte eine längere Zahlenkolonne in sein Telefon.

»Bin gespannt.« Ecki beugte sich vor.

Frank zog die Augenbrauen hoch und legte auf. »Ich glaube ich hatte eine Firma für Düngemittel dran.« Inzwischen hatte er schon die nächste Nummer gewählt.

»Borsch. Guten Tag. Mit wem spreche ich, bitte?« Frank hielt eine Hand über die Muschel und bedeutete Ecki, die Mithörtaste an seinem Telefon zu drücken.

»Peerbooms International. Zaaden en Meststoffen. Wat kan ik voor u doen, alstublieft?«

»Sprechen Sie Deutsch?« Frank hatte die berechtigte Sorge, sich mit seinem mangelhaften Niederländisch ruckzuck zu verheddern.

»Selbstverständlich spreche ich Deutsch.« Die weibliche Stimme am anderen Ende der Leitung war nahezu akzentfrei.

»Sie exportieren Saatgut und Dünger?«

»Ja. Wir sind ein führender Lieferant von Futtermitteln, Saatgut und Düngemitteln in Europa. Was kann ich für Sie tun, mein Herr?«

»Oh, Verzeihung, ich habe mich noch nicht vorgestellt. Mein Name ist Frank Borsch. Kennen Sie einen Herrn Kamphausen?«

Die Stimme am anderen Ende der Leitung blieb stumm.

»Kamphausen, Raimund Kamphausen. Niederkrüchten. Das liegt im Kreis Viersen, in Deutschland.«

»Über unsere Kunden geben wir keine Auskunft. Das müssen Sie verstehen. Bitte, was kann ich für Sie tun?« Die verbindliche Stimme hatte nun etwas leicht Verwirrtes.

»Ich bin von der deutschen Polizei. Wir haben einige Fragen zur Ihrer geschäftlichen Beziehung zu Herrn Kamphausen.«

»Tut mir leid. Ich wünsche Ihnen einen guten Tag.«

»Aufgelegt. Die Tussi hat einfach aufgelegt.« Frank sah fassungslos auf den Hörer in seiner Hand.

»Na ja, kann doch sein, dass Peerbooms aus gutem Grund keinen Kontakt zur deutschen Polizei will.«

»Schon, aber wir können doch jetzt nicht einfach bei Peerbooms einlaufen und sagen: Guten Tag, deutsche Polizei, wir vermuten, dass Sie einen legalen und einen illegalen Warenstrom unterhalten.«

»Europol.«

»Das kann Wochen dauern.« Frank schüttelte den Kopf.

Ecki streckte seine Hand aus. »Komm, gib mir die Liste. Wir telefonieren sie jetzt durch. Vielleicht finden wir ja einen kooperativen Holländer.«

»Na gut, telefonier du die Tulpendiebe durch, und ich kümmere mich derweil um die anderen Telefonnummern.«

Eine Stunde später hatte Ecki die Liste abtelefoniert, aber sobald die Sprache auf die deutsche Polizei kam, wurden die Gesprächspartner in den Niederlanden einsilbig oder verstanden urplötzlich kein Deutsch mehr.

»Hören Sie, ich weiß nicht, wovon Sie reden. Wenn Sie bei uns Analysen bestellt haben, dann haben wir die auch durchgeführt.«

»Wenn stimmt, was Sie sagen, wie kommen dann diese Rechnungen in unsere Akten?« Böhling ließ den Chemiker nicht aus den Augen.

»Bitte, lassen Sie mir Ihre Unterlagen hier. Wir werden das prüfen. Und sollten tatsächlich nicht erbrachte Leistungen berechnet worden sein, wovon, das betone ich ausdrücklich, ich nicht ausgehe, werde ich den Schaden selbstverständlich regulieren.«

»Es ist schon ein großer Schritt für mich, dass ich überhaupt zu Ihnen gekommen bin. Ich hätte auch direkt zur Polizei gehen können.«

Clemens Boshoven rang sichtlich um Fassung. »Bitte, Herr Böhling, das ist sicher alles ein großes Missverständnis.« Er zögerte einen Augenblick. »Es ist nur so, ich kann die Angelegenheit nicht sofort klären. Ich brauche einen oder auch zwei Tage. Wir unterhalten eine ganze Reihe von Konten, wissen Sie.«

Ulrich Böhling stand auf. »Gut. Sie haben einen Tag, um die Sache aufzuklären. Sonst übergebe ich die Angelegenheit der Staatsanwaltschaft.«

Boshoven atmete tief durch. »Ich werde Sie nicht enttäuschen. Wir arbeiten mit Ihrer Brauerei schon viele Jahre zusammen. Und das wird auch in Zukunft so sein.«

Clemens Boshoven wartete einen Augenblick, nachdem Böhling gegangen war, und griff dann zum Telefonhörer. »Boshoven hier. Schicken Sie mir Erdmann.«

»Wo warst du?« Kurt Thofondern sah seine Tochter verärgert an.

»Hast du vergessen, dass ich für dich bei der Kreisverwaltung war?« Barbara Thofondern blieb mit verschränkten Armen in der Tür stehen.

»Das dauert nicht den ganzen Tag. Die Ämter haben längst geschlossen. Sag, wo du herkommst! Und lüg mich nicht an.«

Barbara Thofondern merkte, wie die Wut in ihr hochstieg. »Hör auf, mich wie ein kleines Mädchen zu behandeln.« Sie machte Anstalten zu gehen.

»Du bleibst. Wo warst du? Ich frage nicht noch einmal.«

»Du machst mir keine Angst mehr. Ich lasse mir von dir nicht länger Vorschriften machen. Aber wenn es dich beruhigt, ich habe mich mit ein paar Freundinnen getroffen. In Viersen, in der Trafostation, wenn du es genau wissen willst. So, und nun lass mich endlich in Ruhe.«

»Du gehst erst, wenn ich es dir erlaube.« In Thofonderns Stimme lag eine Schärfe, die seine Tochter erschaudern ließ.

»Hier ist Arbeit genug. Du verschwendest deine Zeit und mein Geld. Ich habe noch jede Menge Papiere für dich hier liegen. Wenn ich wieder zurück bin, bist du hier fertig. Ist das klar?« Kurt Thofondern stand auf und ging auf seine Tochter zu, die intuitiv in den Flur zurückwich.

Ohne weiter auf seine Tochter zu achten, verließ der Viehhändler das Haus. Durch das Bürofenster konnte Barbara Thofondern sehen, wie ihr Vater in seinen Wagen stieg und vom Hof fuhr.

Bevor sie sich in das Büro setzte, ging Barbara Thofondern in die Küche und öffnete den Kühlschrank. Dort stand in der Tür eine angebrochene Flasche Sekt. Ohne zu zögern, setzte sie die Flasche an den Mund.

Sie wusste nicht, wie lange sie das noch würde ertragen können. Sie wusste nur, dass es schon viel zu lange dauerte.

»Wann kommst du zurück, Lisa?« Frank hielt den Hörer fest in der Hand. Er fühlte sich klein und hilflos.

»Bald.« Lisas Stimme klang frisch und unbekümmert.

Frank musste schlucken.

»Frank? Bist du noch da?«

»Was hast du gesagt? Ja, natürlich – Schatz.«

»Ich wollte nur wissen, wie es dir geht. Was macht die Arbeit?«

»Wir treten mal wieder ziemlich auf der Stelle.« Er hoffte so sehr auf ein zärtliches Wort von ihr. »Wir wissen nur, dass einer aus der Bruderschaft erstochen wurde und einer verschwunden ist. Dass es um illegale Düngemittel gehen könnte und um Cannabisanbau. Lisa, ich …«, Frank zögerte.

»Ja?«

»Nichts.« Statt von seiner Arbeit zu erzählen, wollte er Lisa lieber von anderen Dingen erzählen.

»Frank, warum erzählst du nicht weiter?«

»Ach, es ist nur, ich habe so vieles auf dem Herzen.«

»Dann verabrede dich doch mal wieder mit Ecki. Dir tut es doch gut, wenn ihr beiden zusammenhockt. Nimm Schrievers mit. Heini freut sich bestimmt. Und wer weiß, am Ende des Abends kommt auch noch etwas Brauchbares für eure Arbeit heraus. Wäre ja nicht das erste Mal.«

Sie merkt gar nicht, dass ich vor Sehnsucht nach ihr fast umkomme, dachte Frank. »Ich überlege es mir.«

»Du klingst nicht begeistert. Dann geh mit STIXS einen trinken.«

»Das ist es nicht, Lisa.«

»Habt ihr Ärger in der Band?«

»Nein, nein, mit der Band ist alles in Ordnung.«

»Was ist es dann?«

»Es ist nur, die viele Arbeit, weißt du.«

»Tut mir leid. Aber es kommen auch wieder bessere Tage.«

»Ja, Lisa. Lisa?«

»Ja?«

»Ich, es ist so, weißt du. Wann kommst du zurück?«

»Bald.«

»Lisa?«

»Ja?«

»Nichts. Pass auf dich auf.«

»Auf jeden Fall. Ciao.«

Frank ließ das Telefon sinken. Sie hatte aufgelegt.

Fluchend nahm er die beiden leeren Flaschen und den Schlüssel vom Küchentisch.

»Sie sehen nicht gut aus, Commissario. Weltschmerz?«

»Quatsch, Cengiz. Ein Sixpack Pils, bitte.«

Frank kannte den Kioskbesitzer schon lange. Und noch besser dessen Vater, der in den Sechzigerjahren als Gastarbeiter nach Gladbach gekommen war und schon wenige Jahre später den Kiosk übernommen hatte. Frank hatte ihm vor ein paar Jahren helfen können, als er ein paar zwielichtigen Gestalten aufgesessen war. Dankbar hatte Erhan ihn damals in sein großes türkisches Herz geschlossen und damit quasi adoptiert.

Mittlerweile führte Cengiz den Kiosk.

»So so, Kommissario. Ein Sixpack.«

»Ja. Ich muss nachdenken. Und hör auf, mich ›Commissario‹ zu nennen.«

»Okay, Commissario.« Immer noch grinsend, stellte Cengiz das Bier auf die Theke. »Kann ich sonst noch etwas für Sie tun? Ich habe gerade frische Mohrenköpfe bekommen.«

»Nee, heute nur Bier.«

Frank war kaum zurück in seiner Wohnung, als das Telefon klingelte. Lisa! Frank stürzte zum Apparat.

»Ja?«

Es war Ecki.

»Kamphausens Telefonverzeichnis ist jetzt ausgewertet.«

»Und?«

»Es ist unter anderem eine Nummer aufgetaucht, die wir auch bei Voogt gefunden haben. Und beide Male stand sie deutlich separat von den anderen. Der Mobilanschluss gehört Barbara Thofondern, der Tochter des Viehhändlers.«

»Ja, und?«

»Erinnerst du dich, was einer der Befragten an dem Mordabend ausgesagt hat? Wie Thofondern reagiert haben soll, als einer seiner Schützenkumpanen den Namen seiner Tochter genannt hat?«

»Wir werden die Dame morgen überprüfen. Jetzt habe ich Feierabend.«

»Mein Vater hat immer gesagt: Wer saufen kann, der kann auch arbeiten. Na los, wir sollten die Kollegen nicht warten lassen.«

»Ist ja schon gut.« Frank erhob sich langsam von seinem Schreibtisch. Sofort wurde das Brummen in seinem Schädel wieder stärker.

Ecki sah seinen Freund halb besorgt, halb belustigt an.

»Scheiße.« Frank hatte das Gefühl, den Boden unter den Füßen zu verlieren. Vor seine Augen zogen Schlieren.

»Komm, wir machen einen Umweg über die Kantine.«

Die Fahrt zum Landhandel verlief angenehmer als erwartet. Der starke Kaffee und das Schinkenbrötchen hatten Franks Lebensgeister zumindest teilweise zurückgebracht.

»Bevor du gleich in sämtliche Fettnäpfe trittst, Frank: Es ist das Ding vom KK 14. Die sind nur so freundlich, uns Informationen aus erster Hand zukommen zu lassen.« Ecki betätigte den Blinker. »Du hast dich gestern Abend doch absichtlich besoffen.«

Frank sah angestrengt aus dem Fenster.

»Ist es wegen Lisa?«

Frank schwieg.

»Natürlich ist es wegen Lisa.«

Frank schwieg weiter.

»Wenigstens manchmal solltest du mit deinem Kumpel reden.«

»Ich werde noch verrückt, wenn sie nicht bald zurückkommt. Ich habe das Gefühl, dass sie mich dafür verantwortlich macht, dass unser Kind nicht zur Welt kommen durfte.«

»Das glaube ich nicht. Niemand von euch hat Schuld. Es sollte so sein. Vielleicht ist es gut so, dass die Natur am Ende so entschieden hat.« Eckis Stimme klang sanft.

»Und warum ist die Trauer so groß, dass Lisa gleich vor mir flüchtet?«

»Das ist doch normal, dass ihr trauert. Und jeder macht das auf seine Weise. Das heißt doch überhaupt nicht, dass sie dich nicht mehr liebt.«

»Du großer Gott.« Frank wies auf den Parkplatz des Landhandels, der vor ihnen aufgetaucht war. Dort standen mehrere Streifenwagen und Mannschaftstransportwagen. Offenbar hatten die Kollegen vom KK 14 eine halbe Hundertschaft in Marsch gesetzt. Außerdem zwei Hundeführer.

Trotz der Kälte hatte der Mechaniker die Ärmel seines Flanellhemds bis über die Ellenbogen aufgekrempelt.

»Hören Sie, Herr Kommissar, Ihre Kollegen werden nichts finden. Der Laden ist sauber.« Hilfesuchend sah Peter

Fischermanns Frank an. »Das haben die Beamten damals doch auch schon festgestellt.«

»Wir werden sehen.« Frank nickte seinen Kollegen zu.

»Hören Sie, Sie machen uns das Geschäft kaputt. Was sollen denn die Leute denken?«

»So ist das nun mal. Es gibt einen konkreten Verdacht. Sonst wären die Kollegen nicht hier.«

Nach einer knappen Stunde schlugen die Hunde an.

Im hinteren Teil der großen Lager- und Verkaufshalle standen die beiden Hundeführer und hatten ihre Tiere wieder angeleint. Auch Jan Kuhnert kam dazu.

Der Einsatzleiter deutete auf ein staubiges Holzregal, in dem Säcke mit Dünger lagen.

»Dünger?« Frank sah Jürgen Hausmann erstaunt an.

»Nee, Cannabis. Hier liegt Haschisch oder hat hier gelegen.«

Die Mitglieder der Hundertschaft begannen, die Paletten mit dem abgepackten Kunstdünger abzuräumen. Währenddessen zogen die Hunde aufgeregt an ihren Leinen. Es dauerte nicht lange, bis im Fußboden unter dem grob gezimmerten Regal eine Klappe sichtbar wurde.

Jan Kuhnert sprach einen Kollegen an. »Holt Fischermanns.«

Der Mechaniker näherte sich nur zögerlich, so als hoffte er, das Unausweichliche sei vielleicht noch zu verhindern.

»Wohin führt diese Klappe?« Jan Kuhnert sah ihn freundlich an.

»In einen alten Keller. Der wird aber schon seit Jahren nicht mehr benutzt.«

Der Drogenfahnder bückte sich leicht ächzend und hob die eiserne Klappe an.

Auch Ecki und Frank waren an den Rand der Öffnung getreten. »Wir brauchen mehr Licht. Holt einen Handscheinwerfer.«

Frank versuchte, etwas zu erkennen. »Das ist so eine Art Kriechkeller. Gibt es noch einen Zugang?«

»Es gibt von außen noch eine kleine Tür. Hinten am Gebäude. Aber davor stehen Maschinen.«

»Können Sie das Zeugs zur Seite räumen?«

Fischermanns nickte nervös. »Aber das dauert.«

Jan Kuhnert löschte die Taschenlampe und ließ die Klappe hörbar in ihren Rahmen zurückfallen. »Wir haben Zeit.«

Es dauerte eine ganze Weile, bis Peter Fischermanns, der jetzt nicht nur schwitzte wie im heißesten Hochsommer, sondern vor Aufregung und Anstrengung laut schnaufte, die nötigen Schlüssel gefunden hatte.

Mittlerweile war den Beamten der Kaffee ausgegangen. Über den Einsatzkräften standen Wölkchen aus Zigarettenqualm und kondensierter Atemluft.

Schließlich hatte Peter Fischermanns mit seinem Schlepper das letzte noch störende Pfluggeschirr von der Holztür an der Rückseite des Landhandels gerückt.

Der Einsatzleiter der Hundertschaft ging zu Fischermanns, der sich aus dem Führerhaus zu ihm hinunterbeugte. Als Fischermanns den Kopf schüttelte, ging Hausmann zu seinem Wagen und kam mit einem Brecheisen zurück. Mit einem kurzen heftigen Ruck brach er das einfache Vorhängeschloss der Kellertür auf.

Hausmann gab den beiden Hundeführern einen Wink, die daraufhin mit ihren aufgeregt hechelnden Hunden in der Öffnung verschwanden. Die Tiere schlugen sofort an.

Jan Kuhnert bedeutete Frank und Ecki mitzukommen.

An den Backsteinwänden lehnten mehrere Regalböden aus Metall. Außerdem standen in dem knapp zwanzig Quadratmeter großen Raum zahlreiche Wärmelampen auf dem Boden sowie mehrere Kabeltrommeln, daneben lagen Schläuche unterschiedlicher Größen, Beutel mit Kabelbindern, kleine Säcke mit Verteilerdosen und Steckerleisten, Eimer und ineinander gestapelte Pflanzcontainer. Von Pflanzen fehlte allerdings jede Spur.

Kuhnert seufzte. »Diesmal kommen wir offenbar zu spät.«

»Die Typen haben sicher kalte Füße bekommen, als die Kollegen vom Betrug den Laden überprüft haben.« Ecki stieß mit der Schuhspitze gegen einige kurze Schlauchstücke.

Frank sah sich um. »Eine bessere Tarnung als einen Landhandel gibt es für eine Hanfplantage kaum.«

Kuhnert grinste. »Ich vermute eher, dass die Täter den Unfall auf der A61 nicht auf der Rechnung hatten und deshalb in aller Eile eingepackt haben.«

»Ihr solltet Fotos von dem verunglückten Hanftransporter in der Nachbarschaft herumzeigen. Vielleicht ist er ja gesehen worden. Und irgendeiner kann sich an den dazugehörigen Fahrer erinnern.«

Ecki räusperte sich, aber Frank reagierte nicht.

»Kann gut sein, dass euch der Transporter auf direktem Weg zu den Hintermännern der Hanfbauern führt.«

Ecki räusperte sich erneut.

»Danke für den Tipp.« Mehr musste Kuhnert nicht sagen.

Kurze Zeit später saß ein unruhiger Peter Fischermanns im kärglich möblierten Vernehmungszimmer des Präsidiums.

»Ich habe mit der Sache nichts zu tun«, beteuerte er zum wiederholten Male.

»Seit wann hat Raimund Kamphausen in dem Keller gearbeitet? Hat er dabei Hilfe gehabt, oder hast du ihm sogar dabei geholfen?«

»Das habe ich doch schon gesagt, ich habe nicht gewusst, dass Raimund in dem Keller war. Der Keller ist nie benutzt worden, solange ich bei der Arbeit bin.«

»Und dir ist nichts aufgefallen? Dass die Maschinen weg mussten, um an die Tür zu kommen?«

Peter Fischermanns Gesicht hellte sich auf. »Die Maschinen stehen sonst nicht vor der Tür. Die hab ich vor ein paar Tagen da hingestellt. Dort ist es zum Arbeiten angenehmer, da pfeift der Wind nicht so. Wir haben ja keine richtige Werkstatt.«

»Hm.« Jan Kuhnert überlegte.»Du kennst Michael Voogt?«

»Der ist doch ein Freund von Raimund. Und tot.«

»Woher kennst du ihn? Von den Schützenfesten?«

»Nein. Er ist oft bei Raimund im Büro gewesen.«

»Oft?« Jan Kuhnert horchte auf.

»Er kam meist kurz vor Feierabend.«

»Weißt du, was er wollte?«

»Nee. Ich war da im Lager oder draußen auf dem Hof.«

»Ist er in der letzten Zeit öfter da gewesen?«

Der Mechaniker wischte sich mit einem schmutzigen Taschentuch über die Stirn. »Der ist in der letzten Zeit besonders oft bei uns gewesen. Ich denke, es ging um Getreidelieferungen. Er hat überall versucht, möglichst billig einzukaufen und Prozente zu bekommen.«

»Hat Voogt viel bei euch gekauft?«

»Regelmäßig.«

»Und du hast ausgeliefert?«

»Nein. Die Bauern fahren direkt zur Brauerei.«

»Und du hast nie gesehen, dass die beiden zu dem Keller gegangen sind?«

Peter Fischermanns schüttelte den Kopf. Er war müde. Er hatte doch dem Polizeibeamten schon alles dreimal erzählt.

»Ich glaube dir kein Wort. Ich bin sicher, dass du mit Kamphausen gemeinsame Sache gemacht hast. Ihr habt das Cannabis angebaut und geerntet. Dann hast du die Pflanzen weggebracht. Wir werden den verunglückten Transporter auf deine Fingerabdrücke untersuchen lassen. Ich bin sicher, dass wir sie finden werden.«

Tränen stiegen Fischermanns in die Augen. »Sie müssen mir glauben, ich habe mit der Sache nichts zu tun.«

»Dann beweis mir, dass du die Wahrheit sagst.«

»Sie werden in dem Keller nichts finden. Ich bin da nicht drin gewesen.«

»Aber Kamphausen war dort?«

»Weiß ich nicht. Kann sein.«

»Was heißt das?«

»Er kann dort nach Feierabend was gemacht haben. Wenn ich spätabends noch mal vorbeigefahren bin, hat schon mal das Auto von Raimund dort gestanden.«

»So so. Nur Kamphausens Auto?«

»Manchmal auch andere Autos.«

»Auch Lieferwagen? So wie Gärtnereien sie benutzen?«

»Ich glaube, da waren auch mal VW- oder Mercedes-Transporter. Solche Autos fahren hier doch überall herum.«

»Kannst du dich an Nummernschilder erinnern? Waren die aus Holland oder auch aus England oder Polen?«

»Keine Ahnung.«

»Und das Auto von Voogt? Stand das auch schon mal nachts dort?« Kuhnert sah zum verspiegelten Fenster.

»Das Auto von Voogts hat auch dort gestanden.«

»Hat dich das nicht gewundert?«

»Ich habe nicht drüber nachgedacht. Geht mich ja auch gar nix an.«

Clemens Boshoven sah sich aufmerksam um. Das Restaurant war gut zur Hälfte gefüllt. Als sein Mineralwasser gebracht wurde, sah er zum x-ten Mal auf die Uhr.

»Guten Tag, Herr Boshoven. Bitte verzeihen Sie meine Verspätung. Aber wir haben seit dem Morgen Probleme mit der Abfüllanlage. Das hat meinen ganzen Terminplan durcheinandergebracht.« Noch im Setzen winkte Böhling der Kellnerin zu und bedeutete ihr, dass er auch ein Mineralwasser wollte.

»Ist nicht schlimm.«

Böhling kam sofort zur Sache. »Sie haben es am Telefon ja ziemlich spannend gemacht.«

»Ich habe von meiner Buchhaltung alle Belege prüfen lassen. Dabei ist nichts Ungewöhnliches aufgefallen. Alle bestellten Analysen sind ordnungsgemäß durchgeführt und abgerechnet worden. Ich habe Ihnen Kopien anfertigen lassen. Eine wie auch immer geartete Differenz von 30 000 Euro kann ich nicht erkennen. Bitte.« Der Laborleiter reichte Böhling die mitgebrachte Mappe.

Ulrich Böhling legte sie achtlos beiseite. »Ich glaube, ich verschwende hier nur meine Zeit.« Sein Gesicht verfinsterte sich.

»Wir haben festgestellt, dass eine Reihe von Formularen fehlt. Wissen Sie, diese Formulare, auf denen wir unsere Analysen festhalten, sind durchnummeriert. Das sind Dokumente, mit denen wir unsere Arbeit lückenlos belegen können. Eine Art Quittungsblock, nur komplizierter und umfangreicher.«

»Ja, und? Ich verstehe nicht.«

»Nun, wenn Sie mir einen Blick in Ihre Unterlagen gestatten, könnte ich ziemlich schnell feststellen, ob es sich dabei um die fehlenden Formulare handelt.«

»Und wenn?«

»Nun, das kann nur bedeuten, dass uns diese Formulare gestohlen wurden, zum Beispiel um Ihnen Leistungen zu berechnen, die nie erbracht wurden.«

»Voogt soll diese Papiere bei Ihnen gestohlen haben? Das glauben Sie doch selbst nicht!«

»Vielleicht hatte er ja Komplizen?«

»Wenn Sie sagen, dass die Dokumente nummeriert sind, muss der Buchhaltung bei der Abrechnung doch auffallen, dass die Nummernfolge abreißt.« Böhling glaubte Boshoven kein Wort.

»Leider werden die Analysen intern nach einem anderen System dokumentiert. Ich könnte verstehen, dass der Fehlbestand bisher nicht aufgefallen ist.«

»Das ist doch eine erschreckende Sicherheitslücke, wenn es denn stimmt, was Sie da behaupten.«

»Wir wollten das eigentlich schon längst geändert haben.«

Der Leiter des Neusser Labors wollte etwas sagen, unterbrach sich aber. Böhling konnte an Boshovens Gesicht sehen, wie sehr es in ihm arbeitete.

»Bitte, Herr Böhling, verstehen Sie mich nicht falsch. Aber das Geld, Ihr Geld, ist nie bei uns angekommen. Sie können wirklich jedes Konto überprüfen. Sie werden keine 30 000 Euro finden. Ich kann Ihnen das Geld also nicht ersetzen. Das verstehen Sie doch?«

»Sie werden zahlen müssen, Boshoven, oder ich gehe zur Polizei.« Böhling sah den Laborleiter ungerührt an.

»Das können Sie doch nicht machen. Integrität ist unser größtes Kapital. Wollen Sie uns vernichten?«

»Ich baue gerade meine Brauerei um. Da brauche ich jeden Euro. Außerdem sprechen wir hier über Betrug.«

»Lassen Sie uns doch vernünftig reden.«

»Ich werde zur Polizei gehen. Gleich morgen. Ich will wissen, wer mich und, meinetwegen, auch Sie betrogen hat.«

Clemens Boshoven streckte seinen Arm aus, als wollte er Böhlings Hand ergreifen, hielt aber in der Bewegung inne. »Bitte, geben Sie mir noch eine Chance. Ich will die undichte Stelle in meinem Haus finde. Dann regele ich die Sache auf meine Weise. Diskret. Ich appelliere an Ihr Herz, Herr Böhling. Sie haben das Wort eines Ehrenmannes.«

Der Brauereibesitzer schwieg. Er musste an seine Brauerei denken. Würde bei ihm ermittelt, wäre der wirtschaftliche Schaden ebenfalls kaum mehr wiedergutzumachen. »Na gut, Herr Boshoven. Ich will wirklich kein Unmensch sein. Deshalb gebe ich Ihnen noch eine Woche Zeit.«

»Sie wollen zu mir?« Barbara Thofondern runzelte die Stirn.

»Ja. Dürfen wir reinkommen?« Frank steckte seinen Dienstausweis in die Innentasche seiner Jacke zurück.

»Wenn es sein muss. Worum geht es? Kommen Sie wegen des Ermordeten?« Barbara Thofondern ging voraus ins Wohnzimmer. Unsicher zeigte sie auf die altdeutsche Sitzgarnitur. »Wenn Sie sich setzen wollen.«

Frank und Ecki versanken fast in den dunkelgrünen Polstern der Eichenholzsessel. Diese wurden jeweils von einem Beistelltischchen und einer Stehlampe aus Messing flankiert. Auf den Tischchen lagen gehäkelte Deckchen, darauf standen Aschenbecher aus dunkelgrünem Marmor. In der Luft lag Tannennadelduft.

»Möchten Sie Kaffee oder ein Wasser?« Barbara Thofondern sah aus, als würde sie lieber flüchten, statt die Gastgeberin zu spielen.

Beide Ermittler schüttelten den Kopf.

»Ja, also, ich hole mir dann ein Wasser.«

»Ich kriege Beklemmungen hier drin.« Frank rutschte an den Rand des gepolsterten Sessels, um eine aufrechte Haltung zu wahren.

»Ist doch ganz gemütlich.« Ecki hatte sich zurückgelehnt. »Meine Eltern haben fast die gleiche Garnitur. Außerdem sind die Sessel doch superbequem.«

Barbara Thofondern hatte offenbar Eckis letzten Satz gehört. »Ich bin auch eher für moderne schlichte Möbel.«

Frank musterte Barbara Thofondern. Sie mochte Ende zwanzig sein, war nicht sehr groß und nicht übermäßig schlank. Sie hatte ein rundes Gesicht und eine fast weiße Haut. Ihre rotblonden Haare hatte sie zu zwei Zöpfchen zusammengebunden, die wie Stummel fast waagerecht von ihrem Kopf abstanden. Über einem bauchfreien T-Shirt trug sie eine offene türkisfarbene Strickjacke. Ihre Beine steckten in einer grauen Hose mit an der Seite aufgenähten Taschen.

Sie sah interessant aus, war aber sicher keine Schönheit. Ecki räusperte sich. »Wollen Sie sich nicht setzen?«

Sie nickte und setzte sich auf den Rand eines Sessels.

»Sind Sie Einzelkind oder haben Sie Geschwister?« Frank lächelte Barbara Thofondern freundlich an.

»Einzelkind.« Sie zögerte. »Ich ... ich hatte eine Schwester.

Aber sie ist einen Tag nach ihrer Geburt gestorben. Als ich dann auf der Welt war, durfte meine Mutter aus medizinischen Gründen keine Kinder mehr bekommen.«

»Oh.« Ecki hob bedauernd die Hände.

»Aber Sie sind bestimmt nicht gekommen, um mit mir über meine tote Schwester zu sprechen.«

Frank räusperte sich. »Nein. Wir würden mit Ihnen gerne über Raimund Kamphausen und Michael Voogt sprechen.«

»Wir haben Ihren Namen und Ihre Nummer in den Notizbüchern der beiden gefunden«, assistierte Ecki.

»Ja, und?« Barbara Thofondern sah die beiden aus ruhigen Augen an.

»In welcher Beziehung standen Sie zu den beiden?«

»Was verstehen Sie unter ›Beziehung‹, meine Herren?« Eben noch eine unsichere junge Frau hatte sie nun die Haltung einer unnahbaren Gutsherrin eingenommen.

»Nun, wie würden Sie ›Beziehung‹ definieren in Bezug auf die beiden Männer?« Ecki musterte Barbara Thofondern aufmerksam.

»Raimund und Michael sind Kameraden meines Vaters. Übrigens wie fast alle Männer hier.«

»Und deshalb steht Ihr Name in den beiden Verzeichnissen?«, fragte Ecki mit butterweichem Unterton.

Barbara Thofondern zuckte mit den Schultern. »Man kennt sich in einem Dorf wie Bracht. Es ist nicht verkehrt, wenn man weiß, wen man anrufen kann.«

»Das müssen Sie mir erklären.« Frank lächelte.

Barbara Thofondern schien auf die Frage gewartet zu haben. »Michael, zum Beispiel, arbeitete in einer Brauerei. Und da kann es nicht schaden, ihn, wenn man ein Fest macht, anzurufen, um ein Fässchen spendiert zu bekommen.«

»Und Raimund Kamphausen?«

Auch auf diese Frage kam postwendend die Antwort. Vielleicht eine Spur zu selbstsicher, fand Ecki.

»Raimund arbeitet im Landhandel. Wenn mein Vater

Probleme mit einer seiner Maschinen hat, rufen wir immer Raimund an.«

Frank nickte. »Das sind die einzigen Berührungspunkte?«

»Ich habe oder hatte kein Verhältnis mit den beiden. Wenn es das ist, was Sie meinen, Herr Kommissar.«

»In der Tat.« Frank nickte.

»Frau Thofondern, haben Sie eine Idee, wer Michael Voogt umgebracht haben könnte?«

»Warum fragen Sie das ausgerechnet mich? Nein, ich habe keine Ahnung.« Ihre Haltung blieb tadellos.

»Haben Sie eine Ahnung, wo Raimund Kamphausen stecken könnte?« Frank versuchte, seine Sitzhaltung zu verändern, scheiterte aber kläglich an den tiefen Polstern.

Um Barbara Thofonderns Mund deutete sich ein amüsiertes Lächeln an. »Schrecklich, nicht? Diese Sessel sind einfach nur furchtbar.«

Frank nickte und rutschte wieder in Richtung Sesselkante.

Das Lächeln verschwand. »Um Ihre Frage zu beantworten, Herr Borsch, ich weiß nicht, wo Raimund stecken könnte.«

»Haben Sie einen Freund, Frau Thofondern?« Frank folgte einer plötzlichen Eingebung.

»Nein.« Ihre kurze Antwort klang harsch.

»Warum nicht, wenn ich fragen darf?«

»Ich glaube nicht, dass Sie das etwas angeht.«

»Was sagt Ihr Vater, wenn Sie sich mit Männern treffen?« Auf den ersten Blick blieb Barbara Thofondern gelassen. Allerdings bemerkte Frank, wie sich ihre Finger ineinander verschränkten.

»Wie kommen Sie darauf?«

»Nun, wir haben den Eindruck, dass Ihr Vater Ihnen nicht besonders viele Freiheiten lässt. Anders ausgedrückt: Kann es Ihr Vater ertragen, wenn Sie sich mit Männern einlassen?«

»Was fällt Ihnen ein, mich so etwas zu fragen?«, flüsterte Barbara Thofondern und betonte dabei jedes Wort.

»Verstehen Sie uns bitte nicht falsch«, Frank hob beschwichtigend die Hände.

Die Fingerknöchel von Barbara Thofondern wurden zusehends weißer.

»Sie sollten nicht auf das Gerede der Leute hören.«

Frank sah Ecki an, dann stand er auf. Ecki folgte seinem Beispiel. Wortlos erhob sich auch Barbara Thofondern und ging voraus in den Flur.

»Suchen Sie die Schuldigen woanders. Hier auf dem Hof werden Sie nichts finden.«

In der Tür drehte sich Ecki noch einmal zu ihr um. »Haben Sie ein eigenes Auto?«

»Selbstverständlich.«

»Welche Farbe und welches Fabrikat?«

»Einen dunkelblauen X3. Ist das wichtig?«

»War nur eine Frage. Auf Wiedersehen, Frau Thofondern.«

»Warum schüttelst du den Kopf wie ein dementer Wackeldackel?«, fragte Ecki, kaum dass sie durch das Hoftor in Richtung Autobahn unterwegs waren.

»Haben Sie ein eigenes Auto?« Frank äffte Eckis Tonfall nach. »Was hattest du erwartet? Dass sie sagt, ›Ja, Herr Eckers, ich gestehe, ich war am Mordabend auf dem Parkplatz, mit einem Messer‹?«

»Warum nicht? Ich wollte der Dame etwas Dampf machen. Hast du bemerkt, wie arrogant sie uns behandelt hat? Die wollte uns nur lässig ins Leere laufen lassen.«

»Ich glaube eher, dass sie eine unglückliche junge Frau ist, die sich nicht wehren kann.«

»Frank der Frauenversteher! Das sind ja ganz neue Züge an dir. Aber eigentlich hast du mir gerade ein hervorragendes Mordmotiv geliefert, Frank. Was ist, wenn Barbara Thofondern die Freundin von Michael Voogt war und der Alte dafür gesorgt hat, dass der Mann aus dem Leben seiner Tochter verschwindet?«

»Und wie passt Kamphausen da ins Bild?«

»Er könnte von Thofondern auf Voogt angesetzt worden sein.«

»Die beiden waren doch Freunde.«

»Was heißt das schon? Vergiss nicht, als Drogendealer hast du eine ganz besondere Beziehung zu Geld.«

»Was hast du heute gemacht?«

»Nichts.«

»War jemand hier?«

»Wieso?«

»Ob jemand hier war?«

»Nein.«

»Du sollst mich nicht anlügen.«

»Die Polizei war hier.«

»Die Polizei? Was haben sie gefragt?«

»Welches Auto ich fahre.«

»Und was hast du geantwortet?«

»Die Wahrheit.«

»Warum wollten die das wissen?«

»Weiß nicht.«

»Was haben sie sonst noch gefragt?«

»Nichts.«

»Du lügst schon wieder. Haben sie dich nicht nach Michael gefragt?«

»Nein.«

»Und zu Raimund?«

»Nein.«

»Du bist und bleibst eine Lügnerin.«

»Vater!«

Der Schlag traf sie ohne Vorwarnung aus dem Handgelenk. Barbara Thofondern ertrug die Ohrfeige ohne Regung. Stumm blieb sie am Küchentisch sitzen.

»Hören Sie, Borsch, ohne konkrete Anhaltspunkte kann ich diese Gegenüberstellung nicht anordnen. Sie müssen Frau Thofondern überzeugen, ihnen freiwillig zu helfen. Außerdem: Sie müssen mehr Kollegen einsetzen, sonst kommen wir nie weiter. Was ist eigentlich mit diesem Schützenabzeichen, das in der Nähe der Leiche gefunden wurde?« Staatsanwalt Ralf Böllmann klang müde und gereizt.

»Das Abzeichen bringt uns leider nicht weiter. Außer dass es uns zu Kamphausen geführt hat.«

»Es kann doch nicht sein, dass jemand einfach so spurlos verschwindet. Er muss sein Bild hinterlassen, auf Kameras von Tankstellen oder Banken, sein Name muss auf Passagierlisten auftauchen.«

»Wir haben wirklich alles gecheckt.« Ecki ärgerte sich.

»Und wenn er wirklich beseitigt wurde, wie sie vorhin angedeutet haben? Ob nun von Thofondern oder von dem großen Unbekannten, sei erst mal dahingestellt. Das würde zumindest erklären, dass wir ihn noch nicht aufgespürt haben.«

Böllmann hatte wirklich »wir« gesagt, registrierte Ecki.

»Die Fahndung nach ihm läuft. Mehr können wir im Moment nicht tun.«

»Ich spreche mit der Abteilung, die die Drogensachen bearbeitet. Es liegt doch nahe, dass Kamphausen tiefer in der Drogenszene steckt. Soweit ich weiß, haben die Kollegen eine VP in die Szene einschleusen können. Natürlich wollen wir keine voreiligen Schlüsse ziehen. Der Fall ist bei Ihnen wie immer in den richtigen Händen. Sie werden Erfolg haben. Ganz sicher.« Ralf Böllmann sah auf die Uhr. »Meine Herren, wenn Sie sonst nichts mehr haben, sind wir, glaube ich, durch. Ich freue mich schon auf den Fortschritt unserer Ermittlungen.«

Keine Viertelstunde später saßen die beiden Ermittler nicht weit von der Staatsanwaltschaft im »Café Bertrand«. Frank hatte Ecki zu einer heißen Schokolade mit Sahne überreden können. Für den äußerst gehaltvollen Kakao war das kleine Café stadtweit bekannt.

»Und?« Ecki nickte den beiden älteren Damen zu, die ihre Ankunft flüsternd kommentiert hatten.

»Ich werde Barbara Thofondern also anrufen und sie um ein Treffen im Präsidium bitten. Hast du ihre Nummer?«

»Klar. Hier.« Ecki reichte Frank sein Notizbuch.

Frank wählte die Nummer und wartete auf die Verbindung.

»Herr Thofondern, Borsch hier. Ich möchte Ihre Tochter sprechen.« Franks Blick verdunkelte sich. »Seit wann? Ja, danke.« Frank ließ das Mobiltelefon sinken. »Sie ist verschwunden. Seit gestern Abend.«

»Sollen wir nach ihr fahnden lassen?«

Frank griff nach seiner Jacke. »Und nach ihrem dunkelblauen BMW X3.«

»Brauchen Sie mich noch?« Renate Pesch hatte die Tür nur halb geöffnet und sah ihren Chef fragend an.

»Nur ganz kurz. Setzen Sie sich.«

»Danke.« Die Chefsekretärin setzte sich erwartungsvoll.

»Wissen Sie, Frau Pesch, was mich in den vergangenen Tagen so beschäftigt? Nein, natürlich können Sie das nicht wissen. Also, ich frage mich, warum Michael Voogt das gemacht hat? Hatte er Schulden?«

Renate Pesch sah auf ihren Rock. »Ich weiß es nicht. Mir gegenüber, das heißt, uns gegenüber hat er nie erwähnt, dass er finanzielle Schwierigkeiten gehabt hat. Michael war immer gut gelaunt. Wenn ich recht überlege, war er für meine Begriffe oft übertrieben gut gelaunt.«

»Hat er getrunken?«

» Nein, nie. Nicht während der Arbeit. Er hat immer gesagt, dass er auf seinen ›Lappen‹ angewiesen sei.«

»Waren Sie einmal bei ihm zu Hause?«

Renate Pesch sah ihren Chef erstaunt an. »Nein. Natürlich nicht. Ich hatte keine Veranlassung dazu, Herr Böhling.«

Der Brauereibesitzer lächelte amüsiert. »Liebe Frau Pesch, Sie haben mich missverstanden. Hat Herr Voogt Sie oder seine Kollegen nicht mal zu einer Geburtstagsfeier eingeladen? Ich meine, dann wäre Ihnen vielleicht aufgefallen, ob Ihr Kollege ein bisschen über seine Verhältnisse gelebt haben könnte. Ich habe mich auch schon gefragt, wie er seinen BMW finanziert hat.«

»Nein, ich war nie in seiner Wohnung. Und enge Freunde hat er hier nicht gehabt. Er war beliebt. Das ja. Aber die Kontakte haben sich nur auf die Arbeit beschränkt.«

»Fest steht, dass das Geld nie bei Boshoven angekommen ist. Das Konto, auf das das Geld überwiesen wurde, existiert bei Boshoven nicht. Ich frage mich: Wie hat Voogt das angestellt?«

»Vielleicht hat ihm jemand geholfen.« Renate Peschs Stimme klang unsicher und fragend.

»Und wer könnte das sein?« Böhlings Blick war mit einem Mal hart und stechend.

»Ich weiß nicht. Einen konkreten Verdacht habe ich nicht. Wie gesagt, bisher war die Buchhaltung in Ordnung.«

»Ich werde noch dahinterkommen.«

Renate Pesch nickte zögernd.

»Haben Sie Lust, mit mir essen zu gehen?«

»Ich … ich weiß nicht.« Renate Pesch wurde rot im Gesicht.

»Keine Sorge, Frau Pesch, das war kein unsittlicher Antrag. Ich wollte nur den Abend nicht einfach so ausklingen lassen. Bitte, geben Sie mir keinen Korb.«

»Ich weiß nicht so recht.«

»Ich möchte ohnehin noch einiges mit Ihnen besprechen.«

Renate Pesch drückte den Rücken durch. »Gut, wenn es geschäftlich ist, dann ist das etwas anderes.« Sie zögerte einen Augenblick. »Darf ich Sie fragen, um was es geht?«

»Ich möchte Sie künftig auch mit der Qualitätskontrolle betrauen. Mit Lieferanten-Verhandeln und so weiter, das ganze Programm.«

»Herr Böhling!« Mehr brachte Renate Pesch nicht hervor.

»Was willst du?« Jan Kuhnert sah den Besucher unfreundlich an.

»Ihr ermittelt doch in der Sache mit der Plantage?« Rolf Uferkamp blieb abwartend an der Tür stehen und zog die Nase hoch. Seine braunen Knopfaugen huschten unter dem Schirm der Baseballkappe abschätzend durch den Raum.

»Ja, und?«

»Ich hab da vielleicht etwas für euch.« Uferkamp blieb weiter abwartend an der Bürotür stehen. Er schniefte wieder hörbar. Es sah aus, als würde er Witterung aufnehmen.

»Ja ja, das kenne ich. Erst machst du die Pferde scheu, und am Ende ist doch nur alles heiße Luft.« Der knochige Dealer hat etwas von einer Straßenratte, dachte Kuhnert.

»Ihr sucht doch den Kamphausen.«

Kuhnert gelang es, weiter uninteressiert zu wirken. »Wer sagt das?«

»Man hört so das eine oder andere.«

»Was wirst du schon wissen?«

»Kamphausen hat Gras gezogen, mit den Holländern zusammen.«

»Aha.«

»Eben.«

»Was willst du mir verkaufen, Uferkamp? Mach's kurz. Ich hab nicht den ganzen Tag Zeit.«

»Gibt's Kaffee?«

»Tut mir leid.«

»Schade.«

Jan Kuhnert griff seufzend zum Telefonhörer und bat einen Kollegen, einen Kaffee zu besorgen. »Also?«

»200 Euro.« Uferkamp sah Kuhnert dabei nicht an.

»Kannste vergessen. Trink meinetwegen deinen Kaffee, und dann troll dich.«

»150?«

Kuhnert schüttelte den Kopf.

»130?«

Kuhnert schwieg.

»Dann 80. 80 ist die Info wert. Garantiert.«

»Sag mir, was du weißt. Danach überlege ich mir, ob ich dir einen Zwanziger anbieten kann.«

»Zwanzig ist zu wenig.«

»Zehn.«

»Er hat seine Kumpel betrogen. Die haben ihn verschwinden lassen. Sozusagen als Warnung für die Szene. Krieg ich jetzt meine zwanzig Euro?«

»Kamphausen ist tot? Wer sagt das?«

»Kann ich nicht sagen, sonst bin ich tot.«

»Was heißt das, ›betrogen‹?«

Der Gelegenheitsdealer und Junkie schwieg.

Es dauerte einen Augenblick, bis Kuhnert begriff. Dann zog er seine Geldbörse aus der Gesäßtasche und blätterte Uferkamp langsam vier Fünf-Euro-Scheine hin.

»Kamphausen wollte aussteigen. Soviel ich weiß, ist er vor vier Jahren an den Holländer geraten. An van Bommel.«

»Und?«

»Er hat hier Scheunen angemietet oder kleine Lagerhallen. Und dann hat er das ganze Zeugs besorgt, Lampen, Ventilatoren, Schläuche und so. Dafür hat er sein Geld bekommen.«

»Warum Kamphausen?«

»Das hängt mit irgendwelchem Düngerzeugs zusammen, das Kamphausen immer in Holland gekauft hat. Und Kamphausen spricht wohl fließend Holländisch.«

»Verstehe. Weiter.«

»Kamphausen hat mitbekommen, dass man mit dem Dope mehr Geld verdienen kann als mit dem Anmieten von Scheunen. Als van Bommel ihn deswegen ausgelacht hat, hat Kamphausen ihm gedroht, das Ganze auffliegen zu lassen. Ein richtiges Im- und Exportgeschäft mit festen Lieferzeiten. Das ging munter zwischen Holland und hier hin und her. Mit einem richtigen Fahrplan für die Lieferfahrzeuge. Kamphausen hat völlig unterschätzt, mit wem er es zu tun hat.«

»Woher weißt du das alles?«

»Wer clever ist, überlebt. Und ich bin clever.«

»Wo kann Kamphausen jetzt sein? Oder seine Leiche?«

»Weiß ich nicht. Mit Mord will ich nichts zu tun haben.«

»Schon gut. Also, was meinst du?«

»Ich weiß es nicht. Irgendwo in Holland vielleicht. Auf einer Müllkippe, verbrannt, in der Nordsee versenkt.«

»Geht's nicht ein bisschen konkreter?«

»Gut möglich, dass er auch nur untergetaucht ist.«

»Was weißt du sonst noch über van Bommel?«

»Nur, dass er aus der Gegend von Almelo kommt. Aber das werdet ihr schon noch rauskriegen.«

»Das ist alles?«

»Mehr gibt's nicht.« Rolf Uferkamp zog die zwanzig Euro zu sich und ließ sie blitzschnell in seiner Hosentasche verschwinden.

Jan Kuhnert öffnete erneut seine Geldbörse und zog diesmal einen Zwanzig-Euro-Schein heraus, den er zu Uferkamp hinüberschob.

Ohne das Geld eines Blickes zu würdigen, stand Uferkamp auf. »Sie haben mich nicht verstanden, Herr Kommissar, ich lasse mich nicht kaufen.«

Viola Kaumanns klingelte schon zum zweiten Mal an Franks Wohnungstür. Im Grunde wusste sie nicht, warum sie nach Eicken gefahren war statt in ihre eigene Wohnung. Sie war schon lange nicht mehr hier gewesen. Genau genommen war sie erst einmal bei Frank gewesen. Vor ein paar Monaten. Auch damals war sie nur ihrer Eingebung gefolgt. Und dann hatte sie bei ihm übernachtet.

Als Frank auch nach dem dritten Läuten nicht öffnete, drehte Viola Kaumanns sich enttäuscht um und stieg die Treppen hinunter. Wer weiß, wofür es gut ist, dachte sie.

»Hey, das ist aber eine Überraschung.« Frank stieg mit zwei Einkaufstüten in den Händen langsam die Stufen empor.

»Hi.« Viola Kaumanns' Herz begann wie wild zu klopfen.

»Du wolltest zu mir?« Frank sah Viola neugierig an.

Seine blauen Augen, dachte Viola. »Ich, ich wollte gerade wieder los. Hab einen Anruf aus dem Präsidium bekommen.«

»Schade. Ist es was Dringendes?«

»Ich, nein, ja. Ach was. Das kann warten. Soll ich dir tragen helfen?«

»Ich bin zwar schon ein alter Mann, aber die beiden Tüten werde ich noch hochschaffen.«

»Alter Mann, ich folge dir. Dir geht's gut, oder?«

Frank antwortete ihr erst, nachdem er die Wohnungstür aufgeschlossen und die Einkaufstüten abgesetzt hatte. »Ich habe Post von Lisa bekommen.«

»Wie schön.« Vielleicht sollte sie doch besser gehen.

»Hier.« Frank hielt ihr eine Postkarte hin.

Die junge Kommissarin nahm die Ansichtskarte mit spitzen Fingern entgegen, so als handele es sich um ein wichtiges Beweisstück. *Ist 'ne tolle Erfindung, Leben – Katja Riemann.*

»Ein schönes Zitat.«

»Ich denke, dass sie bald wieder daheim ist.« Frank räumte seine Einkäufe in den Kühlschrank.

»Was heißt ›bald‹?« Viola Kaumanns lehnte sich an den Küchentisch.

»Na ja, ich denke, in den nächsten 14 Tagen. Auf einen Tag mehr oder weniger kommt es jetzt auch nicht an. Ich habe so lange auf sie warten müssen. Möchtest du was trinken?« Frank hielt ihr eine Flasche Bordeaux hin.

Was machte sie hier in Franks Wohnung? »Ein Glas kann ja nicht schaden.«

Umständlich begann sie, den dicken Schal von ihrem Hals zu wickeln, dann zog sie ihre Jacke aus.

»Komm, ich häng sie auf.« Frank lächelte sie an. »Schön, dass du gekommen bist.«

Viola lächelte zurück. Es geriet etwas schief. Sie fühlte sich wie ein kleines Mädchen, das jetzt tapfer sein musste.

»Sollen wir uns ins Wohnzimmer setzen?«

Viola Kaumanns sah auf die Postkarte. »Wohnzimmer.«

Frank erzählte ihr von ihren Ermittlungen und auch von Kuhnerts Ergebnissen. Viola Kaumanns war froh, dass sie nur zuhören musste. Hin und wieder beugte sie sich im Sessel vor und griff nach ihrem Weinglas, das auf dem niedrigen Couchtisch stand. Dabei trafen sich ihre Blicke, manchmal für einen zu langen Augenblick.

»Schade, dass ich in dieser langweiligen Kommission sitze. Ich wäre lieber bei euch.«

»Wir könnten dich in der MK auch gut gebrauchen.«

Beiden war klar, dass nun der offizielle Teil ihrer Unterhaltung beendet war.

Während Viola ihr Glas mit beiden Händen hielt und dem Rotwein zusah, der durch ihre leichten Bewegungen des Glases zu kreisen begonnen hatte, ging Frank zum CD-Player.

»Ich habe Musik von Eric Burdon da, *Soul Of A Man.*«

Während Eric Burdon den *Slow moving train* besang, schwiegen sie. Beide wussten, dass es nichts zu sagen gab oder alles. Spät in der Nacht rief Viola Kaumanns sich ein Taxi. Sie nahm sich vor, nie mehr zurückzukommen.

Ursula Verstraeten hatte sich ganz tief in das Polster der Rückbank gedrückt. Sie wagte kaum, über die Seitenverkleidung zu sehen.

»Sie brauchen keine Angst zu haben. Niemand weiß, dass Sie in unserem Auto sitzen.«

»Ich will nicht, dass man nachher mit dem Finger auf mich zeigt. Ich will doch niemanden anschwärzen, Herr Eckers.«

»Für uns ist es ganz wichtig zu wissen, ob der Wagen von Frau Thofondern der ist, den Sie an jenem Abend auf dem Parkplatz von ›Haus Berten‹ gesehen haben.«

Frank ließ den Motor an, und der unauffällige Corsa rollte langsam auf die Hauptstraße, die an Thofonderns Hof vorbeiführte.

Neben einem Mercedes stand ein großer Geländewagen. Wenn Barbara Thofondern wirklich verschwunden war, dann offenbar ohne ihr Auto.

»Und?«, fragten Ecki und Frank fast gleichzeitig.

»Das ist das Auto. Ich habe mich nach unserem Telefonat damals mit meinem Mann hingesetzt und Autoprospekte angesehen. Es war sicher so ein Wagen. Aber ich glaube, das Kennzeichen kommt mir unbekannt vor.«

Frank sah Ursula Verstraeten eindringlich an. »Überlegen Sie bitte genau. Es ist sehr wichtig. War es dieser Wagen?«

»Sollen wir noch einmal vorbeifahren?«

»Nein. Das war bis jetzt schon aufregend genug für mich.« Ursula Verstraeten verschränkte die Arme unter ihrer Brust. Sie hatte genug gesehen, und sie hatte genug gesagt.

Die Stimmung im Büro war gedrückt. Der unorthodoxe Ermittlungsansatz war völlig in die Binsen gegangen.

Während sich Frank verbissen durch die aufgelaufene Botenpost arbeitete, klickte sich Ecki durch diverse Programme des LKA. Er seufzte.

»Was ist?« Frank sah geistesabwesend auf.

»Nix.«

Frank hatte auf andere Gedanken kommen wollen. Aber je länger er auf die Sätze in den Schreiben starrte, umso mehr vermischten sie sich mit den Gedanken an Violas Besuch.

»Träumst du?«

»Was? Nee.«

—

Der Tote lag im Gebüsch, unterhalb von »Haus Erholung«. Und er war kopflos.

Ein Hundebesitzer hatte den Torso entdeckt.

Richard Leenders kniete in seinem weißen Einmaloverall neben dem Toten. Ausnahmsweise rauchte er einmal keine seiner Mentholzigaretten. »Der Tote ist vermutlich bei vollem Bewusstsein enthauptet worden. Ich tippe auf Kettensäge. Auf jeden Fall brauchst du eine PS-starke Säge, um einigermaßen durch die an sich träge und für dererlei Gemetzel völlig ungeeignete Masse Menschenfleisch zu kommen. Guck mal, siehst du die unsaubere Schnittfläche? Die Kette muss sich regelrecht festgefressen haben.«

Frank musste sich zwingen, genau hinzusehen. Die Schnittränder waren tatsächlich nicht glatt. Ebenso wie das wenige sichtbare Muskelfleisch. Aus dem durchtrennten Halswirbelknochen war ein wenig weißlich-graue Masse ausgetreten.

»Wie lange ist er schon tot?« Frank wandte sich irritiert ab und nahm einen großen Schluck Kaffee. Er verbrannte sich prompt die Zunge und fluchte leise.

»Ich schätze, dass er hier schon seit mindestens zehn Stunden liegt. Er ist ja steif wie ein Brett. Wenn ich die Temperaturen einrechne und den äußeren Zustand des Körpers, schätze ich, dass der Mann seit mindestens fünfzehn Stunden tot ist.«

Leenders zog sich die Gummihandschuhe von den Händen und verschwand in Richtung Rettungswagen.

Frank sah in den Himmel, der tief über dem Abteiberg hing und aus dessen Grau sich seit einigen Minuten ein feiner Nebel aus winzigen Schneeflocken löste.

Wo war der Kopf? Die Kollegen hatten ihn nicht gefunden. Keine Plastiktüte, kein Sack, keine Sporttasche. Warum hatte man den Kopf nicht zu der Leiche gelegt? Frank verstand nicht, wie der Täter dachte. Noch nicht.

Heinz-Jürgen Schrievers klopfte an und betrat, ohne abzuwarten, das Büro seiner beiden Kollegen.

»Heini, äh, Heinz-Jürgen. Lange nicht gesehen.« Aufgeräumt biss Frank in einen Apfel und deutete einladend auf den Stuhl an seinem Schreibtisch. »Setz dich. Was gibt's Neues im Archiv? Magst du auch einen Apfel?«

»Danke.« Heinz-Jürgen Schrievers platzierte seine 120 Kilogramm Lebendgewicht vorsichtig auf dem angejahrten Sitzmöbel. »Ich hatte gerade eine Banane und eine Apfelsine.«

»Brav. Vitamine sind wichtig. Gerade in dieser Jahreszeit.« Ecki schmunzelte.

»Sagt Gertrud auch.«

»Bleib tapfer. Das tut auch deiner Figur gut.«

»Willst du damit sagen, dass ich zu dick bin?« Schrievers' Stimme schnarrte gefährlich.

»Ach was.«

»Musst du nur sagen, Eckers.« Schrievers' Blick bohrte sich tief in Eckis Augen.

»Wolltest du nur mal so bei uns vorbeischauen, oder hast du etwas auf dem Herzen?«

Wie ein gereizter Stier hatte Heinz-Jürgen Schrievers seinen Kopf in Richtung Ecki gesenkt. Es dauerte lange, bevor er auf Franks Frage reagierte. »Kann sein, dass ich etwas für dich und diesen ›Herrn‹ hier habe. Habt ihr schon den Namen der Leiche? Oder den Kopf?«

»Nein, leider nicht.«

»Das passt vielleicht ins Bild.«

»Wie meinst du das, Heinz-Jürgen?«

»Wie du weißt, klappt ja die Zusammenarbeit mit unseren Kollegen in der Provinz Limburg seit dem ›euregio-Projekt‹ zur Kommunikation zwischen deutschen und niederländischen Dienststellen immer besser. Und einer aus Roermond hat mir am Telefon erzählt, dass der abgeschnittene Kopf, ich meine, die Todesart, zu einer Serie von ähnlichen Taten passt, die in den vergangenen Jahren über die ganzen Niederlande verteilt begangen wurden. Sie sollen alle Bezüge zum Drogenmilieu haben. Keiner der Fälle konnte bisher aufgeklärt werden. Der letzte Tote ohne Kopf ist vor gut drei Monaten in der Nähe von Enschede gefunden worden.«

»Du meinst, dass unser Toter ein Kunde von Kuhnert sein könnte?« Ecki war neugierig.

Schrievers sah weiterhin nur Frank an. »Zumindest solltet ihr die Möglichkeit in Betracht ziehen.«

»Warum schneidet man einem Junkie den Kopf ab?«

»Vielleicht hat er seine Nase zu tief in Dinge gesteckt, die er besser nicht hätte wissen sollen. Oder es geht um Revierkämpfe rivalisierender Drogenkartelle. Die Kollegen schließen auch nicht aus, dass hinter den Morden Kasachen oder Tschetschenen stecken. Beide Gruppen sind gerade dabei, den europäischen Drogenmarkt unter sich aufzuteilen.« Schrievers legte seine Hände zufrieden auf seine dicke Strickjacke.

»Wenn das stimmt, könnte auch Kamphausen schon seinen Kopf verloren haben, was meinst du, Frank?« Ecki sah seinen Freund an.

»Ist mir zu vage. Außerdem, wie passt Voogt ins Bild? Er wurde schließlich ›nur‹ erstochen.«

»Habt ihr schon den PC von Voogt gecheckt?« Schrievers sah Frank an.

»Wir haben bei ihm keinen gefunden, auch keinen Laptop. Auch Kamphausens Wohnung war leer. Und auf den PCs bei Bolten und in Niederkrüchten haben wir nichts Verdächtiges entdeckt.«

»Und was ist mit dem Computer dieser Thofondern?«

Frank sah Schrievers erstaunt an. Eigentlich hatte Heinz-Jürgen recht.

»Habt ihr eigentlich schon mal darüber nachgedacht, dass sie nicht freiwillig verschwunden sein könnte?«

»Nee, um ehrlich zu sein.«

»Muss ich euch tatsächlich noch das Einmaleins der Polizeiarbeit beibringen, Jungens?«, feixte Schrievers.

»Was sagst du dazu?«

Jan Kuhnert runzelte die Stirn. »Die Russen schneiden Rolf Uferkamp den Kopf ab. Ich glaube es nicht.«

»Tschetschenen, Jan. Das ist ein Unterschied.«

»Klugscheißer.«

Frank wollte sachlich bleiben. »Du weißt, dass die Tschetschenen und Kasachen den Markt unter sich aufteilen?«

»Gerüchte. Ich habe immer nur Gerüchte gehört. Das sind große Clans. Sie sind im Drogengeschäft und im Waffengeschäft, sie schmuggeln Zigaretten, Benzin, Frauen. Alles, was Geld bringt. Frank, da werden wir die Finger nicht drankriegen. Das ist etwas für die Spezialisten in Wiesbaden.« Hastig steckte er sich eine Zigarette zwischen die Lippen und zündete sie an. »Leute wie Uferkamp: Das ist mein Job. Mehr geht auch nicht. Das habe ich in all den Jahren im KK 14 kapiert.« Kuhnert zog heftig an seiner Zigarette.

»Ihr habt wohl die Nerven ziemlich blank liegen, was?«

»Uferkamp hat für mich gearbeitet. Zumindest manchmal.«

Ecki und Frank waren sprachlos.

»Er war ein kleiner, dreckiger Dealer, aber er hatte seine verdammten Ohren überall. Dafür habe ich ihn bezahlt. Keine große Summen. Kleine Scheine. Ganz selten mal einen Fünfziger, meist einen Zehner oder Zwanziger. Kurz bevor ihr seine Leiche gefunden habt, war er noch bei mir.«

Jan Kuhnert erzählte den beiden Kollegen von Uferkamps Besuch.

»War Uferkamp deine einzige Verbindung in die Szene?«

»Nein, natürlich nicht.«

»Wie könnten wir zumindest an die mittlere Führungsebene des Drogenkartells herankommen? Das müsste jemand sein, der mehr drauf hat als dieser Uferkamp.«

»Ich wüsste niemanden.«

Frank machte eine ungeduldige Handbewegung. »Es geht mir nicht um Uferkamp. Ich will seinen Mörder, aber ich will auch wissen, wo Kamphausen steckt. Und wer weiß, am

Ende gibt es auch noch eine Verbindung zu Voogt und Thofondern.«

Kuhnert zögerte. »Soweit ich weiß, ist ein gewisser van Bommel regelmäßig in Deutschland. Aber wir haben ihm bisher nichts anhängen können. Noch nicht mal wegen Falschparkens.«

Ecki schlug mit der flachen Hand auf die Schreibtischplatte. »Heini. Heini muss seine Kollegen in Roermond auf van Bommel ansetzen. Sie müssen seine Gewohnheiten und Vorlieben recherchieren. Wenn sie das nicht ohnehin schon tun. Dann haben wir vielleicht eine Chance.«

»Gute Idee.« Frank nickte zufrieden.

»He, mal langsam. Das ist auch *mein* Fall.« Kuhnert zerdrückte den Rest seiner Zigarette im Aschenbecher.

»Wir haben zwei Morde aufzuklären. Möglicherweise sogar mehr. Und ich habe entschieden, dass wir an van Bommel heranmüssen, um weiterzukommen.«

Ecki merkte, dass Kuhnert wütend auffahren wollte. »Jan, sieh das doch praktisch. Wenn wir uns zusammentun, sind wir die doppelte Mannschaft. Und haben am Ende den doppelten Erfolg.«

Das Argument war nicht von der Hand zu weisen. »Also meinetwegen. Aber wir beide sind gleichberechtigt.«

Frank sah Kuhnert an. »Habe ich vielleicht etwas anderes behauptet?«

»Wo schlagen wir unser Hauptquartier auf? Hier?«

»Nein. Wir sind gerade dabei, in Bracht die Logistik aufzubauen. Diese Kneipe, ›Haus Berten‹, hat einen Saal. In den nächsten Stunden müssten wir dort komplett verkabelt sein.«

»Warum Bracht?«

»Dort ist der erste Mord passiert. Und ihr habt dort eine Marihuanaplantage ausgehoben, oder? Und es ist nicht weit bis Holland. Der ideale Standort, finde ich.«

»Außerdem können wir nach Dienstschluss sogar kegeln und ein gepflegtes Bierchen trinken.«

Jan Kuhnert verzog das Gesicht. »Kegeln?«

»Ja, kegeln.« Ecki verschränkte die Arme vor der Brust.

»Und wie kommen wir an van Bommel ran?«

Frank überlegte. »Eine Frau wäre nicht schlecht.«

»Ich wüsste nicht, wen wir einsetzen könnten. Vielleicht hat das LKA ja eine Beamtin, die sich in so etwas auskennt. Ist ein gefährlicher Job.« Kuhnert schüttelte den Kopf.

Ecki sah Frank nicht an. »Na ja, wir müssten nicht erst in Düsseldorf nachfragen. Ich wüsste schon jemanden.«

»Aha?« Jan Kuhnert wurde neugierig.

»Die Kollegin ist noch jung, aber sie hat schon eine Menge Erfahrung gesammelt. Und sie sieht nicht aus wie eine Polizeibeamtin.«

»Nein, Ecki, das ist nicht dein Ernst.«

»Doch, Frank. Viola wäre die Idealbesetzung.«

Frank sah zur Wand. Dort hing ein Plakat, das die Gefahren von Sucht zeigte: eine Spritze, ein voller Aschenbecher und eine Schnapsflasche, daneben eine offene Schachtel Tabletten. In Franks Kopf vermischten sich die Bilder mit denen brennender Kokaplantagen, dunkler Blutlachen unter den Köpfen Erschossener, lachender Menschen in Discotheken. Und dazwischen Bilder von Viola, ihre Hände, ihr Haar und der mit Lippenstift geschriebene Gruß auf seinem Badezimmerspiegel.

»Frank?«

»Was?«

»Was meinst du?« Ecki sah ihn besorgt an.

»Ich weiß nicht. Sie ist noch so jung.«

Boshoven schob den Briefumschlag über den Tisch. »30 000.«

»Sie haben also die Schwachstelle entdeckt?«

»Nein. Ich habe alles versucht. Meine Mitarbeiter sind schockiert über die Vorgänge und Vorwürfe. Niemand kann sich erklären, wie es zu diesem Diebstahl der Formulare kommen konnte. Unglücklicherweise hatten zu viele Zugang zu den Unterlagen. Dieser Vorfall hat unser Unternehmen verändert. Aber das soll nicht Ihre Sorge sein.«

Ulrich Böhling spürte Mitleid mit dem Unternehmer, der blass aussah. Er nahm den Umschlag vom Tisch und schob ihn ungeöffnet zwischen die Aktenstapel. »Was werden Sie nun tun, Herr Boshoven?«

»Das weiß ich nicht. Ich weiß nur eines: Ich beende hiermit unsere Zusammenarbeit, Herr Böhling.«

»Das verstehe ich nicht, Herr Boshoven. Wir waren bisher sehr zufrieden mit Ihrer Arbeit. Aus meiner Sicht gibt es keinen Anlass mehr, unsere Geschäftsbeziehung zu beenden.«

»Ich bin fest dazu entschlossen.«

Boshoven hatte den Rücken durchgedrückt und saß kerzengerade in seinem klobigen Stuhl.

»Ich bin jedenfalls froh, dass wir ohne Polizei ausgekommen sind. Ich lasse Ihnen einen Kaffee bringen. Der kann bei diesen Temperaturen nicht schaden.«

Die beiden Unternehmer überbrückten die Wartezeit mit allgemeinen Bemerkungen über die Wirtschaftslage.

Schließlich öffnete Renate Pesch die Tür und stellte das Tablett mit dem Kaffee auf den Tisch.

»Frau Pesch, bitte bleiben Sie noch einen Augenblick.« Böhling sah Boshoven an. »Frau Pesch kennen Sie ja bereits. Sie ist die wahre Seele dieses Hauses, sage ich immer.«

Clemens Boshoven nickte ihr abwesend lächelnd zu.

»Frau Pesch ist ab sofort nicht nur meine Chefsekretärin, sondern auch zuständig für die Qualitätssicherung unserer Produkte. Bei ihr ist diese Aufgabe wirklich in den besten Händen.«

»Oh, das ist sehr erfreulich. Ich freue mich für Sie.«

»Wäre Frau Pesch kein Grund, unsere Zusammenarbeit fortzusetzen? Sie finden in ihr eine absolut integre Ansprechpartnerin.«

Clemens Boshoven konnte es sich in Wahrheit nicht leisten, auf Bolten als Kunden zu verzichten. Und vielleicht hatte die Chefsekretärin Dinge im Umfeld von Voogt beobachtet, die für ihn wichtig sein könnten.

»Unter diesen Umständen kann ich das Angebot von Herrn Böhling auf keinen Fall ausschlagen. Ich freue mich, dass die Brauerei Bolten und unser Labor ihre Geschäftsbeziehungen fortsetzen. Und ich freue mich ganz besonders, dass ich künftig auf so eine charmante Ansprechpartnerin vertrauen darf.«

»Was wollen Sie von mir?« Kurt Thofondern sah die beiden Kriminalhauptkommissare misstrauisch an. »Haben Sie endlich meine Tochter gefunden?«

»Wir haben gedacht, Sie haben Neuigkeiten für uns.«

»Meine Geschäftsbücher müssen bis zum Jahresende fertig werden. Meine feine Tochter haut einfach ab und läßt mich in der Scheiße sitzen.«

Ecki wurde ungehalten. »Hören Sie, Sie verstehen offenbar nicht ganz. Wir möchten vermeiden, mit einem Durchsuchungsbeschluss zurückkehren zu müssen.«

Thofondern starrte ihn feindselig an, trat aber einen Schritt beiseite.

In der Küche wies er schroff auf die beiden Stühle, die am Tisch standen. Er selbst setzte sich auf die Eckbank.

»Wie würden Sie Ihr Verhältnis zu Ihrer Tochter beschreiben?«

»Was soll diese Frage? Warum sind Sie hier?«

»Beantworten Sie bitte meine Frage, Herr Thofondern.«

»Sie ist meine Tochter.«

»Geht das auch ein bisschen genauer? Wenn wir Ihre Tochter finden sollen, müssen Sie schon konkreter werden.« Ecki sah Thofondern eindringlich an.

»Ich habe meine Tochter nicht vom Hof gejagt.«

»Sie sind nicht gerade freundlich, Herr Thofondern. Gehen Sie auch so mit Ihrer Tochter um?«

»Das geht Sie gar nichts an.«

»Sie unterschätzen Ihre Situation in der Tat.« Frank nickte

Ecki zu. »Wir haben durchaus Anhaltspunkte dafür, dass Sie keinen, ich sage mal, rücksichtsvollen Umgang mit Ihrer Tochter pflegen. Insbesondere, wenn es um Männerbekanntschaften geht.«

Kurt Thofondern schlug mit den Händen auf den Tisch, dass es krachte. »Das geht Sie gar nichts an.«

»Beruhigen Sie sich. Wir haben nur eine einfache Frage gestellt. Also, wie ist das Verhältnis zu Ihrer Tochter?«

»Sie gehört auf den Hof. Ich habe viel Arbeit für sie. Da bleibt keine Zeit für Männergeschichten. Überhaupt: das sind alles Memmen. Schwachköpfe, die es nur auf ihren Rock und auf mein Geld abgesehen haben.«

»Wen meinen Sie mit ›Schwachköpfe‹? Michael Voogt vielleicht? Oder Kamphausen?«

Thofondern lehnte sich zurück. »Paah! Voogt. Dieses wichtigtuerische Arschloch. Ein kümmerlicher Hanswurst war das. Hat meiner Barbara schöne Augen gemacht. Babsi hier, Babsi da. Heiraten wollte er sie. Dabei hat er seinen Schwanz in jede Frau gesteckt, die nicht schnell genug auf den Baum kam. Fragen Sie mal in der Bruderschaft. Und Kamphausen war um keinen Deut besser. Immer eine dicke Karre unter dem Hintern, aber keine Kohle auf der Bank. Nee, das waren keine Männer für meine Barbara.«

»So, so.« Ecki machte sich Notizen.

»Sie erbt einmal den Hof und das Vermögen. Ich will nicht, dass mein Lebenswerk von einem Möchtegern verprasst wird. Und solange ich lebe, werde ich das zu verhindern wissen.«

»Mit allen Mitteln?«

»Mit allen Mitteln.« Erst am Blick der Ermittler merkte Kurt Thofondern, was er gesagt hatte. »Wollen Sie mir vielleicht einen Mord anhängen?«

»Niemand will Ihnen etwas anhängen. Aber Sie müssen zugeben, dass Sie sich gerade selbst belastet haben.«

»Raus! Verlassen Sie sofort mein Haus.« Thofondern war aufgesprungen und sah Frank und Ecki feindselig an.

Aber die beiden blieben ungerührt sitzen.

»Setzen Sie sich wieder. Ich habe nicht gesagt, dass wir Sie verdächtigen. Ich habe nur gesagt, dass Sie uns ein Motiv geliefert haben.«

Thofondern blieb einen Augenblick unschlüssig stehen und setzte sich dann langsam. Seine Fäuste blieben geballt.

»Wie hat Voogt reagiert, als Sie ihm klargemacht haben, was Sie von ihm halten?«

»Er hat nur gelacht und gesagt, das solle ihm Barbara selbst ins Gesicht sagen.«

»Und, hat sie?« Ecki behielt Thofondern im Auge.

»Sie sagt, ja. Und soweit ich das überprüfen konnte, haben sie sich danach auch nicht mehr getroffen.«

»Hat Ihre Tochter einen eigenen Computer?«

»Ja, warum?«

»Die beiden könnten sich über den PC verabredet haben.«

»Davon weiß ich nichts. Von diesem Kram verstehe ich nichts.«

»Wie dem auch sei. Können Sie sich erklären, wie Kamphausens Abzeichen an den Tatort gelangt sein könnte? Könnte Kamphausen der Mörder sein? Wir können Kamphausen nicht befragen. Er ist nicht auffindbar.«

»Ich habe keine Ahnung. Der Orden wird nur an besonderen Festtagen und zu wichtigen Anlässen getragen.«

»Und wie kommt er dann in die Nähe des Toten?«

»Sagen Sie es mir. Sie sind doch Polizist.«

Frank wollte nicht nachgeben. »Ich frage aber Sie.«

»Jemand muss ihn dort hingelegt haben.«

»Und wenn Kamphausen doch am Tatort war, um seinen Nebenbuhler zu töten?«

»Kamphausen macht vielleicht krumme Geschäfte. Aber er begeht keinen Mord. Nicht an Voogt. Ich kenne die Kerle seit ihrer Jugend. Sie waren dicke Freunde.«

»Das schützt nicht davor, aus Eifersucht ein Verbrechen zu begehen.«

»Hören Sie gut zu, Herr Kommissar.« Thofondern zeigte mit dem Finger auf Frank. »Es mag Ihnen lächerlich erscheinen, aber für uns haben die Begriffe ›Glaube‹, ›Sitte‹ und ›Heimat‹ eine Bedeutung. Wir sind Katholiken. Sie können davon ausgehen, dass niemand in der Bruderschaft zu einem Mord fähig ist. Denken kann man vieles, aber ein Mitglied der Bruderschaft würde so etwas nie tun.«

»Und Kamphausen ist ein überzeugtes Mitglied?«

»Sonst wäre er nicht bei uns.«

Frank hakte nach. »Was heißt, ›denken kann man vieles‹? Das klingt ganz nach Doppelmoral.«

»Ich weiß nicht, was Sie meinen.«

Frank hatte das Gefühl, dass das Gespräch in die falsche Richtung abzudriften drohte. »Ihre Tochter hat also einen eigenen Computer?«

»Sagte ich doch.«

»Wir würden ihn gerne mitnehmen und untersuchen lassen.«

»Muss ich das zulassen?«

»Wir können uns auch erst einen Beschluss besorgen, wenn Sie Wert darauf legen. Und wenn Sie bis dahin an ihm herummanipulieren sollten, würden wir das auch merken.«

Thofondern schnaubte. »Er steht in ihrem Zimmer.«

»Ihre Tochter hat keine eigene Wohnung in Ihrem Haus?«

»Wozu? Das ganze Haus steht ihr doch zur Verfügung.«

»Dürfen wir ihr Zimmer sehen?«

»Nein. Ich hole Ihnen den Computer.«

Kurt Thofondern kehrte umgehend in die Küche zurück. Er stellte das flache Notebook auf den Tisch.

»Noch eine Frage: Was wissen Sie über Raimund Kamphausens Freunde?«

»Ich weiß nur, dass er ein Spinner ist. Und dass er illegal Dünger verkauft. Er muss gut verdient haben. Denn er hat das Geld mit vollen Händen rausgehauen. Immer die neuesten Klamotten. Und dicke Autos.«

»Aha. Welche zum Beispiel?«

»Alles: Benz, Porsche, Jaguar und BMW-Geländewagen.«

»Schwarz?«

»Ja, kann sein. Warum?«

»Wann ist er ihn gefahren?«

»Keine Ahnung. Ist schon was länger her. So eine Angeberkarre, X5 oder wie die heißen. Nicht mein Fall.«

»Hatte Kamphausen mit Drogen zu tun?«

»Ich weiß nichts von Drogen.«

»Aber Sie wissen doch, dass es hier in der Gegend illegale Hanfplantagen gegeben hat?«

»Was hat das mit Kamphausen zu tun?«

»Das versuchen wir gerade herauszufinden.«

»Hören Sie, in der Bruderschaft gibt's nur Bier. Und ich kenne Kamphausen nur als Biertrinker, der schon mal einen über den Durst säuft. Dann ist er noch unerträglicher und macht jede Frau an. Von Hasch weiß ich nichts.«

»Lässt du mich rein?«

Viola stand im verwaschenen T-Shirt an der Tür und blinzelte Frank verwirrt an. Sie hatte sich direkt nach Dienstschluss zu Hause auf die Couch gelegt und war vor dem Fernseher eingeschlafen.

»Was willst du? Nein. Ja. Klar, selbstverständlich.« Viola strubbelte sich mit beiden Händen durch ihr Haar, das in alle Richtungen vom Kopf abstand. »Ich bin wohl eingeschlafen. Komm rein.« Ohne auf Frank zu warten, ging Viola voran in ihre kleine Küche und öffnete den Kühlschrank. »Willst du ein Bier?«

Frank schüttelte den Kopf.

Viola griff in die Seitentür und nahm eine Flasche Landbier heraus. Im Wegdrehen stieß sie mit ihrer Hüfte die Kühlschranktür zu und öffnete gleichzeitig mit einem lauten Plopp den Bügelverschluss. Im Wohnzimmer ließ sie sich aufs Sofa fallen und schaltete mit der Fernbedienung den Fernseher aus.

Frank zog seine Lederjacke aus und setzte sich.

»Prost.« Sie trank einen Schluck.

»Prost.«

»Was ist? Hätte ich mir erst etwas anderes anziehen sollen?« Amüsiert sah Viola Frank an.

»Nein, nicht nötig. Ich meine, mich stört das nicht.«

»Hm. Es stört dich nicht.« Ihr Lächeln hatte jetzt etwas Lausbubenhaftes. Ihre Müdigkeit schien verflogen.

»Nein, ich meine, steht dir gut, das T-Shirt.«

Viola Kaumanns sah an sich herunter. »So? Findest du? Ist schon uralt. Damit war ich schon auf Demos.«

Erst jetzt bemerkte Frank den Schriftzug *War is not the answer*.

»Ein passendes Schlafshirt, findest du nicht?« Viola setzte die Flasche an und trank einen großen Schluck. »Warum bist du hier? Nein, warte. Willst du Musik hören?« Viola stand auf und ging zu dem schmalen Metallregal, in dem ihr CD-Player stand.

»Was legst du auf?«

»Led Zeppelin, *Remasters*.«

Die beiden Polizeibeamten hörten eine Zeit lang schweigend der Musik zu.

»Also, Viola, ich…«, Frank zögerte, »ich habe einen konkreten Grund, warum ich hier bin.«

Viola regelte über ihre Fernbedienung die Laustärke des CD-Players herunter. Ihr Herz begann zu klopfen. »Nämlich?«

Frank erzählte von Schrievers' und Kuhnerts Ermittlungen.

Sie seufzte. »Warum erzählst du mir das alles? Sag endlich, was du von mir willst, Frank.«

»Kuhnert will dich als Lockvogel einsetzen. Van Bommel ist für uns eine zentrale Figur.«

»Und was hältst du davon?«

»Wenn es nach mir ginge, würdest du nicht auf van Bommel angesetzt.«

»Traust du mir die Sache nicht zu?«

Wie sollte er ihr klarmachen, dass er Angst um sie hatte?

»Das ist lebensgefährlich.«

Viola nickte zögernd. »Selbstverständlich.«

»Du nimmst die Sache auf die leichte Schulter.«

»Ich kann schon auf mich aufpassen. Warum bist du wirklich hier, Frank?«

»Ich will nur, dass du dir Gedanken machst. Kuhnert wird dich fragen. Eigene Leute kann er nicht einsetzen. Sie sind in der Szene zu bekannt. Das würde nicht funktionieren.«

»Weiß Kuhnert, dass du hier bist?«

»Nein.«

»Findest du nicht, du hättest erst mit ihm reden sollen?«

»Er muss es ja nicht erfahren.«

»Hör gut zu, Frank Borsch. Ich kann und werde auf mich aufpassen. In jeder Situation.«

»Und ich werde ihn umbringen, wenn er dir etwas antun sollte.«

»Ich werde ihn selbst erschießen, wenn er mir zu nahe kommen sollte.« Viola streckte sich. »Aber so weit sind wir noch nicht. Erzähl mir, was ihr über van Bommel wisst.«

»Nicht viel. Er ist Niederländer, Mitte dreißig. Nach außen jemand mit guten Manieren. Van Bommel ist in Almelo aufgewachsen, mit 17 von zuhause abgehauen und in der Amsterdamer Türsteherszene gelandet. Er soll ein paar Jahre in Frankfurt gelebt haben, deshalb spricht er gut Deutsch. Ein Mann mit vielen Verbindungen, smart, aber skrupellos und von einer Brutalität, die nicht zu seiner gepflegten Erscheinung passt. Soweit wir wissen, hat er sich die Legende eines erfolgreicher Unternehmers zugelegt, der im internationalen Agrargeschäft sein Geld macht. In Wirklichkeit verkauft er illegale Düngemittel im großen Stil und betreibt einen ausgeklügelten Handel mit Cannabispflanzen. So gesehen ist er in der Tat im Agrargeschäft.« Frank lächelte gequält. »Und er soll eine Schwäche für schöne Frauen haben.«

»Welcher Mann hat die nicht?«

»Bitte, Viola, lass den Job jemand anderen machen.«

»Mit wem arbeitet er zusammen?«

»Er soll eine Truppe aus üblen Schlägern um sich versammelt haben. Seine Vertrauten und zugleich lebensgefährliche Leibwächter. Bestes Beispiel ist Uferkamp. Er hat buchstäblich seinen Kopf verloren, weil er ihn zu tief in die falschen Angelegenheiten gesteckt hat.«

»Bemüh dich nicht, Frank. Du machst mir keine Angst.«

Frank sagte nichts und sah zu Boden.

»Ich glaube eh nicht, dass wir an van Bommel so ohne Weiteres herankommen werden. Wie soll das gehen?«

»Kuhnert und Schrievers haben über ihre Quellen erfahren, dass van Bommel sehr wohl regelmäßig diesseits der Grenze unterwegs ist. Er hat eine Schwäche für alte Autos, und er interessiert sich für Kunst.«

Sie versuchte, ihr T-Shirt bis über die Knie zu ziehen.

»Ist dir kalt?«

»Nein. Willst du jetzt ein Bier?«

»Hör auf damit, Viola, ich kann das nicht verantworten.«

»Ja?« Sie sah ihn erwartungsvoll an.

»Ich meine die Gefahr, dass dir etwas passiert. Ich brauche jetzt was mit mehr Soul.« Er versuchte auf halbwegs neutralen Boden zurückzukommen.

»Was hältst du von Shemekia Copeland, *Turn the Heat Up*?« Viola legte die CD ein und verschwand in der Küche.

»Ich mag Shemekia sehr.« Viola stand in seinem Rücken und drückte mit beiden Daumen gegen den Flaschenverschluss, der mit einem lauten *Plopp!* aufsprang.

»Und ich wundere mich jedes Mal, dass du dich für Blues interessierst.«

»So gefällst du mir schon viel besser, Frank.«

Die beiden standen sich einen Augenblick lang unschlüssig gegenüber.

»Hast du das gestern Abend gehört?« Ecki sah Frank an.

»Was meinst du?«

»Na, die Meldung im WDR. Über den Drogenfund. Schrievers hat schon angerufen. Seine Limburger Kontaktleute haben erzählt, dass es Hinweise darauf gibt, auch van Bommel habe die Finger im Spiel gehabt. Aber wie immer gibt es keine Beweise.«

»Abwarten, er wird einen Fehler machen.«

»Wir müssen gleich zu Kuhnert.«

»Ist Viola schon da?«

»Keine Ahnung, ich dachte, du wüsstest das.«

»Ich habe sie noch nicht gesehen.«

»Wir werden schon dafür sorgen, dass ihr nichts passiert.«

»Ich habe doch gar nichts gesagt.«

»Aber gedacht.«

Das Telefon klingelte.

»Eckers?« Ecki zog die Stirn in Falten. »Gut, in zwei Minuten.« Ecki legte den Hörer wieder auf. »Das war Linder. Sie haben den PC von Barbara Thofondern geknackt. Komm.«

Torsten Linder drehte sich nicht um, als sie eintraten. »Seht euch das an.«

Frank und Ecki stellten sich neben den Kriminaltechniker.

»Na, was sagt ihr dazu?«

Die beiden Ermittler sahen zwischen die Beine einer Frau. Die Qualität der Großaufnahme war einigermaßen gut, die Einstellung vielleicht etwas unscharf, das Licht nicht ganz perfekt. Von der Umgebung aber war wenig zu sehen. Eigentlich nur ein zerknittertes Laken und eine dunkle Überdecke, die an die Seite geschoben war.

»Was soll daran so interessant sein?« Frank hatte bereits genug gesehen.

»Dass so etwas auf dem PC einer Frau gespeichert ist, halte ich schon für bemerkenswert. Und es gibt nicht nur diesen Schnipsel. Wir haben zehn solcher Filme gefunden.« Mit wechselnder Besetzung, soweit ich das beurteilen kann. Der Mann scheint immer derselbe zu sein. Du siehst nicht viel mehr als seinen Schwanz. Wir werden uns die Oscar-verdächtigen Streifen noch genauer angucken müssen, fürchte ich.«

Frank und Ecki verbrachten die nächste halbe Stunde mit dem Betrachten der Pornoszenen.

»Warum hat Barbara Thofondern diese Filme gespeichert?« Frank rieb sich mit beiden Händen übers Gesicht.

»Vielleicht steht sie ja wirklich auf diese Art von Befriedigung, allein vor ihrem PC.«

»Vielleicht ist sie auf den Filmen selbst zu sehen, und wir wissen es nicht.« Torsten Linder sah seine Kollegen an.

»Kann sein, so genau kennen wir die Dame nun auch noch nicht.«

»Möglich, dass sie eine der Frauen kennt.« Frank seufzte.

»Braucht ihr vielleicht die Schuh- und die Körbchengröße der Damen?«

»Sag mir lieber, wie Barbara Thofondern an die Filme gekommen ist.«

»Alles ist möglich: Sie hat sie geschickt bekommen, sich heruntergeladen, Amateurpornos gibt's millionenfach im Netz. Oder sie hat sie am Ende sogar selbst gedreht.«

Außer Jan Kuhnert, Ina Weber, Frank und Ecki sowie drei weiteren Kollegen des KK14 saßen noch Viola Kaumanns und Staatsanwalt Ralf Böllmann in dem schallgedämpften Lageraum neben der Leitstelle. Viola Kaumanns trug ausgewaschene Jeans und ein eng anliegendes beiges T-Shirt, das zusammen mit dem dunkelgrünen Schal, den sie sich lässig um den Hals geschlungen hatte, ihr rostrotes Haar betonte.

Frank stand am Fenster und sah hinaus. Die Büsche waren

mit Raureif überzogen, und auf dem Gehweg lag eine hauchdünne geschlossene Schneeschicht. Der Himmel hing tief und dunkel zwischen den Gebäuden des Präsidiums.

»Wie wollen Sie nun genau vorgehen, Herr Kuhnert?« Der Staatsanwalt legte die Hände auf seinen Aktenkoffer.

Frank musste unwillkürlich schmunzeln; Böllmann sah aus, als warte er auf den Bus.

Der Leiter des KK 14 stand auf. »Also, liebe Kolleginnen, liebe Kollegen.« Weiter kam Kuhnert nicht.

»Bleiben Sie doch sitzen, Kuhnert.« Böllmann winkte gönnerhaft ab. »Wir sind doch unter uns.«

Kuhnert setzte sich. »Also, ich meine, das Ganze ist einigermaßen einfach. Unsere niederländischen Kollegen überwachen Marco van Bommel schon seit rund zwei Wochen. Soweit sie wissen, will er diese Woche eine Ausstellung in Grevenbroich besuchen. Die Kollegen haben ein Telefongespräch mitgehört, in dem sich van Bommel mit einem seiner Kumpel in der Ausstellung verabredet hat. Das wäre der richtige Augenblick, um unsere Kollegin ins Spiel zu bringen.« Jan Kuhnert nickte in Violas Richtung.

Viola Kaumanns nickte zurück.

»Nun, ich habe mir gedacht, dass die beiden, also Marco van Bommel und unsere Kollegin, über Kunst ins Gespräch kommen könnten. Daraus ergibt sich vielleicht der Rest.«

»Und warum haben sie ihn nicht schon in Holland hochgenommen? Und was heißt ›der Rest‹?« Franks Stimme klang eine Spur zu scharf, dachte Ecki.

»Er ist zu Hause höllisch auf der Hut. Er hat einen sechsten Sinn, zumindest was die niederländische Polizei betrifft.«

»Wir können van Bommel packen, weil er schwanzgesteuert ist, wie alle Männer.« Ina Weber grinste in die Runde.

Böllmann sah peinlich berührt auf seinen Aktenkoffer.

Frank musterte Viola. Aber er konnte nicht erkennen, was sie dachte.

»Wir werden van Bommels Überwachung von den niederländischen Kollegen übernehmen. Sein X5 ist nicht schwer zu identifizieren. Wir haben entschieden, dass wir allein zwischen dem ehemaligen Grenzübergang, meist kommt der Holländer über Schwanenhaus, und Grevenbroich fünf Fahrzeuge im Einsatz haben. In Grevenbroich wird van Bommel von den Neusser Kollegen übernommen. Viola wird verkabelt, wir haben stets Kontakt zu ihr. Sie wird keine Sekunde allein sein. So ist gewährleistet, dass wir innerhalb von Sekunden bei ihr sind.«

»Und wenn die Scanner einsetzen? Die bemerken den Sender sofort.« Frank konnte den Blick nicht von Viola lassen.

»Van Bommel hat keinen Grund, einen Scanner einzusetzen. Er ist auf die Begegnung ja nicht vorbereitet.«

»Sie ist ihm schutzlos ausgeliefert. Wenn dieser van Bommel so gefährlich ist, wie ihr sagt, wird er auch vor Gewalt in der Öffentlichkeit nicht zurückschrecken.«

Viola mischte sich ein. »Kannst du jetzt bitte mal die Klappe halten, Frank? Ich kann für mich selber sprechen.«

Frank merkte, wie ihm die Röte ins Gesicht stieg.

»Franks Einwände sind nicht ganz unberechtigt. Wie wollt ihr mich schützen? Ich werde doch ohne Waffe sein.«

Jan Kuhnert räusperte sich. »Viola, du weißt selbst, dass es eine hundertprozentige Sicherheit nicht geben kann. Wenn dir die Sache zu heiß ist, kannst du sie ablehnen. Ich bin sicher, wir werden dann einen anderen Weg finden.«

»Ihr serviert Viola auf einem Silbertablett.«

»Frank!« Viola Kaumanns sah Frank missbilligend an.

»Jetzt beruhig dich mal«, mischte sich auch Ecki ein.

»Ich soll mich beruhigen, wenn eine Kollegin aus meinem Dezernat als Lockvogel herhalten soll? Für eine windige Sache, deren Ausgang niemand steuern kann?«

Jan Kuhnert schüttelte den Kopf. »Du hast mich sicher missverstanden, Frank, es geht doch nicht um einen Zugriff in der Ausstellung. Sondern darum, dass van Bommel eine hübsche Besucherin trifft, die genau wie er ein Faible für moderne Malerei hat und mit der er unter Umständen einen netten Abend verbringen möchte.«

»Wie soll ich ihn ansprechen? Wer bin ich für ihn? Habt ihr euch für mich schon eine Legende überlegt?« Die Kommissarin sah von Ina Weber zu Jan Kuhnert und zu Böllmann.

»Nach unseren Informationen lebt er von seiner Frau seit zwei Jahren getrennt. Seither hatte er mehrere Affären. Im Moment ist er angeblich solo. Wir haben uns gedacht, dass du eine Studentin an der Hochschule Niederrhein bist. Fachrichtung Design, mit großem Interesse an ungewöhnlicher Kunst und ungewöhnlichen Typen. Du bist seit einem Jahr solo, hast dich von deinem Freund getrennt, weil er ein Weichei ist, Student der Sozialpädagogik. Oder du bist eine junge Assistenzärztin, die sich in ihrer knappen Freizeit für Malerei interessiert; als Ausgleich zu ihrer entbehrungsreichen Arbeit im Krankenhaus.«

»Was ist, wenn er zu mir nach Hause will?«

»Auch daran haben wir gedacht.« Jan Kuhnert blätterte in den Papieren, die vor ihm auf dem Tisch lagen. »Wir haben in einer Wohnanlage im Rheydter Westen, die überwiegend von Studenten genutzt wird, ein kleines Apartment angemietet. Eine Nichte von mir hat sich freundlicherweise bereit erklärt, für die Dauer der Ermittlungen ihr Zimmer zur Verfügung zu stellen. Echter geht's nicht. Außerdem hat der Ort den Vorteil, dass er nicht anonym ist. Van Bommel wird sich hüten, dort Ärger zu machen. Die Gefahr für ihn, dort aufzufallen, ist einfach zu groß. Das Wohnheim und seine Bewohner sind so etwas wie ein natürlicher Schutz für dich.«

»Was ist mit den angrenzenden Wohnungen?«

»Keine Sorge, Frank. Wir haben noch zwei Apartments angemietet, die derzeit leer stehen.«

»Ich will dabei sein.« Was, wenn der Niederländer Sex mit Viola wollte?

»Ich weiß nicht, ob das eine gute Idee ist. Du kannst dich ganz auf deine eigenen Ermittlungen konzentrieren.«

»Ich will dabei sein.«

»Lieber Herr Borsch, Herr Kuhnert hat recht. Sie werden in der Mordkommission dringend gebraucht. Ich bin jedenfalls nach dem Vortrag hier überzeugt, dass Viola Kaumanns nichts passieren kann. Es ist riskant, das schon. Aber Frau Kaumanns weiß, auf was sie sich in ihrem Beruf unter Umständen einlassen muss. Ich, für meinen Teil, stimme dem Unterfangen zu. Wir haben die einmalige Chance, einen international agierenden Straftäter zu überführen und festzunehmen.« Der Staatsanwalt lächelte zufrieden.

Viola schwieg.

»Und wie lange soll das Theater dauern? Eine Woche, einen Monat, ein Jahr?« Frank war mittlerweile ganz blass geworden.

»Das lässt sich nicht planen. Das weißt du doch selbst. Viola muss erst einmal van Bommels Vertrauen gewinnen.«

Nun frag schon, ob Viola dazu auch mit van Bommel ins Bett gehen soll, dachte Ecki.

»Nun, Frau Kaumanns, was sagen Sie zu unseren Plänen?« Böllmann musterte die Kommissarin.

Viola sah an Frank vorbei. »Jan, ich bin dabei. Ich will alles über diesen van Bommel lesen. Sein Aussehen, seine Vorlieben, sein Lieblingsessen, seine Lieblingsmaler, seine Marotten, seine Hobbys, wenn er welche hat, was seine Aufpasser machen, wenn er alleine sein will. Einfach alles. Ich will ihn besser kennen, als er sich selbst kennt. Dann bin ich bereit.«

Jan Kuhnert atmete hörbar aus.

Frank schüttelte stumm den Kopf.

Ralf Böllmann trommelte zufrieden mit den Fingern einen kurzen Wirbel auf seinem Aktenkoffer. Der Tag entwickelte sich ganz nach seinem Geschmack.

»Hör zu, Viola. Glaubst du wirklich, du weißt, worauf du dich da einlässt? Kuhnert wird dich verheizen, er hat nur seinen Erfolg vor Augen.«

»Jetzt mach aber mal einen Punkt, Frank. Wie sprichst du denn über unseren Kollegen? Jan macht seit vielen Jahren hervorragende Arbeit.« Violas Stimme klang müde.

»Viola, ich habe Angst um dich. Furchtbare Angst.«

Frank erkannte die Musik, die im Hintergrund lief. Joe Cocker, die ersten Akkorde von *Long as I can see the light.* »Viola?«

Long as I can see the light war alles, was er hörte. So lange, bis es in der Leitung *Klick* machte.

Irgendwann in der Nacht wachte Frank auf. Etwas hatte ihn geweckt. Aber er wusste nicht, was. Aufrecht saß er im Bett. Es war kurz nach zwei. Es klingelte. Wer, zum Teufel, stand mitten in der Nacht vor seiner Wohnungstür?

Viola! Mit einem Satz war Frank aus dem Bett. Schlaftrunken stieß er mit seiner Schulter gegen den Türrahmen und wankte fluchend zur Tür.

»Hallo, da bin ich.«

Frank verstand nicht, was er sah.

»Willst du mich nicht reinlassen?«

»Natürlich. Komm.«

»Hast du schon geschlafen?«

Frank nahm Lisas Reisetasche. Sie ging in die Küche vor und schaltete das Deckenlicht ein.

Dann drehte sie sich zu Frank um. »Freust du dich?«

»Was denkst du denn?«

»Ich bin mir nicht sicher.« Lisa sah sich um. »Hast du vielleicht ein Glas warme Milch für mich? Draußen ist es ganz schön kalt.«

»Natürlich. Ich hoffe, es ist noch was da. Ich wusste ja nicht, ich meine, wo kommst du denn jetzt her?« Frank nahm die Milchtüte aus dem Kühlschrank und stellte einen kleinen Topf auf den Herd.

Lisa legte ihre Arme um seinen Hals. »Komme ich ungelegen?«

Frank lehnte sich zurück und stützte sich mit den Händen

an der Herdkante auf. »Quatsch. Es ist nur, ich meine, du kommst so plötzlich. Ich habe nicht mit dir gerechnet.« Er verbesserte sich. »Ich habe schon mit dir gerechnet. Ich meine, ich habe mich so nach dir gesehnt.«

»Soll ich wieder gehen?«

»Nein, natürlich nicht.«

Lisa nahm ihre Arme von seinen Schultern. Frank umschlang ihre Hüften und zog sie an sich. Er beugte sich zu ihr, um sie zu küssen. Aber er spürte, wie sich ihr Körper leicht gegen seine Arme stemmte. Er ließ sie los. »Entschuldige.«

»Du musst dich nicht entschuldigen.« Lisa streichelte sanft Franks Wange. »Lass mich nur erst einmal ankommen.«

Er drehte sich um und leerte die Milch in den Topf. Es zischte leise.

Lisa setzte sich an den Küchentisch. »Du siehst schlecht aus. Hast du abgenommen? Bist du krank?«

»Ich weiß nicht. Ich glaube, ich habe eine Erkältung.«

Frank blieb am Herd stehen. Er war froh, dass er etwas zu tun hatte und sich nicht zu Lisa an den Tisch setzen musste. Ihre Nähe schmerzte. Dabei hatte er sich all die langen Wochen auf ihre Rückkehr gefreut.

»Nun erzähl schon, Bulle. Ich bin neugierig.«

Frank erzählte ausführlich von den bisherigen Ermittlungen. Violas Auftrag erwähnte er nicht.

»Und? Was habt ihr vor?« Lisa hielt mittlerweile einen Becher in der Hand, über dessen Rand sie immer wieder blies, um die Milch etwas abzukühlen. In ihrem Blick mischte sich eine hauchfeine spöttische Note mit einer gewissen Zärtlichkeit. »Oder ist das etwa geheim?«

Frank musste schlucken. Er schüttelte den Kopf. Er hatte plötzlich Angst vor ihrer Wärme.

»Ich liebe dich, Bulle.«

Ecki versuchte, möglichst beiläufig zu klingen. »Hast du mit Viola gesprochen?«

Frank ließ die *Westdeutsche Zeitung*, die Ecki am Morgen mitgebracht hatte, sinken. »Lisa ist zurück.«

»Mensch, Frank, das ist doch fantastisch. Hey, du klingst so unbeteiligt, als hättest du gerade den Wetterbericht vorgelesen.« Ecki war aufgesprungen, um seinen Freund zu umarmen. Aber Franks Gesichtsausdruck hielt ihn zurück. Er setzte sich wieder. »Los, erzähl schon.«

»Sie ist in der Nacht zurückgekommen.«

»Und weiter?«

»Sie sieht gut aus. Erholt und gesund. Ich denke, die Auszeit und die Wochen in der Kurklinik haben ihr gutgetan. Sie ist schlanker geworden. Und, wie soll ich sagen, irgendwie erwachsener.«

»Und warum machst du so ein Gesicht?«

»Ich freue mich, dass sie wieder da ist. Das ist alles! Warum fragst du?«

Frank klang überhaupt nicht sicher, dafür umso trotziger. Ecki hatte das Gefühl, dass er noch weit davon entfernt war, die Trauer über den Tod ihres Kindes und Lisas Flucht in die Einsamkeit verarbeitet zu haben.

»Hier!« Frank öffnete eine Schreibtischschublade und schob Ecki einen *post-it*-Zettel hin. »Ihre Marotte hat sie jedenfalls nicht abgelegt.«

Ecki las die handgeschriebenen Zeilen: *Nur vor dem Verlieren hatte ich Angst. – Arthur Abraham.*

»Klingt nach einer starken Frau.« Ecki grinste Frank an. »Du solltest nicht immer diesen düsteren Blues hören. Von wegen: Die Frau ist weg, das Haus ist weg und zum Schluss auch noch der Hund. Hör dir lieber mal was von den Flippers an. Da verschwinden die dunklen Gedanken ganz von alleine. *Ja, der Oscar meines Herzens, der geht heute nur an dich.*« Ecki summte die Kirmeszelt-Melodie.

Frank musste unweigerlich lachen.

»Siehst du? Geht doch.«

Einen Tag später wussten alle, dass der Einsatz von Viola Kaumanns unmittelbar bevorstand. Gegen Ende der Woche sollte sie auf van Bommel treffen. Viola hatte bereits das umfangreiche Dossier gelesen, das über van Bommel und seine unmittelbare Umgebung angelegt worden war. Sie wusste nun, wo van Bommel geboren und aufgewachsen war, wie seine alte Lehrerin über ihn dachte, welchen Herrenausstatter er bevorzugte und welchen Duft. Sie wusste, welche Kunstwerke er besaß, welche Künstler er nicht mochte, was er wo kaufte und verkaufte, sie kannte seine Verbindungen in den Balkan und nach Griechenland. Viola Kaumanns wusste, wie er seine Drogengeschäfte abwickelte und wie er mit denen umging, die ihm dabei im Weg waren, wen er traf, wo er gerne aß, mit welchen Frauen er schon im Bett gewesen war.

Frank und Ecki hatten gerade ihre PCs heruntergefahren, als Eckis Telefon klingelte.

»Eckers hier. – Was? – Gut.« Ecki legte auf.

»Wichtig?« Frank hatte schon seine Jacke in der Hand.

»Es gibt Neues aus dem Computer von Barbara Thofondern.«

Torsten Linder wartete schon auf sie.

»Wir haben auf dem Computer noch eine Menge weiterer Dateien gefunden. Urlaubsfotos, eine Rezeptsammlung für Diäten, ein bisschen Korrespondenz mit Freundinnen, Online-Banking. Das Übliche halt, was man auf dem Computer einer Frau findet.«

»Ich weiß nicht, was man üblicherweise auf dem Computer einer Frau findet.« Frank war sauer, in Linders Büro stand die Luft.

»Schon gut. Ich wollte nur sagen, dass wir nichts Auffälliges gefunden haben. Bis auf die Pornos eben. Insgesamt 17. Sie waren übrigens sehr gut versteckt. Wir sind nur durch Zufall auf sie gestoßen.«

»Toll, Linder. Weiter so.«

»Im Wesentlichen unterscheiden sich die Aufnahmen kaum voneinander. Die Umgebung ist ziemlich unpersönlich. Bett, Kommode, ein billiger Druck über dem Bett, Nachtschrank. Das war's. Leider kann man kein Fenster sehen, geschweige denn irgendetwas von der Umgebung. Der Ton ist eher schlecht. Also, Autolärm oder Ähnliches ist nicht zu hören. Die Bettwäsche unauffällig. Wenn ihr mich fragt, könnten die Aufnahmen immer im selben Zimmer aufgenommen worden sein. Ein Hotel vielleicht. Kein Stundenhotel, aber bestimmt nichts Nobles.«

»Was ist denn nun zu sehen?« Frank zwang sich, ruhig zu bleiben.

Torsten Linder grinste anzüglich. »Auf den einzelnen Clips sind jeweils andere Frauen zu sehen: blonde, dunkelhaarige, brünette, rasiert, nicht rasiert. Durchweg schlank und gut gebaut. Leider sind ihre Gesichter nicht zu identifizieren. Dafür ist der Typ zu erkennen. Es ist immer derselbe Mann.«

»Woran habt ihr das erkannt?«

»Willst du das wirklich wissen, Frank?«

»Nee, danke. Schon gut.«

»Wer er ist, kann ich nicht sagen. Er ist meist nur von hinten zu sehen.«

»Meist?«

»Na ja, die Kameraeinstellung ist auf allen Aufnahmen nahezu identisch. Die Kamera steht vor dem Bett auf einem Stativ. Davor liegen die Frauen; erst auf dem Rücken; später auf dem Bauch. Und dann kommt der Mann ins Bild. Nackt. Und ich würde mal sagen, dass er noch keine vierzig ist. Jedenfalls ist sein Körper noch einigermaßen straff. Zu sehen sind aber immer nur Rücken und nackter Hintern. Einige Male auch sein bestes Stück. Echt beachtlich. Wollt ihr mal sehen?«

»Linder!«

»Ist ja schon gut.«

»Ist das alles?«

»Nicht ganz.«

»Was denn noch?« Ecki wurde langsam auch ungeduldig.

»Na ja, auf zwei Aufnahmen ist sein Profil für den Bruchteil einer Sekunde zu sehen. Allerdings sind ausgerechnet diese Sequenzen unscharf. Vielleicht, weil der Typ an der Kamera rumgefummelt hat. Keine Ahnung. Da müssen dann doch die Spezialisten aus dem LKA ran. Vielleicht können sie die Profilaufnahmen so weit stabilisieren, dass wir ein vernünftiges Bild von dem Mann bekommen. Dann wären vielleicht auch Aussagen über seine Identität möglich. Aber so kann ich euch keine konkreten Hinweise liefern. Außer der Länge des – ihr wisst schon.« Torsten Linder benutzte seine Hände als Maßstab.

»Es reicht.« Frank stand auf und wandte sich zum Gehen.

»Hab dich nicht so, Kollege Borsch. Ich tue hier nur meine Arbeit. Oder meint ihr, mir macht das Spaß, den ganzen Tag diesen Dreck ansehen zu müssen?«, rief Linder den beiden hinterher.

Barbara Thofondern blieb stehen. Noch ein paar Schritte, und er würde sie bemerken müssen. Sie ließ sich ein Stück zurückfallen.

Bisher hatte sie den Mann nur auf Fotos gesehen, die Michael ihr gezeigt hatte. Er hatte sie heimlich gemacht, mit seinem Handy. Michael hatte mit den Bildern regelrecht bei ihr angegeben. Unscharfe Schnappschüsse, deren Bedeutung sie erst viel später erkannt hatte. Michael hatte immer viel erzählt, um sich interessant zu machen. Das hatte er dann ja auch geschafft. Und sie hatte das, was sie für Liebe gehalten hatte, mit dem Gefühl, benutzt zu werden, bezahlt.

Dass der Unbekannte ein Phantom sei, jemand, der sich nicht fotografieren ließ. Jemand, der reich war und zugleich gefährlich. Das hatte Michael erzählt. Und dass die Fotos eine Art Lebensversicherung für Michael seien. Ein tödlicher Trugschluss. Aber immerhin besaß sie jetzt Michaels Handy.

Sie hatte eine Rechnung offen. Wie das klang – eine Rechnung offen. In der Innentasche ihrer Jacke spürte sie den harten Stahl der Messerklinge. Sie hatte das Messer notdürftig in ein kleines Handtuch gewickelt, um sich nicht selbst zu verletzen.

Der Mann würde viel, sehr viel Geld für ihr Schweigen und für die Fotos bezahlen. Er war ihr Ticket zu einem neuen Leben.

Frank ließ sich auf den Stuhl vor Schrievers' Schreibtisch sinken. Müde sah er seinen Freund an. »Heinz-Jürgen, ich brauche deine Hilfe.«

Der Archivar fixierte Frank über den schmalen Rand seiner Brille hinweg und faltete seine Hände über dem mächtigen Bauch. »Du siehst beschissen aus. Willst du vielleicht was Süßes?« Schrievers begann in einer seiner Schubladen nach einem Schokoriegel zu suchen.

»Deswegen bin ich nicht hier. Ich mache mir Sorgen um Viola. Sie wird van Bommel nicht gewachsen sein.«

»Was kann ich da machen, Frank? Sie hat sich doch entschieden.« Heinz-Jürgen Schrievers rutschte unbehaglich auf seinem Stuhl hin und her. »Und ich gebe auf das Geschwätz im Präsidium sowieso nichts.«

»Was wird denn gequatscht?« Frank spürte, dass ihm heiß wurde.

»Es gibt Leute, die behaupten, dass ihr mehr als nur ein dienstliches Verhältnis pflegt, Viola und du. Ich will dir nur sagen, dass du die Kleine machen lassen musst. Wir werden schon dafür sorgen, dass ihr nichts passiert.«

Frank wollte entrüstet auffahren, zwang sich aber, stumm sitzen zu bleiben.

Schrievers deutete Franks Schweigen als Zustimmung. »Wir haben alle ein Auge auf unsere Viola. Aber im Augenblick habe ich eher das Gefühl, dass du der Unsicherheitsfaktor bei dem Unternehmen bist.«

Frank ärgerte sich über Schrievers. Und zwar besonders deshalb, weil er wusste, dass der Archivar recht hatte. »Ich bin genauso Profi wie jeder andere hier.«

»Frank, mach dich nicht lächerlich. Du siehst aus wie ein trotziges kleines Kind. Sieh zu, dass du wieder klar im Kopf wirst.«

Frank schwieg und sah zur Decke.

»Du magst Viola sehr, stimmt's?«

Frank antwortete nicht.

»He, das ist doch völlig normal. Sie ist jung, sieht gut aus und ist eine gute Polizistin. Wer würde da nicht schwach? Wenn ich meine Gertrud nicht hätte, wer weiß?«

Frank sah an Schrievers vorbei.

»Außerdem warst du über viele Wochen alleine, Frank.«

»Lass Lisa aus dem Spiel.«

»Ich meine, du hast eine schwere Zeit gehabt. Da ist es nur natürlich, dass man jemanden zum Reden braucht.«

Frank sah Schrievers lange an. »Viola ist so anders als Lisa. So locker. Nein, locker ist Lisa auch, eigentlich. Ach Heini, ich weiß auch nicht mehr, was ich denken soll.«

Heinz-Jürgen Schrievers lächelte. Das ansonsten bei Strafe verbotene ›Heini‹ hatte er großzügig überhört. »Ich finde, dass du ganz gut damit umgehst.«

Zurück im Büro, wartete Ecki schon auf ihn. »Wir haben Beans Bericht bekommen.«

»Und?«

»Er hat die Schützenbrüder abgeklappert und herausgefunden, dass Barbara Thofondern und Michael Voogt tatsächlich eine Zeit lang ein Paar waren. Der Apotheker Inderbiethen hat es erzählt. Barbara Thofondern war im vergangenen Jahr bei ihm, um einen Schwangerschaftstest zu kaufen.«

»Interessant.«

»Ja. Und es sieht ganz danach aus, dass auch Kamphausen

scharf auf die Thofondern war. Jedenfalls ist der Apotheker mal dazugekommen, als sich Voogt und Kamphausen heftig gezofft haben. Er sagt aus, dass sich die beiden um Barbara gestritten haben.«

»Und nun ist Voogt tot.«

»Bean hat nicht nur die Schützen aus der Bruderschaft befragt, sondern auch das halbe Dorf. Voogt war demnach tatsächlich ein ziemlicher Weiberheld. Er hatte wohl ein ganz besonderes Verständnis von Glaube, Sitte, Heimat.«

»Hast du das gewusst?« Lisa schob ihm die Zeitung zu.

Frank legte sein Marmeladenbrötchen beiseite.

Bewaffneter Raubüberfall auf Kiosk

Eicken. Gestern Abend gegen 20:40 Uhr betrat ein bislang noch unbekannter männlicher Einzeltäter einen Kiosk auf der Eickener Straße. Der Mann war mit einem hochgezogenen T-Shirt oder Pullover maskiert. Er bedrohte den allein anwesenden 34-jährigen Geschädigten mit einer kleinen Faustfeuerwaffe und forderte die Herausgabe von Bargeld. Er erbeutete etwa 100 EUR und flüchtete in Richtung Bökelberg. Sofort eingeleitete Fahndungsmaßnahmen verliefen erfolglos. Der Täter wird wie folgt beschrieben: 18–22 Jahre alt, 170–180 cm groß, kurz geschorene Haare, schlanke Figur. Er trug ein dunkles T-Shirt und Baggy-Jeans. Hinweise an die Kriminalpolizei unter 02161-290. *ok*

»Cengiz.« Ungerührt trank Frank einen Schluck Kaffee.

»Du bist reichlich herzlos. Der arme Cengiz, er muss schreckliche Angst gehabt haben.«

»Wusste gar nicht, dass Cengiz schon 34 ist.« Frank legte die Zeitung beiseite.

»Frank!«

»Ist ja nix passiert.«

»Was ist bloß los mit dir? Du bist so anders, seit ich zurück bin. Was ist passiert, während ich weg war?«

»Nichts. Ich will nur in Ruhe mit dir frühstücken. Wer weiß, wann wir wieder Gelegenheit dazu haben. Wir haben zwei Morde und zwei Vermisstenfälle aufzuklären. Vielleicht auch drei Morde. Da kann ich mich nicht auch noch um einen Kiosk kümmern.«

Was sollte er Lisa noch sagen? Dass sie beide ein totes Kind hatten, um das sie nicht trauern konnten, weil es keinen Namen hatte und es kein Grab gab? Dass es ihm fast das Herz zerrissen hatte, als sie damals einfach weggelaufen war? Und dass da noch Viola war?

»Frank, bitte red mit mir.«

Sein Schweigen legte sich wie Raureif über den Küchentisch.

»Viola Kaumanns, reiß dich endlich zusammen. Du schaffst das! Du wirst diesen van Bommel an den Eiern packen und hinter Gitter bringen«, machte sie sich schon zum hundertsten Mal an diesem Tag Mut.

Viola Kaumanns hatte sich ganz besonders sorgfältig für das Treffen mit Marco van Bommel zurechtgemacht. Zwei Nachmittage war sie durch die Stadt gelaufen, um Klamotten für ihre neue Rolle zu finden. Und um sich ein bisschen abzulenken. Gefunden hatte sie am Ende nichts Passendes. Wie sollte diese Michaela Verbocket auch aussehen, die Marco van Bommel treffen würde? Viola Kaumanns hatte schließlich beschlossen: nicht anders als sie, Viola, selbst zu sein.

Sie hatte nur noch wenig zu tun. Sie hatte ihre Lieblingsjeans angezogen und auch das kurze T-Shirt mit dem Che-Guevara-Kopf. Darüber trug sie einen dünnen Pullover aus feinem Kaschmir. Nichts Aufdringliches, aber von einer schlichten und gleichzeitig lässigen Eleganz, die aus Viola

Kaumanns Michaela Verbocket machte, die augenscheinlich aus einer besseren Familie stammte, deren Traditionen sie sich sehr wohl bewusst war, gegen deren Konventionen sie aber gleichzeitig nur zu gerne verstieß.

Eine Stunde später fuhr sie mit ihrem VW Golf, den ihr die Schirrmeisterei mit einem Ortungsgerät präpariert zur Verfügung gestellt hatte, langsam über die kurze Brücke, die zu der Halbinsel führte, auf der die alte Versandhalle stand. Es war kurz nach 15 Uhr und würde bis zum Dunkelwerden nicht mehr lange dauern. Die Welt schien in graue Watte gepackt zu sein.

Viola Kaumanns ließ den Wagen hinter der engen Brücke auf den leeren Parkplatz rollen. Van Bommel war noch nicht da. Von ihren Kollegen war niemand zu sehen. Sie wusste aber, dass die Versandhalle bereits seit zwei Stunden observiert wurde und die Zugänge zur Halbinsel überwacht wurden. Zusätzlich standen nicht weit entfernt, gleich hinter dem Schloss, auf dem knochenhart gefrorenen Rasen des Stadions, ein Polizei- und ein Rettungshubschrauber in Alarmbereitschaft. Zudem waren sämtliche Streifenwagenbesatzungen in Grevenbroich angehalten, wachsam zu sein, die Stadtparkinsel und besonders den Bereich um die alte Baumwollspinnerei Erckens aber auf jeden Fall zu meiden.

Viola Kaumanns blieb noch einen Augenblick in ihrem Auto sitzen. Sie wusste, dass das Einsatzteam sie beobachtete. Mindestens zwei Beamte und zwei Scharfschützen waren im Stadtarchiv, der ehemaligen Maschinenhalle, postiert, das mit der Versandhalle einen Winkel bildete. Auch im Gebäude neben dem Parkplatz waren Kollegen postiert. Die Einsatzzentrale war im Erdgeschoss des Museums Villa Erckens untergebracht. Von dort waren die Gebäude auf der Stadtparkinsel einigermaßen gut einzusehen.

Entschlossen stieg sie aus und eilte mit schnellen Schritten auf den Eingang der Versandhalle zu, die hell erleuchtet war.

»Oh, guten Tag. Schön, dass Sie bei dem Wetter den Weg in

unsere Ausstellung gefunden haben. Ich war gerade schon versucht, wieder zu schließen. Herzlich willkommen.« Der Mann im warmen Strickpullover, der nahe der Tür im Vorraum zur eigentlichen Ausstellung an einem Tisch saß, erhob sich. »Wenn Sie mögen.« Er lächelte und hielt Viola Kaumanns ein schlichtes Faltblatt entgegen. »Hier stehen ein paar Informationen über den Maler drin. Ein Mönchengladbacher. Die Ausstellung geht in der kommenden Woche zu Ende. Wenn Sie Fragen haben, melden Sie sich einfach. Ich kann Ihnen auch eine Preisliste zeigen.«

»Danke.« Viola Kaumanns sah dabei ihrem Gegenüber aufmerksam in die Augen. Sie kannte den Mann nicht, der trotz dicken Pullovers dünn und wenig kräftig aussah. Ein Kollege aus dem Präsidium war er nicht.

»Ist etwas nicht in Ordnung?« Der freundliche Mann wirkte irritiert.

»Nein. Ich meine, natürlich ist alles in Ordnung. Es ist nur …«, Viola Kaumanns suchte nach den passenden Worten, »ich meine, Sie erinnern mich an jemanden. Ich weiß nur noch nicht, an wen.«

»Ähm, Brandt, Wolfgang Brandt, ich bin der Stadtarchivar und heute nur als Vertretung hier. Unsere Frau Koch ist plötzlich krank geworden. Da bin ich eben eingesprungen. Sind ja nur zwei, drei Stündchen.«

Die Kriminalkommissarin nickte und betrat dann etwas zögernd den eigentlichen Ausstellungsraum. Sie war allein.

Vom Eingang aus überflog sie mit einem ersten Blick den weiß gestrichenen Raum. Die hohen Fabrikfenster verhalfen dem hallenähnlichen Ort zu einer anderen Jahreszeit gewiss zu viel Tageslicht.

Viola Kaumanns wanderte langsam an den Gemälden vorbei. Abstrakte Arbeiten, bei denen der Maler Schichten über Schichten gelegt, diese teilweise wieder abgetragen und neu übermalt hatte. Rote, blaue und grünliche Flächen, dazwischen Andeutungen von Schrift. Der Kommissarin gefielen die Bilder auf Anhieb. Besonders die großformatigen Arbeiten. Sie trat einen Schritt zurück, um die bearbeiteten Flächen auf sich wirken zu lassen. Viola Kaumanns bedauerte, dass sie als Polizeibeamtin nicht über das nötige Kleingeld verfügte, um sich gleich mehrere der ausgestellten Bilder kaufen zu können.

»Die Bilder brauchen Platz zum Atmen. Sie sind wie wir Menschen. Wenn wir eingesperrt werden, verlieren wir unseren Glanz und unsere Ausstrahlung.«

Viola Kaumanns fuhr herum.

»Habe ich Sie erschreckt? Dann entschuldigen Sie bitte.«

Viola Kaumanns schaute zunächst nur in diese tiefblauen Augen, die sie freundlich anlächelten. Und dann sah sie den Mund, die sanft geschwungenen Lippen, die dem schmalen Gesicht eine anziehende Sinnlichkeit gaben. Einzig die große Sonnenbrille, die Marco van Bommel in seine vollen schwarzen Haare hinaufgeschoben hatte, passte nicht so recht ins Bild.

»Sie mögen Wolfgang Speen?« Seine Stimme klang voll und samtweich zugleich.

»Speen? Wie? Ach so, ja. Ich lerne ihn gerade erst kennen. Ich habe bisher noch keine Arbeiten von ihm gesehen.« Viola Kaumanns strich sich verlegen eine kleine Haarsträhne aus dem Gesicht. Der Mann hatte unglaubliche Augen.

»Moderne Kunst ist eine echte Bereicherung für unser Leben. Finden Sie nicht?« Van Bommel sprach mit einem leichten niederländischen Akzent, der Viola Kaumanns gefiel.

»Ja. Ich kann mit den alten Meistern weniger anfangen, um ehrlich zu sein. Jede Zeit hat ihre eigene Kunst, finde ich.« Sie vermied es, ihn auf die holländischen Meister anzusprechen. Das wäre zu plump gewesen.

»Das sind genau meine Worte. Wann immer es meine Zeit erlaubt, bin ich in Ausstellungen und in Galerien unterwegs, um mich nach Neuem umzusehen. Und um das eine oder andere Stück zu kaufen.«

Selbstgefälliges Arschloch, dachte Viola. »Nun, so weit reichen meine finanziellen Möglichkeiten leider noch nicht.«

»Kunst zeigt mir die Reinheit des Lebens und hat auf mein Leben eine katharsische Wirkung. Deshalb bin ich quasi süchtig nach Kunst. Ich gestehe es.« Marco van Bommel streckte ihr seine Hand entgegen. »Verzeihen Sie bitte, ich habe mich Ihnen noch gar nicht vorgestellt. Mein Name ist Marco van Bommel. Aus Amsterdam.«

Viola Kaumanns spürte in dem kurzen Augenblick des angenehm kräftigen Händedrucks die Wärme seiner weichen Haut. Und sie hatte das Gefühl, den Hauch eines rauchigen Aftershaves wahrzunehmen. Der Duft war verlockend, intensiv und doch fern. Er passte perfekt zu dem dunklen Anzug, den van Bommel unter seinem offenen schwarzen Wintermantel trug.

Kaumanns, reiß dich zusammen, dachte sie.

»Mein Name ist«, sie zögerte einen winzigen Augenblick, »Michaela Verbocket. Sie sind Niederländer? Sie sprechen sehr gut Deutsch.«

»Ja, ich bin viel in Deutschland unterwegs. Da lernt man schnell das Nötigste.«

Erst jetzt nahm Viola Kaumanns die beiden schwarz gekleideten Männer wahr, die in einem gewissen Abstand hinter van Bommel standen. Sie hatten bisher geschwiegen und Viola Kaumanns stattdessen genau beobachtet. »Sind Sie mit ihren Freunden in Grevenbroich?«

»Ich würde eher sagen, meine Mitarbeiter. Sie sind meine engsten Vertrauten. Ja.«

Die beiden Gorillas rührten sich nicht.

»Haben Sie sich schon etwas ausgesucht?« Van Bommel nahm seine Sonnenbrille ab und steckte sie in die Innentasche seines Mantels.

»Ich bin noch nicht lange hier, und ich habe noch nicht alle Arbeiten gesehen. Aber einige gefallen mir schon sehr gut. Ich fürchte nur, dass sie nicht zu meinem Geldbeutel passen.«

»Sie sehen aber nicht so aus, als müssten Sie morgen hungern, wenn ich das so sagen darf.« Van Bommels Lachen klang sympathisch.

»Dann wissen Sie nicht, was eine junge Ärztin im Krankenhaus verdient.« Viola Kaumanns sah van Bommel offen ins Gesicht und wäre dabei um ein Haar in seinen blauen Augen versunken.

»Sie sind Ärztin? Sicher ein sehr anstrengender, aber auch ein sehr schöner Beruf. Anderen Menschen helfen zu können, ist ja eine Gnade.«

»Ich wollte schon als Kind im Krankenhaus arbeiten. Aber die Dienste sind manchmal ein echter Albtraum. Andererseits haben Sie natürlich recht, Arzt sein zu können ist etwas sehr Schönes. Und Sie? Haben Sie schon etwas entdeckt für Ihr Haus in Amsterdam?«

Marco van Bommel drehte sich um. »Ich weiß noch nicht so recht. Ich habe, ehrlich gesagt, nicht mehr so genau hingesehen, seit ich Sie entdeckt habe.« Er lachte erneut.

Wenn du kein Monster wärst, van Bommel, könnte ich dich glatt für einen liebenswerten großen Jungen halten, dachte Viola Kaumanns.

»Wollen Sie mir nicht beim Aussuchen helfen? Bitte, machen Sie mir doch die kleine Freude.«

»Kannst du mir mal sagen, was dieses Gesülze von dem Arschloch soll?« Frank konnte von seinem Standort zwar nicht sehen, was in der Ausstellung vor sich ging, dafür schnitten seine Kollegen jede Silbe des Gesprächs mit. »Warum gehen wir nicht einfach rein und nehmen ihn fest? Wenn wir ihn lange genug bearbeiten, werden wir ihn mit den Beweisen und Indizien, die wir schon kennen, sicher fertigmachen können.«

»Frank, reiß dich zusammen. Ich habe langsam das Gefühl, dass du der Sache nicht gewachsen bist«, mahnte Ecki.

»Wie heißt diese Arbeit?« Van Bommel trat einen Schritt zurück. »*Sella.* Gefällt sie Ihnen?«

»Geht so. Das Rostbraune hier erinnert mich an etwas. Ich weiß nur noch nicht, woran. Das Blau passt gut zu der kalten Jahreszeit. Doch, ja, je intensiver ich mir das Bild ansehe, umso besser gefällt es mir. Wo soll es denn bei Ihnen hängen?«

»Hm. Es ist mir eigentlich zu klein. Ich habe eher an ein größeres Bild gedacht. Dies hier gefällt mir.« Der Niederländer ging auf ein Großformat zu, das allein zwischen zwei Fabrikfenstern hing.

Van Bommel spazierte einige Male vor dem Bild auf und ab. Dabei blieb er immer wieder kurz stehen und verschränkte seine Arme, um dann seinen geneigten Kopf auf den Fingerspitzen abzustützen.

Eine alberne Geste, dachte Viola.

»Ja. Ich denke, ich habe mich entschieden.« Marco van Bommel, niederländischer Drogenhändler, mutmaßlicher Exporteur illegaler Düngemittel und Mörder, blieb vor Viola Kaumanns stehen. »Vielen Dank, dass Sie mir geholfen haben. Das Bild wird einen besonderen Platz in meinem Haus bekommen.«

»Aber ich habe doch nicht viel dazu beigetragen.«

»Mehr, als Sie vielleicht ahnen.«

»Jetzt übertreiben Sie aber.«

»Darf ich Sie zur Feier des Tages zum Essen einladen?« Van Bommel griff nach ihrer Hand, hielt dann aber inne, so als sei ihm bewusst, dass dies eine zu intime Geste war.

»Ich weiß nicht. Ich bin darauf nicht vorbereitet, um ehrlich zu sein.«

»Entschuldigen Sie bitte. Wie konnte ich nur so anmaßend sein? Bestimmt werden Sie schon erwartet, und ich halte Sie auf.« Seine dunkle Stimme klang lockend und gleichzeitig besorgt.

»Nein. Ich … ich freue mich. Wir können uns gerne noch eine Weile über Kunst unterhalten. Aber dann wirklich beim Essen. Ich bin nämlich sehr hungrig. Wenn ich es recht bedenke, habe ich seit dem Morgen nichts mehr gegessen. Ich kenne ein libanesisches Restaurant, nicht weit von hier. Mögen Sie libanesische Küche?«

»Sie machen mir wirklich eine große Freude. Libanesisch ist gut.«

Sie setzte ihr strahlendstes Lächeln auf. »Na, dann los.«

Am Ausgang sprach Marco van Bommel kurz mit dem Stadtarchivar, um die Formalitäten für den Kauf des Bildes zu regeln. Er vereinbarte, dass einer seiner Mitarbeiter es in den nächsten Tagen abholen würde. Außerdem machte er eine Anzahlung.

Im Hinausgehen drehte sich Viola Kaumanns noch einmal um. »Ich weiß jetzt, an wen Sie mich erinnern.«

»So, an wen denn?« Der Archivar stand auf und lächelte.

»Sie haben ganz viel Ähnlichkeit mit Ray Davis von den Kinks.«

Wolfgang Brandt hörte sie noch auf dem Vorplatz lachen.

Viola Kaumanns wusste im ersten Augenblick nicht, wo sie war. Mit klopfendem Herzen richtete sie sich auf und lehnte ihren Kopf an die Wand. Immerhin war sie nicht in einem Hotelzimmer gelandet. Langsam kam die Erinnerung zurück. Sie hatte den Abend mit Marco van Bommel verbracht. Zuerst hatten sie beim Libanesen üppig gegessen und viel erzählt. Dabei hatte sie sich bereitwillig von dem Holländer ausfragen lassen. Sie hatte ihre Biografie zwar auswendig gelernt, aber trotzdem hatte sie auf der Hut sein müssen. Van Bommel hatte viele Zwischenfragen gestellt und ihre Erzählungen intelligent kommentiert. Sie war sich zeitweise wie in einem Polizeiverhör vorgekommen, nur mit dem Unterschied, dass van Bommels professionelle Neugier charmant in witzige Bemerkungen gekleidet war. Dabei hatte das Lächeln allerdings nie seine Augen erreicht.

Nach dem Abendessen hatten sie beschlossen, noch einen Cocktail zu trinken. Sie waren im ›El Paso‹ gelandet. Dort hatte sie nach einigen Drinks irgendwann die Zeit vergessen. Sie hatte sich am Ende in ihrem Sessel zurückgelehnt und nur noch Marco van Bommel reden lassen.

Was er ihr erzählt hatte, daran konnte sie sich nicht mehr erinnern. Sie hatte sich einfach dem Gefühl von Wärme und Geborgenheit hingegeben, das so unwiderstehlich von van Bommel und seiner Art zu erzählen ausging. Sie konnte sich nur noch daran erinnern, dass er ihr galant aufgeholfen und sie zu seinem Wagen geführt hatte. Sie hatte ihm sogar ihren Autoschlüssel ausgehändigt, um sich den Golf später vorbeibringen zu lassen. Vor ihrer Haustür hatten sie sich verabschiedet. Sie wusste nicht mehr, ob er mit in ihre Wohnung gewollt oder sie ihn abgewiesen hatte. Dass sie sich geküsst hatten, daran konnte sie sich schwach erinnern.

Dass sie nicht miteinander geschlafen hatten, schrieb sie ihrer professionellen Einstellung zu. Vielleicht war das aber auch Teil seines Plans, dass er sie nicht schon in der ersten Nacht im Bett haben wollte.

Sie seufzte. Froh, nicht neben ihm aufgewacht zu sein.

Viola Kaumanns strubbelte mit beiden Händen durch ihr Haar. Aber die Kopfschmerzen blieben. Vorsichtig stand sie auf und ging in die kleine Küche, die auf unbestimmte Zeit ihre sein würde. Sie öffnete den Kühlschrank und suchte nach einer Packung Orangensaft. Allerdings schien er nicht auf dem Zettel der Abteilung für Beschaffung gestanden zu haben. Missmutig nahm sie ein Glas aus einem der Hängeschränke und füllte es mehrfach mit Leitungswasser, das sie hastig trank.

Als sie unter der Dusche stand, klingelte es. Sie hatte das Geräusch zunächst nicht wahrgenommen. Verärgert und zugleich verwundert über die Störung, stellte sie das Wasser ab und schlang sich ein großes Badelaken um. Auf nackten Füßen und tropfend ging sie zur Tür.

»Ja, bitte?«

»Ich bringe Ihren Wagen und den Schlüssel.«

»Werfen Sie den Schlüssel in meinen Briefkasten.« Viola Kaumanns überlegte einen Augenblick. »Nein, warten Sie. Kommen Sie hoch.«

Viola Kaumanns schlang ihr Handtuch enger und öffnete die Tür.

»Guten Morgen.«

Es war einer von van Bommels Männern. Viola spürte zu ihrer eigenen Verwunderung eine gewisse Enttäuschung.

Sie konnte nicht sehen, was ihr Gegenüber dachte, denn der Kleiderschrank trug eine verspiegelte Sonnenbrille.

»Möchten Sie vielleicht reinkommen? Auf einen Kaffee?«

»Nein, vielen Dank. Mein Boss mag es nicht, wenn ich zu lange unterwegs bin. Guten Tag.«

»Wir können doch nicht einfach warten, bis etwas passiert!«

»Warum gehst du nicht nach Hause, Frank? Du kannst hier doch nichts tun. Wir müssen abwarten. Das ist nun einmal so.«

»Willst du mich aus dem Team haben, Ecki? Ich bin immer noch Leiter der Mordkommission, vergiss das nicht.«

»Dann benimm dich endlich so.« Ecki wurde langsam wütend.

Die beiden Kommissare waren in die Innenstadt gefahren, um bei ›Mäckes‹ zu essen. In Wirklichkeit aber hatte Ecki die Fahrt vorgeschlagen, um wenigstens für kurze Zeit aus der Enge des Büros fliehen zu können.

»Ich finde, Viola hat ihre Sache gut gemacht. Nun ist van Bommel am Zug. Irgendwann wird er einen Fehler machen, oder Viola hat genug Beweise, dann schlagen wir zu. Van Bommel zappelt schon an unserem Haken, er weiß es nur noch nicht.«

Viola Kaumanns drückte den Knopf der Gegensprechanlage. »Ja, bitte?«

Schon das zweite Lebenszeichen des Holländers innerhalb von zwei Tagen. Es war derselbe Gorilla, der ihr auch schon den Schlüssel und das Auto gebracht hatte.

»Schöne Grüße vom Chef.« Grinsend hielt van Bommels Leibwächter ihr ein flaches Paket hin.

»Für mich?«

»Wäre ich sonst hier?«

Nachdem der Mann gegangen war, trug die Kommissarin das Geschenk ins Wohnzimmer. Sie ahnte, was es war. Nachdem sie Packpapier und Blisterfolie entfernt hatte, hielt sie das Bild in Händen, das sie mit van Bommel in der Ausstellung betrachtet hatte.

Es gefiel ihr immer noch.

Das Telefon klingelte.

»Ja?« Entgegen ihrer Gewohnheit meldete sie sich, ohne ihren Namen zu nennen.

»Wann?«

»Was, wann?« Sie hatte seine dunkle, samtweiche Stimme erkannt.

»Wann sehe ich dich wieder?«

Viola Kaumanns war verwirrt. »Wieso?«

»Also, um sieben? Oder lieber schon um sechs?«

»Hör zu, Marco, ich …« Weiter kam sie nicht.

»Also gut, um sechs. Mein Fahrer holt dich ab. Ich freue mich.«

Es klickte in der Leitung. Van Bommel hatte aufgelegt.

Dieser holländische Macho musste ein ungeheures Selbstbewusstsein haben oder total durchgeknallt sein. Sie betrachtete das Telefon in ihrer Hand. Wer konnte ihr raten, was zu tun war? Kuhnert anrufen, das wollte sie nicht. Das hätte dem Team signalisiert, dass sie mit der Situation nicht klarkam. Das musste sie alleine zu Ende bringen.

Den Rest des Nachmittags verbrachte Viola Kaumanns

damit, in ihrem kleinen Apartment ein bisschen Gymnastik zu machen, um fit zu bleiben und ihre Nervosität zu bekämpfen. Kurz nach 17 Uhr ging sie unter die Dusche. Aber diesmal brachte ihr das heiße Wasser keine Entspannung.

Pünktlich um 18 Uhr klingelte es.

Endlich, dachte Viola Kaumanns und drückte, ohne weiter nachzudenken, auf den Türöffner.

Sie wartete, aber nichts geschah. Viola nahm ihren kurzen Wintermantel vom Haken und griff nach ihrem Hausschlüssel. Beim Hinausgehen warf sie einen letzten Blick in den Spiegel. Für ihre Verabredung mit dem Teufel war sie passend angezogen. Ihr frisch getöntes Haar leuchtete rot und unterstrich perfekt das Grün ihres Pullovers. An seinem weiten runden Halsausschnitt war ein feiner roter Streifen zu erkennen, der zu dem kurzen Che-Guevara-T-Shirt gehörte, das sie bereits bei ihrer ersten Begegnung getragen hatte. Viola Kaumanns fühlte sich gewappnet.

Bevor sie den schwarzen Wagen erreichte, war van Bommels Leibwächter bereits ausgestiegen und hielt ihr die Tür auf. Viola ließ sich in das Polster sinken, und der Wagen setzte sich in Bewegung.

Neugierig sah die Kommissarin nach vorne. »Wohin geht denn die Fahrt? Ähm, wie heißen Sie eigentlich? Sie haben sicher einen Namen!«, fragte sie freundlich.

»Nennen Sie mich einfach Jan. Das genügt.« Beim Sprechen sah Jan nicht in den Rückspiegel.

»Ich weiß immer noch nicht, wohin Sie mich bringen, Jan.«

Der Fahrer schwieg.

»Jan?«

»Es ist nicht weit.«

Das fing ja gut an. Dieser Jan war sicher nicht wegen seiner Gesprächigkeit von van Bommel engagiert worden.

»Ich liebe Überraschungen.«

Jan schwieg.

Ob er zur Autobahn wollte? Viola konnte nur hoffen, dass

ihre Kollegen dicht hinter ihnen waren. Sie hatte keine Lust, irgendwo in Holland zu landen ohne Aussicht auf den Schutz und die Hilfe ihrer Truppe. Sie sah sich möglichst unauffällig im Inneren des Autos um. Die Türen hatten sich beim Losfahren selbst verriegelt. An einer Ampel einfach auszusteigen konnte sie damit vergessen. Viola musste den Impuls unterdrücken, eine Melodie zu pfeifen.

»Keine Sorge, es ist nicht weit.«

»Ich habe keine Sorge. Ein schönes Auto fahren Sie.« Viola Kaumanns umfasste unwillkürlich den Griff der Autotür.

Jan grinste sein breites Grinsen hinter seiner noch breiteren Sonnenbrille, die er trotz der Dunkelheit immer noch trug.

»Arbeiten Sie schon lange für Ihren Chef?«

Jan schwieg und betätigte stattdessen den Blinker.

Zu Füßen der Kaiser-Friedrich-Halle bogen sie ab.

Sie fuhren in die Auffahrt zum »Dorint-Hotel« und hielten exakt vor dem Eingang. Jan stieg aus und öffnete den Schlag.

»Marco erwartet Sie in der Lobby.«

Das Hotel kannte sie bisher nur von außen. Es war von seinem Architekten wie ein dunkler Klotz aus einem übergroßen Baukasten direkt neben das sorgsam bewahrte Jugendstilgebäude der alten Halle platziert worden. Wie ein Riegel lag es an der Flanke zum *Bunten Garten*.

Viola zwang sich, sich nicht umzudrehen und nach einem Hinweis auf die Anwesenheit ihrer Kollegen zu suchen.

Marco van Bommel stand neben dem Tresen der Rezeption. Kaum hatte er sie erkannt, kam er ihr mit offenen Armen entgegen. Bevor sie es hätte verhindern können, nahm der Holländer sie in den Arm und küsste sie sanft auf die Wange. Der herbe Duft verwirrte sie wie bei ihrer ersten Begegnung.

»Gefällt dir das Bild?« Van Bommel hielt sie einen Moment in seinen Armen, bevor er sie freigab.

»Ja, sehr sogar.« Viola Kaumanns atmete tief ein und aus.

»Ich wusste es. Schön, dass du gekommen bist.«

Hatte ich denn eine andere Wahl?, dachte sie.

»Hast du Hunger? Wollen wir etwas essen gehen? Oder möchtest du hier essen?« Van Bommel machte eine einladende Handbewegung.

Viola zögerte. Sie hatte keine Lust, in van Bommels Zimmer zu landen.

»Du hast natürlich recht.« Van Bommel hatte ihre Ablehnung gespürt. »Ich habe eine bessere Idee. Wir fahren in den Volksgarten. Ich kenne dort ein Restaurant, das dir gefallen wird. Oder warst du schon einmal im Pavillon?«

»Ich kenne das Restaurant, war aber noch nie dort.«

»Wir nehmen ein Taxi. Bis Jan hier ist, dauert es mir zu lange.«

Der »Volksgarten-Pavillon« lag etwas versteckt hinter einem Altenstift, das den Volksgartenweiher gegen den großen und ungepflegten Parkplatz abgrenzte.

Der Weg zum Restaurant wurde von Lichterketten illuminiert, die in den Bäumen hingen. Das Lokal war gut gefüllt.

»Sie haben Glück. Dieser Tisch ist gerade erst frei geworden.« Die Kellnerin beugte sich vertraulich vor. »Das ist der Stammplatz des Ehepaars Erbers. Volksbank, wissen Sie. Herr Erbers hat heute leider nicht so viel Zeit. Wissen Sie, er…« Weiter kam sie nicht.

»Bringen Sie uns bitte die Speisekarte.« Van Bommels unwirsche Anweisung machte deutlich, dass er nicht das geringste Interesse an lokalem Klatsch hatte.

Die Kellnerin verlor schlagartig ihr unbekümmertes Lächeln und wandte sich zum Gehen. »Selbstverständlich. Sofort.«

»Die Ärmste wollte doch nur nett sein.« Viola Kaumanns sah Marco van Bommel leicht tadelnd an.

»Sie soll ihren Job machen und ansonsten die Klappe halten. Sie wird fürs Servieren bezahlt und nicht für den Smalltalk.« Marco van Bommel bemerkte, dass er immer noch in einem harschen Ton sprach. »Aber du hast recht. Ich sollte nicht so ungerecht sein. Ich werde es nachher mit dem Trinkgeld wieder gutmachen. Okay?«

Sie lächelte ihn an. »Wenn du meinst.«

Während sie auf das Essen warteten, beobachteten sie das Treiben im Lokal. In der Tat ein gehobenes Publikum, dachte die Kriminalkommissarin, und vielleicht ein bisschen überaltert.

»Gefällt's dir hier?« Van Bommel ergriff über den Tisch hinweg ihre Hände.

»Bisschen plüschig, oder? Die Weihnachtsdeko ist aber schön.« Viola zwang sich, ihre Hände nicht zurückzuziehen.

»Ich komme gerne hierher, wenn ich in Mönchengladbach bin. Man kann in aller Ruhe reden und Geschäfte machen.«

Endlich hatte van Bommel das richtige Stichwort genannt. »Welche Geschäfte machst du eigentlich, wenn ich fragen darf?« Viola Kaumanns versuchte, ihrem Blick einen möglichst neutralen Ausdruck zu geben.

»Lass uns nicht von Geschäften reden. Du bist wichtiger.« Er drückte sanft ihre Hände.

Ein echter Romantiker. Viola Kaumanns wollte aber nicht so leicht aufgeben. »Du bist sicher oft in Deutschland.«

»Immer, wenn ich hier sein muss.« Er sah ihr tief in die Augen.

»Entschuldigen Sie bitte. Die Gans für die Dame, der Lachs ist für Sie.«

Van Bommel ließ Violas Hände los und lehnte sich zurück. Die Kellnerin servierte und schenkte Wein nach.

»Wie war dein Tag in der Klinik?«

»In der Klinik? Ach so, ja, Routine, reine Routine.«

»Ich denke, da ist kein Tag wie der andere.« Van Bommel sprach mit vollem Mund. Er aß den Lachs, als würde er einen Hamburger verdrücken.

»Na ja, das ist ja auch eine Art Routine.«

»Musst du über die Feiertage arbeiten?« Van Bommel trank einen Schluck Wein und sah sie dabei aufmerksam an.

»Nein. Ich habe frei.« Scheiße, was redest du da? Aber da hatte sie es schon gesagt.

»Dann könnten wir ja die Feiertage zusammen verbringen. Ich meine, nur wenn du Lust dazu hast.« Van Bommel betonte das Wort *Lust* eine Spur zu deutlich.

Ihr blieb der Rotkohl fast im Hals stecken. Sie lächelte van Bommel an. »Das wäre eine Möglichkeit, ja. Vorausgesetzt, dass mein Dienstplan nicht noch umgeworfen wird. Wäre nicht das erste Mal. Na ja, und dann ist da ja auch noch meine Mutter.«

»Wenn du weg bist, bist du weg. Der alten Dame kannst du sicher klarmachen, dass du etwas Wichtiges vorhast.«

»Wenn das so einfach wäre.«

»Oder du meldest dich krank. Als Ärztin fällt dir bestimmt eine gute Diagnose ein.«

»Nein, das geht nicht.«

»Soll ich das für dich erledigen?«

»Was?«

»Ich rufe in der Klinik an und melde dich krank.« Van Bommel schien sich prächtig zu amüsieren.

»Das geht wirklich nicht, Marco.«

»Jetzt hast du mich das erste Mal bei meinem Vornamen genannt.«

»Habe ich das?«

Er nickte. »Also, was ist? Gehören die Feiertage uns?«

»Marco. Das geht mir jetzt etwas zu schnell. Wir kennen uns doch kaum.« Mist, das war die falsche Erklärung.

»Das wäre doch die richtige Gelegenheit. Oder gefalle ich dir etwa nicht?« Van Bommel warf sich in Pose.

Viola Kaumanns musste lachen. »Bescheiden bist du nicht gerade.« Sie ärgerte sich über sich selbst.

»Das Leben ist zu kurz für diesen Quatsch. Wer nicht von

sich überzeugt ist, hat schon verloren, bevor das Rennen beginnt.«

»Ist das dein Motto? Machst du so deine Geschäfte?« Viola hatte mit einem Mal keinen Hunger mehr.

»Wir wollten doch nicht über das Geschäft reden. Aber ja, ich denke, wenn ich nicht der Beste bin in meinem Job, habe ich keine Chance. Verlierer haben auf unserer Erde nichts zu suchen. Wenn du diese Grundsätze befolgst, kannst du ganz groß werden. Und ich werde ganz groß, darauf kannst du dich verlassen. Aber du isst ja gar nichts mehr.« Van Bommel legte sein Messer zur Seite und suchte mit seiner freien Hand ihre linke. Viola tat so, als bemerke sie es nicht.

»Ich hatte glatt vergessen, wie mächtig Gans sein kann. Meine Oma konnte eine wunderbare Weihnachtsgans machen.«

»Konnte?«

»Sie lebt schon lange nicht mehr.«

»Oh, das tut mir leid.«

»Das muss dir nicht leid tun. So ist das Leben.«

»Der Tod ist unser ständiger Begleiter.«

Das musst ausgerechnet du sagen, dachte Viola bitter. »Hast du Angst vor dem Tod?«

»Nein. Ich weiß, dass ich sterben muss. Aber ich bestimme den Tag und den Ort. Deshalb kann ich gelassen bleiben.«

Van Bommel, du machst mir Angst. »Wie kannst du dir da so sicher sein?« Viola Kaumanns legte wie beiläufig ihre Hand auf seine, um sie gleich wieder zurückzuziehen.

»Ich weiß es einfach. In meinem Beruf muss man ein feines Gespür haben.«

»Hauptsache, man spürt überhaupt etwas.«

»Ich erlebe in deiner Gegenwart eine Ruhe, die ich in meinem ganzen Leben noch nicht gespürt habe.«

»Ach komm, wir kennen uns doch noch gar nicht richtig.«

»Ich spüre, was ich spüre. Und, Michaela, was spürst du?« Van Bommel hob erneut sein Glas.

Viola Kaumanns hob ebenfalls ihr Glas und hielt es gegen das Licht. »Ich spüre, dass ich nicht zu viel Rotwein trinken sollte.«

Van Bommel lachte. »Schade. Ich hatte gehofft, dass du mich und meine Gefühle spürst und nicht diesen Rotwein.«

Viola Kaumanns bemerkte, dass sie rot wurde.

»Bitte, schenk mir diese Nacht. Ich will mit dir schlafen.«

Was hatte dieser Mann gerade gesagt? Hastig griff sie nach ihrem Glas und trank einen Schluck. Ihr wurde heiß. Wo waren die Kollegen? Sie konnten sie doch nicht so einfach diesem Scheusal ausliefern?

»Haben die Herrschaften noch einen Wunsch? Einen Nachtisch vielleicht? Ich kann Ihnen unseren Bratapfel mit Vanilleeis empfehlen.«

»Nachtisch? Eine gute Idee. Zweimal Bratapfel und dazu zwei Grappa. Aber ihren besten.«

»Selbstverständlich. Darf ich Ihnen zum Abschluss noch einen Cappuccino empfehlen? Oder einen Espresso?«

»Zwei doppelte.«

Die Kellnerin räumte ab und entfernte sich.

Viola war wie betäubt.

»Ich freue mich schon.«

»Worauf? Auf den Nachtisch?«

»Nachtisch? Eine köstliche Idee. Besser hätte ich es auch nicht ausdrücken können. Ich bestelle uns einen Champagner aufs Zimmer. Michaela, du bist wunderbar.«

Viola räusperte sich.

»Du brauchst nichts zu sagen. Genieß einfach den Abend.«

»Ich …« Ihre Stimme brach ab. »Das geht mir zu schnell.«

»Geht es dir nicht gut?« Van Bommel sah besorgt aus.

»Mir ist nur ein bisschen schwindelig. Das ist alles.«

»Keine Angst, das ist die Vorfreude.«

»Entschuldige mich einen Augenblick.«

Viola Kaumanns schloss sich in einer der Toilettenkabinen ein und lehnte sich gegen die Tür. Ihre Gedanken rasten. Sie nahm ihr Handy aus der Hosentasche und wählte die vereinbarte Nummer, über die sie direkt mit Kuhnert verbunden sein würde. Mit Entsetzen musste sie feststellen, dass ihr Telefon keinen Empfang hatte.

»Scheiße, Scheiße, Scheiße«, fluchte sie leise. Sie konnte nicht ewig auf der Toilette bleiben. Am Ende würde van Bommel noch Verdacht schöpfen.

Sie drückte die Spülung und ging langsam ins Lokal zurück.

»Da bist du ja wieder, Liebes. Alles in Ordnung?«

Sie fühlte vorsichtig unter ihre Jacke. Der flache Stahl war noch da.

Liebe! Lächerlich. Schmutzigen Sex, billig, erniedrigend und dumm: Den hatte sie für ihre Gefühle bekommen. Und Schuld hatte dieser Mann, der Michael für seine Zwecke missbraucht hatte. Michael war zu Anfang ganz anders gewesen. Den Himmel auf Erden hatte er ihr versprochen, und den hatte sie auch bekommen. Wenigstens für eine kleine Weile. Dann hatte er sich verändert. Hatte sich vom liebevollen Engel zum gierigen Teufel gewandelt, der für seinen »Meister« alles tat. Michael war nicht mehr da. Das war nicht bedauerlich, denn er hatte zum Schluss immer nur noch für das eine gelebt. Für das, was er sein »feines Stöffchen« nannte. Auch in ihrem gottverdammten und beschissenen Leben zählte nur noch wenig. Etwa die Fotos, die jetzt in ihrem Besitz waren.

Sie hatte einige Zeit gebraucht, um van Bommel zu finden. Die Suche nach ihm hatte ihr die Kraft zum Weiterleben gegeben. Und nun war sie ihm so nahe, dass sie nur die Hand auszustrecken brauchte. Doch dann war diese Frau aufgetaucht. Eigentlich sollte sie das kleine Flittchen in sein Unglück rennen lassen. Dass sie die Frau vor diesem Monster in Menschengestalt retten würde, war eine Nebensächlichkeit.

Im Grunde war es sogar gut, dass diese Frau ins Spiel gekommen war. So wurde er unvorsichtig.

Sie brauchte nur noch zuzustechen.

»Wer ist diese Frau?« Jan Kuhnert sah Ina Weber an.

»Keine Ahnung.«

»Was schleicht sie um diese Zeit durch die Kälte? Sie scheint jemanden im Lokal zu beobachten.«

»Vielleicht eine gehörnte Ehefrau oder eine entlassene Angestellte oder einfach nur eine Altenpflegerin, die sich die Beine vertritt.«

»Hm«, brummte Kuhnert, »macht Fotos. Und beobachtet sie. Wir warten noch.«

»Sie ist weg.« Die Stimme aus dem Sprechfunkgerät klang verhalten. »Sie ist ums Gebäude rum. Die Kollegen müssten sie jetzt sehen.«

»Fehlanzeige.« Das war die Stimme von Ingo Thiel.

»Na, dann ist sie wohl ins Altenheim zurück. Hauptsache, ihr habt ein Foto von ihr.« Kuhnert sah seine Kollegin an. »Wenn sie noch einmal auftaucht, gebt Bescheid.«

»Wir sollten sie überprüfen.« Ina machte sich Notizen.

»Jetzt halt mal den Ball flach. Was hat eine Altenpflegerin mit van Bommel zu tun?«

»Vermutlich nichts. Aber man kann ja nie wissen.«

»Sollen wir gehen?« Marco van Bommel nahm erneut ihre Hand.

»Ja, aber ich würde noch gerne den Bratapfel probieren.« Viola Kaumanns sah sich um, als suche sie die Kellnerin. Dabei hoffte sie, irgendein Zeichen zu bekommen, dass man sie gleich aus dem Lokal herausholen würde.

»Sagtest du nicht eben, dass dir nicht gut ist?«

Viola Kaumanns lächelte. »Schon. Aber bei Bratapfel kann ich nicht Nein sagen. Bitte, Marco.«

»Wenn du möchtest, dann kannst du natürlich noch deinen Bratapfel essen. Wir haben Zeit.« Er sah ihr tief in die Augen. »Die ganze Nacht.«

»Schön.« Sie wandte ihren Blick ab und sah in die Dunkelheit hinaus. Sie meinte eine Frauengestalt zu sehen, die hastig an ihrem Fenster vorbeiging.

»Michaela, du machst mich sehr glücklich.«

»Was ist passiert?«

»Sie waren essen.«

»Und dann?«

»Dann sind sie ins Hotel zurück.«

»Und dann?«

»Dann haben sie an der Bar gesessen.«

»Und dann?«

»Ziemlich lange.«

»Und dann? Ich will den ganzen Bericht.«

Jan Kuhnert räusperte sich. »Wie gesagt, sie haben lange an der Bar gesessen. Und die Bodyguards waren auch da.«

Frank wurde wütend. »Ich will wissen, ob sie aufs Zimmer gegangen sind! Kuhnert, ich bin kein kleines Kind mehr.«

»Ist ja schon gut, Frank.« Ecki machte ein unglückliches Gesicht. »Jan, er will wissen, ob sie mit ihm im Bett war.«

»Tja, das wird vorerst ihr Geheimnis bleiben.«

»Warum?« Die Frage kam scharf über Franks Lippen.

»Nun, seit van Bommel in seine Suite eingecheckt ist, hatten wir noch keine Gelegenheit, den Laden zu verkabeln.«

»Und die Richtmikros? Ich denke, die sind so toll?«

»Die Geräuschkulisse war jedenfalls verhalten. Was aber auch daran gelegen haben könnte, dass wir keinen idealen Platz für unsere Ausrüstung hatten. Viola hat gegen 5.30 Uhr das Hotel verlassen und ist mit dem Taxi in ihre Wohnung gefahren.«

»Was ist sonst noch passiert? Was sind eure nächsten Pläne?« Frank war wütend und fühlte sich ohnmächtig.

Ina Weber schaltete sich ein. »Keine besonderen Vorkommnisse. Bis, ja, bis auf die Altenpflegerin.«

»Altenpflegerin?«

»Wir vermuten zumindest, dass die Frau in dem Altenheim arbeitet, das neben dem ›Volksgarten-Pavillon‹ liegt.« Ina Weber zuckte mit den Schultern. »Wir müssen das noch prüfen.«

»Was ist mit dieser Frau?«

»Sie ist dort – ich will jetzt nicht sagen – herumgeschlichen. Jedenfalls zeigte sie großes Interesse an den Gästen im Lokal. Aber dann ist sie auch wieder verschwunden.«

»Was heißt verschwunden?« Frank beschlich eine Ahnung.

»Die Kollegen haben sie nicht mehr gesehen.«

»Und das genügt dir?« Frank wurde immer unruhiger.

»Ich habe doch gesagt, dass wir das noch überprüfen. Kein großer Akt, mit den Fotos.«

»Wo sind die Fotos?«

Jan Kuhnert kramte in seinen Unterlagen. Schließlich zog er drei Ausdrucke hervor. »Hier.«

Die Fotos zeigten eine mittelgroße Frau mit halblangem rotblondem Haar, Ende zwanzig, die ihre Arme vor der Brust verschränkt hatte, offensichtlich um sich vor der Kälte zu schützen.

Frank Borsch hatte sie sofort erkannt. Wortlos hielt er die Fotos Ecki hin.

»Ich glaub's nicht! Barbara Thofondern«, entfuhr es Ecki.

»Ihr kennt diese Frau?« Jan Kuhnert sah Frank ungläubig an.

»Klar kennen wir die Frau. Und ihr müsstet sie auch kennen. Wenn ihr die Akten gelesen hättet. So eine Schlamperei!«, brüllte Frank.

»Kein Grund, hier herumzuschreien. Du bist in meinem Büro, vergiss das nicht.« Jan Kuhnert war wütend darüber, dass ihnen Barbara Thofondern durch die Lappen gegangen war.

»Könnt ihr endlich aufhören, euch wie Idioten zu benehmen?«, mischte sich Ina Weber ein. »Ich vermute, dass Barbara Thofondern Viola nicht erkannt hat. Soweit ich mich erinnern kann, hatte Viola bisher keinen Kontakt zu Thofondern. Sie wird es auf van Bommel abgesehen haben, wenn ich die Akten richtig gelesen habe. Sie hatte Kontakt zu Voogt und Kamphausen, und zumindest einer der beiden hatte Kontakt zu van Bommel. Es muss etwas geben, was Barbara Thofondern mit dem Holländer verbindet.«

Viola Kaumanns stand unter der Dusche. Schon zum dritten Mal an diesem Tag. Aber immer noch hatte sie das Gefühl, seinen Geruch auf ihrer Haut zu haben.

Sie wickelte sich in ein Badetuch und setzte sich auf die schmale Wohnzimmercouch. Sie starrte auf das Bild, das ihr van Bommel geschenkt hatte. Sie würde es niemals aufhängen. Es erinnerte sie an getrocknetes Blut.

Ihr Handy klingelte.

»Ja?«

Es war van Bommel. Sie drückte die Lautsprechertaste und legte das Handy zurück auf den Tisch. Sie konnte seine Stimme jetzt nicht so nahe an ihrem Ohr ertragen.

»Liebes, hallo. Schön, deine Stimme zu hören.«

»Hallo, Marco.«

»Wie geht es dir? Müde?«

»Ja.«

»Hast du nicht geschlafen? Du musst doch in die Klinik.«

»Ich habe meinen Dienst tauschen können. Ich werde in den kommenden Tagen mehrere Nachtdienste machen.«

»Um ehrlich zu sein, Michaela, das passt ganz gut. Ich muss überraschend zurück in die Niederlande. Geschäfte, verstehst du. Jan bleibt in Mönchengladbach. Wenn du etwas brauchst, dann melde dich bei ihm. Er ist mein bester Mann. Bei ihm bist du in guten Händen.«

»Danke, aber ich komme auch so ganz gut zurecht.«

»Außerdem«, van Bommel lachte immer noch, »hat Jan eine meiner Kreditkarten. Wenn du verstehst, was ich meine.«

Besser, als du denkst, dachte Viola Kaumanns.

»Wenn du magst, holt Jan dich morgen Vormittag ab und bringt dich nach Düsseldorf. Auf der Kö wirst du bestimmt was Hübsches für dich finden.«

»Danke, Marco, aber ich glaube nicht, dass mir nach den Nachtdiensten nach Shoppen zumute sein wird.«

»Aber bald ist doch Weihnachten. Und zu Weihnachten kauft man sich immer etwas Schönes. Besonders für Verliebte ist Weihnachten ein besonderes Date.«

Ich könnte kotzen, dachte Viola. »So so.« Sie versuchte, neckisch zu klingen.

»Ach, Michaela, ich kann mir ein Leben ohne dich kaum mehr vorstellen. Dabei kennen wir uns erst so kurz.«

»Wie lange wirst du weg sein?«

»Oh, hast du schon Sehnsucht nach mir?«

Viola atmete tief ein. »Natürlich vermisse ich dich.«

»Der Ton in deiner Stimme sagt mir, dass du mich liebst. Michaela, du bist mein schönstes Weihnachtsgeschenk.«

Viola meinte ihn förmlich durchs Telefon kriechen zu sehen.

»Aber ich bin schnell wieder bei dir, meine Süße. Und ich verspreche dir, ich bringe dir etwas Schönes mit.«

»Du hast mir immer noch nicht gesagt, welche Art Geschäfte das sind, die dich so umtreiben. Hm, Marco.« Sie versuchte, eine laszive Note in ihre Stimme zu bringen.

»Geschäfte halt. Dies und das. Ein bisschen Chemie, ein bisschen Landwirtschaft, ein bisschen neue Medien.«

»Klingt spannend. Willst du mir nicht mehr davon erzählen?«

»Ich finde, Frauen sollten sich aus den Geschäften ihrer Männer heraushalten. Das bringt nur Unglück.«

»Meinst du nicht, dass deine Ansichten etwas antiquiert sind?« Viola war wütend, trotzdem gelang ihr ein Lächeln.

»Frauen haben in meinen Geschäften nichts zu suchen. Du kannst mein Geld gerne ausgeben, aber beim Geldverdienen hältst du dich bitte raus.«

Marco van Bommel klang freundlich, aber sie hatte den scharfen Unterton in seiner Stimme deutlich wahrgenommen. »Chemie. Der Mensch ist ja auch ein interessantes chemisches Gemisch. Komm, Marco. Mich interessiert das.«

»Du bist wirklich hartnäckig. Hör zu, wenn ich Zeit und Lust habe, werde ich dir vielleicht ein bisschen von meiner Arbeit zeigen. Jetzt muss dir reichen, dass ich im Agrarhandel tätig bin. Ich kaufe und verkaufe – Düngemittel.«

»Und damit kann man so reich werden?« Viola Kaumanns legte viel Bewunderung in ihre Stimme.

»Man muss nur die Mechanismen des Marktes kennen, wenn du verstehst. Und der Markt ist groß. Meine Kunden sitzen in ganz Europa. Und auch in anderen Teilen der Welt. Hier kaufen, da verkaufen. Mangel und Bedarf erkennen und dann im richtigen Augenblick zur Stelle sein. Meine Produkte sind sehr gefragt.«

»Unglaublich. Und managst du ganz alleine?«

»Natürlich geht das nur, wenn man zuverlässige Mitarbeiter hat, so wie Jan einer ist. Und man braucht zuverlässige Lieferanten und zuverlässige Kunden.«

Immerhin ein Anfang, dachte Viola. Obwohl sie nicht den Eindruck hatte, dass die Kollegen aus van Bommels Firmenphilosophie so etwas wie eine Beweiskette würden basteln können. »Nimmst du mich mal mit auf Geschäftsreise?«

»Ich habe doch gesagt, dass ich Frauen nicht in meinen Geschäften sehen will.« Van Bommel klang nun schon etwas gereizt.

»Entschuldige bitte. Ich wollte dir nicht zu nahe treten.«

»Sei nicht böse, Liebes, so bin ich halt.«

»Wann fährst du?«

»Heute Abend noch. Sag, fahren wir über Weihnachten weg?«

»Ach, Marco, das weiß ich jetzt noch nicht.«

»Lass mich nicht zu lange zappeln, Michaela. Das liebe ich gar nicht.«

»Das liegt aber nicht allein in meiner Hand, Liebster.« Sie biss sich auf die Lippe. Sie war wohl nicht ganz bei Trost. »Du, ich komme gerade aus der Dusche. Mir wird kalt.«

»Du bist nackt? Eine sehr aufregende Vorstellung.«

»Meld dich, wenn du wieder da bist. Ciao.« Entschlossen schaltete sie ihr Handy aus. Sie wollte jetzt alleine sein.

Sie musste an Frank denken, verdrängte den Gedanken aber sofort wieder. Lisa war zurück, und sie hatte kein Recht auf ihn. Besser, sie vergaß ihn.

Am anderen Ende der Leitung hielt Marco van Bommel noch einen Augenblick das Mobiltelefon in der Hand. Er hatte das Gefühl, dass diese Frau ihm ebenbürtig war. Gerade ihr Widerstand war es, der ihn besonders reizte. Bisher hatte er bei den Frauen in seinem Bett keine eigene Meinung toleriert. Er lächelte. Michaela hatte sein Herz getroffen. Ein Gefühl, das er verloren geglaubt hatte, ein Gefühl, das er genoss und das ihm Angst machte. Gefühle konnte er sich in seinem Job eigentlich nicht leisten. Wer Gefühle zeigte, war schon so gut wie tot.

»Chef?« Jan Vermeer legte seine Hand auf van Bommels Schulter.

»Was ist?« Unwirsch drehte van Bommel sich weg. Er mochte es nicht, berührt zu werden.

»Wir müssen los.«

»Ich weiß. Meinst du, ich bin blöd? Idiot.«

»Das Mädchen hat dir ganz schön den Kopf verdreht.« Jan grinste. Er hatte seinen Chef so noch nicht erlebt.

»Halt dich da raus. Das geht dich nichts an.«

»Ich mache mir nur Sorgen, Chef. Wir müssen höllisch aufpassen. Du weißt, was unser Kontakt gesagt hat. Ich will nur nicht, dass wir einen Fehler machen, nur weil dir eine deiner Tussis den Kopf verdreht.« Jan Vermeer wusste, dass er sich damit weit aus dem Fenster gelehnt hatte. Aber er war der Einzige, der es sich erlauben konnte, so mit van Bommel zu reden. Sie hatten als Kinder im selben Stadtviertel dieselben Rivalen verprügelt und später in denselben Kneipen rumgehangen.

»Ich will, dass du sie nach Düsseldorf fährst und ein Auge auf sie hast. Ich bin zwar scharf auf sie, aber sicher nicht so blöd, unvorsichtig zu werden. Ich will wissen, was Michaela treibt, wenn sie nicht in der Klinik arbeitet. Mit wem trifft sie sich und wo.«

Die beiden Niederländer waren kaum auf der Autobahn A 52 Richtung Roermond unterwegs, als van Bommels Mobiltelefon klingelte. Er hörte dem Anrufer schweigend zu und klappte dann das Handy zusammen.

»Gruiters?«

»Ja. Wir müssen unsere Pläne ändern. Fahr mich zum Flughafen. Ich muss nach Amsterdam.«

»Was gibt es Neues von Viola?« Frank hatte einen Kaffeebecher in der Hand und stand müde an der Tür zu Kuhnerts Büro. Lisa machte sich Sorgen um ihn, unabhängig von ihrem gemeinsamen Problem. Sie hatten die ganze Nacht geredet, aber einer Lösung waren sie kein Stück nähergekommen.

»Du siehst scheiße aus, Frank. Was machst du nachts?«

»Ich bin nicht zu Späßen aufgelegt.«

»Schon gut.« Jan Kuhnert hob entschuldigend die Hände. »Um deine Frage zu beantworten: Es gibt nichts Neues. Wir kommen nicht an Viola ran. Dieser Kettenhund von van Bommel klebt an ihr. Sie versucht auch nicht, Kontakt zu uns aufzunehmen. Aber wir haben das meiste mitschneiden können, was sie bisher mit van Bommel gesprochen hat. Van Bommel selbst ist abgetaucht. Die Kollegen von der Bundespolizei haben uns gemeldet, dass er nach Amsterdam geflogen ist. Aber eine gute Nachricht habe ich trotzdem für dich.

Wir haben endlich eine Verbindung zu van Bommels Hotelzimmer.«

»Wurde auch Zeit.«

»Du bist auch mit nichts zufrieden, Borsch. Ich sag's noch einmal: Ohne Geduld heben wir kein Rattennest aus. Van Bommel wird seine Fehler machen. Den ersten hat er schon gemacht. Er hat sich in unsere Kollegin verliebt. Das wird ihm das Genick brechen.«

»Das wird es ganz sicher.«

Frank fuhr herum.

Schrievers stand hinter ihm und hielt ein Stück Papier in der Hand. »Das wird euch interessieren.« Der Archivar schnaufte und wischte sich mit einem karierten Taschentuch die Stirn. Der kurze Weg aus dem Keller zum KK 14 hatte ihn angestrengt. »Das habe ich in der *Westdeutschen Zeitung* gefunden. Festnahmen in Tegelen. Drogen.«

»Ich verwette meinen Arsch darauf, dass van Bommel in dieser Sache mit drinsteckt.«

»Wenn van Bommel mit drinsteckt, wird er mächtig unter Druck geraten sein. Wir müssen die Suppe am Kochen halten.«

»Und wie soll das gehen?«

»Die ganze verdammte Szene in Aufruhr versetzen. Vielleicht hilft es, wenn wir ein paar Gerüchte streuen, über schlechten Stoff, Lieferengpässe und dass van Bommel unliebsamen Zeitgenossen den Kopf abschneiden lässt.«

»Ich halte mich lieber an Fakten. Und die finde ich eher in meinem Archiv. Wie willst du die Szene aufmischen? Zum Beispiel die 50 000 Käufer, die jeden Monat allein in den beiden Koffieshops am Schwanenhaus verkehren, die mehr als 10 000 Schwarzfahrer im ›Kiffer-Express‹; auf der Linie 13 wurden bei nur einer Kontrolle, die über eine Woche ging, fast 1200 Vergehen registriert. Du weißt am besten, was das bedeutet, Kuhnert. Wie wollt ihr bei *den* Zahlen den Druck erhöhen? Macht euch nix vor. Das geht gar nicht.«

»Meinst du?« Frank schüttelte nachdenklich den Kopf.

»Außerdem habe ich Hunger, Mensch.«

»Ich dachte, du nimmst ab?«

Heinz-Jürgen Schrievers sah Frank entrüstet an. »Das tue ich auch. Gertrud macht mir immer so schöne Salate zum Mitnehmen. Fast keine Kalorien drin, im Dressing. Ich mache nur eine kleine Pause vom Abnehmen. Das wird doch wohl erlaubt sein? Du joggst doch auch nicht 24 Stunden am Tag.«

Frank musste lachen. »Soll ich mal raten, warum du unbedingt heute eine Diätpause einlegen willst?«

»Na?«

»Ich sage nur: Grünkohl.«

Heinz-Jürgen Schrievers' volles Gesicht nahm bei dem Wort den verzückt entrückten Ausdruck eines Anhängers transzendentaler Bewusstseinserweiterung an. Dabei legte er die Hände andächtig auf seinen mächtigen Bauch. »Hm, mit echtem Schmalz, Speck und Würstchen. Der Winter hat auch seine guten Seiten, sage ich immer. Außerdem ist Gemüse gesund, sagt auch Gertrud.«

Eine Stunde später saßen Frank und Ecki wieder in ihrem Büro, als das Telefon klingelte.

»Borsch?«

Es war Viola. Frank drückte die Lautsprechertaste. »Wo bist du?«

»In Roermond.«

»Was machst du in Holland?« Frank hatte plötzlich Angst, dass van Bommel sie entführt haben könnte.

»Ich bin im Outlet Center.«

»Was, um alles in der Welt, machst du in einem Outlet Center?«

»Shoppen. Jan hat mich hergefahren.«

»Jan?« Frank verstand nicht.

»Marcos Mitarbeiter.«

Marco! Sie hatte Marco gesagt! »Und? Warum?«

»Marco meint, dass ich mir die Zeit vertreiben und ein paar

neue Klamotten kaufen könnte. Er hat mir seine Kreditkarte dagelassen.«

»So weit seid ihr also schon.«

»Bitte, Frank, ich habe jetzt keine Zeit für deine Eifersucht. Du musst mir helfen. Vermeer ist nicht nur mein Einkaufstütenträger.«

Frank verstand. Auch Ecki beugte sich gespannt vor.

»Vermeer besteht darauf, dass er mich zum Dienst bringt.«

»Von wo sprichst du?« Frank hatte Violas abgehetzten Tonfall registriert.

»Ich bin in einer Umkleidekabine und habe Vermeer losgeschickt, mir von einigen Oberteilen verschiedene Größen zusammenzusuchen. Ich kann nicht mehr lange sprechen.«

»Was sollen wir tun?«

»Du musst mir einen echten Job in der Klinik besorgen. Egal, wie. Sonst fliegt meine Tarnung auf.«

»Okay. Sonst noch was?«

»Ja.« Viola Kaumanns flüsterte jetzt. »Ich habe im Auto ein Telefongespräch zwischen van Bommel und Vermeer mithören können. Offenbar ist van Bommel in eine größere Sache involviert, die in Tegelen spielt. Irgendwas ist dort schiefgegangen. Was, konnte ich nicht verstehen. Jedenfalls hat van Bommel viel Geld verloren. Die beiden haben sich auf Niederländisch unterhalten. Deshalb habe ich nicht alles kapiert.«

»Gut gemacht.«

»Frank?«

»Ja?«

»Ich habe ein bisschen Angst.«

Frank schnürte es bei Violas Worten fast die Kehle zu. »Frank.«

»Wann ist van Bommel wieder in Mönchengladbach?«

»Ich …«

Die Verbindung riss ab.

Zwei Stunden später hatten die beiden Viola eine freie

Stelle in der Chirurgie besorgt. Sie würde in einem Bereich eingesetzt, der von einem Laien nicht so einfach zu durchschauen war. Sie würde ihren »Dienst« wie ihre »Kollegen« beginnen und im Grunde nur bei Visiten öffentlich auftreten. So würde niemandem auffallen, dass Viola Kaumanns nicht mehr war als ein Dummy im Klinikalltag.

Nun saßen sie im Präsidium mit Bean zusammen.

»Es hat zwar etwas gedauert, aber ich habe nun eine ziemlich genaue Vorstellung davon, wie Michael Voogt seinen letzten Tag verbracht hat.« Kurt Paulert machte ein zufriedenes Gesicht.

»Na?« Ecki war schon ganz gespannt.

»Also, das spätere Opfer Michael Voogt ist an jenem Freitagmorgen wie immer von seiner Wohnung zur Brauerei gefahren. Das sind etwa dreißig Minuten mit seinem Wagen, bei mittlerem Tempo. Und er ist wie immer etwas zu spät gekommen. Laut Aussage seiner Kollegen ist er mit quietschenden Reifen auf den Hof gefahren, auch wie immer. Voogt hatte an jenem Morgen um 11 Uhr einen Termin mit zwei Lieferanten. Die waren auch in seinem Büro.« Bean Paulert blätterte in seinen Aufzeichnungen. »Es ging um Probleme mit verschiedenen Chargen. Nichts Weltbewegendes. Gegen 13 Uhr ist Voogt dann kurz weggefahren. Er hat im Weinhaus Menrath Einzelheiten für eine Weihnachtsfeier besprochen.« Bean trank von seinem Kaffee. »Hm, gut. Auch dieser Besuch ist mir bestätigt worden. Kurz vor 15 Uhr hat Voogt dann in seinem Büro einen Anruf bekommen und ist sofort los. Als er das Büro verlassen wollte, ist er von Renate Pesch angesprochen worden, dass sie zusammen Unterlagen durchgehen müssten. Er hat aber nur gesagt ›später‹.«

»Wer sagt das?« Frank unterdrückte ein Gähnen.

»Renate Pesch. Sie arbeitete ja eng mit Voogt zusammen.«

»Und weiter?«

»Michael Voogt ist dann um 17 Uhr wieder im Büro eingetroffen. Er hat nicht gesagt, wo er herkam, sagt Renate Pesch.

Sie hat auch nicht nachgefragt. Sie hat nur bemerkt, dass Voogt recht still gewesen ist. Die beiden haben dann bis gegen 18.30 Uhr Unterlagen durchgearbeitet, die ihr Chef für Anträge und Genehmigungsverfahren dringend gebraucht hat. Von der Brauerei aus ist Voogt direkt zum Schweineblut-Abend gefahren. Der Wirt hat mir seine Ankunftszeit bestätigt. Er stand nämlich auf dem Parkplatz, als Voogt ›angeschossen‹ kam, wie er sich ausdrückte. Wenn ich diese Zeit mit der Abfahrtszeit vergleiche, die Renate Pesch mir genannt hat, muss Voogt tief geflogen sein. Ich habe daraufhin sämtliche Starenkästen auswerten lassen, die an der Strecke stehen. Und siehe da, Voogt ist tatsächlich geblitzt worden. Er war allein im Auto. Wenn ihr das Foto sehen wollt …«

Frank und Ecki winkten ab.

»Also, insgesamt war es ein stinklangweiliger Arbeitstag im Leben des Michael Voogt. Mit der Aussicht auf einen schönen Abend mit seinen Kumpeln aus der Bruderschaft. Was wir nicht wissen: Was hat Michael Voogt zwischen, sagen wir, 15.15 Uhr und 17 Uhr gemacht?«

»Gute Arbeit, Bean.« Frank streckte sich. »Und du hast schon die richtige Frage gestellt.«

»Du meinst, ich soll weitermachen?«

»Willst du nicht?«

»Doch.«

»Was ist es dann?«

»Ich meine, ich könnte mich auch im KK 14 umhören. Ich habe läuten gehört, dass ihr nicht ganz zufrieden seid mit der Kommunikation.« Bean sah Frank erwartungsvoll an.

»Nein, Bean, mir ist es lieber, du tust deine Arbeit hier.«

»War ja nur eine Idee.«

»Hast du eine Vermutung, wo Voogt gewesen sein könnte?«

»Rein von der Entfernung her könnte er theoretisch bis Köln gefahren sein. Oder bis Eindhoven.«

»Eindhoven? Gar nicht so blöd.« Frank nickte. »Voogt könnte in Holland gewesen sein. Vielleicht hat er aber auch nur Kamphausen getroffen.« Ecki machte ein nachdenkliches Gesicht. »Gibt's so einen Tagesablauf eigentlich auch schon für Kamphausen?«

Bean schüttelte den Kopf.

»Sollten wir aber machen. Wenn wir bei ihm auch eine Lücke im Tagesablauf finden, könnten die beiden zusammen gewesen sein. Bean, könntest du dich darum kümmern?« Frank sah seinen Kollegen an.

»Das wird aber dauern. Mein Tag hat auch nur 24 Stunden.«

»Fang einfach an.«

»Frank?« Lisa streichelte Franks Arm.

»Hm?« Frank war fast eingeschlafen. Er hatte Kopfschmerzen.

»Frank, meinst du, wir werden doch noch einmal ein Kind zusammen haben?«

»Wenn der Arzt nichts dagegen hat, schon.«

»Ich möchte wissen, ob du das willst.«

»Aber doch nicht mitten in der Nacht.«

»Bitte, Frank, wir müssen reden.«

»Lisa, wie oft soll ich dir das denn noch sagen? Ich liebe dich, und ich möchte ein Kind mit dir haben.«

»Wie das klingt, wenn du das sagst.«

Frank setzte sich halb auf. »Schau, Lisa. Die letzten Monaten waren sehr grausam, für uns beide. Und ich möchte nicht, dass du dich länger quälst. Aber ich habe im Augenblick eher das Gefühl, dass du dich bewusst quälen willst. Was habe ich falsch gemacht, dass du mir nicht mehr glaubst?«

»Ich spüre dich nicht. Was ist passiert, Frank? Hast du eine andere Frau, die du liebst?«

Frank fasste ihre Hand. »Nein, das habe ich nicht.« Er zögerte, bevor er weitersprach. »Es ist nur so, dass ich zu wenig Zeit gehabt habe, um über uns und unser Leben nachzudenken. In der ersten Zeit war das auch gut so, da wollte und musste ich mich ablenken. Und jetzt fehlt mir ein bisschen der Freiraum, um mir über unser Leben klarzuwerden.«

»Aber ich gebe dir doch den Freiraum.« Sie entzog ihm ihre Hand.

»Das hat nichts mit dir zu tun, Lisa. Das hat mit meinen Fällen zu tun, die mich nicht loslassen.«

»Machst du dir Sorgen um Viola?« Lisa flüsterte fast.

»Wieso fragst du mich das?«

»Ich spüre doch, dass Viola dir wichtig ist.«

Frank suchte ihre Hand. »Viola ist mir wichtig als Kollegin. Und nicht als Frau. Das musst du mir glauben.«

»Dann ist es gut. Frank, werden wir wieder ein Kind haben?«

»Das werden wir, Lisa. Das werden wir.«

Cengiz lehnte sich vertrauensvoll über den Tresen. »Seit drei Tagen sind die Zeitungen voll mit den Drogengeschichten. Sind Ihre Kollegen einer großen Sache auf der Spur, Herr Kommissar?«

»Cengiz, du weißt, dass ich nicht über meine Arbeit sprechen darf.« Frank drehte sich demonstrativ um, so als befürchte er, belauscht zu werden. »Aber dir darf ich es ja sagen: Ja, wir jagen einen Drogenboss. Kolumbien, sage ich nur. Aber jedes weitere Wort wäre tödlich. Es ist besser für dich, wenn du nicht alle Einzelheiten weißt. Du musst mir versprechen zu schweigen.«

Für einen Augenblick machte Cengiz, der Zeitungsverkäufer und Händler des neuesten Kiezklatsches, große Augen. Dann zog er beleidigt die Mundwinkel herunter. »Sie nehmen mich nicht ernst, Commissario. Ich bin für Sie doch nur ein kleiner Zeitungsverkäufer.«

Frank fiel etwas ein. »Erinnerst du dich an den Junkie, der ohne Kopf im Hans-Jonas-Park gefunden wurde?«

»Bei Allah, schreckliche Geschichte. Der Mann hat hier ab und zu Blättchen für seinen Tabak gekauft.«

»Du hast ihn gekannt?« Frank war hellhörig geworden.

»Er ist manchmal wochenlang nicht gekommen. Und dann wieder fast jeden Tag. Er hat mal erzählt, dass er Holländer kennt, die hier viel Geld verdienen. Und dass er auch bald reich sein würde. Er hat so getan, als ob er eine ganz große Nummer wäre. Dabei war er nur ein Junkie, der kaum das Geld für seine Blättchen hatte.«

»Hm. Hat er Namen genannt?«

»Namen? Nein. Er hat immer nur von einem ›Boss‹ gesprochen.«

»War er immer allein?«

»Nein, einmal ist er mit so einem Typen aufgekreuzt. Ganz anderes Kaliber. Gepflegt, gut angezogen.«

Frank war gespannt. »Die beiden waren hier im Kiosk?«

Cengiz schüttelte den Kopf. »Nein, nur der Junkie. Der andere war im Auto.«

»Kannst du dich an die Automarke erinnern?«

Cengiz legte seinen Finger an die Nase. »Nein. Ich weiß nur, dass er dunkel war. Schwarz, ja, die Farbe war Schwarz. Geländewagen. Der Typ ist kurz ausgestiegen. Mit dem Handy am Ohr. Ich dachte noch, was für ein Angeber.«

»Kannst du den Mann näher beschreiben?«

»Er war groß und hatte dunkles Haar, gewellt vielleicht. Er trug Sonnenbrille, obwohl die Sonne an dem Tag nicht geschienen hat. Ja, und einen langen schwarzen Mantel.«

Es hätte van Bommel sein können, genauso gut aber auch dieser Bodyguard. »Würdest du ihn wiedererkennen?«

Der Zeitungsverkäufer nickte zögernd. »Ja. Möglicherweise.«

»Du hast mir sehr geholfen, Cengiz.«

»Bin ich jetzt drin in dem Fall? Muss ich nun vor Gericht aussagen? Bekomme ich eine Belohnung? Werden mich seine Männer jetzt jagen? Ich habe Angst, Commissario.«

»Cengiz, wenn es ernst wird, haben wir unser Zeugenschutzprogramm.«

»Gut.« Cengiz seufzte.

»Ich schicke dir dann einen Kollegen vorbei, der dir ein paar Fotos zeigt.«

»Liebes. Ich war viel zu lange fort.« Marco van Bommel strich Viola durchs Haar.

»Du siehst müde aus. Geht es dir nicht gut?«

»Doch. Hast du das Bild schon aufgehängt? Unser Bild?«

Viola Kaumanns griff nach seiner Hand. »Noch nicht. Weißt du, ich brauche immer Zeit, bis ich mich für den Platz entschieden habe, an den ich ein Bild hängen möchte.«

»Wenn wir beide eines haben, dann ist es Zeit. Ein ganzes Leben lang.« Marco van Bommel nahm ihre Hände.

»Hast du Ärger? Du siehst traurig und angespannt aus.« Viola Kaumanns musste sich zwingen, ihre Hände nicht wegzuziehen.

Marco van Bommel beugte sich vor und berührte mit einer Hand leicht ihr Gesicht. »Wenn es nur so einfach wäre. Ich, nein, Geschäfte gehören nicht hierher.«

»Du würdest dich besser fühlen, wenn du es mir erzählen würdest.« Viola lächelte van Bommel an.

»Du bist einfach wunderbar.« Er zog seine Hand zurück.

Nun erzähl schon, du Arsch, dachte Viola.

»Du warst sicher in Holland.«

»Wir sollten nachher reden.«

Gut, reden wir nachher. Hauptsache, du redest überhaupt, Marc van Bommel. »Du hast vermutlich recht. Lass uns erst essen. Die Suppe ist köstlich.«

Viola konnte kaum bis zum Ende des Abendessens warten.

»Der Fisch ist doch immer wieder ein Genuss.« Van Bommel faltete die Serviette zusammen.

»Wirklich lecker.« Auch Viola hatte ihre Mahlzeit beendet.

»Kaffee?«

»Gerne. Und einen kleinen Grappa.«

»Oh, die Dame lernt aber schnell.«

Van Bommel winkte den Kellner herbei und gab seine Bestellung auf. Dann wandte er sich wieder Viola zu. »Die ganze Zeit über habe ich an dich denken müssen. Ich möchte mit dir schlafen, Michaela.«

Nicht schon wieder dieses Thema. Sie schluckte.

»Überrascht?«

»Ein bisschen, um ehrlich zu sein, Marco.«

»Das ist doch das Natürlichste auf der Welt, wenn zwei Menschen sich mögen.«

»Es ist, es ist... Ich glaube, ich brauche noch ein bisschen Zeit.« Konnte dir nichts Besseres einfallen?, dachte sie.

»Ich verstehe. Kein Problem.«

»Schön, Marco, dass du so viel Verständnis hast. Das würde nicht jeder Mann aufbringen. Du bist schon etwas Besonderes für mich.« Es war schneller raus, als sie denken konnte.

»Ist doch selbstverständlich.« Van Bommel klang gönnerhaft.

Viola sah sich vorsichtig um. Sie suchte den Kollegen, der zu ihrer Sicherheit als Kellner eingesetzt war.

»Ist etwas nicht in Ordnung, Liebes? Suchst du jemanden?«

»Nein, ich finde nur, das Hotel hat seine beste Zeit auch schon hinter sich. Allein die Möbel! Völlig abgenutzt.«

»Du hast recht, das Hotel ist längst nicht mehr erste Wahl. Aber es hat den unbestreitbaren Vorteil, dass es verkehrsgünstig liegt.«

»Willst du mir nicht doch erzählen, was dich bedrückt? Beruflich, meine ich. Du hast großen Kummer, stimmt's?«

Marco van Bommel sah Viola lange schweigend an.

»Okay, ich habe verstanden.«

»Nein, Michaela, das ist es nicht.« Van Bommel unterbrach sich und suchte mit seinen Augen das Restaurant ab, bevor er weitersprach. »Es ist nur, du wirst nicht verstehen, was ich dir erzählen könnte. Es ist sicher jenseits deiner Vorstellungskraft. Außerdem möchte ich dich nicht mit diesen Dingen belasten.«

»Schatz, die Probleme und Sorgen des anderen zu kennen gehört doch zu einer Beziehung dazu.«

»Schatz, du hast ›Schatz‹ zu mir gesagt.«

»Habe ich das?« Viola Kaumanns tat erstaunt.

»Du machst mich wirklich glücklich.«

»Das ist schön. Wir werden das Leben genießen.« Nur nicht zusammen, dachte Viola.

»Das klingt wie ein Versprechen auf einen Traum, der nie zu Ende gehen soll. Michaela, nichts wird uns trennen können. Und, ja, die Geschäfte, die ich mache, haben nichts mit uns zu tun. Das musst du trennen. Versprich mir das.«

»Du machst mich wirklich neugierig.« Viola hielt den Atem an. Jetzt nur keinen Fehler machen.

»Eigentlich ist es ganz einfach, Michaela.« Van Bommel wollte weitersprechen, doch stattdessen griff er nach seinem Mobiltelefon, das in seiner Jackentasche steckte und offenbar auf ›lautlos‹ eingestellt war. Er sah auf das Display und stand auf. »Entschuldige mich einen Augenblick.« Bereits im Weggehen nahm er das Gespräch an.

Nach ein paar Minuten setzte sich Marco van Bommel wieder an ihren Tisch.

»Wichtige Geschäfte?«

»Oh ja. Das kann man wohl sagen. Und die Nachrichten sind ausnahmsweise einmal positiv. Sehr sogar.«

»Erzählst du sie mir?«

»Du bringst mir Glück. Ich habe gerade mit Athen telefoniert. Ich übernehme das Südeuropageschäft. Und dich nehme ich mit.«

»Du willst Deutschland verlassen?«

»Ich muss. Aber es ist ja nicht für ewig. Ich, nein, wir werden viel unterwegs sein. Eine Woche Athen, drei Wochen Palermo, Rom, Mailand, Genf. Dann wieder Athen, dazwischen wieder Mönchengladbach, Amsterdam. Wir werden in den feinsten Hotels absteigen. Heiligabend an der Akropolis. Wunderbar.«

»Marco, langsam. Ich kann hier nicht so einfach weg. Ich habe einen Dienstplan. Die Patienten brauchen mich. Ich habe meine Familie hier.«

»Dann kündige. Wir werden genug Geld haben. Mehr, als wir jemals ausgeben können. Wir sind frei!«

Wenn sie Mönchengladbach, wenn sie den Niederrhein verlassen würde, wäre sie van Bommel hilflos ausgeliefert.

»Michaela, ich liebe dich.« Van Bommel sah sie an.

In seinem Blick war Hoffnung, aber auch eine Spur Trauer.

»Ich liebe dich wirklich.«

»Marco, womit verdienst du das viele Geld?«

»Ist das denn so wichtig?«

»Ja. Ich kann keinem Mann folgen, von dem ich nicht viel mehr als seinen Namen weiß.«

»Geld macht mich unabhängig. Und Unabhängigkeit macht mich glücklich.«

»Und, woher kommt das Geld?«

Marco van Bommel zögerte lange, bevor er sprach. »Es gibt Dinge, die andere Menschen brauchen. Und die liefere ich ihnen. Das bezahlen sie mir gut, sehr gut sogar. Ich bin so etwas wie ein Dienstleister für besondere Ansprüche.«

»Das klingt sehr abstrakt, Marco. Das macht mir ein bisschen Angst. Verkaufst du Waffen?«

Sie zuckte zusammen, als van Bommel laut loslachte. »Waffen? Michaela, nein, um Himmels willen, doch keine Waffen. Was denkst du von mir?«

Was bin ich nur für ein Idiot! Van Bommel lachte zu Recht. Dümmer hätte sie sich nicht anstellen können.

Sie versuchte, in sein Lachen einzufallen, aber es gelang ihr nicht.

»Ich und Waffen?«

Viola sah sich um. Die Leute schauten schon zu ihnen hin.

»Hör zu, Marco, ich … es tut mir leid. Ich wollte dich nicht beleidigen. Ich … ich bin nur so schrecklich unsicher.«

»Du solltest mich mittlerweile besser kennen, Michaela.« Sein Lachen brach abrupt ab.

Sie sah ihn an. Aus seinem Gesicht war jeder freundliche Zug mit einem Schlag verschwunden. Seine Augen wurden dunkel. Ein Blick, der ihr tatsächlich Angst machte.

»Ich wollte dich nicht auslachen. Aber es ist so absurd. Du traust mir ein Verbrechen zu? Wie wenig habe ich dir bisher von mir erzählt, dass du so denkst? Nein, ich kann dich beruhigen, ich bin kein Waffenhändler, der an den Kriegen in der Welt sein Geld verdient. Da gibt es weitaus einfachere und ungefährlichere Möglichkeiten.«

»Die da wären?«

»Du gibst wohl nie auf, was?«

»Hartnäckigkeit gehört zu meinem Beruf.«

»Du bist, ich kann es auf Deutsch nicht anders ausdrücken, Michaela, du bist so unbedingt. Ja, unbedingt.«

»Meinst du, konsequent?«

»Ja, aber das trifft es nicht ganz.«

»Also, machen wir weiter im heiteren Beruferaten?« Viola Kaumanns streckte ihr Hand nach van Bommel aus. Wie konnte ein Mensch mit so weichen Händen schreckliche Dinge tun?

»Ich handele mit Dünger. Aber das sagte ich dir doch schon.«

»Und was ist daran so geheimnisvoll?«

»Es gibt keine Geheimnisse, wie du es nennst. Du musst nur die Gesetze kennen, die in der EU herrschen. Und die sind kompliziert. In einem Land ist ein Stoff erlaubt, der in einem anderen verboten ist. Obwohl er beste Erträge garantiert. Aber es gibt immer wieder Wissenschaftler, zum Beispiel in Deutschland, die daran zweifeln, dass der Dünger für Menschen unschädlich ist.«

»Du handelst mit illegalem Dünger?« Sie versuchte, unaufgeregt zu wirken.

»Das klingt so negativ. Sagen wir, ich versorge die Menschen mit Hilfsmitteln, die ihre Arbeit leichter machen.«

»Daran ist doch nichts Schlechtes.« Viola zog erstaunt die Augenbrauen hoch. »Wobei, na ja, es gibt natürlich schon extreme Sachen.« Sie wollte van Bommel nicht in eine Verteidigungshaltung drängen, dann hätte er sicher sofort dicht gemacht. Außerdem war es nicht ratsam, wenn sie weiterhin seine »Freundin« bleiben wollte.

»Du lernst wirklich schnell. Es ist so: Ich verkaufe nur. Wie viel davon auf den Feldern landet, ist nicht mein Bier. Die Bauern sollten sich in den Mengenverhältnissen auskennen. Sonst arbeiten sie im falschen Beruf. Und, ich betone es noch mal, die Chemikalien werden völlig legal hergestellt. Ich sorge nur für den Transport zum Abnehmer.«

»Und davon gibt es viele?«

»Ich komme mit den Lieferungen kaum nach.«

»Wo hast du denn deine Firma?«

»Du bist wirklich süß. Ich brauche keine Gebäude und keine Lastwagen.« Er klopfte auf seine Jackentasche. »Das ist alles, was ich brauche. Ein Telefon, mehr nicht. Du musst nur alles geschickt organisieren. Es gibt immer den einen oder anderen LKW-Fahrer, der für dich mal diese oder jene Palette mit über die Grenze nimmt. Du musst nur wissen, wer was wann braucht und wo du es besorgen kannst.«

»Interessant. Alle Achtung. Und dazu muss man sich nur in den Gesetzen der EU auskennen?« Hoffentlich schnitten die Kollegen ihr Gespräch mit.

»So ist es. Das ist alles. Und ganz einfach.«

»Und wie viele Leute arbeiten für dich? Wenn du keine Firma und kein Lager hast?«

»Jeder Mitwisser ist zu viel. Ich habe nur eine Handvoll, denen ich vertraue und die mir trauen. Das ist mein größtes Kapital, meine Zuverlässigkeit.«

»Toll. Wie lange machst du das denn schon?«

»Oh, schon fast zehn Jahre. Ich habe erst viel Lehrgeld zahlen müssen. Aber mit den Jahren ist es besser geworden. Und jetzt kommt Südeuropa dazu.«

»Deine Zuversicht ist ansteckend.«

»Du bist nicht schockiert?«

»Warum sollte ich das sein?«

»So gefällt mir mein Mädchen.« Er sah sie zärtlich an.

Ich bin nicht dein Mädchen, fluchte Viola innerlich. »Hast du daran gezweifelt, dass ich dich verstehen würde?«

»Nein. Du bist aus dem gleichen Holz wie ich. Du willst auch deine Freiheit und ein sorgenfreies Leben. Mit mir hast du beides.«

»Ich glaube, ich könnte mich daran gewöhnen.«

Die Kellnerin trat an ihren Tisch. »Haben Sie noch einen Wunsch?«

Van Bommel winkte ab.

»Meinen Wunsch kennst du.« Van Bommel sah Viola an.

»Bald. Bestimmt.«

»Ich kann es kaum erwarten.« Van Bommel seufzte laut. »Was machen wir jetzt mit dem angebrochenen Abend?«

»Ich bin müde. Ich würde gerne nach Hause fahren.«

»Michaela, wenn ich dich ...« Marco van Bommel wollte weitersprechen, aber seine Aufmerksamkeit wurde durch laute Geräusche abgelenkt. Neugierig drehte er sich um.

»Scheiße. Was passiert da?« Frank rückte seinen Kopfhörer zurecht und starrte auf den kleinen Monitor. In der Bildmitte war der Tisch zu sehen, an dem Viola und van Bommel saßen.

»Dreht die Kamera, ihr Idioten, dreht endlich die Kamera!«

Die Kamera bewegte sich. Das Kameraauge fokussierte. Die Angestellten versuchten offenbar, eine Frau daran zu hindern, das Restaurant zu betreten.

Frank konnte hören, was die Frau rief.

»Loslassen! Er muss dafür bezahlen! Loslassen, habe ich gesagt! Er ist ein Schwein, ich muss zu ihm!«

Die Bediensteten hielten sie an den Armen fest und führten sie aus dem Blickfeld der Kamera.

»Das ist Thofondern! Bringt sie weg. Sie gefährdet die ganze Operation.« Frank riss sich den Kopfhörer von den Ohren.

Jan Kuhnert gab indessen über sein Headset leise und präzise Anweisungen an den Kellner, der in Wahrheit ein Kollege von der Fahndung war.

»Scheiße!« Frank war außer sich.

»Beruhige dich, Frank. Ansgar ist ein erfahrener Kollege. Die Frau ist schon aus dem Gefahrenbereich.«

»Die Kamera! Ich will van Bommel sehen. Los! Ich will van Bommel sehen!« Frank setzte den Kopfhörer wieder auf.

Ruckelnd bewegte sich das Kameraobjektiv langsam wieder in seine Ausgangsposition.

»Was war das denn gerade?« Der Zwischenfall hatte auf einen Schlag Violas mühsam aufgebaute Selbstbeherrschung in sich zusammenfallen lassen. Natürlich hatte sie Barbara Thofondern erkannt. Die hatte es wohl auf van Bommel abgesehen. Aber warum?

»Du zitterst ja.« Marco van Bommel nahm ihre Hand.

»Ich bin nur so erschrocken. Auf einmal dieser Lärm.«

»Merkwürdig. Eine Verrückte. Kennst du diese Frau?«

»Natürlich nicht. Was sie wohl wollte? Die wirren Haare! Und die schmutzige Jacke. Eine Obdachlose vielleicht.«

»Bestimmt.« Marco van Bommel machte nicht den Eindruck, als habe ihn der Vorfall sonderlich bewegt.

Ein Kellner kam an ihren Tisch. Viola Kaumanns sah ihn an. Es war Ansgar Mertens.

»Bitte entschuldigen Sie den kleinen Zwischenfall. Die Frau ist offenbar verwirrt. Sie hat sich aber schon wieder beruhigt. Wir sorgen dafür, dass sie betreut wird. Also, kein

Grund zur Sorge. Darf ich Sie als Entschädigung für die kleine Störung zu einem Grappa auf Kosten des Hauses einladen? Oder haben die Herrschaften vielleicht einen anderen Wunsch?«

Marco van Bommel sah zuerst Viola an, bevor er antwortete. »Lassen wir die Dame entscheiden. Was meinst du?«

»Also, wir könnten jetzt schon eine kleine Stärkung vertragen. Einen Grappa vielleicht? Und dann bringen Sie uns bitte die Rechnung. Wir wollten ohnehin gerade gehen.«

Ansgar Mertens deutete eine Verbeugung an. »Sehr wohl, kommt sofort.«

»Und die Frau ist wirklich weg?« Viola Kaumanns sah ihrem Kollegen direkt in die Augen.

»Keine Angst. Sie haben nichts zu befürchten.«

Frank rückte das Mikrofon zurecht und schaltete das Aufnahmegerät ein.

»Wie geht es Ihnen?«

Keine Antwort.

»Warum waren Sie in dem Restaurant?«

Schweigen.

»Wir haben ein Messer bei Ihnen gefunden.«

Barbara Thofondern schien mit ihren Gedanken weit weg.

»Wollten Sie zu Marco van Bommel?«

Der Name des Niederländers brachte nicht einmal ihre Augenlider zum Flackern. Die Haltung der Frau, die vor ihm saß, hatte nichts mehr von der stolzen Tochter eines wohlhabenden Viehhändlers. Barbara Thofondern wirkte wie eine Drogenabhängige.

»Wir haben lange nach Ihnen gesucht. Und wir haben Sie schon einmal gesehen.«

Schweigen.

»Auch an jenem Abend war Marco van Bommel Ihr Ziel. Hatten Sie auch im Volksgarten ein Messer dabei?«

Die Frau hielt den Kopf immer noch gesenkt.

»Frau Thofondern. Sie müssen mit uns reden. Bitte. Wir machen uns große Sorgen um Sie. Was ist passiert? Was hat Marco van Bommel Ihnen getan?«

Langsam wurde der Kaffee im Becher kalt.

»Michael Voogt ist erstochen worden, Frau Thofondern. Mit einem großen Messer. Haben Sie ihn erstochen?«

Barbara Thofondern reagierte immer noch nicht.

»Ich muss Sie das fragen, Frau Thofondern. Haben Sie Michael Voogt erstochen? Und wissen Sie, wo Raimund Kamphausen ist? Was ist wirklich zwischen Ihnen passiert?«

Mit einer ansatzlosen, fast unsichtbaren Handbewegung fegte sie den Plastikbecher vom Tisch. Der Kaffee spritzte weit durch den Raum bis an die Wand. Der Becher rollte schließlich unter den Heizkörper.

Frank war erschrocken. Er hatte nicht mit der blitzartigen Bewegung gerechnet. Trotzdem blieb er ruhig sitzen.

»Frau Thofondern?«

Es klopfte.

Ecki kam herein und legte seine Hand leicht auf Franks Arm. »Ich muss dich kurz sprechen.«

Frank stand auf und folgte seinem Kollegen vor die Tür.

»Sie steht unter Schock. Es ist besser, wenn wir sie erst von einem Arzt untersuchen lassen.« Ecki nickte in Richtung Vernehmungsraum.

»Ich halte das gegenwärtig für das Beste«, nickte Staatsanwalt Ralf Böllmann, der zusammen mit Ecki der Vernehmung durch die verspiegelte Scheibe zugesehen hatte.

Frank sah Böllmann an. »Haben Sie gesehen, wie sie reagiert hat, als ich sie nach dem Mord an Voogt gefragt habe? Ich glaube nicht, dass sie verwirrt ist. Lassen Sie es mich noch einmal versuchen.«

»Na gut, aber bitte mit Vorsicht.«

Statt zu antworten, betrat Frank wieder den Vernehmungsraum und setzte sich Barbara Thofondern gegenüber. Ihre Körperhaltung hatte sich nicht geändert.

»Woher hatten Sie das Messer? Metzger benutzen solche Messer. Möchten Sie einen neuen Kaffee?«

Barbara Thofondern antwortete nicht.

»Sie waren an jenem Freitagabend auf dem Parkplatz von ›Haus Berten‹. Sie sind von einer Zeugin beobachtet worden, wie Sie in Ihrem Wagen saßen. In einem großen Geländewagen. Sie fahren doch einen X5, oder?«

Barbara Thofondern hob für einen Augenblick den Kopf. Sie hatte Tränen in den Augen.

»Wie soll ich das jetzt deuten, Frau Thofondern?«

Barabara Thofondern weinte. Und statt zu antworten, schüttelte sie leicht den Kopf.

»Heißt das, dass Sie nicht auf dem Parkplatz waren?«

»Mir ist so schrecklich kalt.«

Die Tür zum Vernehmungszimmer wurde erneut geöffnet.

Diesmal war es Böllmann. Er machte Frank ein Zeichen, dass er die Vernehmung für beendet hielt. »Frau Thofondern, mein Name ist Böllmann. Ich bin der zuständige Staatsanwalt. Ich möchte, dass Sie erst zur Ruhe kommen. Sie müssen sich ausschlafen, und dann sprechen wir weiter.«

»Ich möchte nicht nach Hause.«

Frank sah Barbara Thofondern erstaunt an.

Staatsanwalt Ralf Böllmann machte ebenfalls ein erstauntes Gesicht. »Ich kann Sie sowieso nicht ohne Weiteres gehen lassen. Dazu haben wir noch viel zu viele Fragen an Sie. Ich lasse einen Arzt kommen, der nach Ihnen sehen kann. Er gibt Ihnen bestimmt etwas zur Beruhigung. Sie sind sicher damit einverstanden, oder?«

Barbara Thofondern nickte müde.

Frank rieb sich mit beiden Händen übers Gesicht. »Ich bin sicher, dass sie den Mord an Voogt gestehen wird. Sie ist mit den Nerven am Ende.«

Ecki nickte müde. »Wir müssen ihren Vater informieren.«

»Das kann warten. Sie will nicht nach Hause, das hast du doch gehört.«

»Aber warum nicht?« Ecki gähnte.

»Weil sie Voogt getötet hat und ihrem Vater nicht ins Gesicht sehen will? Weil sie Angst hat? Was weiß ich.«

»Wir brauchen eine Gegenüberstellung. Unsere Zeugin muss Thofondern identifizieren. Ich werde das gleich morgen veranlassen.«

»Gut. Ruf Ursula Verstraeten an.«

Barbara Thofondern sah Frank aufmerksam an. Sie hatte mehr als zwölf Stunden geschlafen, und vor ihr standen die Reste eines Frühstücks.

»Es ist also richtig, dass Sie auf dem Parkplatz waren?«

»Die Frau hat mich doch erkannt.«

»Und was haben Sie dort gemacht?«

»Ich habe gewartet.«

»Worauf haben Sie gewartet? Oder anders gefragt: auf wen?«

»Auf Michael.«

»Warum?«

»Ich wollte mit ihm reden.«

»Worüber wollten Sie mit ihm reden?«

»Über uns.«

»Wenn Sie nur mit ihm reden wollten, wozu dann das Messer?«

Sie stutzte kurz. »Ich weiß es nicht.«

»War Michael Voogt Ihr Freund?«

Statt zu antworten, füllten sich ihre Augen mit Tränen.

»Sie beide hatten also ein Verhältnis?«

Barbara Thofondern nickte.

»Haben Sie Ihren Freund denn gesprochen?«

Sie schüttelte den Kopf. »Nein. Er ist nicht herausgekommen. Und ich wollte nicht hineingehen.«

»Aber Sie wissen, dass Michael Voogt erstochen auf dem Parkplatz gefunden wurde?«

Sie nickte stumm.

»Soll ich Ihnen sagen, was ich denke?«

Barbara Thofondern schluchzte.

»Ich denke, dass Sie sich mit ihm getroffen haben. Dabei ist es auf dem Parkplatz zu einem Streit gekommen. Vielleicht wegen einer anderen Frau. Und dann haben Sie auf Ihren Freund eingestochen. Sie haben ihn vielleicht nicht töten wollen. Aber Sie haben zugestochen. Und dann haben Sie überlegt, wie Sie die Tat vertuschen können. Dabei ist Ihnen das Abzeichen von Raimund Kamphausen eingefallen. Das hatte er bei einem der Treffen der Bruderschaft bei Ihnen zu Hause vergessen, und Sie hatten es ins Auto gelegt, um es ihm zurückzugeben. War es so? Oder hatten Sie das Abzeichen von vornherein mitgenommen, weil Sie den Mord an Ihrem Freund schon lange vorher geplant hatten?«

Barbara Thofondern schrie plötzlich auf. »Nein! Nein! Ich habe ihn nicht getötet.«

Frank schwieg. Er war ziemlich weit gegangen.

»Kann ich bitte eine Zigarette haben?«

Frank sah sie erstaunt an. »Sie rauchen?«

Sie nickte.

»Ich lasse Ihnen Zigaretten kommen. Eine bestimmte Marke?«

Barbara Thofondern nickte und wischte sich die Tränen aus dem Gesicht. »Orienta.«

»Kenn ich nicht. Das wird schwierig.« Die Frau gab ihm wirklich Rätsel auf.

»Frag sie doch nach den Pornos.« Ecki stand mit Frank am Tresen des »Tach!«.

»Kannst du mich mal zehn Minuten nicht nerven? Ich will

wenigstens mein erstes Bier in Ruhe getrunken haben. Dann können wir reden.«

Er war absichtlich mit Ecki nach Kaldenkirchen gefahren, denn nach all den Tagen, die sie schon im Dunstkreis von *Glaube, Sitte, Heimat* ermittelten, brauchte er eine Auszeit. Außerdem lief im »Tach!« die beste Musik.

»Ich muss ihre Vernehmung zu Ende bringen. Dann kann ich mich mehr um Viola kümmern.«

»Liebst du sie?«

Frank weigerte sich zu glauben, was er gerade gehört hatte. Die eindringlich intonierte Musik von Richie Arndt & the Bluenatics musste ihm einen Streich gespielt haben. »Was hast du mich da gerade gefragt?« Frank sah aus, als wollte er Ecki im nächsten Augenblick ins Gesicht springen.

»Du hast mich schon verstanden.«

Frank sagte zunächst nichts, sondern nahm sein Glas in die Hand, stellte es wieder ab, sah zur Kellnerin, schaute sich langsam um, so als wollte er sich vergewissern, wo er war.

»Nein, ich liebe Viola nicht«, sagte er mit leiser Stimme.

Ecki atmete innerlich durch. »Bist du dir da ganz sicher?«

»Ich bin froh, dass Lisa wieder da ist. Und wir wollen ein Kind. Viola hat in meinem Leben keinen Platz.«

»Ich werde dich nicht mehr danach fragen.«

»Haben Sie Michael Voogt umgebracht?« Frank wiederholte die Frage nun schon zum dritten Mal. Er war müde. Und das lag nicht nur daran, dass er mit Ecki länger im »Tach!« geblieben war als beabsichtigt, auch nicht daran, dass er nach seiner Heimkehr noch lange mit Lisa gesprochen hatte.

»Nein, das habe ich nicht.«

»Aber die Zeugin hat Sie erkannt. Frau Thofondern, ich denke, Sie haben Ihre Situation immer noch nicht verstanden. Sie stehen unter Mordverdacht.«

Endlich hob Barbara Thofondern den Kopf. »Ich war an dem Abend auf dem Parkplatz. Und ich hatte ein Messer dabei. Aber ich habe Michael nicht umgebracht. Das ist die Wahrheit. Kann ich jetzt gehen? Bitte.«

Frank schwieg.

Wie unter Schmerzen wand Barbara Thofondern sich auf ihrem Stuhl. »Michael hat mich verletzt. Er hat mir so furchtbar wehgetan. Vielleicht wollte ich ihm drohen. Aber ich wollte ihn bestimmt nicht umbringen.«

»Sie hatten Ihre Gefühle nicht mehr unter Kontrolle.«

»Je länger ich auf ihn gewartet habe, umso länger habe ich nachgedacht. Bis ich dann nach Hause gefahren bin.«

»Und was haben Sie mit dem Messer gemacht?«

»Es in die Küchenschublade zurückgelegt. Ich hatte Angst vor mir selbst. Später habe ich es in den Müll geworfen.«

»Was hat Michael denn getan? Wollen Sie mir das erzählen?«

»Er hat mich benutzt. Dabei habe ich ihn doch geliebt.«

»Was hat er Ihnen angetan, Barbara?«, fragte Frank leise.

Barbara Thofondern schlug die Hände vors Gesicht.

»Hat es mit den Videos zu tun?«

Ihr Weinen wurde heftiger.

»Diese Videos spielen eine Rolle. Richtig?«

Barbara Thofondern nickte langsam. Dann suchte sie in ihrer Hosentasche nach einem Taschentuch und schnäuzte sich. »Sie haben die Aufnahmen also gefunden?«

»Unsere Computerspezialisten hatten keine große Mühe.«

»Dann wissen Sie ja schon alles.«

»Nicht wirklich. Wer ist der Mann? Und wer sind die Frauen?«

Sie begann wieder zu schluchzen. »Michael. Die anderen Frauen kenne ich nicht. Eine davon bin ich.«

Frank mochte es nicht glauben.

»Ja. Er hat mich in ein Hotel gelockt und mir ein romantisches Wochenende versprochen. Dann hat er uns heimlich gefilmt.«

»Hat Voogt Ihnen von den Aufnahmen erzählt?«

»Nein.« Das Schluchzen wurde wieder stärker. »Er hat mich benutzt wie eine Hure.«

»Wie ging es dann weiter?« Frank fühlte Mitleid mit ihr.

»Er hat die Aufnahmen seinen Kumpeln gezeigt. Nahezu die ganze Bruderschaft hat sich daran aufgegeilt. Können Sie sich das vorstellen? Ich war völlig ahnungslos. Michael war ein Schwein, Herr Borsch. Und ich habe ihn geliebt.«

»Musste er deshalb sterben?«

»Ich habe ihn gehasst, aber ich habe ihn nicht umgebracht!«

»Was ich nicht verstehe: Wie sind Sie an diese Aufnahmen gekommen?«

»Raimund hat sie mir gegeben.«

»Raimund Kamphausen? Woher hatte er die denn?«

»Voogt hat sie ihm auf DVD gebrannt. Er hat allen eine DVD geschenkt, jedem, der sie haben wollte.«

»Warum hat Kamphausen Ihnen die DVD gezeigt?«

»Wir drei waren Freunde, von Kindheit an. Wirklich echte Freunde. Wir hätten nicht gedacht, dass uns jemals etwas auseinanderbringen könnte.« Sie machte eine Pause. »Er war entsetzt über die Pornos. Aber Michael hat nur gelacht und ihn einen Spielverderber genannt. Raimund hat versucht, ihm klarzumachen, was er damit anrichtet. Aber Michael hat nicht auf ihn gehört. Er hat auf niemanden mehr gehört.«

»Was meinen Sie damit?«

»Seit er den Holländer kennengelernt hatte, war Michael von einem Tag auf den anderen wie ausgewechselt. Wie ein Hund ist er hinter van Bommel hergelaufen. Marco hier, Marco da.«

»Haben Sie gewusst, welche Geschäfte van Bommel macht?«

»Nein. Ich weiß nur, dass er reich ist und mit seinem Geld um sich wirft. Das hat Michael imponiert. Michael hat gesagt, dass sich in Bracht nie etwas ändern werde. Dass er keine Luft mehr bekomme hier. Und dass van Bommel ihn mitnehmen werde in diese neue Welt, in der nur Erfolg und Reichtum zählen. Michael hatte zum Schluss immer nur noch ein Gesprächsthema: sein neues Leben.«

»Und wie haben Sie reagiert?«

»Ich habe versucht, ihm klarzumachen, dass er es doch gut habe. Dass Bracht vielleicht ein Dorf ist, aber eines, in dem man leben kann, und zwar gut. Aber je mehr ich auf ihn eingeredet habe, umso mehr hatte ich das Gefühl, dass er mir entgleitet. Die Pornos waren der Beweis. Er hat nur noch damit geprahlt, wie geil die Weiber auf ihn und seinen Schwanz seien. Dass er jeden Tag eine andere haben könne und dass er jeden Tag eine andere hatte.«

»Hat Raimund Kamphausen Ihnen das erzählt?«

Sie nickte.

»Liebt er Sie?«

Sie schüttelte den Kopf. »Raimund ist ein echter Freund, mit dem ich alles besprechen kann. Aber wir lieben uns nicht.«

»Sind Sie sich da ganz sicher?«

»Ich liebe ihn nicht. Ich respektiere ihn. Raimund hat verstanden, dass ich Michael nicht mehr lieben konnte und dass er dabei war, mein Leben zu zerstören. Ich würde alles für Raimund tun.«

»Hat Raimund Kamphausen Voogt getötet? Er hat immerhin ein Motiv, nach allem, was Sie mir erzählt haben.«

»Raimund? Nein.«

»Nicht weit von der Leiche lag die Medaille vom ›Bund Historische Deutsche Schützenbruderschaft‹.«

»Ich weiß. Aber Raimund würde nie jemanden töten.«

»Ich würde ihn das gerne fragen, wenn ich könnte.«

»Ich weiß nicht, wo er ist. Wirklich, Herr Kommissar.«

»Was wollten Sie von van Bommel?«

»Er hat Michael auf dem Gewissen. Wenn er nicht gewesen wäre, hätte sich Michael nicht so verändert. Das weiß ich.«

»Deshalb wollten Sie van Bommel angreifen?«

Sie schüttelte den Kopf. »Ich wollte mich nur verteidigen können. Mir ... mir ist nichts anderes eingefallen. Ich weiß, dass das dumm war. Aber ich wollte mich nur schützen.«

»Weiß Ihr Vater von den Videos?«

»Ich glaube nicht. Vielleicht ahnt er etwas. Ich glaube, dass man ihn aus der Sache rausgehalten hat. Seine Kameraden in der Bruderschaft haben nämlich Angst vor ihm.«

»Haben Sie auch Angst vor ihm?«

»Nicht mehr. Das ist vorbei. Ich will endlich mein eigenes Leben. Aber das will mein Vater nicht verstehen. Für ihn bin ich immer noch die kleine Tochter, die zu tun hat, was der Vater sagt.«

»Ihre Mutter lebt nicht mehr?«

»Sie ist gestorben, als ich noch ein Kind war.«

Frank sah Barbara Thofondern lange an. »Wenn Sie es nicht waren, könnte dann Ihr Vater Michael Voogt getötet haben?«

Bisher hatte Barbara Thofondern Franks Blicken standgehalten. Nun aber drehte sie sich weg.

»Mein Vater? Ein Mörder?« Ihre Augen wurden wieder feucht.

»Nehmen wir an, er hat von den Aufnahmen erfahren, einer der Schützenkollegen hat nicht dichtgehalten. Er hat Voogt bestrafen wollen für das, was er seiner Tochter angetan hat. Sie wissen doch selbst, dass Ihr Vater sehr jähzornig werden kann. Er hat auf Voogt eingestochen, ihn getötet und dann die Medaille hingelegt, um uns auf die falsche Spur zu locken. So hätte er zwei Fliegen mit einer Klappe geschlagen.«

»Mein Vater soll Michael erstochen haben?«

»Können Sie das wirklich ausschließen?«

»Kann ich eine Zigarette haben?« Barbara Thofondern sah auf ihre Hände, in denen sie feuchte Taschentücher hielt.

Renate Pesch stand am Fenster und beobachtete das Treiben auf dem Hof. Vier Arbeiter in dicken Winterjacken waren damit beschäftigt, einen alten Zunftbaum aus Metall auf einen Anhänger zu laden. Böhling hatte ihr erzählt, dass der Metallmast auf dem Gelände der ehemaligen Brauerei Hannen aufgetaucht war und nun restauriert werden und der eigenen Brauerei als Marken- und Werbezeichen dienen sollte.

Renate Pesch sah Melanie Mestrom an, die ebenfalls neugierig auf den Hof hinaussah. »Hast du nichts zu tun, MM?«

»Ist ja schon gut.« Melanie Mestrom setzte sich wieder an ihren Platz. RP hasste nichts mehr als Untätigkeit. Dabei war sie doch schon so gut wie fertig. Die alte Zicke sollte sich mal bloß nicht so haben.

»Ich möchte mal wissen, was die euch auf der Berufsschule in Sachen Arbeitsmoral beibringen oder, besser, nicht beibringen. Also, MM, ist dir was aufgefallen?« Sie sah die Auszubildende an, als sitze die junge Frau in einer Abschlussprüfung.

Melanie Mestrom hasste es, wenn Renate Pesch sie nur mit ihren Anfangsbuchstaben ansprach. Aus Rache nannte sie Renate Pesch deshalb auch nur ›RP‹. Aber nur für sich. Seit Renate Pesch zur Chefsekretärin und zu was sonst noch aufgestiegen war, benahm sie sich nämlich wie eine Gutsherrin.

Was Böhling bloß an ›RP‹ fand, dachte Melanie Mestrom. Besonders hübsch war sie nicht. Eher der Typ spätes Mädchen, hätte ihre Mutter wohl zu dieser Erscheinung in Rüschenbluse und kariertem Rock gesagt. Wobei RP, das war auch Melanie Mestrom nicht verborgen geblieben, seit einigen Tagen eine gewisse Verwandlung durchgemacht hatte. Ihre Röcke waren kürzer als früher, die Farben ihrer Kleider frischer und vom Stil her nicht mehr ganz so langweilig.

»Starr keine Löcher in die Decke, MM. Ich habe dich was gefragt. Oder bist du schon im Weihnachtsurlaub?«

»Nö. Alles im grünen Bereich.« Fehlte jetzt nur noch, dass RP ihren Standardspruch losließ.

»MM, denk dran, Lehrjahre sind keine Herrenjahre!«

»Ja ja.«

»Also?«

»Ich habe nichts Ungewöhnliches gefunden.« Ihr Handy vermeldete eine SMS, aber Melanie Mestrom traute sich nicht nachzusehen. Sie würde dazu zum Klo gehen müssen.

»Brennt das Handy in deiner Tasche?« Renate Pesch sah Melanie Mestrom halb spöttisch, halb missbilligend an.

»Ich hab meine Tage.«

»So genau wollte ich das jetzt auch nicht wissen.«

Melanie achtete nicht weiter auf Renate Pesch und griff nach ihrer Handtasche, um wortlos das Büro zu verlassen.

Renate Pesch öffnete ihre Schreibtischschublade und zog ihr Mobiltelefon hervor. Mit ihrem Daumen wischte sie über das Display und ließ sich dann ihre gespeicherten SMS anzeigen. Sie klickte sich durch bis zu der kurzen Nachricht, die sie vor zwei Tagen bekommen hatte: *Essen wir Donnerstag Abend zusammen? Es gibt viel zu besprechen. LG.* Sie war versucht, das Handy an ihre Brust zu drücken.

Sie wollte noch einmal das schon verschüttet geglaubte Gefühl beschwören, für jemanden wichtig zu sein. Im Grunde hatte sie damit längst abgeschlossen.

Renate Pesch seufzte. Sie zog die Unterlagen zu sich herüber, an denen MM gearbeitet hatte. Sie würde die Berechnungen der Mestrom sowieso noch einmal überprüfen müssen. Die jungen Leute heute hatten nicht mehr den Hauch von Verantwortungsbewusstsein.

»Ist was nicht in Ordnung?« Melanie Mestrom ließ ihre Handtasche vernehmlich auf den Boden neben den Schreibtisch fallen.

»Vertrauen ist gut, Kontrolle ist besser. Und du weißt, dass das jetzt nötiger denn je ist, nach der Sache mit Michael.«

Melanie Mestrom setzte sich. »Wie hat er das angestellt mit den Abrechnungen? Ich verstehe das nicht.« Sie hatte mehrere Monate in seiner Abteilung gearbeitet.

»Das kommt davon, wenn man nicht genau hinsieht. Er muss Hilfe im Neusser Labor gehabt haben.«

»Das muss doch auffallen.«

»Ich sage ja, die Kontrolle hat gefehlt.«

»Ob jemals herauskommt, wer in Neuss gemeinsame Sache mit ihm gemacht hat?«

»Der Chef hat mit denen gesprochen, aber nichts erfahren.«

»Ist ja auch egal. Jetzt ist Herr Voogt sowieso tot.« Melanie Mestrom flüsterte. »Ob das mit den Abrechnungen zu tun hat?«

»Wenn es so wäre, hätte die Polizei das längst herausgefunden. Wenn du dir doch nur bei deiner Arbeit mehr Gedanken machen würdest.«

Ach, leck mich doch, dachte Melanie Mestrom. Noch ein Jahr, und ich kann endlich das miefige Büro und vor allem dich alte Schreckschraube hinter mir lassen. Ihr selbst war Böhling viel zu alt. Alte Männer – und wenn sie noch so viel Geld auf dem Konto hatten – kamen für sie als Liebhaber nicht infrage. Michael Voogt hatte ihr da schon wesentlich besser gefallen. Aufmerksam, ein bisschen Macho, aber auf die sympathische Art. Ein cooler Typ und fast nicht zu alt.

»Hallo.« Heinz-Jürgen Schrievers' 120 Kilogramm Lebendgewicht bebten leicht unter seinen heftigen Atemzügen.

»Willst du dich nicht setzen?« Ecki kramte in einer seiner Schubladen nach einer kleinen Stärkung für »Heini« und hielt ihm dann einen Schokoriegel mit Kokosfüllung hin.

Frank hatte eine Idee. »Du kannst uns helfen.«

»Wobei?« Schrievers behielt den Schokoriegel im Auge.

»Was Barbara Thofondern betrifft.«

»Was willst du wissen?« Mit einer geschmeidigen Bewegung griff der Archivar nach dem Schokoriegel und setzte sich.

»Die Tochter vom Viehhändler war nicht Voogts Mörderin, wenn du mich fragst.« Schrievers zog bedächtig die Verpackung von den beiden gefüllten Schokoladenstücken.

»Warum bist du dir da so sicher?« Mit dieser Antwort hatte Frank nicht gerechnet.

»Reines Bauchgefühl.«

Frank sah auf die beachtliche Kugel unter Schrievers' Jacke.

»Bauchgefühl und langjährige Erfahrung. Ich habe alles gelesen, was ihr bisher ermittelt habt. Sie ist keine Mörderin.« Schrievers hatte Franks Blick bemerkt und zog an seiner Strickjacke. »Aber wer war es dann? Und wer hat dem Junkie den Kopf abgeschlagen?« Schrievers sah von einem zum anderen.

»Möchtest du noch was?« Ecki hielt eine angebrochene Prinzenrolle hoch, die er in der untersten Schublade seines Schreibtischs für »Notzeiten« aufbewahrte.

Heinz-Jürgen Schrievers wehrte ab. »Vielen Dank, aber ich muss ein bisschen auf die Kalorien gucken. Bald ist Weihnachten, und da möchte ich nicht schon vorher zuschlagen. Was macht eigentlich die Musik, Frank? Das wollte ich dich schon die ganze Zeit über fragen.«

»Das ist eine abendfüllende Geschichte.« Frank seufzte. »Wir haben einen neuen Gitarristen. 33. Lehrer. Chemie und noch irgendwas. Netter Kerl.«

»Chemiker? So so.«

»Wieso?«

»Na, ihr Rock 'n' Roller steht doch alle auf Drogen, LSD und das ganze Zeugs. Der hat bestimmt ein eigenes Labor in seinem Keller und mixt sich das Zeugs selbst.«

»Ja ja, und seine Klamotten sind aus Hanf gemacht. Schon klar. Mensch, der Typ ist Lehrer und kein Dealer. Lange Haare sind nicht gleichbedeutend mit Speed und Alkohol. Nicht jeder Gitarrist ist ein Ozzy Osbourne.«

»Ozzy wer?«

Ihre Unterhaltung wurde unterbrochen. Jan Kuhnert stand im Raum.

»Was ist los, Kuhnert?« Etwas im Gesicht seines Kollegen machte Frank Angst.

»Van Bommel ist weg.«

»Ihr habt euch doch hoffentlich auf sein Handy geschaltet? Dann könnt ihr ihn doch problemlos orten.«

»Er hat uns reingelegt. Wir haben sein Handy an der A 52 gefunden. Wir vermuten, dass er in Holland unterwegs ist.«

»Sind die niederländischen Kollegen informiert?«

Kuhnert nickte.

»Dann ist es doch nur eine Frage der Zeit, bis ihr ihn wiederhabt.« Frank entspannte sich.

»Sie haben Viola.« Jan Kuhnert wischte sich den Schweiß von der Stirn.

»Was?«

»Sie haben Viola. Und wir haben keinen Kontakt zu ihr.«

Eine Stunde später hatten die Ermittler des KK 11 einen ungefähren Überblick über die Lage. Kuhnerts Leute hatten van Bommel kurz nach zehn Uhr verloren, als er und seine Männer überraschend aus dem Hotel auscheckten. Bevor die verdeckt arbeitenden Fahnder ihre Kollegen hatten informieren können, waren die Holländer auch schon verschwunden.

Um Viola hatten sie sich da noch nicht gekümmert, da sie erst kurz vor dem Frühstück noch mit ihr gesprochen hatten. Sie hatte sich für den Tag vorgenommen, auf der Station der Gynäkologie und Geburtshilfe auszuhelfen.

Am Nachmittag waren sie vom diensthabenden Oberarzt angerufen worden, der sich gewundert hatte, dass seine »Kollegin« unangemeldet Besuch von zwei schwarz gekleideten Männern bekommen hatte. Ihm war aufgefallen, dass sie das hintere Treppenhaus benutzt hatten. Wenig später war er von einer Krankenschwester angerufen worden. Sie hatte gesehen, wie Viola Kaumanns von den beiden Männern zu einem auf dem Parkplatz bereitstehenden dunklen Auto eskortiert wurde, um dann unsanft in den Wagen gezerrt zu werden. Dann war der Wagen mit hoher Geschwindigkeit die Auffahrt hinauf auf die angrenzende Straße gefahren. Die Schwester hatte zwar in ihrer Panik den Flur zusammengeschrien, aber bevor überhaupt jemand registriert hatte, was passiert war, musste der Wagen schon längst die Ausfallstraße zur Autobahn A 61 erreicht haben. Der Fahrer eines zufällig auf dem Hof stehenden Rettungswagens hatte zwar mit eingeschaltetem Blaulicht versucht, dem Wagen zu folgen, vor der Auffahrt in Richtung Venlo die Verfolgung allerdings abbrechen müssen, weil er ausgerechnet in diesem Augenblick zu einem Unfall in der Innenstadt gerufen wurde.

Die Kollegen hatten bisher über GPS keine Spur von dem Wagen aufnehmen können. Die sofortige Ringfahndung und die Sperrung der Grenze hatten ebenfalls nichts gebracht.

»Van Bommel hat mit uns gespielt, und wir haben es nicht einmal gemerkt.« Frank hatte immer noch eine kaum zu bändigende Wut auf Kuhnert.

Ralf Böllmann meldete sich zu Wort. »Wenn van Bommel Viola entführt hat, dann wird er sich melden. Und er wird Forderungen stellen. Erst dann haben wir eine Chance. Solange er in der Deckung bleibt, können wir nur im Nebel stochern.«

»Wir haben jedenfalls jeden Mann und jeden verfügbaren Wagen draußen«, versuchte Kuhnert Boden zu gewinnen.

Frank schnaubte verächtlich.

»Hör zu, du Arsch! Lass endlich das selbstgefällige Getue! Ich kann auch nichts dafür, dass deine Viola nun in der Scheiße steckt. Ich habe es satt, dauernd auf deine Empfindlichkeiten Rücksicht nehmen zu müssen und den Sündenbock zu spielen! Mann, Borsch, du gehst mir schon lange auf den Sack mit deinem Getue! Meinst du nicht, ich merke nicht, was du von mir denkst? Aber weißt du was? Das ist mir scheißegal! Ich bedauere nur Ecki. Und weißt du noch was?

Du bist fertig, Mann. Geh nach Hause, und lass uns unsere Arbeit tun.«

Böllmann sah entsetzt in die Runde. Schrievers hielt den Atem an. Ecki wurde kreidebleich im Gesicht. Der Rest der Kommission sah sich betreten und verständnislos an.

Sein Stuhl flog krachend gegen die Wand, als Frank aufsprang und sich auf Kuhnert stürzte.

»Kuhnert, ich mach dich fertig.«

»Frank! Beruhige dich. Komm, setz dich wieder.« Ecki hatte Mühe, Frank wieder auf einen Stuhl zu drücken.

»Meine Herren, was soll denn das? Ich muss doch sehr bitten.« Auch Ralf Böllmann hatte die Sprache wiedergefunden. »Wir stehen vor einer völlig neuen Situation, und ich kann es mir nicht leisten, auf einen von Ihnen zu verzichten. Ich gebe zu, wir haben van Bommel möglicherweise unterschätzt. Aber das wird uns nicht noch einmal passieren. Also, was tun wir?«

Die Tür zum Lageraum wurde unvermittelt geöffnet, und ein uniformierter Kollege reichte Frank eine dünne Mappe.

Frank las den kurzen Bericht der KTU und sah dann erst Jan Kuhnert und anschließend Böllmann an. »Das LKA hat die Spuren an dem Torso mit den Spuren verglichen, die von van Bommel und seinen Leuten im Hotel hinterlassen wurden. Sie stimmen überein. Zumindest einige. Das heißt, dass van Bommel oder einer seiner Metzger Uferkamp den Kopf abgeschnitten hat. Und dass Viola das Gleiche droht.«

Kuhnert räusperte sich und sah Böllmann fragend an. Als der kaum merklich nickte, erhob er sich langsam.

»Also, es sollte ursprünglich nicht zum Thema werden. Aber ich glaube, es ist mittlerweile an der Zeit, dass ich euch etwas erzähle, das bei uns und dem LKA unter strengster Geheimhaltung läuft. Rolf Uferkamp hat für uns gearbeitet. Zeitweise jedenfalls.«

Die Nachricht löste aufgeregtes Gemurmel aus, und Jan Kuhnert hob die Hände.

Frank war fassungslos. »Du hast auch Uferkamp ans Messer geliefert? Was wusste der über van Bommel?«

Jan Kuhnert wechselte einen schnellen Blick mit Böllmann. »Rolf Uferkamp war zwar nach außen nur ein kleiner Junkie, aber in diesem Fall mehr als nur ein zufälliger Tippgeber. Er hat mich vor gut einem Dreivierteljahr das erste Mal auf van Bommel aufmerksam gemacht. Bis dahin wussten wir nur, dass ein dicker Fisch in unserem Teich sein musste. Wir sind inzwischen überzeugt, dass van Bommel mit Voogt und mit Kamphausen Geschäfte gemacht hat. Uferkamp wollte uns Fotos liefern, aber dazu ist es nicht gekommen. Einen Tag vor der Übergabe hat man ihm dann den Kopf abgeschnitten.«

»Van Bommel spielt mit uns.« Ina Weber hob den Kopf.

»Wie kommst du darauf?« Frank war überrascht.

»Ich glaube, dass er über jeden unserer Schritte Bescheid wusste.«

»Du meinst, er hat hier im Präsidium einen Maulwurf?«

»Das weiß ich nicht.« Sie sah Kuhnert an. »Es kann auch sein, dass er von allein den Braten gerochen und einfach mitgespielt hat, um mehr über unsere Ermittlungen zu erfahren.«

»Du meinst, dass er Viola dazu benutzt, uns auszuschalten? In dem Fall wird er Viola vorläufig am Leben lassen.«

»Jedenfalls haben die niederländischen Kollegen ermittelt, dass van Bommel, beziehungsweise die Typen, mit denen er zusammenarbeitet, von mindestens einem, wenn nicht sogar von zwei oder drei ehemaligen Sicherheitsexperten des KLPD gecoacht werden.«

»Des was?«, rief ein Kollege aus dem Hintergrund.

»Das ist das Landespolizeikorps der Niederlande. Die wissen ganz genau, wie Polizeigehirne funktionieren.«

»Und du hast Viola trotzdem vorgeschickt? Obwohl du diese Informationen hattest?«

»Ich habe das Risiko für kalkulierbar gehalten.«

Staatsanwalt Ralf Böllmann sah auf die Uhr. »Angesichts der fortgeschrittenen Stunde würde ich die Besprechung gerne an dieser Stelle beenden.« Er griff nach seiner Aktentasche. »Das hätte ich fast vergessen. Barbara Thofondern kann wieder auf freien Fuß gesetzt werden. Sie ist aus der Untersuchungshaft entlassen. Vorläufig und unter Auflagen.«

Viola zuckte zusammen. Der Schlüssel drehte sich im Schloss. Sie hörte, wie die Tür ein Stück geöffnet wurde. Mit drei, vier schnellen Schritten stand jemand vor ihr und beugte sich zu ihr. Der Unbekannte stellte wortlos einen Teller auf den Boden.

»Nimm's wieder mit! Ich esse nichts.«

Viola hörte nur das erneute Drehen des Schlüssels im Schloss.

Sie schob mit ihren Füßen den Teller von sich. Das Drahtseil um ihren Bauch schnitt dabei noch tiefer ein. Ihre mit einem dünnen Draht gefesselten Hände hatten nur wenig Bewegungsfreiheit.

Sie meinte schon seit zwei Tagen in der Gewalt ihrer Entführer zu sein. Sie hatte versucht, aus den wenigen Beobachtungen ihre Schlüsse zu ziehen. Aber sie waren kaum auf der Zufahrt zur Autobahn gewesen, als ihr Jan eine schwarze Stoffbinde über die Augen gezogen hatte. Sie hatten sie zwischen sich gedrückt und ihr zusätzlich noch eine Decke übergeworfen.

Sie hatte nur bemerkt, dass sie mehrfach von der Autobahn ab- und wieder aufgefahren waren. Zunächst hatte sie gedacht, dass sie in Richtung Niederlande unterwegs waren. Dann wieder hatte sie geglaubt, der Wagen fahre durch die Stadt, um auf die A 52 in Richtung Ruhrgebiet zu gelangen. Aber genauso gut hätten sie eine Schleife gefahren und wieder in Richtung Niederlande unterwegs sein können.

Dabei hatte der Tag in der Klinik ausnehmend schön begonnen. Nach der Dienstbesprechung war sie im Pulk der behandelnden Ärzte und Schwestern über die Station gegangen. Sie hatte sich über jedes Gespräch mit den Patienten gefreut. Zurück im Stationszimmer, war sie bereits von einer Schwesternschülerin erwartet worden. Ein Herr van Bommel warte am hinteren Ausgang auf sie. Arglos hatte Viola Kaumanns sich über die langen Flure auf den Weg in Richtung Warenlager gemacht. Sie hatte selbst dann keinen Verdacht geschöpft, als neben Jan ein zweiter Mann stand, nicht weniger groß und breitschultrig und ebenso in Schwarz gekleidet.

Jan hatte davon gesprochen, dass Marco van Bommel von einem Geschäftspartner aufgehalten worden war und deshalb nicht selbst hatte kommen können. Auf Violas Frage, was denn so wichtig sei, dass er sie unbedingt während ihrer Dienstzeit sprechen wolle, hatte er nur vielsagend und stumm seine Hand nach ihr ausgestreckt, um sie zum Wagen zu begleiten. Erst in diesem Augenblick war ihr die Gefahr der Situation bewusst geworden. Der andere hatte sich so in den Ausgang zum kleinen Innenhof des Krankenhauses gestellt, dass sie unmöglich an ihm vorbei ins Freie hätte fliehen können. Noch bevor sie begriffen hatte, dass sie in der Tat in der Falle saß, hatten die beiden Männer sie bereits in den Wagen gezerrt, der mit laufendem Motor auf sie gewartet hatte.

Die Augenbinde war ihr erst abgenommen worden, nachdem sie gefesselt und an die Haken in der Wand gebunden worden war. Sie hatten sie auf eine dicke Styroporplatte gesetzt. Mit ihren Händen hatte sie den Boden abgetastet, soweit ihre Fesseln das zuließen. Sie konnte in einem Schuppen oder in einer kleinen Lagerhalle sein. Sie hatte die Luft immer wieder durch ihre Nase tief in sich aufgesogen. Aber ihr Gehirn vermochte keinen auffälligen Geruch herauszufiltern. Einmal glaubte sie, Kartoffelstaub zu riechen. Ein anderes Mal hatte sie den Geruch von Öl und Metall in der Nase.

Stundenlang hatte sie versucht, sich von ihren Fesseln zu befreien. Aber sie hatte schließlich erschöpft aufgeben müssen.

Viola Kaumanns war immer noch wütend. Frank hatte recht gehabt, sie hätte die Finger von der Sache lassen sollen. Sie hatte ihr Bauchgefühl ignoriert, das sie schon früh gewarnt hatte. Sie hatte keine Angst vor dem Tod, aber vor Schmerzen. Sie musste an Frank denken. An Frank und seine Probleme mit sich und seinem Leben, mit Lisa, seiner Band und seiner Arbeit. Wie ein dummer kleiner Junge kam er ihr manchmal vor, obwohl er deutlich älter war als sie. Sie hatte immer das Bedürfnis, ihm mit beiden Händen durch seine lockigen Haare zu fahren und ihm zuzuflüstern »alles wird gut«.

Frank war ihr schon am ersten Tag aufgefallen, als sie ihren Dienst bei der Polizei in Mönchengladbach begonnen hatte: ein guter Polizist, aber auch einer, der viel zu viel persönliche Probleme mit sich herumschleppte. Zunächst war er ihr mürrisch und selbstgerecht vorgekommen, wie jemand, der nicht gut mit Frauen konnte oder wollte. Sie hatte sich trotzdem von Anfang an zu ihm hingezogen gefühlt, obwohl sie von Lisa wusste.

Sie konnte nichts gegen die Tränen tun, die ihr nun langsam über die Wangen liefen.

Sie musste an früher denken. Wenn sie sich als Kind im Dunkeln fürchtete, hatte sie gesungen. Viola wischte sich die Tränen aus dem Gesicht und begann erst leise eine Melodie zu summen, um dann stockend und ebenso leise zu singen: *Ein Männlein steht im Walde ganz still und stumm …* Sie verstummte und zog die Nase hoch. Es nützte nichts. Das vertraute Gefühl von Sicherheit wollte sich nicht einstellen. Sie musste an ihre Großmutter denken, die ihr oft mit ihren faltigen Händen das Haar aus ihrem Gesicht gestrichen und ihr dabei aufmunternd zugelächelt hatte. Die Polizeibeamtin spürte die warmen Tränen auf ihrer Wange.

»Sie singen ein Kinderlied? Schön.«

Viola Kaumanns erschrak. Sie hatte nicht bemerkt, dass jemand die Tür geöffnet hatte und in den Raum getreten war.

In Panik rutschte sie gegen die kalte Wand und hob abwehrend ihre Hände. Der Unbekannte stieß mit seinem Fuß gegen den Teller, der scheppernd zur Seite rutschte.

»Keine Angst, Frau Kaumanns. Ich habe den Auftrag, Sie zu meinem Chef zu bringen.«

Der Unbekannte sprach mit niederländischem Akzent.

»Warten Sie, ich befreie Sie aus ihrer misslichen Lage.«

»Fass mich nicht an.«

»Keine Angst, ich tue Ihnen nichts.«

Viola spannte jeden Muskel an. Sobald er die beiden Vorhängeschlösser, mit denen die Drahtseile gesichert waren, geöffnet hatte, würde sie aufspringen und ihn über den Haufen rennen.

»Das hätte ich doch fast vergessen. Wie dumm von mir.« Der Unbekannte schien unter seiner Maske zu lächeln. Er stülpte Viola mit einer schnellen Bewegung einen Stoffsack über den Kopf, den er dann mit ebensolchen schnellen Bewegungen mit einer dünnen Kordel um ihren Hals festband.

Erschrocken stöhnte Viola Kaumanns auf.

»Bleiben Sie ruhig. Sie müssen ruhig atmen. Sie können nicht ersticken. Dafür sorge ich schon, Mevrouw Kaumanns.«

Viola Kaumanns musste sich zwingen, nicht laut zu schreien. »So ist es gut. Mijnheer van Bommel wäre untröstlich, wenn Ihnen etwas zustoßen würde.« Das klang tatsächlich besorgt.

»Was haben Sie mit mir vor?«

»Das werden Sie sicher noch früh genug erfahren.«

»Binden Sie mich sofort los. Ich bin Polizeibeamtin.«

»Und ein wahrlich hübsches Meisje dazu.«

Der Unbekannte kam mit seiner Maske ganz nah an Violas Ohr. »Sie können nicht fliehen. Sie würden nicht viel weiter als bis zu dieser Tür kommen. Also, seien Sie lieber vernünftig. Dann wird Ihnen auch kein Haar gekrümmt. Wie ist es, wollen Sie Mijnheer van Bommels Einladung zum Tee annehmen oder lieber weiter in diesem Loch bleiben?«

»Van Bommel ist ein Arschloch. Sagen Sie ihm das.«

»Oh, Mevrouw Kaumanns, sagen Sie ihm das lieber selbst. Ich kann jetzt verstehen, warum ihm so viel an Ihnen liegt.«

»Sie sind ein dreckiges Stück Scheiße.«

»Aber, aber, Sie können mich nicht reizen. Nicht, wenn Mijnheer van Bommel es nicht will. Aber seien Sie versichert, ich habe ein gutes Gedächtnis.« Der Unbekannte griff ihr unter einen Arm und zog sie mit sich.

»Lassen Sie mich los!« Viola versuchte, ihn abzuschütteln.

»Seien Sie endlich still. Sie werden jetzt ein Bad nehmen und sich umziehen. So können Sie nicht vor Mijnheer van Bommel erscheinen.« Er kicherte. »Sie stinken ein wenig, wenn ich mir die Bemerkung erlauben darf.«

Ich hätte doch etwas essen sollen, war der letzte klare Gedanke, bevor es endgültig schwarz um sie wurde.

Viola wollte die Augen öffnen, aber etwas in ihrem Inneren weigerte sich. Sie fühlte mit ihren Fingern vorsichtig über ihre unmittelbare Umgebung. Es fühlte sich an wie Seide, glatt und kühl. Wo war sie? Und warum konnte sie ihren Kopf nicht bewegen?

»Hallo, mein liebster Schatz. Schön, dass du endlich wach geworden bist. Ich habe dich schon sehr vermisst, meine kleine Viola.«

—

»Scheiße.«

»Ich kann's nicht ändern.« Ecki hob bedauernd die Schultern.

»Ich hatte gehofft, dass sie noch irgendwo in der Gegend sind.« Frank sah auf den Becher in seiner Hand, in dem der Kaffee schon längst kalt war.

»Kuhnert hat alle seine Kontakte abgeklappert. Niemand weiß, wo van Bommel sein könnte.«

»Er wird sich nicht melden.« Frank beobachtete vom Fenster aus den Verkehr auf der Theodor-Heuss-Straße.

»Du glaubst doch nicht wirklich, dass er mit Viola unter unserem Fenster vorbeifährt, oder?«

»Mir macht Sorge, dass van Bommel von ehemaligen Polizisten beraten wird.«

»Er wird Viola eines Tages nicht mehr brauchen.«

»Und sie dann freilassen? Sie wird seinen Aufenthaltsort kennen und die Leute aus seiner Umgebung identifizieren können. Sie würde ihn verraten. Das weiß er. Und deshalb wird er sie nicht am Leben lassen. Sobald sie für ihn keinen Wert mehr hat, wird er sie töten.«

»Das darfst du nicht denken, Frank.«

»Wir brauchen einen Hubschrauber. Wir müssen das Grenzgebiet Stück für Stück absuchen. Besonders allein stehende Häuser, Bauernhöfe, Scheunen. Wir brauchen eine Wärmebildkamera. Hundertschaften.«

»Wir können doch nicht jeden Bauernhof und jede Feldscheune am Niederrhein und in der Provinz Limburg durchsuchen.«

»Ruf Kuhnert noch mal an, und frag ihn, ob sich das LKA schon gemeldet hat.«

»Er wird sich schon noch melden. Frank, er ist genauso entsetzt und macht sich genauso Sorgen um Viola.«

»Ich habe doch nur gesagt, dass du ihn anrufen sollst.«

»Bitte entschuldige. Eine reine Vorsichtsmaßnahme. Ich werde dich gleich von diesen lästigen Dingern befreien.« Marco van Bommel deutete mit seinem Sektglas auf die Handschellen, mit denen Violas Füße gefesselt waren.

Viola Kaumanns' Kopf tat weh. Obwohl sie ihn sehen konnte, hörte sie van Bommels Stimme wie durch Watte.

»Wie schön du doch bist, Viola.«

Sie versuchte zu sprechen. »Michaela.«

»So habe ich dich damals in Grevenbroich kennengelernt.

Aber in Wahrheit heißt du Viola Kaumanns, du bist Anfang dreißig und Kriminalkommissarin bei der Mönchengladbacher Polizei.«

Das Sprechen machte ihr Mühe. »Woher…?«

»Ist das so wichtig? Aber du sollst wissen, dass ich es schon einen Tag nach unserer ersten Begegnung wusste. Ich habe eine Nase für euch Bullen, und ich habe meine Quellen.« Sein Lächeln war immer noch voller Zärtlichkeit.

Sie schloss die Augen. »Was hast du mit mir gemacht?«

Marco van Bommel prostete ihr zu. »Schön, dass es dir schon besser geht.«

»Du bist ein Schwein.«

Van Bommel trat einen Schritt näher heran. »So etwas solltest du nicht sagen, Viola. Das habe ich nicht verdient. Im Gegenteil. Ich habe gut für dich gesorgt. Sieh dich doch an.«

Viola Kaumanns sah an sich herab. Ihr Körper steckte in einem schulterfreien roten Seidenkleid. Ihre Beine waren nackt. Sie trug keinen BH.

»Das Rot steht dir gut. Ich liebe dieses Rot. Und ich liebe dich. Cheers.« Marco van Bommel gab jemandem ein Zeichen, der für sie unsichtbar war. Aus einem Nebenraum kam Jan und hielt ihr ein Glas Wasser hin. Sie schüttelte den Kopf.

»Du musst trinken, Viola.« Van Bommel klang besorgt.

Ihre Augen fielen zu, aber sie riss sie wieder auf und fixierte van Bommel. »Starr mich nicht so an. Und mach endlich diese Fesseln ab.«

»Lass mich dich noch einen Augenblick ansehen. Du bist wirklich eine schöne Frau. Ihr habt genau die Richtige geschickt. Respekt. Ihr kennt sogar meinen Geschmack. Da sage noch einer, die deutsche Polizei sei nicht clever.«

»Du bist doch krank.«

Van Bommel trat auf sie zu. Er lächelte immer noch. »Sag das nicht noch einmal. Du würdest es nicht überleben.«

Viola setzte sich auf. »Mir machst du keine Angst.«

Van Bommels Lächeln verschwand. »Du bist mutig, Viola.

Das imponiert mir. Aber unterschätz mich nicht. Und spiel nicht mit meiner Geduld. Ich sage dir das zum letzten Mal.«

»Meine Kollegen werden mich finden und hier herausholen.«

»Warum sagst du so etwas? Ich möchte, dass wir Freunde bleiben. Wir passen zusammen. Das hast du doch selbst gespürt, und wir werden zusammenbleiben. Du hast eine schöne Zeit vor dir. Zeit mit mir. Wir werden heiraten.«

»Niemals, van Bommel. Du bist ja krank. Und du bist ein Mörder. Du hast Uferkamp umgebracht. Und du hast Michael Voogt auf dem Gewissen. Und vermutlich auch Kamphausen. Niemals werde ich auch nur eine Stunde länger als nötig mit dir verbringen!«

Kein Muskel bewegte sich in seinem Gesicht. Viola konnte sehen, dass sich seine Finger immer fester um das Glas pressten. Seine Knöchel wurden weiß. Im nächsten Augenblick zerplatzte das Sektglas. Aber er nahm keine Notiz davon. Offenbar hatte er sich nicht geschnitten. Seine Augen wurden immer dunkler und sein Gesicht immer härter.

»Ich sehe, du hast verstanden.« Jedes weitere Wort konnte ihr Todesurteil sein. Sie betete, dass Frank und die anderen nicht mehr weit waren.

»Du bist eine bemerkenswerte Frau, Viola. Ich will dich besitzen, und ich werde dich besitzen. Und nun lass uns zu Abend essen. Du musst vor Hunger fast umkommen. Jan wird dir diese lästigen Dinger von den Füßen nehmen. Du bist mein Gast.«

Dieser Mann musste eine unglaubliche Selbstbeherrschung besitzen.

»Du schaust so ungläubig? Ich habe gesagt, dass du mein Gast bist. Und einem Gast krümme ich kein Haar. Außerdem gibt es für dich keinen Weg aus diesem Haus.«

»Du glaubst doch nicht, dass ich mit dir zu Abend esse?«

»Ich bin mir sicher.« Van Bommel lächelte wieder.

»Ich bin nicht hungrig.«

»Du wolltest doch wissen, wer Uferkamp frisiert hat?«

Viola Kaumanns sah Jan an, der sich an ihren Fesseln zu schaffen machte. Ohne ein Wort zu sagen, ließ Jan die Handschellen aufs Bett fallen und verschwand katzengleich im Nebenraum. Augenblicke später kam er zurück und hielt ein großes Bowiemesser in der Hand.

»Beantwortet das deine Frage?«

»Was gibt es zu essen?« Ohne Jan und sein Messer eines Blickes zu würdigen, stand sie auf.

Ina Weber nahm ihr Holster von der Schulter und legte es samt Waffe in ihre Schreibtischschublade. »Ich komme gerade von Bean.«

»Und?«, fragte Jan Kuhnert neugierig.

»Nichts Neues. Er wühlt sich gerade zusammen mit Theveßen durch die Berichte der vergangenen zwei Jahre.«

»Willy ist dabei? Hat er die Pressestelle gegen die MK getauscht?«

»Ja. Borsch will wissen, ob einzelne Kurierfahrten am Ende doch von ein und demselben Hintermann in Auftrag gegeben wurden. Ameisenverkehr, aber hochintelligent geregelt.«

»Woher nimmt er die Dreistigkeit, sich in unsere Angelegenheiten zu mischen? Der soll sich lieber um seine Leichen kümmern.«

»Jan, es kann doch nicht verkehrt sein, wenn mal jemand auf die Berichte schaut, der nicht ständig mit durchgeknallten Junkies, Hanfplantagen und Kartellen zu tun hat.«

Jan Kuhnert unterdrückte einen Fluch. »Auf welcher Seite stehst du eigentlich, Ina? Rennst du jetzt auch diesem selbstgefälligen Gigolo hinterher?«

»Ich renne keinem Gigolo hinterher. Ich habe nur Angst um das Leben einer Kollegin.« Ina Weber war wütend und zögerte, bevor sie weitersprach. »Was man von dir wohl nicht unbedingt behaupten kann.«

Jan Kuhnerts Gesicht lief rot an. »Was weißt denn du schon? He? Sieh zu, dass du deine Arbeit machst und Erfahrungen sammelst. Dann sprechen wir uns in zehn Jahren wieder.«

»Ich glaube, dass die Gefahr in unserem Job groß ist, den Überblick darüber zu verlieren, was richtig und was falsch ist.«

»Hör auf mit dem moralischen Geschwätz. Dafür bist du noch zu jung. Alles, was zum Erfolg führt, ist richtig, basta!«

Ina Weber war entsetzt. »Was spielst du für ein Spiel, Jan?«

Jan Kuhnert war mit einem Satz bei Ina Weber. »Hüte deine Zunge, Weber, ich bin immer noch dein Vorgesetzter. Und ich bin verdammt gut in meinem Job. Kapiert?«

Ina Weber atmete tief durch. Es stimmte also doch, was sich die Kollegen erzählten. Dass Kuhnert cholerisch sein konnte und dann weder Freund noch Feind kannte. Und vielleicht stimmte auch das Gerücht, dass der Leiter des KK 14 nicht immer mit sauberen Methoden arbeitete.

Jan Kuhnert schien sich rasch wieder beruhigt zu haben. »Was ist denn nun mit Bean und Willy Theveßen?«

»Willy ist aufgefallen, dass in nicht wenigen Fällen Lieferwagen benutzt wurden, mit denen auch große Mengen transportiert werden können. Das deutet doch darauf hin, dass dahinter ein Logistiker stecken könnte. Wenn man dann noch die Plantagen mitbedenkt, die wir bisher schon ausgehoben haben, könnte man von regelrechtem Warenverkehr sprechen.«

»Interessante Theorie. Aber wir haben keine Beweise.«

»Es gibt einen Auftraggeber, der die Fäden in den Händen hält, der den Transport der kleinen und großen Mengen regelt.«

»Das würde bedeuten, dass dieser Unbekannte oder dass van Bommel ein wahres Heer von Kontaktleuten dirigiert. Das ist doch viel zu unsicher.«

»Und wenn man das Heer mit harter Hand führt? Wer nicht

spurt, verliert buchstäblich seinen Kopf. Hier geht es um die ganz große Organisation. Jede Ameise, die sie uns fangen lassen, hat mindestens drei Geschwister.«

Jan Kuhnerts Augen wurden schmal. »Das heißt?«

»Sie steuern uns, Jan. Sie bestimmen, wer uns wann ins Netz geht.«

»Wir werden gesteuert, ja? Wir hängen wie Marionetten an den Fäden der Bosse? Spinnst du? Das geht nicht. Es sei denn, die Organisation, wie du sie nennst, oder auch van Bommel hat Helfer bei der Polizei oder bei der Justiz.«

»Kapierst du jetzt, was ich meine?«

Kuhnert begegnete aufmerksam ihrem Blick. »Und welche Rolle hast du mir in diesem Spiel zugedacht?«

»Du bist der erfahrene Polizist. Sag du es mir.«

Jan Kuhnert setzte sich und legte seine gespreizten Finger auf die Schreibtischplatte. »Da draußen verrecken jeden Tag, jede Stunde Menschen, nur weil sie von dem Zeug nicht loskommen, das ihnen Typen wie van Bommel oder Uferkamp andrehen. Solche Leute haben ihr Recht auf Leben verwirkt.«

Ina Weber war entsetzt. Sie hatte Angst, dass Kuhnert Violas Befreiung ausnutzen könnte, um mit van Bommel abzurechnen.

Das brachte Viola in höchste Lebensgefahr.

Sie fühlte, wie Kuhnerts Augen sich förmlich in ihre Haut brannten. »Was machen wir mit Bean und Theveßen?«

»Lass sie weiter suchen. Dann können sie wenigstens keinen Schaden anrichten. Und sag Bescheid, wenn sie etwas gefunden haben.«

»Schmeckt dir das Essen nicht, Schatz?«

Viola Kaumanns zuckte bei dem Wort ›Schatz‹ zusammen. Aber sie schwieg eisern.

Gut aufgelegt plauderte van Bommel weiter. »Iss. Du darfst doch nicht schlappmachen. Wir haben noch viel vor.«

Viola aß mit eisernem Willen und aus kalter Berechnung. Sie musste zu ihrer alten Kraft zurückfinden.

»Möchtest du nicht mehr wissen?«

»Ich werde es ohnehin erfahren.«

»Du bist wirklich klug. Dafür liebe ich dich.«

Viola Kaumanns zuckte wieder zusammen.

»Jan kann wirklich hervorragend kochen, nicht?«

Viola zuckte mit den Schultern.

Marco van Bommel prostete ihr zu. »Du wirst seine Küche noch schätzen lernen. Er hat viel von seiner Mutter gelernt, die aus Surinam stammt. Du wirst sehen. Es wird nie langweilig werden. Jan ist ein echter Künstler. Er kann wie kein Zweiter mit Messer und Kochtopf umgehen.«

Viola legte ihr Besteck beiseite. »Der Fisch war köstlich. Er hatte nur einen Fehler: Er wurde von einer Ratte gekocht.«

Van Bommel griff ruckartig nach seiner Serviette und warf sie auf den Tisch. Im gleichen Augenblick hatte er sich aber wieder im Griff. »Du wirst noch genug Gelegenheiten haben, deinen Mut zu beweisen.«

»Ich werde jetzt aufstehen und gehen.«

»Du wirst keine zehn Schritte weit kommen.«

»Wo bin ich hier?«

»Ort und Zeit sind unwichtig, nur der Gleichklang unserer Herzen zählt.«

»Ich will hier weg. Und ich werde gehen.«

»Keine Frage, dass du diesen Ort verlassen wirst. Wir haben für unsere Hochzeit noch viele Dinge zu regeln.«

Ihre Hand krampfte sich um die Serviette.

»Du wirst sehen, wir werden als Traumpaar durch die Welt ziehen. Du wirst den Reichtum, unseren Reichtum, ganz schnell genießen lernen. Geld ist wie eine Droge. Geld macht abhängig, Geld macht Träume wahr. Einen größeren Kick als ein pralles Bankkonto und eine Kreditkarte ohne Limit gibt es nicht. Du wirst sehen. Das Anfixen geht ganz leicht und tut nicht weh.« Marco van Bommel lachte dröhnend.

»Du bist krank.«

»Sag das nie mehr. Hörst du? Nie mehr.« Van Bommels Stimme wurde mit jedem Wort leiser.

Viola fror so plötzlich, als habe jemand hinter ihr ein Fenster geöffnet. Sie würde dieses Haus niemals lebend verlassen, diese Erkenntnis schnürte ihr die Luft ab.

»Möchtest du einen Espresso? Eis oder Gebäck?«

Da war sie wieder, diese leise Stimme, die sie unter anderen Umständen als durchaus liebenswürdig und verbindlich empfunden hatte.

»Du siehst müde aus. Soll ich dich zu Bett bringen?«

Sie konnte nur leicht den Kopf schütteln.

»Gut. Aber dann sei bitte ein etwas gesprächigerer Gast. Ich bin sicher, du hast viel zu erzählen. Von deiner Arbeit als Polizistin, von deinen Freunden, deiner Familie. Ich möchte alles von dir wissen.«

Marco van Bommel seufzte und trat neben sie.

»Wie schön du doch bist.«

Viola spürte Tränen in ihre Augen steigen.

Marco van Bommel strich mit dem Zeigefinger über ihren nackten Oberarm. Dann beugte er sich zu ihr und berührte mit den Lippen den weichen Flaum an ihrem Hals.

Sie spürte, wie ihre Haut zu Stein wurde.

»Komm, ich will dich lieben.«

Etwa zur gleichen Zeit suchte Ina Weber mit einem Kollegen in der Wohnung eines Drogenabhängigen nach Beweisen für die illegalen Geschäfte des 21-Jährigen. Dabei machten sie eine folgenschwere Entdeckung.

Routiniert durchkämmten sie die wenigen Räume. Aber selbst mit Handschuhen kostete es sie Überwindung, in der völlig verdreckten Behausung die wenigen Habseligkeiten des Junkies anzufassen.

»Er war nicht allein.« Ina Weber deutete auf die schmutzigen Schlafsäcke. »Wovon hat er gelebt?« Sie drehte sich zu ihrem Kollegen Dieter Niessen um.

Niessen deutete auf die leeren Verpackungen für Computer, DVD-Player und Kameras, die unter einer Decke versteckt gewesen waren. »Die Ratte hat geklaut, wie alle Ratten.«

Im Wohnzimmer stapelten sich auf dem Couchtisch und dem schmuddeligen Sofa leere und halbleere Pizzakartons. Ein fleckiges Oberbett lag achtlos zusammengedrückt auf dem Boden.

Unter einem Haufen alter Zeitungen zog Ina Weber schließlich eine kleine Digitalkamera hervor. »Sieht nicht so aus, als hätte er die verkaufen wollen. Mal sehen, ob sie noch funktioniert.«

Aber die Kommissarin hatte Pech. Der Akku war leer.

Viola rührte sich nicht. Hatte sie geträumt, oder hatte sie das alles wirklich erlebt? Sie wollte auffahren, aber sie konnte sich nicht bewegen. Sie war nackt. Ihre Arme und Beine waren mit Handschellen an die Eisenpfosten des Bettgestells gekettet. Sie wollte ihre Beine schließen, sich zur Seite drehen, aber der Schmerz ließ sie zurücksinken.

Sie zitterte vor Ohnmacht, Angst und Kälte. Sie war allein. Sie lag auf einem weichen Bett, das von einem Baldachin aus dünnen Tüchern überspannt war. Die Wände waren rot gestrichen, die Decke schwarz. Sie konnte im Halbdunkel einen altmodischen Frisiertisch mit Spiegel erkennen. Daneben standen zwei Hocker, die mit rotem Plüsch bezogen waren. Auf einem lag ihr Abendkleid.

Viola schloss die Augen und versuchte, sich zu erinnern. Aber da war nichts. In ihrem Essen musste ein Schlafmittel gewesen sein.

Sie schwor sich, ihn umzubringen, sollte er sie angerührt haben. Gleichzeitig ahnte sie, dass van Bommel das nicht getan hatte.

Sie hatte nicht einmal mehr die Kraft zu weinen. Wie lange wollte er sie noch quälen? Sie hörte ihren Atem, der in ihren Ohren immer lauter wurde, bis ein brüllendes Brausen sie umfing. Die Schritte, die sich der Tür näherten, hörte sie nicht mehr. Auch nicht die Stimme mit ihrem sanften Klang.

»Du hast lange geschlafen, meine Liebe.«

Seine Stimme senkte sich in ihr Bewusstsein. Seine Hände spürte sie nicht.

»Du musst wach werden. Du musst mich ansehen.« Er schlug ihr leicht mit einer Hand auf die Wangen. »Komm, mach die Augen auf. Unser Spiel ist noch nicht zu Ende.«

Viola Kaumanns konnte nicht sprechen.

»Denk an unsere Nacht. Du warst voller Lust und hemmungslos. Das ist das wahre Leben.«

Sie hörte ihn nicht mehr.

»Du wirst sehen, diese winzige Spritze wird dich in unser Leben zurückholen. Und du wirst mehr davon haben wollen. Du wirst darum betteln, dass ich sie dir gebe. Du wirst alles dafür tun. Du bist auf dem Weg in ein schönes Leben. In unser Leben. Ich habe noch nie einen Menschen so begehrt wie dich. Hörst du? Du bist in Wahrheit diejenige, die die Macht hat. Du hast mich abhängig gemacht. Hörst du? Ich liebe dich.« Seine Stimme war zu einem immer leiser werdenden Strom liebkosender Worte geworden, die er mit weichen und ebenso liebkosenden Berührungen ihrer nackten Haut verstärkte.

Doch Viola Kaumanns' Körper blieb leblos.

»Das gibt's doch nicht.« Frank sah Kuhnert an.

Jan Kuhnert klickte sich konzentriert durch die Fotos aus der Kamera, die Ina Weber entdeckt hatte.

Es war eine absonderliche Mischung. Zum überwiegenden Teil waren Details von Abfüllanlagen zu sehen. Außerdem Porträts von Frauen in unterschiedlicher Umgebung. Ein weiteres Dutzend Bilder war in Räumen aufgenommen worden, die mit Pflanzcontainern, Lampen und Schläuchen vollgestopft waren. Auf einigen Fotos waren Männer zu sehen, die Taschen und Säcke in einen Transporter luden. Ein Bild zeigte mehrere Uniformierte, die an einem Tisch saßen und sich zuprosteten.

»Damit packen wir van Bommel und seine Brut am Arsch.« Ecki deutete auf die leicht verwackelte Aufnahme, die augenscheinlich in einer illegalen Hanfplantage gemacht worden war. Marco van Bommel war zu erkennen, wie er einen Pflanztopf in der Hand hielt. Es sah so aus, als ob er die Qualität der noch jungen Pflanze prüfen wollte. Neben ihm stand ein Mann, der interessiert zusah und den die Ermittler mittlerweile als Jan kannten.

»Drogenanbau, Handel mit großen Mengen Marihuana, Entführung und was weiß ich noch. Da kommt genug zusammen.« Frank nickte.

»Lass mich die Aufnahmen mit den Flaschen noch einmal sehen.« Ecki legte Kuhnert die Hand auf die Schulter.

»Bolten. Die Fotos wurden bei Bolten gemacht.«

»Dann ist das der Apparat von Voogt! Das ist die Verbindung zwischen Voogt und van Bommel, die uns noch gefehlt hat. Van Bommel hat Voogt umgebracht.«

Ecki sah seinen Freund an. »Das ist nicht gesagt. Wir müssen erst mal wissen, woher der Junkie die Kamera hat.«

»Und wer die Frauen auf den Bildern sind. Der Fotograf muss eine Vorliebe für ältere Damen gehabt haben.«

Niemand hatte bemerkt, dass Schrievers ins Büro gekommen war.

»Wenn ich mich nicht irre, gehören die Uniformen zur St.-Lambertus-Bruderschaft. Auch die Gesichter kommen mir bekannt vor.« Schrievers wischte sich mit seinem großen karierten Taschentuch über die Stirn. »Das spricht dafür, dass die Kamera Voogt gehört hat.«

»Oder Kamphausen«, warf Ecki ein.

»Holt den Junkie zur Vernehmung.« Kuhnert sah Frank an.

»Verdammt, ich kenne keinen Voogt. Und ich habe keinen umgebracht. Ich kann noch nicht mal einer Fliege die Flügel ausreißen. Ich hab noch nie einen Menschen getötet.«

»Soll ich dir mal sagen, wie es passiert ist? Du warst mal wieder dicht. Du hast Geld gebraucht. Und dann hast du Voogt getroffen. Und weil er alleine war, hast du einfach zugestochen. Dann bist du mit der Kohle und dem Fotoapparat abgehauen. Du hast gedacht, dich sieht niemand. Aber jemand hat dich gesehen!«

»Scheiße, was redest du da? Wann soll denn das gewesen sein?« Olaf Kreuders Gedanken rasten. Wann war er zuletzt mit einem Messer unterwegs gewesen? Er konnte sich, verdammt noch mal, nicht erinnern! Es war so dunkel gewesen.

»Ich lass dich in deine Zelle bringen. Du brauchst nichts zu sagen. Wir kriegen dich auch so dran. Die Beweise reichen für lebenslänglich.« Jan Kuhnert bewegte sich Richtung Tür.

»Mann, warte!« Kreuders kreischende Stimme überschlug sich fast. Er griff nach Kuhnerts Arm.

»Lass meinen Arm los.« Kuhnert schüttelte Kreuder ab.

»Ich weiß es wieder. Das war das Ding mit der Karre.«

»Was heißt das?« Jan Kuhnert sah auf die verspiegelte Wand im Vernehmungsraum und dann auf Olaf Kreuder.

»Das muss vor drei Wochen gewesen sein. Ungefähr. In der Tiefgarage. Ja, unter dem Kapu. Und es war dunkel.«

»Die Tiefgarage unterm Kapuzinerplatz?«

»Genau.« Olaf Kreuder nickte eilfertig.

»Verarsch mich nicht!«

»Es war kalt und dunkel in dem Scheiß-Parkhaus. Und ich brauchte unbedingt was. Also bin ich shoppen gewesen.«

»Shoppen?«

»Ich habe die Autos abgeklappert. Aber es war keine Karre offen. Bis auf diese eine. Ein Cabrio. Und da lag dieser Apparat. Und das ganze schriftliche Zeug.«

»Du willst mir allen Ernstes erzählen, du hast die Kamera

aus einem Cabrio geklaut, das unverschlossen in dem Parkhaus stand?« Kuhnert sah Kreuder skeptisch an.

»Wenn ich es doch sage. Mann, ich hatte echt Schmerzen.«

»Was waren das für Papiere?«

»Irgend so Listen, Mann. Abrechnungen. Wie von 'nem Labor.«

»Was für ein Labor?«

»Was für ein Labor, was für ein Labor«, äffte Kreuder Kuhnert nach. »Keine Ahnung, Mann. Woher soll ich das wissen? Habe nur was mit Chemie gelesen. Hab sie dort liegen lassen.«

»Und sonst war nichts in dem Auto? Wie bist du dann an die Kohle für deinen Stoff gekommen?«

»Hab einem einen geblasen. In einer Ecke von der Garage. Ging schnell. Hab doch gesagt, war'n Scheißtag.«

»Kennzeichen?«

»Kennzeichen? Mann, meinst du, ich merke mir meine Freier?«

»Das Kennzeichen von dem Auto will ich wissen.«

»Cabrio. Beifahrertür offen. Mehr weiß ich nicht.«

»Okay. Du kannst in deine Zelle zurück.«

»Warum soll die Geschichte nicht stimmen?«

»Weil Junkies prinzipiell lügen, Frank, deshalb.« Jan Kuhnert seufzte.

»Woher hat er dann die Kamera?« Ecki konnte nicht verstehen, dass Kuhnert so skeptisch war.

»Vielleicht hat er sie einem Kumpel geklaut.«

»Warum hast du ihn nicht auf van Bommel angesprochen?« Ecki hielt wenig von Kuhnerts Verhörstrategie.

»Kreuder ist ein kleiner Dealer. Der hat überhaupt keine Ahnung, wer van Bommel ist. Ich weiß, was du sagen willst. Aber ich kann Viola auch nicht herbeizaubern. Wir müssen Geduld haben. Nur mit Geduld werden wir weiterkommen.«

Frank ließ sich damit nicht abspeisen. »Kreuder könnte uns zu ihm führen.«

»Hör doch, was ich sage. Er ist ein winziges Rädchen.«

»Woher willst du das wissen?«

»Ich weiß es eben.«

Was für ein selbstgefälliges Arschloch, dachte Ecki.

»Aber er hat die Kamera, mit dem Bild von van Bommel. Vielleicht gibt es doch eine Verbindung.« Das Foto war Franks Strohhalm.

»Wir überprüfen zuerst Kreuders Angaben, Frank. Komm.« Ecki zog Frank mit sich.

Jan Kuhnert sah seinen Kollegen lange hinterher. Er hatte noch keinen einzigen Blick in die Akten der vergangenen Tage geworfen. Und anrufen musste er auch noch.

Renate Pesch sah Frank und Ecki erstaunt an. »Der Chef ist nicht da. Er ist in Freising, bei der Weihenstephan Distributors Conference.«

»So kurz vor Weihnachten noch eine Konferenz?« Ecki beugte sich zu dem Pappteller mit Weihnachtsgebäck. »Darf ich?«

Renate Pesch lächelte gönnerhaft und machte eine einladende Handbewegung. »Sie dürfen sie gerne alle aufessen. Wo die herkommen, gibt es noch mehr davon.«

»Vorsicht. Mein Kollege bringt das fertig.« Frank lachte.

»Kann ich gut verstehen. Ich kann meine Finger auch nicht von süßen Dingen lassen.«

Aus den Augenwinkeln bemerkte Frank, dass die Frau, die an ihrem PC hinter Renate Pesch saß, die Augen verdrehte.

»Es macht nichts, dass Herr Böhling nicht da ist. Wir haben Fragen, die Sie sicher auch beantworten können. Es geht noch einmal um Michael Voogt.«

»Haben Sie den Täter nun endlich? Wissen Sie, wir kommen gar nicht zur Ruhe.« Renate Pesch sah Frank bekümmert an.

»Wir sind schon ein gutes Stück weiter.«

Frank bemerkte erst jetzt, dass Renate Pesch ganz in

Schwarz gekleidet war. »Bitte schildern Sie uns noch einmal genau, was die Aufgaben von Herrn Voogt waren.«

»Aber das wissen Sie doch. Er hat sich um den Einkauf und die Qualitätskontrolle gekümmert.«

»Wie hat er seine Arbeit dokumentiert? Allein durch schriftliche Notizen?« Ecki kaute immer noch.

»Auch. Und durch Fotos.«

»Hatte er einen eigenen Fotoapparat?«

»Selbstverständlich. Das heißt, die Kamera gehört der Firma. Ist ja ein Arbeitsgerät.«

»Können wir den Apparat bitte sehen?« Frank warf Ecki einen missbilligenden Blick zu, der gerade ein Spekulatiusplätzchen in der Hand hielt und von allen Seiten betrachtete, bevor er es sich genüsslich in den Mund schob.

»Der ist geklaut worden.«

»Stimmt«, bestätigte Renate Pesch und drehte sich zu ihrer Kollegin um. »Bist du mit den Listen schon durch, Melanie?«

Die Angesprochene sagte nichts und starrte nur konzentriert auf ihren Bildschirm.

»Gestohlen? Wann?« Ecki schien sich trotz der gezielten Nachfrage eher auf das Gebäck in seinem Mund zu konzentrieren.

»Das muss ein paar Tage vor Michaels Ermordung, ich meine, vor seinem Tod gewesen sein.«

»Hat er Ihnen das erzählt?« Frank schüttelte über Eckis ungenierten Plätzchenkonsum den Kopf.

»Ja. Das war wohl in der Altstadt, also in Mönchengladbach. Er hatte an dem Abend noch eine geschäftliche Besprechung. Als er zum Auto zurückkam, stand die Beifahrertür offen, und die Kamera war weg.«

»Wie hat er auf den Diebstahl reagiert?«

»Er war völlig aus dem Häuschen. Wir haben versucht, ihn zu beschwichtigen. Es war doch nur eine Kleinbildkamera. Die gibt es überall schon für unter fünfzig Euro. Aber er ließ sich um nichts in der Welt beruhigen.«

»Aber er hat sie nicht als gestohlen gemeldet.«

»Sie wissen davon?« Renate Pesch war nun vollends verwirrt.

»Hatte sonst noch jemand Zugang zu der Kamera?«

»Nein, nicht dass ich wüsste. Oder?« Sie drehte sich um, aber ihre Kollegin schüttelte nur den Kopf.

»Sind Sie sicher?«

»Ja. Michael hatte sie in seinem Schreibtisch liegen. Und der war immer abgeschlossen.«

»Woher wissen Sie das so genau?« Ecki war satt. Mehr Spekulatius ging nicht.

»Wenn man über viele Jahre im selben Büro sitzt, ist das doch ganz normal. Außerdem …«

»Ja?«

»Außerdem hatte er den Schlüssel immer bei sich.«

Frank sah Ecki an. »Wissen Sie, was alles auf dem Apparat war? Ich meine, haben Sie die Fotos gesehen?«

Renate Pesch zögerte mit ihrer Antwort. »Nein. Warum auch?«

Ecki wandte sich an die junge Frau hinter Renate Pesch. »Und Sie? Haben Sie jemals Fotos gesehen, die Michael Voogt gemacht hat?«

Melanie Mestrom schüttelte erneut den Kopf.

Ecki kam eine Idee. »Hat er nie Fotos von Ihnen oder Ihrer Kollegin gemacht? Aus Jux?«

»Nein, hat er nicht.« Melanie Mestroms Stimme klang fast patzig.

»Vielleicht doch?«

»Ich habe doch gesagt, nein. Er hat mich überhaupt nicht bemerkt. Er hat seine Arbeit gemacht und ich meine. Ich weiß nur, dass er diese kleine Kamera gehabt hat und dass jemand sie geklaut hat.«

Glaube ich dir nicht so ganz, dachte Ecki. »Sie machen hier Ihre Ausbildung?«

»Ja. Und?«

»Und? Ist das hier Ihr Traumberuf?«

»Ja. Was dagegen?«

»Melanie!«

»Wieso? Ich kann doch sagen, was ich will. Außerdem: Was hat meine Ausbildung mit der Sache zu tun?«

»Du könntest ein bisschen mehr Respekt zeigen.«

»Ist schon gut, Frau Pesch.« Frank lächelte nachsichtig. »Ich denke, wir haben genug erfahren. Bitte richten Sie Herrn Böhling unsere Grüße aus.«

»Darf ich Ihnen von unserem Landbier mitgeben? Oder unseren Hausbrand? Als kleines Adventspräsent sozusagen.«

Bevor Ecki antworten konnte, fiel Frank ihm ins Wort. »Herzlichen Dank, aber Sie kennen das ja: Wir sind im Dienst.«

Ecki hob bedauernd die Schultern und fischte das letzte Plätzchen vom Teller.

Frank war schon an der Tür, als er sich noch einmal umdrehte. »Frau Pesch, wie war das mit der Kamera? War sie wirklich nötig für seine Arbeit?«

»Nein. Aber Michael meinte, besser ist besser. Er brauchte wohl sein Spielzeug. Ständig hat er uns von irgendwelchen Spielkonsolen erzählt, von HDTV, von Kameras und was weiß ich.«

»Was wussten Sie denn sonst noch von seinem Privatleben?«

»Was man eben so weiß von einem Arbeitskollegen. Seine Marotten, den Geburtstag, ein bisschen Familienkram. Das Übliche.«

»Hm. Und Frauengeschichten?«

Renate Pesch drückte ihren Rücken durch. »Davon weiß ich nichts. Hier hat jedenfalls nie eine Frau angerufen und nach Michael gefragt, wenn Sie das meinen.«

Zurück im Auto, sah Frank Ecki an. »Weißt du eigentlich, wie lächerlich du dich gerade gemacht hast?«

»Hey, du musst nicht auf mich aufpassen. Außerdem waren die Plätzchen lecker.«

»Hast du sonst noch was mitbekommen?«

»Die Junge war scharf auf Voogt. Aber er hat sie nicht rangelassen. Das meinst du doch, oder?«

»Ja, das meine ich.«

»Und, was sagt uns das jetzt?«

»Keine Ahnung.«

»Jedenfalls ist diese Melanie nicht auf den Fotos zu sehen. Wenn ich mich richtig erinnere, passt sie auch nicht zu den Frauen, die wir auf dem Computer gefunden haben.«

»Wir werden uns die Clips noch einmal genauer ansehen. Vielleicht hat Voogt sein Beuteschema ausnahmsweise mal verlassen, und die Kleine ist doch auf einem der Filmchen.«

»Und die Pesch? Was meinst du?«

»Die ist doch eher der Typ ›vertrocknete Jungfer‹.«

»Scheint ein Drachen zu sein. In der Haut dieser Melanie möchte ich nicht stecken.«

Viola spürte van Bommel nicht. Sie ahnte nur instinktiv, dass er da war. Sämtliche anderen Funktionen ihres Körpers und das, was einmal ihr Geist, ihr Wille und ihre Kraft gewesen waren, hatten sich längst abgeschaltet.

Sie fühlte etwas, nein, sie ahnte etwas zwischen ihren Beinen. Und sie ahnte, dass es nicht aufhören würde.

Hören! Sie musste hören! Aber da war nichts außer einem leichten Streicheln von Tönen, die sie einmal gekannt haben musste. Und sie wusste doch nicht, was es war. Es war auch nicht mehr wichtig.

Van Bommel verließ den Raum. »Seht zu, dass ihr sie wieder auf die Beine stellt. Wir müssen hier verschwinden. Und ihr bürgt mir mit eurem Leben für sie. Sie darf nicht sterben. Noch nicht.«

Jan nickte.

»Es war ein Unfall. Er war einfach übermüdet. Und dann hat es Peng gemacht.« Jan Kuhnert klatschte die Hände gegeneinander. »Berufsrisiko.«

»Was hatte er vor? Und warum wissen wir nichts von ihm?«

»Reg dich ab, Frank. Du weißt doch, dass die Kollegen vom LKA ihre eigenen Methoden haben. Wenn der Unfall nicht passiert wäre, hättest du von der ganzen Sache nichts mitbekommen.«

»Spinnst du?« Frank tippte sich an die Stirn. »Ich will jetzt sofort wissen, was Lutz Kurz da gemacht hat.«

Jan Kuhnert legte seine Beine auf den Schreibtisch und begann, sich eine Zigarette zu drehen. »Er hat nach Viola gesucht. So wie wir.«

»Du Arschloch, rück endlich mit der Sprache raus.«

»So nicht, Kollege.« Unbeeindruckt rollte Kuhnert das Tabakblättchen zusammen, um es dann mit Spucke zu verkleben.

»Frank!« Ecki versuchte, Franks Blick zu fixieren.

»Lutz Kurz hat nur seine Kontakte besucht. Wenn er etwas erfahren hat, hat er es mit ins Grab genommen.«

»Ich glaube dir nicht, Kuhnert. Welches Spiel spielst du?«

Kuhnert sagte nichts. Stattdessen langte er nach dem schnurlosen Telefon und warf es Frank zu. »Hier, ruf doch in Düsseldorf an.«

Nur mit Mühe fing Frank den Apparat. »Wenn du in der Sache drinsteckst, bring ich dich um.«

»Frank!« Ecki war aufgesprungen.

Kuhnert winkte ab. »Lass ihn. Ich kann ihn ja verstehen.« Er fixierte Frank. »Ich will Viola auch retten. Nur, da helfen kein Schreien und keine Verdächtigungen. Kurz hat Pech gehabt. Und er hat nichts hinterlassen, was von Nutzen wäre. Wir müssen weitersuchen und Geduld haben.«

»Wo, Kollege, liegt der Hof?« Frank musste sich erst einmal orientieren. Richtig, er war in seinem Bett. Lisa lag neben ihm. Was hatte Mörs von der Leitstelle in Viersen gerade gesagt? Frank sah auf den Wecker. Die digitale Anzeige war gerade auf 3:45 Uhr gesprungen. »Gut, ich werde das schon finden.«

»Was ist denn los?« Lisa legte schlaftrunken ihren Arm um Frank, der mit dem Telefon in der Hand auf sein Kissen zurückgesunken war.

»Sie haben wieder eine Hanfplantage entdeckt. Kuhnert will, dass wir dabei sind, wenn sie reingehen.«

»Muss das denn wirklich sein?« Lisa gähnte.

»Vielleicht finden wir einen Hinweis auf Viola.« Frank löste sich sanft aus Lisas Arm und schwang sich aus dem Bett.

»Pass auf dich auf.«

Ecki wartete schon. Umständlich zwängte er sich auf den Beifahrersitz des MGB-Cabrios. »Mann, was ist mit der Heizung? Das ist scheißkalt hier drin.«

»Die Heizung ist ausgefallen. Weichei.«

»Was weißt du über die Lage?«

»Nicht viel. Nur, dass Kuhnert uns dabeihaben will. Dem geht der Arsch auf Grundeis, aus Angst, er könnte einen Fehler machen.« Frank schnaubte zufrieden.

»Ist das alles?«

»Die Plantage ist auf einem Bauernhof in Vogelsrath gefunden worden.«

»Vogelsrath?«

»Ja. Bei Amern. Schwalmtal.«

»Nie gehört.«

Auf dem kleinen Platz vor der Hofeinfahrt hatte die Freiwillige Feuerwehr einen Scheinwerfermast aufgestellt, der die Umgebung taghell erleuchtete.

»Na endlich.« Zu Franks und Eckis Erstaunen stand Heinz-Jürgen Schrievers vor ihnen.

»Ist noch warm.« Der Archivar hielt ihnen Becher mit dampfendem Kaffee hin.

»Was machst du denn hier?« Frank umschloss mit beiden Händen seinen Becher.

»Hast du vergessen, dass ich hier in der Gegend wohne?«

»Kannst du hellsehen?«

»Gertrud hat manchmal den Eindruck, sagt sie. Nein, im Ernst, mich hat die Viersener Leitstelle informiert. Kollege Mörs hat gemeint, dass ich euch vielleicht nützlich sein kann.« Er senkte die Stimme. »Außerdem wollte ich euch nicht mit Kuhnert alleinlassen.«

»Der Laden ist leer?« Frank nickte in Richtung Hensenhof.

»Bis auf die Plantage, ja.«

»Und die Besitzer?« Ecki trank einen Schluck Kaffee.

»Die alte Frau Hensen ist vor zwei Jahren gestorben. Die Felder sind schon lange verpachtet. Ihre Kinder leben in der Nähe von Karlsruhe, soviel ich weiß.«

»Und die Dame hat Cannabis angebaut?«

»Quatsch. Vor gut einem Jahr haben die Erben den Hof vermietet. Kuhnert sagt, an einen seiner ›Kunden‹. Der Typ hat den Hof aufwendig mit Wärmelampen und dem ganzen anderen Zeug präpariert. Die Fahndung läuft.«

»Steckt van Bommel dahinter?«

Schrievers hob die Schultern. »Würde mich nicht wundern.«

Frank war enttäuscht. Er hatte gehofft, dass sie zumindest einen Hinweis auf Viola finden würden. »Kuhnert wollte doch angeblich nicht allein reingehen. Und nun war er doch schon drin. Dieser Arsch.«

»Moment mal, Frank. Es war wirklich noch niemand drin. Was wir wissen, haben wir von den Nachbarn und aus den Akten.«

»Wir haben den Hof eine Zeit lang beobachtet.« Jan Kuhnert kam aus einem Becher schlürfend auf sie zu. Er hatte Schrievers' letzten Satz gehört.

»Woher weißt du, dass da niemand drin ist?« Frank sah Kuhnert misstrauisch an.

»Manchmal muss man Glück haben. Ich kenne ein paar Leute von der Polizeifliegerstaffel Düsseldorf. Die Kollegen waren zufällig mit einem Hubschrauber unterwegs, der eine Wärmebildkamera an Bord hat. Sie haben außer der Plantage niemanden entdeckt.«

»Solche Zufälle gibt es nicht.«

Kuhnert überhörte die Kritik. »Die beiden waren auf dem Heimflug von einem Seminar in Meerlo.« Kuhnert lachte bei dem Gedanken kurz auf. »Sie haben dort die Fortbildung der holländischen Kollegen ›Entdecken von Outdoor-Cannabisplantagen aus der Luft‹ besucht. Sachen gibt's.«

»Sehr witzig. Und jetzt?«

»Wir haben nur auf euch gewartet. Jetzt können wir reingehen.«

Der Hensenhof war eine für den Niederrhein typische Hofanlage. An das Haupthaus mit dem tief heruntergezogenen Dach schlossen sich das Stallgebäude, ein Scheunentrakt und weitere Wirtschaftsgebäude an.

Im gepflasterten Innenhof war ebenfalls ein Scheinwerfermast aufgebaut, in dessen Lichtkreis trotz der schneidenden Dezemberkälte einige wartende Männer zusammenstanden.

»Gleich dahinten!«

Frank beschattete seine Augen gegen das Scheinwerferlicht. Das war doch Bean! »Was machst du denn hier?«

»Kuhnert hat mich angerufen.«

»Ist doch gar nicht deine Baustelle. Ich denke, du sichtest die Pornos und arbeitest mit Theveßen an den anderen Sachen?« Frank war wütend, dass Kuhnert Personal einsetzte, ohne ihn zu informieren. Noch war Bean Mitglied der Mordkommission.

»Jan war der Meinung, dass das hier wichtig sei«, rechtfertigte sich Bean.

»Schon gut.« Frank seufzte. »Wie kommen wir jetzt rein?«

»Mit einem Bolzenschneider.« Bean deutete auf das Werkzeug, das an der Gebäudewand lehnte.

»Na, dann wollen wir mal.« Ecki rieb seine kalten Hände gegeneinander und zog dünne Einmalhandschuhe aus seiner Jackentasche. »Action!«

Mit einem kurzen Knacken war der Bügel des Schlosses gebrochen.

Vorsichtig zog Bean die verwitterte Holztür auf und blieb stehen. Frank leuchtete mit einer Handlampe in den schmalen Raum. Hinter ihm drängten sich Ecki, Ina Weber, Jan Kuhnert und drei weitere Kollegen.

»Das war mal die Milchküche«, kam es von Schrievers, der sich hinter Frank und Bean gequetscht hatte.

»Woran siehst du das?«, fragte Frank halblaut.

»An den Steinbecken, da drin wurden die Milchkannen gespült.«

»Noch eine Tür.« Bean zeigte auf den Durchgang, der von der Milchküche abging.

»Kein Bolzenschneider.« Frank hielt ihn zurück. An der Wand hing ein graues Kästchen, auf dem neben der Tastatur ein LED-Lämpchen blinkte.

»Ich brauche eine Axt und oder ein Brecheisen.«

»Warte. Wer weiß, wie die Tür gesichert ist.«

»Das ist nur ein Spielzeug. Einmal mit der Axt drauf, und drin sind wir.« Bean wurde langsam ungeduldig.

»Das könnte auch eine Alarmanlage sein, die mit einer Zentrale verbunden ist. Damit scheuchen wir unsere Kunden auf, und die machen sich aus dem Staub, ohne dass wir das mitkriegen.«

Torsten Linder drängte sich an Heini vorbei. »Macht mal Platz.« Vorsichtig berührte er mit einem Kugelschreiber die Tastatur.

»Hm. Ziemlich einfach. Gibt's in jedem Laden für Sicherheitstechnik. Ich denke, dass ich den Kontakt überbrücken kann.« Linder drehte sich um. »Wird aber eine Weile dauern und am besten funktionieren, wenn ihr mir nicht alle auf den Füßen steht.«

Seine Kollegen zogen sich zurück. Zeit für eine Pause im Warmen.

»Ich hör ein bisschen Musik, Ecki. Kommst du mit?«

»Nee, erstens: kein Blues vor Mitternacht. Außerdem bist du schon so kaum noch zu ertragen. Und das kurz vor Heiligabend.«

Eine CD-Länge Blues von Lonnie Mack's Roadhouses & Dance Halls später erschien die schmale Gestalt des stellvertretenden Leiters der KTU neben Franks MGB.

Frank kurbelte die Seitenscheibe herunter. »Ja?«

»Der Code ist geknackt.«

»Und? Wie sieht es drinnen aus?«

»Mein Job war es, die Tür zu knacken. Der Rest ist eure Sache.« Der dreifache Familienvater hob die Hand. »Ich brauch jetzt was Heißes. Meine Finger sind schon fast abgefroren.«

Frank stieg aus und ging durch das Hoftor zurück zur Milchküche. Dort warteten bereits die anderen.

»Na? Kalter Blues?« Ecki hielt einen Becher in der Hand. »Ich hab sogar Plätzchen bekommen. Die Schwalmtaler Feuerwehr ist für technische Hilfe bestens ausgerüstet.« Er grinste.

»Na, dann kann ja nichts mehr schiefgehen. Wo ist Kuhnert?«

Ecki deutete mit dem Becher in die Dunkelheit. »Im Anflug.«

Frank ließ Jan Kuhnert und Bean den Vortritt.

»Und?« Bean hatte die Hand auf die Klinke zur Plantage gelegt.

Jan Kuhnert sah erst die Umstehenden an und nickte dann.

Entschlossen öffnete Paulert die Tür zu der bisher größten illegalen Hanfplantage im gesamten Rheinland.

Der Schuss traf den langjährigen und erfahrenen Polizeibeamten Kurt Paulert, 44, mitten in die Brust. Nahe der Wirbelsäule blieb die Kugel stecken.

Dem kurzen, satten Knall folgte eine Stille, die wie Klebstoff über die Körper der Beamten lief.

Bean fasste sich verblüfft an die Brust und sah von Jan Kuhnert zu Ina Weber. Dann brach er wortlos zusammen.

Ecki war der Erste, der einen klaren Gedanken fasste. Er warf sich zur Seite und schrie: »Weg von der Tür. Los, weg.« Noch im Fallen zog er seine Dienstwaffe.

———

»Bean ist in eine Falle getappt. Eine Selbstschussanlage.« Ecki sah, dass Frank immer noch kreidebleich war. Er setzte sich neben seinen Freund auf eine Transportkiste der Feuerwehr. »Verbunden mit der Tür. Bean öffnet, löst damit den Mechanismus aus und: peng!« Ecki klatschte in die Hände. »Völlig simpel. Hätte jeder bauen können.«

Frank schüttelte ungläubig den Kopf und schwieg. »Kommt er durch?«

»Er hat viel Blut verloren. Die Kugel ist knapp an seinem Herzen vorbei. Wenn er durchkommt, wird er vielleicht nie wieder gehen können, sagen die Ärzte.«

»Wo ist er?«

»Allgemeines Krankenhaus Viersen.«

»Hm.«

»Kann sein, dass sie ihn verlegen müssen. Uniklinik Düsseldorf.«

»Hm.« Frank war erschöpft. Warum hatte Bean die Tür aufgemacht? Warum hatten sie das nicht dem SEK überlassen? Warum hatten sie keine Schutzwesten getragen? Warum, warum?

»Du hast keine Schuld, niemand hat Schuld. Es ist einfach passiert. Hörst du?« Ecki schien Franks Gedanken lesen zu können.

»Ich bete, dass er durchkommt.«

»Er wird es schaffen.« In Eckis Stimme fehlte Zuversicht.

»Gott helfe ihm.« Frank stellte den Becher neben sich auf die Blechkiste, auf der sie abseits von ihren Kollegen saßen.

»Na, geht's wieder?« Jan Kuhnert kam auf die beiden Ermittler zu und drehte sich im Gehen eine Zigarette. »Schöne Scheiße, was?«

Frank und Ecki schwiegen.

»Bean schafft es. Der Bursche ist zäh. Ihr werdet sehen, in drei Monaten geht er uns wieder auf die Nerven.« Kuhnert leckte über die Gummierung des Blättchens und lächelte über seine Hände hinweg.

Frank schaute zur Seite, und Ecki musste die Hände in die Taschen seiner Lederjacke stecken, um sie unter Kontrolle halten zu können.

Kuhnert sah schweigend von Ecki zu Frank. Ein seltsames Paar. Die beiden würde er nie verstehen.

»Fahren wir?« Frank sah Ecki an und machte Anstalten aufzustehen. Er spürte Galle in sich aufsteigen.

»Hört zu. Dass das scheiße gelaufen ist, weiß ich auch. Bean tut mir auch leid. Aber so ist das nun mal in unserem Job. Irgendwann erwischt es einen von uns.« Kuhnert blies den Zigarettenrauch hörbar in die Luft.

Frank wollte etwas sagen, unterbrach sich aber.

»Wirtz soll eine Pressenotiz schreiben. Dass wir hier waren, können wir eh nicht mehr verheimlichen.«

»Eine Notiz?« Frank lachte kurz und verächtlich.

»Immerhin haben wir eine riesige Menge Marihuana gefunden. Das ist doch eine Meldung wert. Oder?«

Kuhnert hatte nichts verstanden.

Vogelsrath: Cannabisplantage mit Selbstschussanlage geschützt (922)

Mit einem Durchsuchungsbeschluss ausgestattet, suchten Beamte des Rauschgiftkommissariats und Zivilfahnder am frühen Morgen eine Hofanlage in Vogelsrath, Schwalmtal, auf, weil sie Anhaltspunkte dafür hatten, dass der Mieter auf dem Gehöft Rauschgift anbaute.

Die Cannabisplantage war mit einer Selbstschussanlage gesichert.

Bei dem Versuch, die Tür zu der Plantage zu öffnen, wurde ein 44 Jahre alter Beamter durch einen Schuss schwer verletzt. Bei der Waffe handelte es sich um eine großkalibrige Pistole. Eine ausgeklügelte Mechanik hatte beim Öffnen der Tür einen Schuss aus der Waffe gelöst.

Nachdem die technischen Hindernisse beseitigt waren, konnten sich die Beamten um eine Cannabisplantage mit mehr als 3600 Pflanzen kümmern, die gerade frisch geerntet war. Das Ergebnis der etwa zehnwöchigen Aufzucht waren mehrere Dutzend Kilogramm Cannabisblüten und Marihuana.

Ein Mitarbeiter der Niederrheinwerke stellte fest, dass der illegale Hanfbauer den Strom am Stromzähler vorbei abgezapft hatte. Der monatliche Energiebedarf zum Betrieb der Anlage lag bei weit mehr als 3600 kW/h, d.h. bei legalem Bezug wären Stromkosten von weit über 500 Euro im Monat fällig gewesen.

Der 47-jährige flüchtige arbeitslose Mann, der das Gehöft angemietet hatte, ist bereits einschlägig in Erscheinung getreten. / *ww*

»Es gibt Neuigkeiten.« Heinz-Jürgen Schrievers riss die Bürotür auf und schnaufte.

»Viola?« Frank sah Heini erwartungsvoll an.

»Bean kommt durch.« Der Archivar ließ sich achtlos auf

einen Stuhl fallen und ignorierte das kreischende Geräusch der Rollenlager.

»Gott sei Dank.« Ecki lehnte sich zurück.

Frank seufzte. »Kommt er nur ›durch‹, oder wird er auch wieder ganz der Alte?«

»Er wird nur die erste Zeit im Rollstuhl sitzen müssen.«

»Und wofür das alles?«

»Noch haben wir keine Ergebnisse. Die Auswertung dauert noch. Aber Torsten reißt sich den Arsch auf.« Schrievers überhörte absichtlich den Unterton in Franks Stimme.

»Hinweise auf van Bommel?«

»Möglich.«

»Die Überprüfung läuft noch. Wir müssen Geduld haben.«

»Geduld ist Violas Todesurteil. Wir können nicht warten.« Frank rutschte auf seinem Stuhl hin und her. »Van Bommel rechnet mit unserer Geduld. Wir spielen ihm in die Hände.«

»Wer weiß, vielleicht finden wir in einem der Gebäude Hinweise auf den Aufenthaltsort von van Bommel.« Ecki sah Frank an, doch der schwieg.

»Kuhnert fährt heute noch zum LKA.«

»Wisst ihr, was ich glaube?« Frank sah von Schrievers zu Ecki. »Ich glaube, dass Kuhnert nicht sauber ist. Das ist doch kein Zufall, dass wir nur diese beschissenen Pflanzen finden, aber nie auf die Täter treffen. Immer sind die Vögel ausgeflogen. Das kann doch kein Zufall sein.«

»Was willst du damit sagen?« Schrievers runzelte die Stirn.

»Du weißt, was ich meine. Und ich gehe sogar noch einen Schritt weiter.« Frank rückte mit seinem Stuhl ganz nahe an seinen Schreibtisch heran.

»Nämlich?« Schrievers hoffte, dass er sich irrte.

»Kuhnert hat Viola verraten.«

Ecki vergaß für einen Augenblick das Atmen.

»Quatsch.« Schrievers schüttelte den Kopf. »Weißt du, was du da sagst? Jan ist Polizist und ein guter dazu.«

Frank schnaufte verächtlich. »Er wäre nicht der erste

Bulle, der für Geld umfällt. Du brauchst nur eins und eins zusammenzuzählen, Heinz-Jürgen. Es muss eine Verbindung aus Mönchengladbach zu den Drogenbanden geben. Dann die Tatsache, dass Viola aufgeflogen ist. Und es ist doch mehr als auffällig, dass der Drogenfahndung immer nur kleine Fische ins Netz gehen. An die Großen kommt man angeblich nicht ran. Trotz großem Besteck, trotz Telefonüberwachung, LKA und BKA. Wir müssen Kuhnert überwachen!«

Schrievers wusste nicht weiter. Abwechselnd rang er die Hände und wischte sich mit dem Taschentuch über die Stirn. Sein Freund war offenbar kurz davor durchzudrehen. Das konnte nicht gutgehen, wenn Frank im Präsidium herumlief und seinen Verdacht gegen Kuhnert hinausposaunte.

Ecki sah hilflos zu Schrievers. Kuhnert Verbindungen zum Drogenmilieu zu unterstellen, das ging dann doch zu weit.

»Du brauchst mich gar nicht so anzusehen, als sei ich durchgeknallt, Ecki. Kuhnert ist nicht sauber. Dabei bleibe ich. Und was Viola angeht, bin ich der Meinung, dass wir ohne Kuhnert versuchen müssen, sie zu befreien. Je weniger Kuhnert weiß, umso besser.«

———

»Frau Thofondern?« Frank lächelte.

»Ja?« Barbara Thofondern hatte die Haustür nur ein kleines Stück geöffnet.

»Darf ich einen Augenblick hereinkommen?«

»Warum?« Barbara Thofondern sah ihn feindselig an.

»Ich muss dringend mit Ihnen sprechen.«

»Ich habe nichts zu sagen. Guten Tag.«

»Einen Augenblick, bitte.«

Sie zögerte.

»Es geht um Viola Kaumanns. Meine Kollegin. Sie schwebt in Lebensgefahr.«

Barbara Thofondern sah Frank lange in die Augen. Dann gab sie zögernd den Weg frei.

»Sehr freundlich.« Frank nahm dankbar den Platz ein, den sie ihm am Küchentisch anbot.

»Was wollen Sie?« Ihr Blick blieb abweisend.

»Wir haben unsere Kollegin noch nicht gefunden.«

»Und? Was habe ich damit zu tun?«

»Vielleicht können Sie uns helfen.«

Barbara Thofondern setzte sich ebenfalls an den Tisch. »Sind Sie noch ganz bei Trost? Sie haben mich bis vor ein paar Tagen noch für eine Mörderin gehalten.«

Frank sah erst auf seine Hände und hob dann seinen Blick. »Ich meine es wirklich ernst. Meine Kollegin schwebt in akuter Lebensgefahr. Wir wissen nicht, wo sie gefangen gehalten wird.«

Barbara Thofondern stand auf. »Gehen Sie, Herr Kommissar. Ich kann Ihnen nicht helfen.«

»Ich weiß, dass Sie weder Michael Voogt umgebracht haben noch Raimund Kamphausen. Es tut mir leid, dass ich Sie verdächtigt habe. Und dass ich Ihnen damit wehgetan habe.«

»Bitte gehen Sie, Herr Borsch.«

Frank blieb sitzen. »Ich kann verstehen, dass Sie kein Vertrauen zu mir haben. Ich werde alles tun, damit der Haftbefehl aufgehoben wird. Aber jetzt müssen Sie mir helfen.«

»Wie soll ich Ihnen helfen?« Ihr Blick war kalt.

»Vielleicht ist Ihnen etwas aufgefallen, als Sie van Bommel beobachtet haben. Bitte.«

Barbara Thofondern schwieg, aber in ihrem Gesicht arbeitete es. »Wollen Sie einen Kaffee?«

»Gerne.« Frank war erleichtert.

Barbara Thofondern und Frank schwiegen, während die Tochter des Viehhändlers eine Kanne Kaffee aufgoss. Schließlich setzte sie sich wieder an den Tisch und schenkte ein.

»Das ist wirklich schrecklich. Das mit Ihrer Kollegin. Aber ich weiß wirklich nicht, was ich tun könnte. Ich kenne den Mann nicht. Alles, was ich weiß, weiß ich von Michael.«

»Erzählen Sie bitte noch einmal, was Ihnen Voogt erzählt hat.«

Barbara Thofondern sprach langsam. »Es tut weh, daran zu denken, was Michael mir angetan hat.« Sie wischte sich mit der Hand über die Augen. »Vater hatte recht. Ich hätte mich nie mit Michael einlassen sollen.«

Frank räusperte sich. »Ich denke eher an das Verhältnis zwischen Voogt und van Bommel. Wo haben sich die beiden getroffen? Hat Michael einmal etwas erwähnt? Eine bestimmte Adresse? Hier in der Gegend? Oder in Holland?«

Barbara Thofondern nahm sich einen Löffel und rührte gedankenverloren in ihrem Kaffee. Sie schien etwas sagen zu wollen.

»Ja?«

Sie legte den Löffel zurück auf die Untertasse. »Es fällt mir nichts ein. Mein Kopf ist völlig leer.«

Enttäuscht sank Frank in sich zusammen.

»Michael hat sich mit van Bommel meist im Landhandel getroffen. In Niederkrüchten. Mehr weiß ich nicht.«

»Haben wir alles durchsucht. Es gibt dort keine Möglichkeit, einen Menschen auf Dauer zu verstecken.«

Sie war sein Strohhalm gewesen.

»Es tut mir wirklich leid.«

»Ich habe es immerhin versucht.« Er seufzte.

»Ihr Polizeiapparat ist doch so groß. Da muss es doch möglich sein, ihre Kollegin aufzuspüren. Es gibt im Drogenmilieu doch so etwas wie Spitzel.«

Frank schüttelte nur den Kopf.

»Lieben Sie Ihre Kollegin?«

»Wie kommen Sie darauf?«

»Sie machen ganz den Eindruck.«

»Ich. Nein, ich mag meine Kollegin. Sie ist eine gute Polizistin. Und sie ist in der Gewalt eines Verbrechers. Ich muss sie, wir müssen sie finden.«

Viola spürte ihre Hände und Beine nicht mehr. Sie spürte auch den kühlen Luftzug nicht mehr, der beständig über ihre nackte Haut strich. Sie wusste nicht mehr, wo sie war, welche Tageszeit war, ob sie gegessen hatte oder nicht. Ihre Entführer hatten ihr im Wechsel Brot und Suppe angeboten. Es war ein Spiel für sie gewesen, sie hatten jedes Mal über ihr Stöhnen und ihre Abwehr gelacht. Dabei hatten sie ihren nackten Körper betrachtet, wie die verlockend ausgebreitete Ware in einem Schaufenster. Schließlich hatten sie ihr Essen auf einen Hocker gestellt, den sie nahe an ihren Kopf gerückt hatten. Am Ende hatten sie ihr nur noch Mineralwasser gebracht.

Sie hatten sie quälen wollen, und das war ihnen gelungen.

Einmal hatte sie geglaubt, von ferne Kinderlachen und Singen zu hören. Aber sie hatte nicht einschätzen können, ob sie sich die Geräusche nur einbildete.

In ihrer Phantasie mischten sich die kaum hörbaren Verse mit den Melodien ihrer Kindheit. Sie meinte sich selbst singen zu hören, draußen in der Sonne an einem Junitag. Sie meinte, den Stoff und den Duft ihres Sommerkleides zu spüren.

Die Fesseln schnitten tief in ihre Gelenke. Aber sie spürte keinen Schmerz mehr.

Lass mich schlafen, lieber Gott. Lass mich endlich ausruhen.

Das Lachen! Wem gehörte das Lachen? Sie vermochte es nicht zu sagen. Aus ihrer Kehle drang kein Laut.

Das Deckenlicht ging an. Sie spürte es durch ihre geschlossenen Lider. Sie meinte die Sonne zu sehen. Ihr Vater stand lachend im Flur. Dann hörte sie die Stimme, die die Angst in ihr aufwühlte. Sie riss an ihren Fesseln, wehrte sich vergeblich gegen seine Hände.

»Was soll das heißen, ihr macht ohne uns weiter?« Kuhnert drückte den Rest seiner Selbstgedrehten in den Aschenbecher und blies den Rauch achtlos zur Seite. Dabei sah er den Archivar abschätzend an.

»Frank will dich nicht dabeihaben.«

Heinz-Jürgen Schrievers hatte den Leiter des KK 14 zufällig in der Kantine getroffen.

»Immerhin leiten immer wir noch gemeinsam die Ermittlungen.« Er griff nach seinem Tabak. »Aber ich kann mir schon vorstellen, woher der Wind weht.«

Schrievers hatte genau diese Diskussion befürchtet.

»Borsch traut mir nicht.«

»Und? Kann man dir trauen?«

An Jan Kuhnerts unbewegtem Gesichtsausdruck ließ sich nicht ablesen, ob er sich angegriffen fühlte. Scheinbar ungerührt begann er, eine neue Zigarette zu drehen. »Jedenfalls stecke ich nicht mit van Bommel unter einer Decke.«

Der Archivar rutschte auf seinem Stuhl hin und her. »Jedenfalls tust du wenig, um dir in die Karten sehen zu lassen.«

»Lasst mich einfach weiter in Ruhe arbeiten.«

»Warum tust du nichts, um …«, Schrievers zögerte, »… nun ja, den Verdacht gegen dich auszuräumen?«

»Wer sich verteidigt, klagt sich an.«

»Du machst es dir ein bisschen zu einfach.« Der Archivar schob seinen Stuhl zurück. »Ich verstehe dich nicht. Du provozierst den Ärger geradezu. Was soll das, Kuhnert?«

Der Leiter der Drogenfahndung beugte sich vor. »Das willst du wirklich wissen?«

»Hm.«

»Es geht dich aber einen feuchten Kehricht an. Lasst mich in Ruhe.«

Schrievers stand auf. »Spinner.«

»Ich bin weiter dabei. Sag das deinem Kumpel.«

»Sag's ihm selbst.«

»Viola.«

Die Stimme an ihrem Ohr lockte sie mit leisen Worten und dem warmen Atem. »Du musst aufwachen. Und du musst essen. Wir werden eine Reise machen, meine Liebe.«

Sie wollte nicht atmen. Sie wollte nicht in das Leben zurückkehren. Nicht in dieses Leben.

»Komm, Liebes. Komm.«

Viola spürte weiche Hände. Der Hauch seines Aftershaves verfing sich in ihrem Geruchssinn und raste explosionsartig durch ihr Gehirn. Sie kannte diese Hände, die jetzt, hart und rau wie Schmirgelpapier auf ihrem Körper ruhten.

Die Hände bewegten sich und rissen tiefe Furchen in ihre dünne Haut. Bitte, lieber Gott, wenn es dich gibt, lass mich sterben. Bitte!

Heiß drang sein Flüstern näher an ihr Ohr.

»Ich will in deine Augen sehen.«

Niemals!

»Komm schon, ich spüre deinen Herzschlag. Er wird schnell und schneller. Du kannst dich nicht verstellen.«

Es kostete sie fast das Leben, ihre Augen zu öffnen. Zunächst sah sie nichts. Dann blickte sie in zwei dunkle Augen, voller Zuneigung und Lust.

»Ich habe dir zu essen gebracht. Und etwas zum Anziehen. Jan und die anderen sollen dich nicht länger so sehen. Denn du gehörst mir. Endlich gehörst du mir, Viola.«

Marco van Bommel schloss ihre Fesseln auf.

»Siehst du, Liebes, ich gebe dich frei. Du kannst aufstehen und essen. Und nachher werde ich dich duschen und dir das Haar waschen. Auf dich warten die schönsten Kleider, die ich für Geld kaufen konnte.«

Sie schaffte es nicht einmal, ihre Beine zu schließen.

»Lass dir Zeit. Wir haben Zeit. Nicht viel. Aber genug. Gleich hast du es geschafft. Gib mir deine Hand.«

Der Schrei kam tief aus ihrem Inneren. Er hatte nichts Menschliches.

Mit aller ihr noch verbliebenen Kraft hatte sich Viola aufgebäumt und van Bommel von sich gestoßen.

Diese reflexartige Reaktion verblüffte ihn und lähmte seinen Körper. Ungläubig sah Marco van Bommel Viola Kaumanns an, die nackt vor ihm stand und mit unerwarteter Wucht gegen seinen Körper sprang. Im Fallen griffen ihre harten Hände an seine Kehle und drückten zu. Er hörte das Splittern des Spiegels nicht, der dabei zu Bruch ging.

Ihre Fingernägel gruben sich in seinen Hals, er spürte den Schmerz, mit dem sie ihre Knie in seinen Unterleib rammte. Er suchte Schutz vor dem katapultartigen Schwung ihrer Bewegung, konnte aber seine Hände nicht dirigieren. Hilflos ruderten seine Arme in einem Meer aus Schmerzen, Wut und ungläubigem Staunen. Ihre Hände, ihre Beine, ihr Körper – eine einzige stählerne Zange.

Viola Kaumanns war im Begriff, ihn zu töten. Seine Bewegungen wurden schwächer. Bilder rasten in endloser Abfolge an seinem inneren Auge vorbei.

Er griff nach Viola, aber seine Hände hatten keine Kraft mehr. Er hörte nichts. Er spürte nichts. Er fühlte sich leicht, geradezu schwerelos.

Etwas rüttelte an seinem Arm. Warum? Er wollte nur noch schlafen.

Er sah vor seinen Augen rote und blaue Blitze, die in einem wild wirbelnden Farbenmeer aufzuckten.

»Chef.«

Marco van Bommel verstand nicht.

»Alles in Ordnung, Chef?«

Van Bommel griff mit einer Hand an seinen Hals. Er schmerzte höllisch. Sein ganzer Körper schmerzte.

»Die Schlampe hat ihre Abreibung schon weg.«

Marco van Bommel stöhnte, als er die Augen öffnete.

»Schlampe?«

»Die Polizeischlampe. Sie hat versucht, dich umzubringen, Chef. Mit ihren Händen! Aber dafür wird sie büßen.«

»Was habt ihr mit ihr gemacht?«

Jan Vermeer grinste. »Sie schläft. Sie wird dir nicht mehr gefährlich werden. Eine kleine Spritze mit großer Wirkung.«

»Bist du wahnsinnig? Ich will nicht, dass sie stirbt. Wir brauchen sie noch, kapiert?«

»Keine Sorge. Sie schläft nur ein bisschen.« Vermeer grinste immer noch und betrachtete Violas nackten Körper, der wieder gefesselt auf dem Bett lag.

Van Bommel kam nur mit Mühe wieder auf die Beine. Bei dem Versuch, sich vom Boden abzustützen, griff er in ein Stück Spiegelglas. Sofort quoll Blut aus seiner Hand. »Verdammt.«

Jan Vermeer versuchte, van Bommel hochzuhelfen.

»Lass das. Und wenn Viola zu sich kommt, bringst du sie zu mir. Ist das klar?«

»Chef?« Jan Vermeer deutete auf van Bommels Stirn.

Van Bommel griff sich an den Kopf und bemerkte, dass er an der Stirn blutete. Erst jetzt spürte er den Schmerz, den Violas Fingernägel auf seinem Gesicht und an seinem Hals hinterlassen hatten. »Dafür wird sie bezahlen.«

Jan Vermeer wusste, was das zu bedeuten hatte. Sein Grinsen wurde breiter.

Jan Kuhnert fuhr an dem klotzigen Gebäudekomplex vorbei, der hinter Otzenrath nach einer Kurve unerwartet auf der rechten Seite auftauchte. Der Leiter des KK 14 nickte grimmig. Da also hatte sich die Ratte versteckt. In Pesch wendete er in der ersten Seitenstraße und fuhr zurück.

Klobig lagen die rotbraunen Backsteinquader und langgezogenen Rechtecke wie eine neuzeitliche Befestigungsanlage unter dem kalten Dezemberhimmel.

Der gepflasterte Vorplatz vor dem bergfriedartigen Hauptgebäude war verwaist. Auf der in den Boden eingelassenen Wiegefläche warteten keine Traktorgespanne auf ihre Abfertigung. Der Parkplatz war ebenfalls leer. Im Vorbeifahren war durch das mit Gitterstäben bewehrte Tor auch im rückwärtigen Teil des Firmengeländes nichts Auffälliges zu erkennen.

Jan Kuhnert fuhr bis in den ehemaligen Ortskern von Otzenrath zurück und parkte unter der mächtigen Blutbuche, neben der noch bis vor Kurzem das trutzige Oktogon von *St. Simon und Judas Thaddäus* gestanden hatte.

Wie unendlich sinnlos, dachte er mit einem Anflug von Trauer, und nur, weil ein Stromgigant Nachschub für seine Braunkohlenkraftwerke brauchte.

Kuhnert sah sich um. Sein Auto würde nicht auffallen. Es herrschte trotz der Tageszeit reger Verkehr. Auf den noch halbwegs intakten Dorfstraßen waren die unterschiedlichsten Fahrzeuge unterwegs: der Werksverkehr des Tagebaubetreibers, Neugierige, der Werksschutz, Pendler.

Jan Kuhnert zündete sich eine Zigarette an. Als Kind war er oft in Otzenrath gewesen, um seinen Vetter zu besuchen. Kuhnert drehte das Autoradio lauter. Er musste nachdenken.

Die Warengenossenschaft zwischen Otzenrath und Pesch wurde längst nicht mehr als Umschlagplatz genutzt. Stattdessen hatten sich in dem weitläufigen Hallenkomplex, mal nur kurz, mal für länger, Firmen aus den verschiedensten Branchen angesiedelt. Eine Discothek und ein Swingerklub hatten sich auf dem Gelände nur kurz halten können. Das hatte wohl vor allem an der Vermietungspolitik der neuen Eigentümer gelegen, die sich angesichts der unerbittlich heranrückenden Bagger nicht lange hatten binden wollen. Soweit Kuhnerts Kontaktleute beim LKA das beurteilen konnten. Sie hatten ihm bei ihren Treffen Listen mit Firmenprofilen, Adressen und Personen, Konten, umfangreiche Lichtbildmappen und Telefonlisten gezeigt. In den Papieren waren immer wieder dieselben Namen, Kontakte und Mobilfunknummern aufgetaucht, die auf ein engmaschiges Netzwerk hinwiesen. Und auf einen Kopf, der dieses Netzwerk umsichtig steuerte und bei Bedarf blitzschnell umstrukturierte: Marco van Bommel.

Leider hatte Kuhnerts Verbindungsmann nicht alle Unterlagen übergeben können. Dazu hatte er keine Gelegenheit mehr gehabt. Denn er war bei dem Verkehrsunfall in Brüggen ums Leben gekommen. Kuhnert drückte seine Zigarette aus. Der Fall war immer noch nicht geklärt. Bisher hatte die Untersuchung des Unfallautos keinen Hinweis darauf ergeben, dass die Bremsen manipuliert gewesen waren. Und die Autopsie hatte keinen Beweis für eine Vergiftung oder eine andere gewaltsame Todesursache geliefert. Sein Kontaktmann hatte dummerweise wohl tatsächlich bei einem ganz normalen Verkehrsunfall sein Leben lassen müssen. Oder es waren Experten am Werk gewesen. Leute aus den niederländischen Spezialeinheiten.

Kuhnert schaltete das Radio aus. Verärgert giff er nach seinem Tabak. Er hatte zu lange gebraucht, um die fehlenden Informationen zu beschaffen, sie auszuwerten und die Puzzleteile zusammenzufügen.

Und zu allem Überfluss immer wieder dieser nervende Borsch! Hätte der nicht nur Kaumanns' Titten im Sinn, hätte er wunderbar mit ihm und Eckers zusammenarbeiten können. Jetzt musste er die Sache eben allein zu Ende bringen.

Jan Kuhnert fasste ans Schulterholster. Die Waffe war da. Selbstverständlich. Das Gewicht der Pistole beruhigte ihn.

Der Leiter des KK 14 schloss die Augen. Er musste sich konzentrieren. Der Landproduktehandel war das ideale Versteck. Die Gebäude grenzten auf drei Seiten an freies Feld. Er würde sich dem Versteck nur von der Straße aus nähern können. Und die würde wie das ganze Areal sicher bewacht.

Gegenüber dem Gebäudekomplex aus den Zwanzigerjahren lag eine verlassene Lagerhalle, die früher einen Anschluss an das Schienennetz gehabt hatte. Die Schienen waren ebenso verschwunden wie die kleine Abfertigungshalle des Otzenrather Bahnhofs. Allerdings war das Gelände mit allerlei Gehölz zugewuchert. Das war Jan Kuhnerts einzige Chance.

Er würde seinen Wagen unter der Buche stehen lassen und

dann querfeldein mit gehörigem Abstand der Durchgangsstraße bis zu der Lagerhalle folgen. Er würde bestimmt eine Dreiviertelstunde brauchen.

Ihm fiel ein, dass er starkes Klebeband gekauft hatte. Das steckte er ein. Nun musste er nur noch warten.

Die Dunkelheit kam schnell. Es war noch nicht einmal 17 Uhr und um ihn herum schon fast schwarze Nacht. Bis auf die hellen Scheinwerfer des Braunkohlenbaggers, dessen Schaufelrad sich keine 500 Meter weiter unablässig drehend durch das Otzenrather Erdreich fraß. Aber die Lichter beleuchteten nur den unmittelbaren Arbeitsbereich des Baggers.

Zunächst kam Kuhnert gut voran. Allerdings hatte er die Kälte unterschätzt. Er spürte schon bald seine Oberschenkel nicht mehr, und seine Hände wurden kalt, obwohl er sie tief in seine Jackentaschen geschoben hatte. In einer Gesäßtasche steckte eine Stabtaschenlampe. Für den Notfall.

Der Leiter des KK 14 duckte sich mit einer schnellen Bewegung hinter einen niedrigen Reisighügel. Kaum 100 Meter von ihm entfernt fuhr ein Auto mit aufgeblendeten Scheinwerfern langsam die Straße entlang. Die Vorsichtsmaßnahme war unnötig, denn Kuhnert war nicht mehr als einer der unzähligen nicht einzuordnenden Schatten, die bei der Fahrt durch das tote Dorf plötzlich vor den Scheinwerfern auftauchten.

Das Auto verschwand in Richtung Immerath. Kuhnert verharrte noch eine Weile in seiner geduckten Haltung.

Auf seinem Weg zum alten Bahnhofsgelände stieß er immer wieder auf Reste der früheren Bebauung. Er war schon fast in Sichtweite seines Ziels, als er sich beim Sprung über einen sich plötzlich vor ihm auftuenden, nur nachlässig zugeschütteten Kellerabgang an einem flachen Eisenstück am Schienbein verletzte. Der Schmerz brannte wie glühender Stahl. Schwitzend und schwer atmend blieb Jan Kuhnert stehen. Vorsichtig fühlte er über sein Hosenbein. Seine Finger berührten eine feuchte, warme Stelle, die schnell größer wurde. Er spürte, dass das Blut langsam an seinem Bein entlang und in seinen Schuh lief.

Jan Kuhnert setzte sich auf den gefrorenen Boden und streckte das rechte Bein aus. Er biss die Zähne zusammen und schob vorsichtig das Hosenbein hoch. Die tiefe Schürfwunde brannte höllisch.

Er fingerte in seinen Taschen nach einem Taschentuch. Vorsichtig faltete er es auf und legte es über die Wunde. Sofort sog es sich voll Blut. Nach und nach legte er drei Taschentücher auf und ließ sie auf der Wunde liegen. Im Schein der mehrfach kurz aufleuchtenden Taschenlampe sah er, wie der rote Kreis größer wurde. Dann zog er sein Hemd aus dem Hosenbund und versuchte vergeblich, vom unteren Ende ein Stück abzureißen.

Für einen Augenblick hielt er inne. Ihm fiel das Klebeband ein. Er zog die Rolle aus seiner Jacke und riss ein Stück ab, das er um die Taschentücher und den Unterschenkel wickelte. Der Schmerz war noch da, aber wenigstens war die Wunde verbunden. Langsam schob er das Hosenbein zurück.

Ihm war übel. Vorsichtig schlug er einen Bogen um die großen Löcher, die einmal das Kellergeschoss des Bahnhofs gewesen sein mussten. Kuhnert erinnerte sich daran, dass er als Kind hier am Bahnhof gestanden und den Zügen hinterhergesehen hatte.

Nicht mehr lange, und auch die Halle, die ihm nun Schutz bieten sollte, und das Versteck des Niederländers würden verschwunden sein. Jan Kuhnert zog sein Tabakpäckchen aus der Jackentasche. Er würde nur noch hier eine Zigarette rauchen können, im Schutz des kleinen Wäldchens.

In ihm wuchs eine Anspannung, wie er sie schon lange nicht mehr gespürt hatte. Angst? Hatte er nicht. Höchstens ein bisschen vielleicht. Aber er hatte eine Entscheidung getroffen, und die galt es nun Stück für Stück abzuarbeiten.

Jan Kuhnert hatte keinen Plan. Er wusste nur, dass er

hineingehen und nach Viola suchen würde. Und dass er van Bommel und auch die anderen festnehmen würde. Er wollte niemanden töten, aber er würde auch nicht zögern zu schießen.

Jan Kuhnert lag jetzt dicht an der Außenfassade der Lagerhalle. Neben sich fühlte er das glatte Eis einer zugefrorenen Pfütze. Von seinem Platz aus konnte er den Eingang zum Landproduktehandel gut überblicken.

Zwei Straßenlampen gaben ihm Licht. An oder in den Gebäuden selbst brannte kein Licht. Das schwere Tor war mit dünnem Raureif überzogen. Bis zum ersten Schatten, der ihm Schutz bieten könnte, waren es gut und gerne dreißig Meter.

Er schob sich ein Stück tiefer in den Schatten der Lagerhalle zurück. Er wusste, er durfte nicht lange auf dem Boden liegen, er würde zu schnell auskühlen. Und mit steifen Beinen könnte er nie über die Straße und an den ersten Gebäuden vorbeisprinten. Ganz zu schweigen von seinem lädierten Schienbein.

Aus den Augenwinkeln konnte er das mächtige Schaufelrad des Baggers erkennen und spürte den plötzlichen Drang, bei den Männern, die er auf dem riesigen Bagger vermutete, um Hilfe zu bitten. Aber was konnte er von ihnen erwarten? Dass sie ihren Bagger gegen die Gebäude richteten? Ein absurder Gedanke. Oder dass sie wenigstens mit einem Radlader das Tor eindrückten? Viel zu laut und gefährlich. Natürlich könnte er seine Kollegen und das SEK verständigen. Wie zur Bestätigung fühlte er nach dem Mobiltelefon in seiner Jackentasche. Aber er wollte die Sache allein zu Ende bringen.

Langsam schlich Kuhnert durch das Gestrüpp zurück an die Ecke der Lagerhalle. Dabei wich er jedem trockenen Ast aus, den er vorsichtig mit seinen Füßen aufspürte. Fast mit dem Unterholz verschmolzen, wartete er dicht am Boden hockend die nächste halbe Stunde ab. Aber gegenüber bewegte sich nichts. Schließlich zog er sich ein bisschen in die Deckung der Büsche zurück und begann, einen Bogen um die

Einfahrt zu schlagen, ohne sie dabei aus dem Blick zu lassen. Er bewegte sich behutsam, er wollte auch die kleinste Veränderung, die sich gegenüber abzeichnete, sofort registrieren. Aber es blieb ruhig. Kuhnert hatte das Gefühl, dass das Anwesen zusehends gefror.

Nach einer ihm endlos erscheinenden Zeit hatte er das Ende der schützenden Buschreihe erreicht, das zum Glück mit dem schmalen Schatten auf der anderen Seite zusammenfiel. Das offen einsehbare Terrain verengte sich an dieser Stelle auf die Fahrbahnbreite von etwa sechs Metern.

Jan Kuhnert verharrte erneut mehrere Minuten regungslos. Dabei beschlich ihn die Ahnung, dass das gesamte Gelände menschenleer sein und er auch diesmal nur einem Phantom hinterherjagen könnte.

Doch er war schon zu weit gegangen, um noch umkehren zu können. Langsam öffnete er den Verschluss seiner Jacke und zog seine Pistole. Sofort fraß sich die beißende Kälte durch sein Hemd. Dafür fühlten sich jedoch das Metall und die Griffschalen in seiner Hand warm an. Aber auch sie würden schnell abkühlen. Routiniert kontrollierte er das Patronenlager und die Mechanik. Er wusste, dass sie funktionieren würde, aber er musste es fühlen. Nachdem er die Waffe wieder in das Holster zurückgesteckt hatte, fühlte er nach der Patronenschachtel. Wenn er nicht auf eine ganze Armee treffen würde, müsste die Munition reichen.

In Gedanken versuchte er die nächsten Minuten zu strukturieren. Er würde mit zwei, drei Schritten das freie Schussfeld überbrücken. Er verließ sich darauf, dass die Straße von einem Posten in einem der Gebäude nicht permanent überwacht würde, aber er durfte nicht das geringste Risiko eingehen. Die Gebäudemauern lagen im Dunkeln und würden ihm genug Deckung bieten. Zumindest für den Augenblick. Das Eisentor war zwar massiv, aber nicht so hoch, dass es nicht zu überwinden gewesen wäre. Zum Glück war es nicht mit einer Krone aus NATO-Draht gesichert.

Jan Kuhnert sah ein letztes Mal von links nach rechts und spannte seine Muskeln an.

Mit wenigen Sätzen hetzte der füllige Kriminalhauptkommissar über die beleuchtete Durchgangsstraße. Der Schwung war so groß, dass Kuhnert mit dem Schultergelenk hart gegen die Außenmauer des ersten Gebäudes schlug. Für einige Sekunden blieb er stehen und versuchte, seinen Atem zu kontrollieren. Um ihn herum blieb es still.

Trotzdem wusste Kuhnert: Wenn ihn jemand beobachtet hatte, war er sicher schon auf dem Weg, ihm einen heißen Empfang zu bereiten.

Für einen Augenblick lehnte er sein Gesicht gegen die Mauer. Der kalte Backstein brannte an seiner Wange.

Er musste weiter! Wenn jetzt ein Auto käme! Er würde direkt im Lichtkegel stehen.

Ein Stück weiter seitlich sah er das solide Metall des Eingangstores glänzen. Langsam tastete er sich an der Wand entlang. Nach wenigen Metern hielt er inne. Das Tor lag fast ganz im Licht der Straßenbeleuchtung. Nur vor ihm, am äußersten Ende, gab es ein kurzes Stück, das im Dunkeln lag. Er musste genau an dieser Stelle versuchen, das stählerne Hindernis zu überwinden.

Mit einem Satz war er an den Metallstäben. Als seine Hände sie berührten, blieb seine Haut an dem kalten Eisen kleben. Mit einem zweiten Satz sprang er an dem Tor empor und bekam die obere Kante zu fassen. Für eine kleine Ewigkeit meinte er wie ein Märtyrer an den Stäben zu hängen. Dabei hatte er sich innerhalb von Sekunden an den eng nebeneinanderstehenden Stäben so weit hochgezogen, dass er mit seinen Armen und seinem Oberkörper schon weit über das Tor ragte. Oben verharrte er einen Augenblick. Er geriet ins Wanken. Im letzten Augenblick fand er sein Gleichgewicht wieder und konnte auf der anderen Seite hinunterspringen.

Ohne zu zögern, spurtete er über den weiten Vorplatz, der in seinem hinteren Teil fast völlig im Schatten der Hallen lag.

Dabei kam er auf einer vereisten Pfütze ins Rutschen. Im letzten Augenblick konnte er sich abfangen. Dabei knickte er mit einem Fuß um. Er hörte es knirschen. Der Schmerz nahm ihm fast den Atem.

Keuchend drückte er sich in einen Eingang, der früher einmal zu einem Büro geführt haben musste. Vorsichtig verlagerte er sein Gewicht und belastete den linken Fuß. Es tat höllisch weh, aber es würde gehen.

Er zog die Pistole und entsicherte sie. Rechts konnte er die beleuchtete Straße sehen. Er würde sich bei seinem weiteren Vordringen auf seinen Tastsinn und sein Gehör verlassen müssen.

Allmählich meinte Jan Kuhnert Umrisse unterscheiden zu können. Zu hören war immer noch nichts.

Wo war die nächste Deckung? Wo musste er Viola suchen und wo van Bommel? Sein Puls schlug in hartem Takt gegen seine Schläfen. Schweißperlen lösten sich von der Stirn und liefen über sein Gesicht.

Langsam setzte er Fuß vor Fuß. Er hörte nur das leise Knirschen seiner Sohlen. Immer wieder blieb er stehen und hielt die Luft an. Sein Fuß schmerzte bei jedem Schritt.

Wo würde er sich an van Bommels Stelle verstecken? Es musste ein Bereich im hinteren Teil des Geländes sein. Von vorne nicht einsehbar.

Sein Unterhemd klebte schweißnass an seinem Rücken.

Mit einem Fuß stieß er gegen einen Widerstand, der sofort nachgab. Jan Kuhnert stockte der Atem, er beugte sich vorsichtig hinunter und schreckte zurück, als seine Finger etwas Weiches berührten.

Hastig richtete er sich wieder auf.

Erst allmählich verstand sein Gehirn, was er berührt hatte. Es war ein vollgestopfter Müllsack.

Vorsichtig umging er das Hindernis. Jetzt nahm er auch den stechenden Geruch wahr, der aus dem Müll quoll. In dem Sack waren Essensreste.

Das Gelände war also bewohnt! Er musste nur noch den Eingang finden.

Der Block, der vor ihm aus der Dunkelheit wuchs, war ein hallenartiger Bau, der das Gelände zum Feld hin als breiter Querriegel abschloss. Das einstöckige Gebäude hatte Fenster und in der Mitte ein breites Tor.

Seine Augen glitten an der Fassade entlang: kein Licht. Er würde an der Front entlang nach einem Schlupfloch suchen müssen. Mit beiden Händen fühlte er über die rissigen Steine. Jedes der Fenster war fest verschlossen. Vorsichtig rüttelte er an dem rostigen Griff der Eingangstür. Aber auch sie gab nicht einen Millimeter nach. Kuhnert betastete das Schloss. Ein Sicherheitsschloss. Offenbar war die Halle in letzter Zeit genutzt worden.

Am Ende des langgestreckten Baus angekommen, lugte er vorsichtig um die Ecke. Eine Seitentür war nicht zu erkennen. Auch kein Fenster. Er bezweifelte, dass er an der Rückfront Fenster finden würde. Mit dem Rücken an die Mauer gelehnt, rutschte er in die Hocke und versuchte dabei, seinen Fuß zu entlasten. Aber die Bewegung verursachte ihm Schmerzen.

Er war schon einen zu weiten Weg gegangen, um jetzt aufzugeben. Jan Kuhnert beschloss, den Gebäudeteil links von ihm zu überprüfen. Routiniert tastete er sich an der Wand entlang, die sich über ihm schier endlos in die Höhe streckte. Wie ein Festungsturm, dachte Kuhnert, er konnte weder Fenster entdecken, an die er ohne Leiter hätte heranreichen können, noch machte der verschlossene Seiteneingang den Eindruck, sich leicht öffnen zu lassen.

Der Drogenfahnder kam nicht weit, denn der Turm ragte an seiner Stirnseite in den fahlen Lichtkreis hinein, den die Straßenbeleuchtung auf das Gelände warf. Also bewegte Kuhnert sich wieder zurück und versuchte sein Glück auf der anderen Gebäudeseite. Aber auch dort hatte er keinen Erfolg. Blieb also nur die Halle auf der anderen Seite.

Doch schon bald musste er erkennen, dass die burgähnliche Anlage von ihren Nutzern zwar aufgegeben worden, aber trotzdem fest verschlossen war.

Kuhnert setzte sich auf einen Stapel alter Paletten. Er hätte es sich denken können. Er wusste, dass die Braunkohlenfirma alles tat, um Vandalen oder Einbrechern, die in den aufgegebenen Häusern auf der Suche nach Verwertbarem waren, möglichst viele Hindernisse in den Weg zu legen. Deshalb fuhr auch der Werksschutz in dem Gebiet regelmäßig Streife.

Jan Kuhnert erhob sich. Er hatte das enttäuschende Gefühl, einer fixen Idee aufgesessen zu sein. Er sah auf seine Armbanduhr. Mehr als drei Stunden war er nun schon unterwegs. Er wollte nur noch nach Hause, in eine heiße Badewanne und dann essen gehen.

Mit einem Mal wurde es hell. Zuerst wusste Kuhnert nicht, warum. Dann sah er hoch. Die Wolken waren aufgerissen und trieben schnell auseinander. Vollmond. Kuhnert musste in die Dunkelheit zurück.

Er stand auf und wandte sich wieder dem Gebäuderiegel am Kopfende des Landproduktehandels zu. Dort warf die Halle noch Schatten.

Jan Kuhnert war gerade in den Schatten der Hallenwand getaucht, als die Eingangstür aufsprang. Er drückte sich gegen den Backstein und tastete nach seiner Waffe. Mit angehaltenem Atem beobachtete er, wie das Licht aus dem Inneren der Halle auf ihn zukroch, je weiter sich die Tür öffnete.

Kaum einen Meter vor ihm kam der helle Schein zum Stehen. Atemlos wartete Kuhnert, was als Nächstes geschehen würde.

Zuerst hörte er das Scharren der Füße, die sich Richtung Ausgang bewegten. Augenblicke später erschien eine hochgewachsene Gestalt im Eingang. Kuhnert wusste, wen er vor sich hatte: Vermeer, van Bommels rechte Hand. Der Mann für die Drecksarbeit. Kuhnert hatte vom LKA erfahren, dass Vermeer für mehr als ein Dutzend Auftragsmorde verantwortlich gemacht wurde. Ein Sadist, der im geschäftlichen Umgang, auch das sagten seine Quellen beim LKA, ein kultivierter Gesprächspartner sein konnte.

Kuhnerts Hände begannen zu zittern. Er würde Vermeer lautlos ausschalten müssen.

Ohne zu wissen, was er tat, sprang Kuhnert Jan Vermeer aus dem Dunkeln an. Er spürte den stechenden Schmerz in seinem Fuß nicht. Stattdessen spürte er den Körper, der unter seinem Gewicht ins Wanken geriet.

Vermeer war über die plötzlich vor ihm auftauchende Gestalt überrascht. Kuhnert nutzte diese Gelegenheit und rammte ihm seine Pistole mit aller Kraft ins Gesicht. Er konnte hören, dass in Vermeers Kopf Knorpel und Knochen knirschten.

Vermeer griff sich mit einem Gurgeln, das tief aus seiner Kehle kam, mit beiden Händen an den Kopf. Der Drogenfahnder hatte jedoch erneut ausgeholt und ließ seine großkalibrige Pistole diesmal auf Vermeers Schädel krachen.

Vermeer taumelte einen Schritt zurück. Sofort setzte Kuhnert nach und knallte van Bommels Schlächter gegen die schwere Eisentür. Vermeer stöhnte. Kuhnert meinte ihm das Rückgrat gebrochen zu haben.

Aber der Holländer brachte plötzlich seine Hände nach vorne und griff nach Kuhnert. Er bekam den Drogenfahnder mit einer Hand zu fassen und zog ihn unerbittlich zu sich. Jan Kuhnert spürte Vermeers Hände wie Schraubzwingen. Er durfte ihm keine Chance lassen.

Kuhnert fasste die Pistole fester und schlug den Lauf seiner Waffe zwischen Vermeers Zähne. Blut spritzte. Der Holländer keuchte. Aber er wankte nicht. Jan Kuhnert griff mit einer Hand an den Hals seines Gegners und drückte zu. Gleichzeitig schlug er mit seiner Waffe wie mit einem schweren Hammer auf Vermeer ein.

Das Ganze spielte sich bis auf das schmatzende Geräusch der aufschlagenden Waffe nahezu lautlos ab.

Schließlich brach Vermeer ohne Vorwarnung zusammen. Kuhnert stand keuchend über dem massigen Körper. Er musste ihn ins Dunkel schaffen. Ihn ganz zum Schweigen bringen. Ihm blieben vermutlich nur noch Sekunden, dann würde man nach Vermeer suchen.

Er schaffte es, Vermeer ein Stück in die Nacht zu ziehen. Schnaufend ließ er von ihm ab, wischte sich mechanisch über sein Gesicht und zog das Klebeband hervor. Kuhnert verklebte Vermeer den Mund und band seine Hände auf den Rücken. Auch die Beine des Holländers umschlang er mit mehreren Lagen Klebeband.

Mit gezogener Waffe schlich er anschließend bis zum Tor der Halle. Mit einem Ruck trat er über die Schwelle und stand mit von sich gestreckter Pistole in der Tür.

Vor ihm lag ein schmaler Flur. Damit hatte Kuhnert nicht gerechnet. Von dem langen Schlauch gingen mehrere Türen ab. Er blieb stehen. Nervös zielte er mit seiner Waffe erst auf die eine, dann auf die andere Tür. Er hatte keine Ahnung, was ihn dahinter erwarten würde.

Die Türen links und rechts von ihm waren unverschlossen, die Räume leer. Eine der anderen führte in eine Toilettenanlage. Eine Tür war verschlossen. Kuhnert atmete tief durch und überlegte. Er war mit Sicherheit noch nicht entdeckt worden, deshalb gab es für van Bommel und seine Komplizen keinen Anlass, sich einzuschließen. Vielleicht wurde Viola Kaumanns dort gefangen gehalten.

Jan Kuhnert stand nun vor einer weiteren Tür, die wohl in den hinteren Bereich der Halle führte. Bevor er nach der Klinke griff, hielt er inne und betrachtete für einen Augenblick die Umgebung. An den Wänden des Flures hingen Drucke mit weiblichen Akten, die den Betrachter lockend ansahen.

Der Puff oder Klub, von dem ihm das LKA berichtet hatte, fuhr es Kuhnert durch den Kopf. Dann hatte er auch schon die Türklinke heruntergedrückt und schob langsam die Tür auf.

Sie führte in einen Raum, der von roten Lampen schwach beleuchtet wurde. Auch die Wände waren rot gestrichen. Der Raum wirkte größer, weil an den Wänden Spiegel in breiten Goldrahmen hingen. Auf zwei schmalen Tischchen, dicht an der Wand, standen Kerzenleuchter und Blumenschalen.

Der Boden war mit dicken Teppichen ausgelegt.

Die schwache Beleuchtung irritierte Kuhnert. Er hatte das Gefühl, nicht mehr klar sehen zu können. Er fürchtete, jede unerwartete Bewegung zu spät zu registrieren. Seine Gegner konnten aus zwei Richtungen kommen, denn von dem Vorraum, der mit der niedrigen Sitzgruppe in einer Ecke wie eine Lounge wirkte, gingen wiederum zwei Flure ab.

Jan Kuhnert entspannte sich, so gut es ging. Er würde zunächst nach links gehen. Plötzlich fror er in seiner Vorwärtsbewegung ein. Er hatte in seinem Rücken Stimmen gehört. Leise, wie durch Watte.

Langsam hob er die Pistole in die Richtung, aus der die Stimmen kamen. Jeglicher Vernunft zum Trotz schloss er die Augen und konzentrierte sich auf die Geräusche, die mit unterschiedlicher Lautstärke an sein Ohr drangen. Und ohne es zu merken, schob sich sein Körper Stück für Stück näher an die Quelle der Laute. Er würde hören, wenn die Stimmen sich auf ihn zu bewegten. Und er würde ihre Bewegungen hören.

Er vernahm leise Worte, einige wenige Satzfetzen, ohne sie zu verstehen. Er meinte ein kurzes Lachen zu hören. Zuordnen konnte er die Stimmen nicht. Auf alle Fälle waren es Männer. Nicht mehr als drei.

Er war immer noch alleine in dem Flurstück.

Verdammt noch mal, er hatte keinen Plan.

Los, Gehirn, arbeite!

Aber Jan Kuhnert spürte nur den Schweiß auf seinem Gesicht. Und er hatte Angst.

Je näher er den Stimmen kam, umso deutlicher nahm er

den schmalen Lichtstreifen wahr, der aus dem Zimmer vor ihm auf den Flurteppich fiel.

Er hatte immer noch keinen Plan. Er konnte nur die Tür aufstoßen und auf den Erstbesten schießen, den er sehen würde. Was, wenn das van Bommel war? Er brauchte ihn lebend. Kuhnert hatte im Flur keine Deckungsmöglichkeit. Er musste sie überraschen.

Wie groß war der Raum? Verdammt, er hatte sich die Pläne der Lagerhalle angesehen, aber er hatte vergessen, wie die Räume angeordnet waren.

Verdammt, Kuhnert, erinnere dich!

Er öffnete seine Augen und drückte sich an die Wand. Die Tür würde nach links aufschlagen. Immerhin, ein kleiner Vorteil.

Die Tür aufstoßen, einfach losstürmen und im Fallen schießen? Bullshit. Verdammt, die Zeit wurde knapp. Er brauchte endlich einen verdammten Plan, einen klitzekleinen!

»Sie atmet kaum noch. Was hast du ihr gegeben?«

Die Stimme klang wütend.

»Nur die übliche Menge, Chef.«

»Ich bringe dich um, wenn du sie allegemacht hast.«

Das musste van Bommels Stimme sein! Erstaunt registrierte Jan Kuhnert, dass der Niederländer Deutsch sprach. Also musste der andere im Raum Deutscher sein. Und was war mit dem dritten Mann? Er hatte doch eine dritte Stimme gehört. Oder hatte er sich getäuscht?

»Ihr wird nichts passieren. Sie schläft und träumt, Chef.«

»Sie ist schon zu schwach für die ›übliche Dosis‹. Ich hoffe, du hast keinen Fehler gemacht. Sie muss noch bezahlen. Sie soll ihre Schmerzen bis zuletzt spüren. Und dazu brauche ich sie lebend. Verstanden?«

»Keine Sorge, Chef. Du wirst noch deinen Spaß mit ihr haben. Wir müssen sie nur vorher etwas aufpäppeln. Sie will nichts essen. So stirbt sie uns noch an Entkräftung.«

»Sie kommt an den Tropf, und dann ist sie ruckzuck wieder

fit. Jedenfalls fit genug für unsere Zwecke. Wir werden es genießen.«

»Ich freue mich schon darauf.«

»Das ist eine Sache nur für mich und Vermeer. Du störst da. Viola hat mir wehgetan. Du verschwindest hier.«

»Aber Chef…«

Weiter kam die Stimme nicht.

»Du hast andere Dinge zu tun. Du kümmerst dich um den Kommissar, hast du das schon vergessen?«

»Borsch?«

»Dieser kleine Wichser. Spielt den Beschützer. Ich werde ihm den Kopf der Kleinen servieren.« Van Bommel lachte.

Kuhnert stand kurz davor, die Tür aufzustoßen.

»Wo ist Vermeer? Das kann doch nicht so lange dauern.«

»Vielleicht ist er pinkeln.«

»Sieh nach. Mir passt es nicht, wie er sich in letzter Zeit aufführt. Ich glaube, ich habe ihm zu lange Zucker in den Arsch geblasen.«

»Bin schon unterwegs, Chef.«

Die Stimme war schon ganz nahe.

Jan Kuhnert stockte der Atem. Mit aller Kraft warf er sich gegen die Tür. Er hatte gehofft, den Deutschen treffen und umwerfen zu können. Aber der war noch nicht in Reichweite des Türblattes.

Verblüfft standen sich Kuhnert und der schwarz gekleidete Unbekannte gegenüber. Kuhnert ahnte mehr, als er sah, dass van Bommel weiter hinten an einem Schreibtisch saß.

Wie in Zeitlupe zog der Unbekannte eine große silberfarbene Pistole und zielte auf Kuhnert.

Ohne nachzudenken, krümmte Kuhnert den Finger. Der Rückschlag zog die Waffe nach rechts.

Die Kugel, die für ihn bestimmt gewesen war, zerfetzte einen Teil der Deckenverkleidung.

Van Bommel hatte den Schreibtisch umgekippt, um dahinter in Deckung gehen zu können.

Kuhnert spürte den stechenden Schmerz in seinem linken Arm und hörte gleichzeitig den Knall. Van Bommel hatte auf ihn geschossen. Aber er hatte nur blind zielen können.

Mit einem langen Schritt stand Kuhnert am Schreibtisch. Er wollte van Bommel die Waffe an den Kopf halten und ihn dann festnehmen. Aber er hatte sich in der Kampferfahrung des Holländers getäuscht.

Jan Kuhnert schoss, ohne nachzudenken. Van Bommel schrie auf und ließ die Waffe fallen. Kuhnerts Kugel hatte seinen Unterschenkel getroffen.

Er wollte schon seine Waffe wegstecken, um nach dem Klebeband zu greifen, aber er hatte sich erneut in dem Niederländer getäuscht. Van Bommel drückte sich vom Boden ab und griff nach Kuhnert. Und van Bommel hatte Bärenkräfte. Trotz seiner Verletzung. Vor Schreck über den plötzlichen Angriff schrie Kuhnert auf.

Verzweifelt versuchte er, sich aus van Bommels Griff zu lösen. Aber der Holländer hatte ihn schon zu sich auf den Boden gezogen. Die ausweglose Situation verlieh dem Holländer enorme Kraft. Jan Kuhnert spürte, dass sich van Bommels Hände wie Eisenklammern um seinen Hals legten.

Sein Atem ging nur noch pfeifend. Mit beiden Händen hatte er die harten Finger gepackt und versuchte, sie von seinem Hals zu lösen. Er bohrte seine Fingernägel in van Bommels Fleisch. Aber der Druck nahm weiter zu. Kuhnert versuchte, sich mit seinen Beinen gegen van Bommels Körper zu stemmen. Aber er bekam seine Muskeln einfach nicht unter Kontrolle.

Jan Kuhnert bekam keine Luft mehr. Seine Augen traten aus ihren Höhlen und ließen blutrote Sterne tanzen. Er musste in diesem Augenblick an die Kollegen im Präsidium denken, an seine Eltern und an seinen Freund beim LKA. Es würde nicht mehr lange dauern, und er würde ihn wiedersehen. Das war ihr Wunsch gewesen, über den Tod hinaus zusammenbleiben zu können. Lutz war viel zu früh gestorben. Bis zuletzt hatten sie ihre Beziehung geheimgehalten. Wie dumm. Aber das war jetzt nicht mehr wichtig.

So also sah das Ende aus.

Sollte van Bommel nur weiter zudrücken. Jan Kuhnert ließ seine Hände sinken. Dabei streifte eine Hand die Pistole, die neben ihn auf den Boden gefallen war. Er griff nach dem Lauf. Mehrmals schlug er die Waffe mit aller Kraft auf van Bommels Schädel. Endlich ließen die Finger los.

Schwer atmend blieb Jan Kuhnert auf van Bommel liegen. Wie in Trance befreite er sich schließlich von van Bommels Händen. Mechanisch zog er das Klebeband zu sich. Dann stieß er sich von van Bommel ab und umwickelte die Handgelenke und die Füße des Niederländers. Außerdem drückte er dem stöhnenden Holländer ein paar Klebestreifen über den Mund. Dabei störte ihn die Vorstellung, dass van Bommel daran ersticken könnte, nicht einen Augenblick. Mechanisch fühlte er mit zwei Fingern den Puls des Holländers. Er würde überleben.

Schwerfällig und wankend stand Jan Kuhnert schließlich auf und rieb sich dabei mehrfach mit den Händen und Jackenärmeln übers Gesicht. Aber das Gefühl der unmittelbaren Todesnähe ließ sich nicht abwischen. Kuhnert musste sich übergeben. Nur mühsam hielt er sich auf den Beinen. Zögernd trat er an den Körper des Deutschen heran. Er fühlte nach einem Pulsschlag, doch der Mann war tot.

Elektrisiert sprang Kuhnert auf. Der Dritte! Er hatte doch drei Stimmen gehört! Aber wo war der Mann?

Jan Kuhnert sah sich um. Von der Wand, an der der Schreibtisch gestanden hatte, führte ein Durchgang weiter ins Innere des Gebäudes. Vor die Öffnung war ein Vorhang gezogen.

Jan Kuhnert hob seine Waffe.

Er überlegte. Er musste es riskieren. Mit einer raschen Seitwärtsbewegung stand er vor der Tür und riss den Vorhang zur Seite. Er meinte, in Mündungsfeuer zu blicken.

Aber seine überreizten Sinne hatten ihm nur einen Streich

gespielt. Der Raum war leer. Vorsichtig durchsuchte er anschließend alle weiteren vier Räume. Auch sie waren leer. In allen standen breite Betten. An den Wänden hingen aufreizende Akte. Entweder war der dritte Mann durch einen versteckten Ausgang geflüchtet, oder Jan Kuhnert hatte sich getäuscht. Nun stand der Leiter des KK 14 vor dem letzten Raum. Vorsichtig drückte er die Klinke der ungewöhnlich schmalen Tür herunter. Der Raum war verschlossen. Kuhnert wich zur Seite aus. Was, wenn sich der dritte Mann dahinter verschanzt hatte und nur auf ihn wartete? Unlogisch, dachte er. Dann hätte er längst durch die Tür geschossen. Oder der Unbekannte war besonders abgebrüht. Nein, entschied Kuhnert für sich, hinter der Tür war der Unbekannte nicht.

Der Schlüssel. Van Bommel musste ihn haben. Vorsichtig ging Jan Kuhnert zurück. Die Situation war unverändert. Nahe der Tür mit leicht verdrehten Armen lag der Tote. Van Bommel lag unbeweglich halb hinter dem Schreibtisch. Er stöhnte, als Kuhnert ihn durchsuchte. Den Schlüssel fand er nicht.

Er würde die Tür aufbrechen müssen. Jan Kuhnert drehte sich um, als er mit seinem Fuß auf einen schmalen Widerstand trat. Er hatte den Schlüssel gefunden.

Nahezu lautlos führte Jan Kuhnert den Schlüssel in das Schloss. Dann stellte er sich so, dass er nicht von einem Schuss überrascht werden konnte.

Entschlossen öffnete er die Tür. Der Raum war dunkel. Kuhnert tastete nach dem Lichtschalter. Im aufflackernden Deckenlicht erkannte er Viola. Nein, er fand jemanden, der einmal Viola Kaumanns gewesen war.

Vor ihm lag eine nackte Frau, die an Händen und Füßen mit Handschellen an die Bettpfosten gefesselt war. Sie hielt die Augen geschlossen. Ihre Wangen waren eingefallen, ihr Gesicht war grau, die Haut trocken und faltig. Das kurz geschnittene Haar stand stumpf vom Kopf ab. Auf den ersten

Blick konnte Jan Kuhnert keine größeren Verletzungen feststellen.

Er steckte seine Waffe weg und trat näher an die breite Liege heran. Seine Finger fühlten nur einen schwachen Puls. Viola brauchte dringend ärztliche Hilfe. Offensichtlich stand sie unter Drogen. Kuhnerts Gewissheit wurde genährt von den unzähligen Bildern, die sich im Verlauf seiner langen Zeit als Drogenfahnder wie Sediment in seinem Gedächtnis abgelagert hatten.

Er sah sich um. Aber weder auf dem Frisiertisch noch auf dem Hocker oder Nachttisch lag der Schlüssel für die Handschellen. Vorsichtig breitete er die Decke, die neben dem Tisch auf dem Boden gelegen hatte, über Viola.

Jan Kuhnert warf noch einen kurzen Blick auf die Geschundene, um dann im vorderen Raum die Taschen des Toten zu durchsuchen. Obwohl er die Leiche gründlich abtastete, fand er die Schlüssel nicht.

Also Vermeer!

Jan Kuhnert zog seine Waffe wieder aus dem Holster und begab sich nach draußen. Jan Vermeer lag nach wie vor an der Stelle, an der er ihn zurückgelassen hatte. Er war wieder bei Bewusstsein und starrte Kuhnert an. Sein Gesicht war blutverschmiert.

Kuhnert riss mit einem Ruck das Klebeband von Vermeers Mund. »Wo sind die Schlüssel für die Handschellen?«

Vermeer antwortete nicht.

»Ich will wissen, wo die Schlüssel sind!«

»Leck mich.« Vermeer spuckte vor Jan Kuhnert aus.

Kuhnert zog Vermeer halb zu sich hoch. »Die Schlüssel!«

Statt zu antworten, stöhnte Jan Vermeer nur.

»Ich finde sie schon.« Jan Kuhnert ließ Vermeer einfach auf den Boden zurückfallen und befühlte die Taschen des Niederländers. In einer Hosentasche wurde er fündig.

Jan Kuhnert war schon wieder an der Lagertür, als er Vermeers krächzende Stimme hörte.

»Ich erfriere.«

Jan Kuhnert drehte sich um. »Na und?«

»Du kannst mich hier nicht so einfach liegen lassen.«

»Von mir aus kannst du hier draußen verrecken.«

»Ich verlange, ins Warme gebracht zu werden.«

»Du hast gar nichts zu verlangen.«

»Das ist unmenschlich!« Vermeers Stimme überschlug sich.

»Ihr seid Tiere. Ratten. Von mir aus erfrierst du. Das ist nichts im Vergleich zu dem, was dir blüht, wenn die Kollegen dich hier finden.«

»Fahr zur Hölle, Kuhnert!«

Der Leiter des KK 14 horchte auf. »Woher kennst du meinen Namen, du Ratte?«

Als Antwort kam ein höhnisches Lachen.

Mit einem Satz war er wieder bei dem Holländer und packte ihn am Oberkörper. »Dir wird das Lachen noch vergehen!«

Jan Vermeer winselte vor Schmerzen. Kuhnert packte ihn an den Oberarmen und zog ihn ein Stück in den Flur hinein. »Wie viele seid ihr?«

»Was?«

»Zu wievielt seid ihr hier?«

»Drei.«

»Lüg mich nicht an, du Arschloch!«

»Ich schwörs dir. Was ist mit Werner?«

»Wenn du deinen Komplizen meinst, der ist tot.«

Jan Vermeers Augen weiteten sich unmerklich. »Und Marco?«

»Lebt.«

Hastig lief Jan Kuhnert das kurze Stück bis zu Violas Gefängnis. Ohne Widerstand sprangen die Handschellen auf. Behutsam schlug er die Decke zurück, legte Violas Beine zusammen und kreuzte ihre Arme vor der nackten Brust. Dann zog er die Decke wieder über ihren Körper.

Tränen stiegen in Jan Kuhnert auf. Er musste an Lutz denken. Und daran, dass sie sich kurz vor seinem Tod noch gestritten hatten. Es war wieder einmal darum gegangen, dass Lutz das Versteckspiel leid war und dass er Jan schon so lange drängte, endlich zu ihrer Liebe zu stehen. Er hatte versucht, seinen Freund zu vertrösten auf die Zeit nach dem Ende ihrer Ermittlungen. In Wahrheit hatte er nur Zeit schinden wollen.

Er hatte den Moment deutlich vor Augen, als ihm klar geworden war, dass Lutz verunglückt war. Dass ihre Beziehung ein entsetzliches Ende gefunden hatte, ohne dass er Lutz noch einmal seiner Liebe hatte versichern können.

Kuhnert hatte gehofft, dass Viola ihre Rettung spüren würde. Aber außer der kaum wahrnehmbaren Atmung blieb ihr Körper regungslos. Er schrak zusammen. Er durfte keine Zeit verlieren. Er musste die Kollegen informieren!

Er wählte Frank Borschs Anschluss, horchte auf das Freizeichen und sah auf seine Armbanduhr. Vom Verlassen seines Autos bis jetzt waren nicht einmal anderthalb Stunden vergangen.

»Frank Borsch?«

»Ich bin's, Jan.«

»Wie geht es ihr?« Auf dem Weg an seinen Schreibtisch sah Ecki Frank fragend an.

Frank hob bekümmert die Hände. »Der Arzt sagt, sie kommt durch. Mehr weiß ich nicht.« Er war erschöpft. Die vergangenen Stunden waren fast über seine Kräfte gegangen. »Wenn wir nicht aufpassen, werden die Bosse versuchen, van Bommel aus dem Knast zu holen oder ihn im Knast liquidieren zu lassen. Und wenn van Bommel Informanten bei uns sitzen hat, werden wir noch jede Menge Probleme bekommen.«

»Ich denke nicht, dass du dir darüber Sorgen machen musst.«

»Wie geht es Kuhnert?«

»Jan ist völlig erschöpft und erkältet. Er braucht jetzt Ruhe.«

»Ruhe? Na, meinetwegen.«

»Mensch, kapier doch: Er hat Viola das Leben gerettet!« Ecki sprach leise und mit Bedacht. »Denkst du nicht, dass du dich bei ihm entschuldigen solltest?«

Frank schwieg. Er machte ein verschlossenes Gesicht.

»Ich denke, du hast dich da verrannt.«

Franks Blick blieb düster.

»Du benimmst dich wie ein trotziges Kind, Frank. Sicher, Kuhnerts Alleingang war nicht in Ordnung. Andererseits kann ich ihn auch ein klein wenig verstehen. Er hat doch gemerkt, dass ihm keiner mehr traut. Ich weiß nicht, ob ich mich in seiner Situation nicht ähnlich verhalten hätte.«

»Er hat uns alle verarscht.«

»Frank, hör auf damit. Und entschuldige dich bei ihm.«

Die nächsten Stunden verbrachten die beiden weitgehend schweigend mit dem Studium ihrer Akten. Außerdem bereitete Frank sich auf van Bommels Vernehmung vor. Zwischendurch telefonierte er mit Lisa. Er hatte von der einen auf die andere Sekunde ihre Stimme so sehr vermisst, dass es in seiner Brust schmerzte.

Ecki hatte bereits nach den ersten Sätzen diskret das Büro verlassen.

»Guten Morgen, Herr van Bommel. Mein Name ist Frank Borsch. Ich bin Kriminalhauptkommissar und Leiter des KK 11.«

Marco van Bommel schwieg. Der Niederländer hatte Schatten um seine Augen. Und er war schlecht rasiert. Bis auf die Schläfe. Dort saß auf der ausrasierten Stelle, die die Verletzung durch Kuhnerts Waffe markierte, ein großes Pflaster.

Vom Auftreten des eleganten, weltgewandten und erfolgreichen Geschäftsmannes war nichts geblieben.

»Wie geht es Ihnen?«

Van Bommel schien die Frage nicht zu hören.

»Wie heilt die Wunde?« Frank deutete auf van Bommels Beine.

Schweigen.

»Lieber Herr van Bommel. Wir sollten uns die Spielchen ersparen. Früher oder später werden Sie mit uns reden.«

Van Bommel regte sich nicht.

»Meine Kollegin Viola Kaumanns wird Ihre Folter überleben. Sie haben ihre Persönlichkeit nicht auslöschen können. Die Schmerzen wird sie schnell vergessen.«

Van Bommel zog ein Bein zu sich. Ansonsten blieb er regungslos sitzen.

»Gut. Sie können sich gerne noch ein wenig ausruhen. Darf ich Ihnen inzwischen etwas zu trinken bringen lassen?«

Marco van Bommels Augen zuckten.

»Wie Sie wollen. Dann warten wir eben zusammen. Wenn es mir zu lange dauert, lasse ich mich einfach ablösen.« Frank stoppte das Aufnahmegerät und lehnte sich zurück.

Die Minuten verdampften langsam auf der Heizung.

Schließlich räusperte sich Frank. »Vermeer ist sehr gesprächig.«

Van Bommel reagierte nicht.

»Er hat alles erzählt, was ihr mit Viola gemacht habt. Allein für die Vergewaltigung gehst du für Jahre hinter Gitter. Aber ich werde dich auch wegen Mordes drankriegen. Wegen Mordes an Voogt und Kamphausen und Uferkamp. Und wen du sonst noch auf deinem kranken Gewissen hast. Außerdem wirst du angeklagt wegen Drogenhandels und des Handels mit illegalen Düngemitteln und Pestiziden.«

»Ist das nicht ein bisschen viel auf einmal?« Van Bommel verzog spöttisch die Mundwinkel.

»Kaffee?«

Schweigen.

»Sie werden den Kaffee brauchen. Wir sind noch lange nicht fertig, van Bommel.«

Van Bommel lächelte in sich hinein.

»Wir wissen, was Sie Viola gegeben haben: neben Schlafmitteln auch Gamma-Hydroxybutansäure.«

»Na und? Wir haben ihr den Aufenthalt nur so angenehm wie möglich machen wollen. Sie kann froh sein, dass sie die meiste Zeit geschlafen hat.«

»Schon 2,5 Gramm Gamma-Hydroxybutansäure können tödlich sein.«

»Hey, Mann, wir sind Profis.« Der Niederländer grinste. »Das waren nur K.-o.-Tropfen, mehr nicht.«

»Du bestreitest also nicht, was du mit ihr gemacht hast?« Frank rang mühsam um Fassung.

Van Bommel schnellte urplötzlich in seinem Stuhl vor, sein Gesicht war ganz nahe an Franks. »Ich bestreite es nicht.«

»Dafür wirst du bezahlen.«

Van Bommel lachte auf. »Soll ich dir was sagen, Borsch? Du machst mir keine Angst. Ich bezahle gerne dafür, denn ich weiß, was ich dafür bekommen habe. Es hat Spaß gemacht, deine kleine Freundin zu vögeln. Sie ist gut. Sehr gut sogar. Es hat sich gelohnt. Schick mir die Rechnung.«

Frank musste schluckten.

»Geht's gut, ja? Ein Kaffee wäre jetzt doch nicht schlecht.«

»Ich werde dich bis an dein Lebensende in den Knast schicken. Das schwör ich dir, van Bommel.«

»Ich bin hier schneller draußen, als du ahnst. Und Vermeer ist mir scheißegal, er ist Fliegendreck. Ein Nichts.«

Er schickte einen Fluch auf Niederländisch hinterher.

»So ist es gut. Reg dich nur auf. Dann kommen wir endlich ins Gespräch. Sie haben mir eine Menge zu erzählen, Herr van Bommel.«

»Das ist Folter, was du mir hier androhst, Borsch. Dafür werde ich dich vor den Richter bringen. Meine Anwälte werden dir die Eier abreißen. Und ich werde dabei zusehen. Ich kenne meine Rechte als niederländischer Staatsbürger.«

»Du bist für mich nicht mehr als ein räu …« Er durfte sich von van Bommel nicht weiter provozieren lassen.

»Wo bleibt der Kaffee?«

Van Bommel hatte den Satz kaum ausgesprochen, als die Tür aufging und Ecki zwei Kaffeebecher brachte, die er wortlos auf den Tisch stellte. Bevor er den Raum wieder verließ, sah er van Bommel an, sagte aber nichts.

»Danke, Ecki.« Van Bommel lachte noch, als Michael Eckers den Vernehmungsraum längst verlassen hatte.

Frank schaltete das Mikrofon ein und sprach die Eckdaten der Vernehmung auf Band. »So, Herr van Bommel, und nun zu Ihnen.« Franks Stimme klang ruhig und gelassen.

»Ich habe nichts zu sagen.« Van Bommel griff zum Kaffeebecher und trank einen großen Schluck.

»Sie haben sich dahingehend eingelassen, dass die Ihnen im Zusammenhang mit den Vorfällen um meine Kollegin Viola Kaumanns zur Last gelegten Taten von Ihnen begangen wurden beziehungsweise Sie an ihnen maßgeblich mitgewirkt haben.«

»Hör auf mit dem gequirlten Mist. Ich habe sie gevögelt, und ich habe es genossen. Das ist es doch, was du wissen willst. Oder?«

»So ist es.« Frank blieb ruhig.

»Und jetzt?«

»Ihnen wird vorgehalten, Michael Voogt erstochen oder seinen Tod veranlasst zu haben. Das Gleiche gilt für Rolf Uferkamp und Raimund Kamphausen.«

»Ist das alles?« Van Bommel tat gelangweilt. »Ich habe mit den angeblichen Morden nichts zu tun.«

»Da bin ich anderer Meinung.«

Marco van Bommel setzte den Becher deutlich hörbar auf die Tischplatte. »Ich lasse mir keine Morde anhängen.«

»Wir haben Zeit, viel Zeit, um diese Fragen zu klären.«

»Warum sollte ich Voogt und die anderen denn umgebracht haben?«

»Das werden wir noch klären.«

»Sie können mich meinetwegen wegen Vergewaltigung anklagen. Wobei, ich erinnere mich an keine Vergewaltigung. Wie gesagt.«

»Sie haben eben das Gegenteil behauptet.«

»Sie haben mich provoziert. Das mit Ihrer Kollegin war nur so gesagt. Ich wollte Ihnen wehtun. In Wahrheit habe ich sie nicht ein einziges Mal angerührt.«

»Viola Kaumanns' Verletzungen sprechen aber eine andere Sprache.«

»Der Deutsche war's. Schade, dass er tot ist. Er hätte gestanden. Er war eine perverse Sau.«

»Wir werden Jan Vermeer dazu befragen. Und Viola Kaumanns wird aussagen. Die Kollegen vom Rauschgift und von der Wirtschaftsabteilung übernehmen den Rest. Keine Sorge.«

»Ich habe nichts mit Drogen zu tun. Und was die Wachstumshilfen betrifft: Ich verkaufe meine Waren dorthin, wo Bedarf besteht. Meine Kunden waren und sind sehr zufrieden.«

Die nächsten zehn Minuten verbrachte Frank Borsch damit, van Bommels weitschweifige Ausführungen über seine angeblich international anerkannten und vor allem *sauberen* Geschäfte mit Düngemitteln und Pestiziden über sich ergehen zu lassen. Als er endlich eine Pause machte, hakte Frank nach. »Und bei diesen Gelegenheiten haben Sie Voogt kennengelernt.«

»Über Kamphausen.«

»Und weiter?«

»Ich habe wenig mit ihm zu tun gehabt. Er war nicht mein Kunde, wenn Sie das meinen. Eher Vermittler.«

»Was heißt das?«

»Er hat mir neue Kundschaft gebracht.«

»Neue Kundschaft? Für Ihre Drogengeschäfte?«

»Wir sprechen hier doch über den Handel mit Düngemitteln. Und über den Handel mit Unkraut eindämmenden Substanzen.«

»Voogt war also Ihr Zwischenhändler?«

»Voogt hatte gute Kontakte zu Landwirten am ganzen Niederrhein. Insofern war er ein wichtiger Motor.«

»Wie lange lief das Ganze?«

»Meine Geschäftsbeziehungen zu Kamphausen reichen schon ein paar Jahre zurück. Richtig interessant wurde es erst in den vergangenen vier, fünf Jahren.«

»Eine ideale Konstellation, nicht wahr?« Frank musterte van Bommel. Ihm war jetzt klar, wie die drei zusammengearbeitet haben mussten. Es war so einfach! »Sie liefern die Pestizide, Kaumphausen verkauft sie an die Landwirte. Die wiederum liefern ihre Gerste an Voogt, und der sorgt dafür, dass die Analysen der Proben die richtigen Ergebnisse liefern. So verschwindet das Dreckszeug, das Sie liefern, im Bier, ohne dass es jemand merkt.«

»Moment, achten Sie auf Ihre Worte. Ich bin ein seriöser Geschäftsmann. Und außerdem, lieber Herr Borsch: Sie versuchen hier eine Kette von Ungereimtheiten aufzufädeln, die vor keinem Staatsanwalt Bestand haben wird.«

»Sie werden dafür vor Gericht kommen.«

»Mehr als eine Geldstrafe wird dabei nicht herauskommen.«

»Stimmt. Verglichen mit dem, was wir Ihnen sonst noch vorwerfen, ist das nicht mehr als ›peanuts‹.«

»Ich bin ja so gespannt.« Van Bommels Lächeln steckte jetzt voller Ironie.

»Haben Kamphausen und Voogt irgendwann gemerkt, wie lukrativ das Geschäft ist? Und mitverdienen wollen?«

»Herr Kommissar, Sie überschätzen die beiden. Kamphausen und Voogt haben gar nicht das Format für eine Erpressung.«

»Wussten Voogt und Kamphausen von Ihren Drogengeschäften?«

»Drogengeschäfte? Was genau meinen Sie damit?«

»Ich bin davon überzeugt, dass Sie Ihre Geschäfte perfekt miteinander verknüpfen konnten.«

»Ich will Ihnen mal etwas sagen. Voogt war ein kleiner Angeber. Ein Pimp. Der ist mir gehörig auf den Sack gegangen mit seinen Frauengeschichten. Fand sich wohl unwiderstehlich, weil er die Weiber reihenweise flachgelegt und dabei auch noch gefilmt hat. Mann, der hatte nicht das Format, um ganz groß ins Geschäft einzusteigen. Alles nur heiße Luft, Herr Kommissar. Ich habe ihn überprüft. Der hatte nicht einen Funken Mumm. Er hat die Weiber gefilmt, wenn er sie gefickt hat, um bei seinen Kumpeln anzugeben. Voogt war für mich kein ernstzunehmender Geschäftspartner. So. Reicht das jetzt?«

»Wir können das Spielchen noch lange treiben. Aber es gibt beim LKA ein dickes Dossier über Sie. Außerdem singt Vermeer wie ein Vögelchen.«

»Beweise!«

»Es gibt Fotos, auf denen Sie neben einem Transporter stehen, der eindeutig Drogengeschäften zugeordnet werden kann. Das Ganze ist dann auch noch vor einer Ihrer zahlreichen Plantagen aufgenommen worden. Ich bin sicher, dass Sie bei den Gegenüberstellungen, die wir noch durchführen werden, zweifelsfrei erkannt werden. Entweder als Mieter der Scheunen und Hallen oder als regelmäßiger Besucher der Örtlichkeiten. Van Bommel, Sie sind am Ende. Ich bin besser als Sie. Und hoffen Sie nicht auf Ihre Hintermänner. Die werden Sie fallen lassen wie einen faulen Apfel. Oder besser: wie eine vergammelte Frikandel.«

Viola Kaumanns war auf der Privatstation der Frauenklinik untergebracht.

Frank fühlte sich dort wie ein Fremdkörper. Die Schwestern, die ihm auf dem Weg zu Violas Zimmer begegneten, lächelten ihn an. Abwesend erwiderte er ihren Gruß. Er hatte nicht das Gefühl, gemeint zu sein. Er war kein werdender Vater. Wahrscheinlich würde er das nie sein. Er war der Leiter der Sonderkommission *MK Bruderschaft* und auf dem Weg zu einer schwer traumatisierten Kollegin.

Er war froh, als er die Kollegen sah, die auf dem hellen Flur vor Violas Zimmer Dienst taten.

»Sie schläft.« Sebastian Dembrowski sprach leise.

»Wie geht es ihr?«

Der lange Dembrowski, von allen wegen seiner Fußballbegeisterung nur »Schalke« genannt, machte ein bedrücktes Gesicht. »Das kann ich schwer einschätzen. Wenn man den Arzt fragt, dann ist sie in einer ›einigermaßen stabilen Verfassung‹.«

»Aha. Und sonst?«

»Sie ist psychisch am Ende, heißt es.« Sein Kollege, der sich den Dienst mit ihm teilte, nickte stumm.

»Ich werde nur kurz einen Blick auf sie werfen.«

Vorsichtig schob Frank die Zimmertür auf. Er wollte nicht, dass sie aufwachte. Mit klopfendem Herzen schloss er die Tür hinter sich und blieb dann auf halbem Weg zwischen Tür und Bett stehen. Viola lag auf dem Rücken und hatte die Augen geschlossen. Ihr Atem ging gleichmäßig. Und ihr Körper war nicht mehr an irgendwelche Schläuche angeschlossen.

Die dünnen Vorhänge waren zugezogen, sodass das Zimmer im Halbdunkel lag.

Zögernd trat Frank einen Schritt näher. Ihre Hände lagen entspannt auf dem weißen Oberbett. Ihr Gesicht war blass und schmal, ihre hohen Wangenknochen standen noch deutlicher hervor als sonst, am Kopf und am Kinn hatte sie blaue Flecken.

Schließlich legte er für einen Augenblick seine Hand auf ihre. Er spürte eine schwache Wärme. Und er spürte eine Zerbrechlichkeit, die er an Viola bisher nicht gekannt hatte.

Nur widerwillig löste Frank sich von ihrem Anblick und verließ das Zimmer genauso leise, wie er es betreten hatte.

»Schläft sie noch?« Schalke sah Frank an. »Ich dachte schon, du wolltest gar nicht mehr rauskommen.«

»Ich bin müde, Schalke. Ich hätte mich neben sie legen können. Ciao.«

Sein Weg zum Treppenhaus wurde begleitet vom Geschrei eines Neugeborenen, das man gerade über den Flur trug.

Frank verdrängte den Gedanken an seine Gespräche mit Lisa.

Er hatte schon fast die Grünfläche vor dem Krankenhaus überquert, als ihm Jan Kuhnert mit einem großen Blumenstrauß entgegenkam.

Ausweichen ging nicht mehr. Vielleicht war es ja auch ganz gut so, dass sie sich hier begegneten.

»Wie geht es Viola?« Jan Kuhnert blieb vor Frank stehen.

Frank wollte nicht stehenbleiben. »Sie schläft. Auf den ersten Blick geht es ihr so weit gut.«

»Ich werde trotzdem mal auf die Station gehen. Die Kollegen sind ja da. Ich kann die Blumen ja auch bei ihnen abgeben.«

»Klar.«

»Und sonst? Wie weit seid ihr mit van Bommel und Vermeer?«

»Klappt ganz gut«, log Frank. »Wir machen gehörig Dampf. Ist nur noch eine Frage von Tagen, bis sie einbrechen.«

»Schön, schön.«

»Wir sind eben Profis, Ecki und ich.«

Kuhnerts Gesicht verriet nicht, ob er Borschs Aussage unverschämt fand. Er sah auf seinen Blumenstrauß. »Na ja, ich will dann mal.«

Er war schon ein paar Schritte gegangen, als sich Frank zu ihm umdrehte.

»Jan?«

Kuhnert blieb stehen, ohne sich umzuwenden.

»Ich denke, dass wir reden müssen.«

Jan Kuhnert sah Frank an. »Wann? Jetzt?«

»Wäre gut, ja.«

»Wir hätten schon längst reden müssen. Lass mich nur eben die Blumen abgeben.«

»Hier gibt's ein Café.« Frank deutete zum Eingang.

»In fünf Minuten.«

»Den Cappuccino bekommst du hier nur mit Sahne.«

»Ich will keinen Kaffee. Ich brauche jetzt erst einmal ein Bier.« Kuhnert setzte sich und winkte der Kellnerin.

Schweigend warteten die beiden Kriminalhauptkommissare darauf, dass die Kellnerin das bestellte Bier brachte.

»Prost.« Kuhnert hob sein Glas und sah Frank forschend an.

»Zum Wohl.«

Kuhnert setzte sein Glas wieder ab. »Viola schläft.«

»Sie braucht Ruhe.«

»Sie ist eine starke Frau. Und wir brauchen ihre Aussage.«

»Sie hätte den Auftrag nicht annehmen dürfen. Ich hätte sie auf jeden Fall davon abhalten müssen.«

»Es bringt nichts, wenn du dir Vorwürfe machst. Viola wusste, worauf sie sich einlässt. Es war ihre Entscheidung. Viola ist eine gute Polizistin. Sie wird es schaffen.«

Frank hatte Mühe, ruhig zu klingen. »Wie kannst du nur so reden? Viola wäre fast gestorben.«

Kuhnert seufzte.

»Warum sagst du nichts?«

»Mein Kopf ist so leer, Frank. Und wenn ich an etwas denke, dann an Viola, wie sie vor mir lag und ich nicht mehr tun konnte, als ihr die Fesseln abzunehmen und sie zuzudecken.«

Frank hatte bisher alles getan, um nicht daran zu denken, dass Kuhnert sie befreit hatte. »Du hast ihr das Leben gerettet, Jan. Ich muss mich bei dir entschuldigen. Ich habe dir Unrecht getan.«

Kuhnert schluckte. »Schon gut. Wir machen alle Fehler.«

Er musste an Lutz denken. Einen Augenblick lang war er versucht, Borsch von ihm zu erzählen. Aber der Schmerz über den Verlust war noch zu frisch. Außerdem traute er sich nicht, Borsch zu gestehen, dass er einen Mann geliebt hatte.

Frank räusperte sich. »Ich hoffe, dass ich keine Fehler mehr mache.« Er seufzte tief. »Was wohl aus Viola wird?«

»Viola bekommt die beste Betreuung, die unser Staat für Geld kaufen kann. Keine Angst.«

»Ich habe kein Verhältnis mit Viola.«

Warum hatte er das jetzt gesagt? Ausgerechnet zu Kuhnert?

»Du hast sie sehr gern.«

»Ja. Aber ich habe kein Verhältnis mit ihr.«

»Was heißt das schon?«

»Danke, dass du das so siehst, Jan.«

»Wie weit seid ihr mit van Bommel wirklich?«

»Ich denke, dass wir ihm zusammen mit euch seinen Drogendreck nachweisen können und natürlich auch die illegalen Deals mit den Bauern. Was Viola betrifft, wird er auch wegen gefährlicher Körperverletzung in einem besonders schweren Fall in den Knast einfahren. Da sind wir uns mit Böllmann einig. Aber das ist alles Beiwerk.«

»Beiwerk?«

»Du weißt schon, was ich meine. Ich bin davon überzeugt, dass er Voogt auf dem Gewissen hat. Voogt muss ständig mit seinen Frauengeschichten geprahlt haben. Er hat von seinen kleinen Hotelnummern kurze Filmchen gemacht, die er überall rumgereicht und auch zu verkaufen versucht hat. Das war selbst van Bommel zu viel.«

»Deshalb der Mord?« Jan Kuhnert blieb spektisch.

»Ich kann mir vorstellen, dass er die Notbremse gezogen hat. Öffentliche Aufmerksamkeit war das Letzte, was van Bommel für seine Geschäfte gebrauchen konnte.«

»Kamphausen war aber wichtig für den Holländer. Der

Landhandel kam van Bommel als Tarnung für seine Geschäfte mehr als gelegen.«

»Vielleicht haben Kamphausen und Voogt versucht, van Bommel zu erpressen. Das würde die Fotos erklären, an die wir über Barbara Thofondern gekommen sind. So oder so waren Voogt und Kamphausen für den Holländer zu unkalkulierbaren Zeitbomben geworden. Er hat sie einfach frühzeitig entschärft. Aber dabei hat er übersehen, dass Barbara Thofondern ahnte oder auch schon wusste, welche Beziehung ihr sauberer Michael zu ihm hatte. Deshalb können wir von Glück sagen, dass er nicht versucht hat, sie auch aus dem Weg zu räumen. Barbara Thofondern lebt, weil ihr van Bommel schon auf der Spur wart. Sie hätte an jenem Abend im ›Volksgarten-Pavillon‹ keine Chance gehabt, sich an van Bommel zu rächen.«

Kuhnert kratzte über seine Bartstoppeln. Dann nickte er. »Van Bommel war auf dem Sprung in die erste Liga. Wenn das LKA die richtigen Informationen hat, sollte er in Südeuropa eine ganz große Nummer werden. Vorausgesetzt, Kamphausen ist nicht doch untergetaucht, dann hat van Bommel mit seinen Morden seine Spuren verwischen wollen. Hattet ihr nicht auch mal Kurt Thofondern im Visier?«

Frank nickte. »Schon, aber wir haben die Sache nicht weiterverfolgt. Zudem passt auch der Mord an Uferkamp nicht ins Bild.«

»Was können wir jetzt noch tun?«

»Wir müssen Uferkamps Kopf finden. Und Vermeer vernehmen. Irgendwann wird er reden.«

»Wenn wir ihm die Kronzeugenregelung anbieten?«

»Noch zu früh. Vermeer hat mehr Angst vor van Bommel und seinem langen Arm als Vaterlandsliebe.«

Frank trank den Rest Cappuccino. »Lassen wir Uferkamp noch eine Weile in der Kühlkammer. Er läuft uns ja nicht weg. Ich will erst den Fall Voogt aufklären. Dann finden wir auch Kamphausen und klären den Rest.«

»Was bleibt uns auch anderes übrig? Mich wundert nur, dass die Presse nicht noch mehr Wind macht.«

»Und gut, dass van Bommels Versteck nicht mitten in der Stadt lag.«

»Vielleicht können wir noch eine Weile in Ruhe arbeiten.«

»Hoffen wir es.«

Kuhnert sah sich in der Patientencafeteria um. Erst jetzt bemerkte er die kitschige Weihnachtsdekoration. »Bald ist Heiligabend.«

»Spätestens dann will ich den Fall gelöst haben.«

»Mir ist nicht nach Feiern, Frank.«

»Mir auch nicht. Du hast recht, wir werden erst wieder durchatmen können, wenn es Viola besser geht.«

Frank warf die Kopie der Nachricht auf den Tisch, die der WDR verbreitet hatte. »Ich habe interessante Neuigkeiten, van Bommel.«

Weltweit gesuchter Drogendealer gefasst

In Griechenland ist der weltweit gesuchte Chef eines Drogenrings festgenommen worden. Der 42 Jahre alte Australier ging den Fahndern in Athen ins Netz. Dort hatte er nach Angaben der Polizei ein Haus gemietet und sich an einer kleinen Reederei beteiligt. Gegen den Australier lag ein internationaler Haftbefehl vor. Er wurde wegen mehrfachen Mordes, Drogenhandels, Bestechung und Geldwäsche gesucht. Die australische Regierung hatte eine Belohnung von umgerechnet 740 000 Euro ausgesetzt.
(WDR Nachrichten, Hörfunk)

»Kenn ich nicht.« Van Bommel zuckte mit den Schultern.

»Die Berichte sprechen eine andere Sprache.«

»Sicher?«

»Ganz sicher. Aber das ist noch nicht alles.« Frank schlug die *Westdeutsche Zeitung* auf.

Kokainfund im Wert von 40 Millionen Euro

Grenzland. Im bisher größten Kokainfang in der Geschichte der Provinz Limburg hat die Polizei jetzt auch den letzten, fünften Tatbeteiligten festgenommen. Der Zoll hatte die angebliche Kaffeeladung aus Costa Rica im Rotterdamer Hafen entdeckt. Darin befanden sich 1647 Kilo Kokain im Wert von rund 40 Millionen Euro. Um an die Hintermänner zu kommen, ließ man die Ladung zum Bestimmungsort Weert bei Roermond ausliefern. Dort schlugen die Fahnder zu.

»Und? Was habe ich damit zu tun?«

»Oh, auch das hat uns Vermeer erzählt.«

»Vermeer verpfeift mich nicht! Ihr lügt! Das ist alles eine gottverdammte Scheißbullenkacke. Ihr habt nichts gegen mich in der Hand. Absolut nichts!«, brüllte van Bommel unvermittelt und schlug mit der Faust so hart auf den Tisch, dass das Mikrofon umfiel.

Gelassen stellte Frank es wieder auf.

»Du kannst mich nicht provozieren, Borsch. Dazu hast du nicht das Format.« Van Bommel sah Frank hasserfüllt an.

»Ich sage nur, wie es ist. Ich bin für dich so etwas wie die Verbindung zur Außenwelt.« Frank sprach betont ruhig.

»Du bist ein Nichts, ein Versager. Du schaffst es ja nicht einmal, es Viola ordentlich zu besorgen.«

»Du kannst mich nicht treffen.« Doch innerlich kochte Frank.

»Du willst der Boss sein und kriegst nichts auf die Reihe.« Van Bommel sah Frank aus schmalen Augen an. »Ich kenne dich besser, als du denkst, Borsch. Und ich weiß, wie du lebst.«

Frank packte van Bommel mit beiden Händen und zog ihn ganz nah an sein Gesicht. Dann ließ er ihn so plötzlich los, wie er ihn gepackt hatte. »Ich mache mir an dir nicht die Finger schmutzig. Du machst mir keine Angst. Du nicht.«

Van Bommel schlug mit der Hand auf die Tastatur des Rekorders. »Pass auf dich auf, Borsch. Sie sind schon ganz nahe.« Anschließend drückte der Niederländer die Aufnahmetaste. »Warum unterhalten wir uns nicht weiter?« Van Bommel lehnte sich demonstrativ entspannt in seinem Stuhl zurück.

»Wie weit sind Sie, meine Herren?« Staatsanwalt Ralf Böllmann sah in die Runde.

Jan Kuhnert griff in die Schale mit den Spekulatius und sah dann Frank erwartungsvoll an. Ecki und Schrievers hatten jeweils Kaffeebecher in der Hand. Außerdem hatte der Archivar einen Teller Plätzchen direkt vor sich stehen.

Ecki wischte sich über den Mund. »Nette Idee Ihrer Sekretärin, uns die Besprechung etwas weihnachtlicher zu gestalten. Aber ich fürchte, dass wir nicht mit einer Weihnachtsüberraschung aufwarten können. Van Bommel ist zäh. Und Vermeer hat seine gesprächige Phase hinter sich.«

Auch Ina Weber hob bedauernd die Hände. »Das ist wirklich ein Problem. Wir werden van Bommel und Vermeer sicher den Drogenhandel und die illegalen Plantagen nachweisen können. Aber dann ist auch schon Schluss. Das reicht schon für ein paar Jahre. Und ihre Verhaftung hat mit Sicherheit für gehörige Unruhe in der Szene gesorgt. Was Viola Kaumanns angeht, werden wir sie auch an den Eiern packen können.«

Staatsanwalt Ralf Böllmann hüstelte peinlich berührt. »Wenn ich Sie richtig verstehe, wollen Sie mir schonend beibringen, dass wir zwar einen Drogendealer kapitaler Größe aufgebracht haben, die Morde aber unaufgeklärt bleiben?«

In die Stille hinein war Schrievers' beständiges Kauen zu hören.

»Ich habe mehr von Ihnen erwartet als gesammeltes Schweigen. Das darf doch nicht wahr sein, dass zwei komplette KKs versagen! Meine Herren, Frau Weber, ich bin entsetzt.«

Frank konnte sehen, dass Böllmanns Halsschlagader gefährlich dick angeschwollen war.

»Können Sie mir bitte verraten, was ich der Presse sagen soll? Zwischen den Feiertagen ist erfahrungsgemäß nachrichtenarme Zeit. Ich werde bestimmt nach dem Ermittlungsstand gefragt.«

»Wenn es stimmt, dass van Bommel von ehemaligen Experten der niederländischen Spezialkräfte geschult wurde, wird es auch weiterhin nicht einfach sein.«

»Das interessiert mich nicht. Ich will Erfolge sehen. Legen Sie mir den Täter unter den Tannenbaum.«

»Wir werden ihn schon noch weich kochen, den Holländer. Das kann doch nicht sein, dass in diesem Fall eine Panne nach der anderen passiert.«

»Wir tun unsere Arbeit«, versuchte Frank zu schlichten.

»Ach ja? Und was ist mit dieser Panne auf dem Bauernhof in Schwalmtal? Die Paulert fast umgebracht hat? Ganz zu schweigen von Kuhnerts Alleingang.«

Jan Kuhnert setzte zu einer Antwort an.

»Lassen Sie's gut sein, Kuhnert. Ich bin ja auch froh, dass Viola Kaumanns noch lebt.« Über das Gesicht des Staatsanwalts huschte für eine Sekunde ein Lächeln.

»Kann mir mal einer sagen, was wir jetzt tun sollen?« Ecki zog einen Krapfen aus einer Papiertüte und biss hinein. Dabei rieselte Zucker auf sein Hemd.

»Du könntest vor allem dafür sorgen, dass du nicht alles versaust. Es klebt schon überall in unserem Büro.« Missmutig hielt Frank die *bluesnews* hoch. »Hier sind auch schon zwei Seiten verklebt. Möchte mal wissen, wie das passieren konnte.«

»Oh, der Herr hat schlechte Laune. Aber was habe ich mit der Blueszeitung zu tun? Die würde ich mir zu Hause nicht mal aufs Klo legen.«

»Schon klar. Hier.« Frank schlug die *bluesnews* auf und zitierte: »Der Blues ist eine Musik, die immer einen wichtigen Platz in der Welt haben wird, weil sie die grundlegenden menschlichen Gefühle rüberbringt.«

»Aber nicht auf meinem Klo.«

»Alles, was nicht in deine platte WDR-4-Welt passt, überfordert wohl deine musikalische Intelligenz.«

»Nur im Schlager liegt die Wahrheit unserer Existenz. Sagt Andrea Berg. Sinngemäß hat sie einmal gesagt: Das Wichtigste im Leben ist eine Schulter zum Anlehnen. Und das Schlimme, dass man die Liebe nicht einsperren kann.«

»Ach was.«

»Stimmt doch.«

»Deine Schlagerhansel und ihre Küchenweisheiten. Ich glaube, die koksen mindestens genauso heftig wie alle anderen. Anders könnten sie den Mist, den sie spielen, doch gar nicht ertragen. Florian Silbereisen: der Pete Doherty des Musikantenstadels.«

»Pete wer?«

»Doherty. Kate Moss, du verstehst?«

»Die kokst mit Florian? Jetzt mach aber mal einen Punkt.« Ecki biss erneut in seinen Krapfen und schüttelte dabei den Kopf. Mit dem Erfolg, dass die Zuckerkristalle nun quer über den Schreibtisch bis zu Frank flogen.

»Jetzt reicht's aber.« Frank schüttelte die *bluesnews* über seinem Papierkorb aus.

»Sag mir lieber, was wir tun sollen. Van Bommel ist ein zäher Hund und Vermeer stumm wie eine Makrele auf dem Teller von Königin Beatrix.«

»Igitt. Die fressen Plankton und Fischbrut.«

»Die Holländer?« Nun fing auch Ecki an zu prusten.

»Habt ihr getrunken?« Heinz-Jürgen Schrievers stand wie aus dem Boden gewachsen in ihrem Büro.

Frank sah den Archivar an, nahm beide Hände vors Gesicht und deutete mit ihnen Scheibenwischer an. »Ich sage nur: klassischer Fall von Zuckerschock. Wenn Ecki mehr als zwei Teilchen isst, kommt er mir vor wie auf Drogen.«

Schrievers war unbeeindruckt. »Ich weiß nicht, was du hast, Borsch, wer Süßes mag, kann jedenfalls kein ganz schlechter Mensch sein.«

Ecki hielt Schrievers die Teilchentüte hin. »Du bist mein wahrer Freund. Borsch weiß einfach nicht, was gut ist.«

Frank fühlte sich von der neu gebildeten Krapfenkoalition ausgegrenzt. »Ecki hat recht, was können wir noch tun?«

»Van Bommel?« Schrievers leckte sich über die Lippen.

Frank nickte.

»Ein wirklich zäher Bursche.« Ob Schrievers nickte, weil ihm der Krapfen schmeckte oder weil er Verständnis für Franks Lage zeigen wollte, blieb offen.

»Seine Anwälte machen langsam Terror. Angeblich besteht keine Fluchtgefahr. Die Mordvorwürfe seien absolut haltlos, und der Handel mit den Düngemitteln und Pestiziden rechtfertige keine U-Haft. Und wir können kaum etwas tun. Unsere Gesetze lassen ihnen jede Menge Schlupflöcher. Böllmann ist auf 180. Er will seinen ›größten Fang seit Martina Zimmermann‹ nicht freigeben. Er braucht mehr Argumente, und er weiß, dass er nichts Brauchbares in der Hand hat.«

»Zimmermann? Das war doch die, die ihren Freund eingetuppert und in die Tiefkühltruhe gelegt hat?« Schrievers zog die Stirn in Falten.

»Genau. Böllmann war damals gerade erst im Amt und noch grün hinter den Ohren. Ich kann mich erinnern, dass die Zimmermann Jahre später aus dem Knast abgehauen ist und irgendwann aus einem Kanal in Amsterdam gefischt wurde.«

»Wir alle waren damals noch ziemlich grün hinter den Ohren.« Schrievers schielte auf die Teilchentüte.

»Alles alle«, bedauerte Ecki.

»Es wird schon noch was passieren.« Schrievers leckte sich ein letztes Mal die Lippen.

»Okay, du hast gewonnen.« Ecki zog seine Schreibtischschublade auf und warf Schrievers einen Schokoriegel zu.

»Geht doch.« Schrievers fing den Riegel zirkusreif auf und hielt ihn prüfend hoch wie ein Winzer das erste Glas vom jungen Wein.

»Ist gut, Schrievers, iss ihn einfach.« Frank fand, dass der Archivar nun wirklich übertrieb.

»Banause.«

»Schrievers!«

»Stimmt doch. In deiner Gegenwart ist es nicht einfach zu genießen.«

»Könnt ihr beiden auch noch an etwas anderes denken als an eure Zuckerzufuhr?« Frank ärgerte sich.

»Amsterdam. Was hast du über Amsterdam gesagt?« Schrievers sah Ecki an.

»Ja?«

»Da kommt doch van Bommel her.«

»Zumindest hat er eine Zeit lang dort gelebt. Warum?«

»Vielleicht gibt's da Anhaltspunkte.«

»Du willst in Amsterdam ermitteln?«

»Warum nicht?« Schrievers grinste. »Undercover.«

»Hat Bean schon vor Wochen erledigt. Zwar nicht undercover, dafür hat er aber lange mit den Behörden dort gesprochen. Sie haben nicht mehr über van Bommel, als wir ohnehin schon wussten.«

»Schlecht.«

»Kann man wohl sagen.«

Auf dem Weg zu seinem Auto traf Frank den Pressesprecher der Mönchengladbacher Polizei, Hans-Peter Wirtz.

»Du siehst aus, als wärst du auf der Flucht.« Frank versuchte vergeblich, mit ihm Schritt zu halten.

Wirtz blieb abrupt stehen. »Das könnte dich auch interessieren. Hier. Ist ganz in deiner Nähe passiert. Schon der zweite Überfall.«

POL-MG: Raubüberfall auf kleinen Kiosk, einer der beiden bewaffneten Täter trug eine Clownmaske

Mönchengladbach (ots) – Heute am frühen Morgen, kurz nach 6 Uhr, kam es am Markt in Eicken zu einem Raubüberfall auf einen Kiosk. Zwei bisher unbekannte Männer, von denen einer eine Clownmaske vor dem Gesicht hatte, bedrohten den Kioskbesitzer mit einer Pistole und forderten die Herausgabe von Bargeld. Nachdem der Geschädigte den Räubern den Kasseninhalt übergeben hatte, flüchteten diese zu Fuß in Richtung Hauptbahnhof. Der Täter mit der Clownmaske soll 1,80 bis 1,85 m groß und kräftig gewesen sein. Er hatte einen osteuropäischen Akzent. Der zweite Täter wird als schlank mit hellblonden Haaren beschrieben. Er soll ca. 18 Jahre alt gewesen sein. Eine sofort eingeleitete Fahndung verlief bisher ergebnislos.

Cengiz! Schon wieder hatte es Cengiz getroffen.

»Dem Besitzer ist nichts passiert?«

»Nein. Er hat nur einen Schock. Kennst du ihn?«

»Ja, Cengiz. Ein Unikat. Ist Kioskbesitzer mit Leib und Seele. Wird ihn schwer getroffen haben. Mehr noch seinen Vater, vermute ich. Erhan.«

»Hm.« Wirtz hatte nicht die nötige Zeit, um Cengiz' Schicksal weiter zu erörtern. »Ich muss los.«

Frank gab ihm die Meldung zurück. »Lass dich nicht aufhalten.«

»Hallo, Commissario.« Cengiz sah Frank bekümmert an. »Ein Sixpack?«

»Nein, heute nicht, Cengiz. Geht es dir gut?«

»Es war schrecklich. Ich habe gedacht, ich müsste sterben.« Cengiz rollte mit den Augen. »Männer mit Pistolen.«

»Warum gönnst du dir nicht ein paar freie Tage?«

Der Kioskbesitzer hob die Hände. »Was soll ich machen? Ich bin jung, und ich brauche das Geld. Mein Papa ist traurig. Er ist schon so lange hier, und er liebt dieses Land, Commissario. Wer tut so etwas?«

»Vielleicht Junkies, die Geld für ihre Drogen brauchten.«

Cengiz winkte ab. »Das waren keine Fixer.«

Frank stutzte. »Wie kommst du darauf?«

»Einer hatte eine Maske auf wie von einem Clown. Das waren keine Fixer. Sie hatten Anzüge an.«

»Anzüge?«

»Ja, und lange Mäntel. Und die Pistolen waren groß und schwarz.«

»Pistolen? Ich habe gelesen, es war nur einer bewaffnet.«

»Ja, kann sein. Aber mit einer riesigen Pistole.« Cengiz zeigte mit beiden Händen, was er darunter verstand. »Sahen aus wie Geschäftsleute.«

»Konntest du sehen, wohin sie geflohen sind?«

»Nein, es war ja noch dunkel draußen. Aber ich habe direkt danach einen Wagen wegfahren gehört.«

»Hast du den Typ erkannt?«

»Nein, es war ja dunkel. Und ich habe mich nicht aus dem

Laden getraut. Ich würde sagen, dass sie nicht von hier waren. Bestimmt waren es Ausländer.«

»Was haben sie gesprochen, hatten sie einen Akzent?«

»Gesagt haben sie nicht viel. Mussten sie auch nicht.«

»Das ist doch merkwürdig, dass zwei Männer, die wie Geschäftsleute aussehen, einen kleinen Kioskbesitzer wegen ein paar Euro überfallen.«

»Commissario, bitte, ich bin nicht klein.«

»Schon gut, Cengiz, du bist natürlich nicht klein.« Cengiz war sicher nicht viel größer als 1,70 Meter. »Mit ›klein‹ meine ich auch eher ›unbedeutend‹.«

Cengiz warf sich in die Brust. »Mein Geschäft ist auch nicht ›unbedeutend‹, Commissario. Das hat mein Papa vor vielen Jahren gegründet. Wir sind jetzt schon in der zweiten Generation hier. Und wir sind sehr stolz auf unsere Tradition.«

»Lieber Cengiz, ich wollte dich nicht in deiner Familienehre oder deinem Stolz als Geschäftsmann treffen. Ich wundere mich nur: Wer sieht aus wie ein Geschäftsmann und raubt einen Kiosk aus?«

»Das habe ich ihre Kollegen auch gefragt.«

»Und? Was haben die gesagt?«

»Dass sie schon gesehen haben, wie Pferde kotzen.«

»Aha.«

»Warum kotzen Pferde, wenn die Polizei kommt, Commissario?«

Van Bommel wartete schon auf Frank. Er saß mit den Händen in den Hosentaschen lässig zurückgelehnt am Tisch. Mit spöttischem Lächeln beobachtete er Franks Handgriffe, während der das Mikrofon zurechtrückte und den Aufnahmepegel des Tonbandgeräts einstellte. Anerkennend verzog er den Mund, als Frank die für die Vernehmung nötigen Formalitäten auf Band sprach.

»Sehr ordentlich, Herr Kriminalhauptkommissar.«

»Ich freue mich, dass Sie meine Arbeit so schätzen.«

»Ja ja, die sprichwörtliche deutsche Gründlichkeit.«

»Eine Tugend, die uns bisher immer ans Ziel gebracht hat.«

»'45 auch?«

»Ich bin nicht hier, um mit Ihnen die deutsch-niederländische Geschichte aufzuarbeiten.«

»Das ist das Problem von euch Deutschen, ihr müsst immer alles nach Plan abarbeiten. Alles, was ihr zum Glücklichsein braucht, ist eine Checkliste.«

»Ich habe eine ganze Reihe Fragen an Sie.«

»Erstaunlich, dass ihr trotzdem so viele kluge Köpfe hervorgebracht habt. Und Künstler. Ich liebe moderne Kunst.«

»Das ist nicht unser Thema. Aber in den JVAs gibt es hervorragende Büchereien, dort finden Sie sicher genug Anregungen für Ihren Kunstverstand. Und es gibt Malgruppen, denen Sie sich anschließen können.« Nun war es Frank, der spöttisch seinen Mund verzog.

»Ein netter Versuch, Borsch. Aber Kunst ist ein ernstes Thema. Moderne Kunst ist der einzig wahre Global Player. Und sie ist das einzig geeignete Medium, Gefühle auf dieser immer kälter werdenden Erde zu transportieren.«

»An Ihnen ist ein Philosoph verloren gegangen. Woher nehmen Sie all diese Weisheiten, van Bommel? Denn in Ihrer Welt ist es schwarz. Tiefschwarz.«

»Viola hat mich verstanden. Denken Sie nur an den Besuch in der Galerie. Dort sind zwei Universen aufeinandergetroffen, die zueinandergehören. Das müssen doch auch Sie gespürt haben?«

»Sie haben sie fast umgebracht.«

»Sie verstehen mich immer noch nicht, Borsch. Ich wollte eins werden mit Ihrer Viola. Mich mit ihrer Seele verbinden. Aber Sie haben es mir nicht erlaubt. Das werde ich Ihnen nicht verzeihen. Und dafür werden Sie bezahlen.«

Van Bommel lachte meckernd. »Und wissen Sie was? Das Bild, das ich Viola geschenkt habe, *Sella*, ist das Sinnbild unserer gemeinsamen Zukunft.«

»Sie sind krank, van Bommel.«

»Sie wollen sich nur nicht eingestehen, dass Sie Viola niemals so erreichen können, wie ich sie erreicht habe. Viola gehört mir. Immer dann, wenn Sie Viola sehen, werden Sie auch mich sehen.«

»Sie können mich nicht erreichen, van Bommel.« Franks Stimme klang fest, obwohl er vor Wut zitterte.

»Wie geht es Cengiz?«

Frank erstarrte.

»Sehen Sie, jetzt haben Sie doch Angst.«

»Was ist mit Cengiz? Woher kennen Sie seinen Namen?«

»Der kleine Kioskbesitzer hat gezittert wie Espenlaub.«

Frank stoppte die Aufnahme. »Ich weiß nicht, wie Sie das geschafft haben, aber ich werde es herausbekommen. Und eines sage ich Ihnen: Wenn Sie Cengiz auch nur ein Haar krümmen, mach ich Sie fertig. Mit meinen eigenen Händen.«

»Ich wollte Ihnen beweisen, dass ich jederzeit in Ihrer Nähe bin. Cengiz ist nicht wichtig. Andere sind wichtig.«

»Lass die Finger von Lisa.«

»Oh, es muss nicht deine Freundin sein. Du siehst, ich weiß alles. Ich kenne mich aus in deiner Welt und in deinen Gedanken. Es gibt andere, die mich genauso interessieren. Was ist mit deiner lächerlichen Band? Claus zum Beispiel, was ist, wenn er in der Erft ersäuft? Oder, wie heißt der Bassist? Wimo? Was ist, wenn er mit dem Auto auf dem Nachhauseweg gegen einen Baum fährt? Oder Ecki im Hardter Wald von einem Baum erschlagen wird, seine Marion vor ein Auto läuft? Was ist, wenn Schrievers um seine Gertrud trauern muss?«

»Hör auf, van Bommel«, flüsterte Frank.

»So ist es gut, Borsch. Angst ist ein schlechter Ratgeber. Ich werde dir so viel Angst machen, dass du morgens nicht mehr weißt, ob du den Abend noch erlebst.«

Frank sprach schleppend, aber dafür umso eindringlicher. »Van Bommel, ich werde dich drankriegen. Und wenn ich dafür dein ganzes beschissenes Leben umgraben muss.«

Van Bommels Augen waren jetzt nur noch schmale Schlitze. »Hast du immer noch nicht genug?«

»Ich fange gerade erst an.«

»Van Bommel ist ein echter Kotzbrocken. Aber wir werden ihn schon noch knacken.«

Der Archivar war fast ganz hinter den Aktenbergen verschwunden, die sich auf seinem Schreibtisch zu gewaltigen Massiven türmten.

»Was treibst du da?«, wollte Ecki wissen.

»Arbeiten, was sonst?«

»Du siehst ja kaum noch das Tageslicht. Muss ich mir Sorgen machen?« Frank lehnte an der Bürotür.

»Schrievers studiert – Akten«, feixte Ecki.

»Habt ihr kein Zuhause?«

»Ich brauch ein bisschen Ablenkung, bevor ich weitermache.«

»Bald ist Weihnachten.«

»Ich weiß, und du hast schon alle Geschenke.«

»Genau. Fang.«

Über die Aktenstapel kam eine Milchschnitte geflogen.

Frank konnte sie eben noch fangen und reichte sie an Ecki weiter. »Mag ich nicht.«

»Haste nix anderes?« Die Milchschnitte flog im hohen Bogen zurück und landete unsanft an Schrievers' Stirn.

»Oh, sorry.«

»Geht wieder in eure Mordkommission zurück, spielen«, brummte Schrievers, missmutig und konzentriert zugleich.

»Mann, hast du heute eine Laune.« Ecki wunderte sich.

»Ihr wollt doch, dass ich euch helfe. Oder?«

»Klar.«

»Dann beschafft mir alles über van Bommel. Alles.«

»Hast du eine Spur?« Ecki trat neugierig einen Schritt vor.

»Ich versuche mir gerade einen Überblick über das Geschäftsnetz dieses Holländers zu verschaffen.«

»Lass das doch die Kollegen machen, die brauchen nur ihre Computer zu füttern. Das geht viel schneller.«

»So, glaubt ihr?« Schrievers' Stuhl quietschte jämmerlich, als der Archivar sich einem seiner grauen Stahlschränke zuwandte.

»Meint ihr, der hinterlässt seine Spuren im Internet? Van Bommel geht lieber einen Schritt zurück, technisch betrachtet. Der regiert sein kleines Imperium lieber wie ein Patriarch, der ohne elektronisch gestützte Buchhaltung auskommt. Wir haben genug Akten gefunden, die uns mehr sagen als irgendeine Excel-Tabelle. Glaubt mir. Ich muss nur noch eins und eins zusammenzählen. Und eine Menge lesen, telefonieren, vergleichen und bewerten. Das kann sowieso kein Computer.«

Schrievers war bis ins Innenministerium dafür bekannt, dass er ein phänomenales Gedächtnis hatte und den, wie er fand, eingeschränkten Fähigkeiten der PCs aufs Schärfste misstraute. Seine Erfolge hatten ihm bisher recht gegeben.

»Also, trinkt euren Kaffee irgendwo anders und haltet mich nicht von der Arbeit ab. Wenn ihr Ergebnisse wollt, muss ich noch viel tiefer graben. Sonst bleibt zum Beispiel dieser Kamphausen wie vom Erdboden verschluckt.«

Frank stutzte. Er schlug sich mit der Hand gegen die Stirn. »Wenn er wie vom Erdboden verschluckt ist, dann liegt er vielleicht wirklich unter der Erde. Nicht weit von van Bommels Unterschlupf entfernt.«

Der Bereich war weiträumig abgesperrt. In gleichmäßigen Abständen standen entlang des dünnen rot-weißen Plastikbandes frierende Einsatzkräfte.

Dabei gab es nur wenige Schaulustige. Neugierig beobachteten diese die Hundeführer bei ihrer Arbeit. Wer hätte das gedacht, dass in das tote Otzenrath noch einmal so etwas wie Leben einziehen würde.

Frank und Ecki standen zusammen mit Ina Weber und Jan Kuhnert an einem Wagen, unter dessen offener Heckklappe eine provisorische Kaffeeküche eingerichtet war.

Ecki sah an dem alten Hauptgebäude hoch. »Ganz schön imposanter Kasten. Wie eine Burg.«

Kuhnert dachte an seinen Alleingang, der gerade mal ein paar Tage zurücklag. Er schüttelte sich.

»So langsam könnten die Hunde anschlagen.« Frank hatte keinen Blick für die alte Industriearchitektur.

»Die haben ja gerade erst angefangen.« Kuhnert drehte sich eine Zigarette. Seine Jacke stand offen.

»Wir müssen abstimmen, was die Neusser Kollegen der Presse erzählen. Die Aktion bleibt mit Sicherheit nicht unbemerkt. Einer von den Kiebitzen wird sie schon noch verständigen.« Frank deutete mit seinem Kopf in Richtung der Schaulustigen.

Ina sah Frank an. »Ist doch ganz einfach. Wir machen hier eine Übung.«

»Ina, du bist ein Schatz.« Frank war erleichtert.

Kuhnert sah seinen Kollegen scheel von der Seite an.

»Ich meine das nur im übertragenen Sinn.«

»Ich habe doch gar nichts gesagt.« Kuhnert sog an seiner Zigarette. »Weiß van Bommel eigentlich, dass wir hier draußen sind?«

»Solange wir seine Verbindung nach draußen nicht kennen, braucht er nichts über unsere Aktionen zu wissen.«

Eine ältere Frau mit einem Fahrrad näherte sich ihnen.

»Darf ich Sie mal was fragen, Herr Wachtmeister?«

Ecki antwortete freundlich. »Was kann ich für Sie tun?«

Sie zeigte auf das Feld. »Suchen Sie hier Tote?«

»Wie kommen Sie denn darauf?«

»Hier sollen im Krieg Soldaten gestorben sein. Man erzählt auch, dass von hier aus Kriegsgefangene wegtransportiert wurden. Polen und Russen, die bei den Bauern arbeiten mussten. Oder Holländer. Ich kann mich erinnern, dass meine Eltern mit den Nachbarn oft darüber gesprochen haben.«

»Wenn das so gewesen wäre, hätte man das Gebiet sicher schon gleich nach Kriegsende abgesucht, oder?«

»Ich weiß nicht. Ich habe nur gedacht, Sie suchen das Feld noch einmal ab, bevor der Bagger kommt und alles wegreißt.«

»Waren das deutsche Soldaten, von denen Sie sprechen?«

Die Frau zuckte mit den Schultern. »Hat man gesagt. Der Bahnhof ist ja verteidigt worden, als der Engländer oder Amerikaner hier durchgekommen ist. Ganz am Ende war das.«

Frank sah die Seniorin freundlich an. »Machen Sie sich mal keine Sorgen. Wir suchen keine toten Soldaten. Wir machen nur eine Übung.«

Die nächste Stunde verbrachten sie mit Warten. Längst hatten sie sich in einen der Transporter zurückgezogen. Die Einzigen, die nicht zu frieren schienen, waren die Hunde, die ihre Führer über die gefrorenen Furchen zogen.

»Das bringt doch nichts.« Frank wandte seinen Blick ab.

»Sei nicht so ungeduldig.« Ina Weber wischte über die beschlagene Fensterscheibe, um besser sehen zu können.

Ecki schreckte auf. Frank hatte ihn angestoßen und deutete nach draußen. »Besuch.«

Einer der Hundeführer lief auf den Wagen zu.

Jan Kuhnert öffnete die Schiebetür. »Was gibt's?«

»Die Hunde schlagen an, aber die Lage ist völlig unübersichtlich.«

Sie hasteten über den gefrorenen Boden.

Der Oberkommissar deutete auf eine Fläche hinter dem Hallenkomplex, in dem Viola gefunden worden war und den man von der Straße aus nicht einsehen konnte.

»Die Hunde schlagen auf der ganzen Fläche an. Das kann ich mir nicht erklären.«

Frank musterte die Hunde, die aufgeregt hin und her liefen und versuchten, den Boden aufzukratzen. »Vielen Dank, Sie haben uns sehr geholfen, den Rest erledigen wir selbst.«

»Immer gern.« Der Hundeführer verabschiedete sich und rief seine Kollegen zusammen.

»Wir müssen graben.« Ecki sah zum Himmel. »Und wir brauchen Hubschrauber. Vielleicht können die Kollegen aus der Luft etwas erkennen.«

»Ich fürchte, das wird ein langer Tag. Und ich habe keinen Tabak mehr. Scheiße.« Kuhnert drehte sich eine Zigarette aus dem Rest, den er mit seinen kalten Fingern kaum in das Zigarettenpapier bugsieren konnte.

Eine Stunde später stand ein Hubschrauber hoch über dem Gelände. Am Boden waren mehrere Mitarbeiter der KTU damit beschäftigt, dort Löcher zu graben, wo die Hunde gekratzt hatten. Gefunden hatten sie bislang nichts.

Mittlerweile war ein kleines Zelt am Rand des Feldes aufgebaut, das als provisorische Einsatzzentrale dienen sollte. Aber wegen der Kälte saßen die vier Ermittler wieder in ihrem Transporter.

Frank starrte angestrengt auf das braunschwarze Feld, auf dem die sieben Männer in ihren weißen Schutzanzügen wie lebende Schneemänner wirkten.

»Der Boden ist hart. Das dauert. Wenn ich jemanden verscharren müsste, würde ich das Loch auch so tief wie möglich graben.« Ecki biss in eines der belegten Brötchen, die die Kollegen von der KTU mitgebracht hatten.

Langsam legte sich die Dämmerung über das abgesperrte Feld. Die meisten Wachposten waren inzwischen abgezogen worden, weil das Areal, auf dem die Kriminaltechniker arbeiteten, vergleichsweise klein und übersichtlich war.

Es dauerte noch eine Weile, dann tauchte einer nach dem anderen in seiner vollen Größe aus seinem frisch ausgeworfenem Erdloch auf und stapfte auf den Transporter zu.

Gleichzeitig erklang eine Stimme aus dem Funkgerät.

»Brechen ab. Haben technische Probleme. Außerdem wird die Sicht schlechter. Morgen ist ein neuer Tag. Over and out.«

Frank folgte dem Hubschrauber mit seinen Augen.

Torsten Linder zog beim Einsteigen den Kopf ein. »Nichts. Keine Leiche, keine Knochen.«

»Es muss Spuren geben.« Ina Weber sah Linder an.

Frank deutete auf das Feld. »Die Spuren sind vielleicht winzig klein. Wir müssen die Erde aussieben.«

Ecki runzelte die Stirn. »Weißt du, wie lange das dauert? Monate, Frank, Monate! Was ist, wenn die Tiere sich doch getäuscht haben oder durch irgendetwas abgelenkt wurden? Der PP grillt uns. Und van Bommel ist längst draußen, weil Böllmann ihn nicht länger festhalten kann.«

»Hast du vielleicht eine bessere Idee?«

»Die Hunde sollen morgen noch einmal suchen. Dann sehen wir vielleicht klarer.«

»Ich gebe dir jetzt die letzte Gelegenheit, reinen Tisch zu machen. Das brächte dir vor Gericht wenigstens ein paar Bonuspunkte.«

Der Niederländer betrachtete mit provozierender Gelassenheit die kahlen Wände, interessierte sich im nächsten Augenblick brennend für die Technik des Tonbandes, tippte leicht auf das Mikrofon und beobachtete dabei den Ausschlag des Pegels. Van Bommel war schlecht rasiert, seine Kleidung wirkte nachlässig. Die Haft zeigte endlich Wirkung.

»Wie geht es deinen Freunden?«

»Gut.«

»Dann hoffen wir doch mal, dass es so bleibt.« Van Bommel begann seine Fingernägel zu reinigen.

»Du kannst ihnen nichts tun. Sie sind in Sicherheit.«

»Da sage noch einer, die Polizei sei keine große Familie. Und wie geht es Viola?«

»Das geht Sie nichts an. Das ist nicht unser Thema.«

»Ich höre, sie schläft viel?«

Van Bommel blufft nur, dachte Frank.

»Warum sagst du nichts?«

»Was ist mit meinem Angebot?«

»Du bist nicht in der Position, mir ein Angebot zu machen.«

»Schluss!« Frank brüllte so unvermittelt und so laut, dass van Bommel zusammenzuckte. »Zum letzten Mal: Wo ist Kamphausen, und wo ist Uferkamps Kopf!?«

Der Niederländer hatte die Schrecksekunde überwunden. »Netter Versuch, Frank.«

»Was haben Sie mit Kamphausen gemacht?«

»Was denkst du?«

»Sie haben ihn getötet oder töten lassen.«

»Na, dann habt ihr doch bestimmt im Kartoffelbunker seine Leiche gefunden«, spottete van Bommel.

Der Holländer hatte sich verraten. Sie waren ganz nahe dran. »Nein, haben wir nicht.«

»Ihr habt doch alles abgesucht.«

»Nur die Gebäude.«

Van Bommels Augen flackerten den Bruchteil einer Sekunde.

Frank ging zur Tür und winkte dem Beamten. »Bringt ihn weg, bitte.«

Über das LKA hatten Frank und Ecki eine Tatortgruppe des BKA anfordern können, die sich mit forensischer Archäologie befasste. Dabei kam ihnen der Umstand zu Hilfe, dass das BKA in ähnlicher Mission schon einmal für die Mönchengladbacher Behörde im Einsatz gewesen war. Damals hatten die Experten ein Fließband in ihrem Gepäck, das ursprünglich zum Aussieben von Sprengstoffsplittern konzipiert worden war. Unmittelbar nach dem erfolgreichen Einsatz in der damaligen Mordsache, bei der mithilfe der Maschine eine knapp drei Zentimeter große Kinnspitze eines menschlichen Schädels gefunden worden war, hatten Techniker das Fließband umgebaut: für das Auffinden menschlicher Gewebereste und Knochenfragmente in Sedimenten.

Die Mönchengladbacher Kriminaltechniker hatten sich zudem Hilfe vom Landesamt für Bodendenkmalpflege geholt. Zusammen mit mehreren Archäologen, die in dicken Stiefeln und Winterjacken an dem langsam laufenden Fließband standen, arbeiteten sich nun die gesamte Mannschaft der KTU sowie eine Reihe von Rechtsmedizinern mit kleinen Schäufelchen und verschiedengroßen Pinzetten durch die Erdbrocken, die ihnen von Kollegen auf das Band gelegt wurden.

Um das von weißen Zelten überdachte Fließband herum standen stapelweise Plastikwannen, um das untersuchte Material aufzunehmen.

Das Gelände auf der Rückseite der Hallen war in kleine Parzellen aufgeteilt worden, auf denen stellenweise bereits großflächig die oberste Erdschicht abgetragen worden war. Keine leichte Aufgabe bei dem hart gefrorenen Boden.

Über allem kreiste ein Hubschrauber, aus dem heraus Fotos gemacht wurden, die man später mit den kartierten Ergebnissen vergleichen konnte.

Auf dem Hof des ehemaligen Landproduktehandels hatte das THW eine Behelfsküche aufgebaut, um die Einsatzkräfte mit warmen Getränken und Essen zu versorgen.

Ina Weber hatte sich gerade einen Tee geholt, als sie einen Mann aus seinem Geländewagen steigen sah, der sofort begann, Fotos zu machen.

»Den sollten wir uns mal vorknöpfen.« Ecki stapfte bereits in die Richtung des unbekannten Fotografen.

»Warte, ich komm mit.« Kuhnert ließ seine Zigarette fallen und trat sie aus.

»Guten Tag, können wir Ihnen helfen?« Ecki nickte freundlich und zeigte dem Mann seinen Dienstausweis.

»Ich möchte nur ein paar Bilder machen. Ist das verboten?«

»Warum machen Sie denn die Fotos?« Jan Kuhnert stellte

sich so zu dem Angesprochenen, dass er ihm den möglichen Fluchtweg versperren konnte.

Der Mann trat unwillkürlich einen Schritt zurück. »Ich habe nichts Verbotenes getan.«

»Das unterstellt Ihnen auch niemand.« Ecki streckte seine Hand aus. »Sie haben doch sicher Ihren Ausweis dabei.«

»Ich habe ihn gleich. Immer, wenn man ihn braucht, findet man ihn nicht.« Der Mann sprach mit Akzent. Eilfertig begann er in seinen Taschen zu suchen.

»Sie sind Niederländer?« Ecki merkte die innere Anspannung.

»Ja. Aber ich wohne schon seit dreißig Jahren hier im Ort. Das heißt, ik ben weggezogen«, er verbesserte sich, »ich bin umgezogen nach Neu-Otzenrath. Wie viele hier.«

Der Niederländer hatte seinen Ausweis und seinen Führerschein gefunden und hielt Ecki die Papiere hin. »Sehen Sie, Herr Kommissar, ich habe meine Frau hier kennengelernt, als ich drüben gearbeitet habe. Das waren turbulente Zeiten. Ganze Güterzüge haben wir mit Kartoffeln beladen und durch halb Europa geschickt. Alles vorbei.«

Ecki reichte die Papiere an Jan Kuhnert weiter, der sich mit ihnen entfernte, um sie zu überprüfen.

»Ich fotografiere hier schon ein paar Jahre lang. Ich will das Andenken an dieses Dorf, mein Dorf, bewahren. Ich war dabei, als das erste Haus geräumt wurde und als hinten die Bagger die schöne Kirche eingerissen haben. Es geht so schnell, dass man sich schon bald nicht mehr an die Fassade eines bestimmten Hauses erinnern kann, an den Stuck, die Farbe oder die Art der Fenster. Schrecklich. Aber ich habe alles aufgenommen. Ein paar Tausend Fotos. Meine Frau schimpft schon.«

»Ich verstehe. Ein Kollege von mir hat hier seinen Probenraum gehabt.«

»Etwa diese Bluesband? Die waren ja im ganzen Dorf bekannt. Nette Kerle. Ein bisschen verrückt vielleicht. Wir haben uns manchmal unterhalten, wenn wir uns auf der Straße getroffen haben. Das Haus ist auch schon längst abgerissen.«

Kuhnert kam wieder und gab ihm die Papiere zurück. »Vielen Dank, Herr Tophoven.«

»Danke. Wenn ich fragen darf, was machen Sie hier?«

»Eine Übung unserer Kriminaltechnik.«

»Interessant. Darf ich vielleicht ein bisschen näher gehen? Ich würde gerne Fotos machen. So etwas bekommt man nicht alle Tage geboten. Sie waren schon mal hier, nicht?«

»Woher wissen Sie das?«

»Habe ich beim Bäcker gehört. Und wonach suchen Sie?«

»Wir nehmen Bodenproben und überprüfen sie.«

»Mit so einem Aufwand?«

Langsam wurde der Fotograf lästig. Ecki räusperte sich. »Eine ganz andere Frage: Wenn Sie so oft mit Ihrem Fotoapparat unterwegs sind, dann kommen Sie doch bestimmt regelmäßig auch hier vorbei?«

Der Mann nickte.

»Wir wissen nur, dass es hier eine ganze Reihe kleiner Betriebe gegeben hat.«

»Ja ja, das macht die Bergbaufirma immer. Solange nicht abgerissen wird, können einige Objekte gemietet werden. Hier war so einiges. Sogar ein Puff. Erzählt man sich jedenfalls. Also, ich selbst war nicht dort.«

Ecki musste schmunzeln. »Ist Ihnen trotzdem etwas aufgefallen? Im Vorbeifahren vielleicht?«

»Das Gelände ist so verwinkelt, da kann man wenig erkennen. Na ja. Abends stehen manchmal Fahrzeuge am Eingang.«

»Was für Fahrzeuge? Lieferwagen? Traktoren?«

»Nein, keine Traktoren.« Tophoven winkte ab. »Lieferwagen.«

»Die parken dann da?«

»Nein. Sie warten, bis ihnen jemand das Tor aufmacht.«

»Sie sind dann stehen geblieben und haben die Autos fotografiert?«

»Nein, um Himmels willen. Ich möchte nicht, dass man mich für einen Spanner hält. Nein. Ich bin meist nur vorbeigefahren und habe die Autos aus dem Wagen heraus beobachtet.«

»Sie sagten ›meist‹?«

»Na ja, wenn ich schon mal zu Fuß unterwegs war, abends, um das Baggerloch zu fotografieren, die vielen Lichter und das Schaufelrad, dann habe ich natürlich auch von der Lagerhalle an den Schienen aus ein paar Fotos gemacht.«

Kuhnert horchte auf. »Sie müssen wirklich eine große Sammlung haben.«

»Fotografieren Sie auch?«

»Nein. Leider. Aber mein Kollege, hier, der Herr Eckers, fotografiert für sein Leben gern.« Kuhnert nahm eine Hand aus seiner Winterjacke und deutete auf Ecki.

Ecki wollte schon protestieren, als ihm klar wurde, was Kuhnert wollte. »Sie können mir Ihre Fotos ja mal zeigen. Ich kann immer Tipps gebrauchen. Man lernt doch nie aus.«

Tophoven strahlte über das ganze Gesicht. Aufgeregt kramte er in seiner Jacke, bis ihm etwas einfiel. »Ach ja, im Auto.« Ohne auf die Polizeibeamten zu achten, ging er zu seinem Geländewagen und kam mit einer Visitenkarte zurück, die er Ecki in die Hand drückte. »Hier steht alles drauf. Ich würde mich freuen, wenn wir bald einen Termin ausmachen könnten. Tot ziens.«

Kuhnert und Ecki sahen dem Niederländer schmunzelnd nach.

»Das wäre was, wenn wir Fotos von van Bommel und Konsorten bekommen könnten.«

»Wenn's klappt, verliere ich nie mehr ein böses Wort über Niederländer.«

Kuhnert grinste.

»Hey, da kommt Leenders, ein gefühlter Holländer.«

Richard »Mad Doc« Leenders stieg aus seinem Auto und kam näher. Der Gerichtsmediziner grüßte missmutig und zündete sich eine Zigarette an.

»Was soll der ganze Aufwand? Wozu das BKA? Das hätte ich auch alleine geschafft. Bin ich euch nicht mehr gut genug?« Frank ärgerte sich. Sie hatten vergessen, Mad Doc von ihrer Aktion zu unterrichten.

»Ist ja noch nix passiert. Und wir können hier jede Hand gebrauchen.« Ecki versuchte, Leenders aufzumuntern.

»Ohne mich wärt ihr sowieso aufgeschmissen.«

»Sag ich doch.« Frank versuchte, Boden gutzumachen.

»Warum rufst du dann nicht an, Borsch?«, giftete Leenders und wandte sich an Jan Kuhnert. »Gibt es schon Ergebnisse?«

Kuhnert schüttelte den Kopf. »Dazu ist es noch zu früh.«

»Das wird eine langwierige Sache, sage ich euch. Denn es ist schlimmer, in diesem Dreck zu wühlen, als die Nadel im Heuhaufen zu finden. Das kann Wochen dauern oder Monate. Und dann kommt es vor allem auf das Gespür und die Erfahrung von uns Rechtsmedizinern an, ob etwas gefunden wird. Denn ein winziges Kieselsteinchen von einem Knochensplitter zu unterscheiden oder von einem abgebrochenen Schneidezahn, dazu braucht ihr nicht nur ein gutes Auge, sondern explizites Fachwissen. Die Rechtsmedizin ist wahrlich ein weites Feld, sage ich euch. Weit größer als dieser Acker hier.« Damit ging Leenders zum Wagen zurück, um seine Tasche zu holen.

Frank sah ihm nach. »Der geht mir so was von auf den Sack.«

»Dann ignorier ihn doch einfach.« Ecki wollte das Thema wechseln. »Ich wusste gar nicht, dass STIXX in Otzenrath so bekannt ist.«

Er erzählte Frank von der Begegnung mit dem Fotografen.

»Kannste mal sehen. Gute Musik setzt sich eben überall durch.«

»Von guter Musik war nicht die Rede.«

»Sehr witzig.«

Spät am Abend waren Frank und Ecki heimgefahren und hatten die Kollegen auf der hell erleuchteten Ausgrabungsstelle der Kälte überlassen. Bis weit nach Mitternacht hatte Frank auf den erlösenden Anruf des BKA gewartet. Aber das Mobiltelefon blieb stumm.

»Guten Morgen. Sie haben heute das Vergnügen mit mir.«

»Hat Borsch endlich eingesehen, dass er mir nicht das Wasser reichen kann?«

Unbeeindruckt richtete Ecki das Aufnahmegerät ein.

»Wo ist Borsch? Ich will nur mit Borsch reden.«

»Sie sind nicht in der Position, Forderungen zu stellen.«

»Sie haben meine Frage nicht beantwortet! Wo ist er?«

Der Holländer sah Ecki mit ausdruckslosem Gesicht an.

»Mein Kollege Frank Borsch hat heute seinen freien Tag und genießt es, einmal nicht Ihr Gesicht sehen zu müssen.«

»Er hat Angst vor mir. Er ist ein feiger Hund.«

»Lassen Sie uns über Sie reden. Das ist interessanter.«

»Ich will Kaffee.«

»Später. Erst müssen Sie mir brav meine Fragen beantworten.«

»Ich könnte Ihnen das als psychische Folter auslegen, wenn Sie mir nicht sofort einen Kaffee besorgen.«

»Ich bin beeindruckt.«

»Ich kann auch anders.«

»Wie gesagt, ich bin tief beeindruckt.«

»Ich gehe davon aus, dass ich mich innerhalb der nächsten 48 Stunden von Ihnen verabschieden kann. Wird auch Zeit, ich möchte nämlich noch einmal Ihr Museum am Abteiberg besuchen, bevor es geschlossen wird.«

»Ihr Kunstinteresse wird sich künftig auf die Architektur unserer Justizvollzugsanstalten beschränken müssen.«

»Starke Worte, Herr Eckers.«

»Hören Sie, Herr van Bommel«, Ecki zeigte auf einen

Punkt jenseits der Wand, »da draußen graben gerade Dutzende von Experten einen Acker um. Und ich schwöre Ihnen, sie werden Reste von Kamphausen und von Uferkamp finden. Und dann ist es egal, ob Sie die beiden umgebracht haben oder einer ihrer Männer.«

Van Bommels Gesicht verdunkelte sich zusehends.

»Und ich sage Ihnen noch etwas. Wir haben Fotos, wie Sie das Gelände betreten, und Fotos, wie Sie Lieferwagen entladen. Wir werden diese Lieferwagen finden. Und wir werden in ihnen Spuren Ihrer Opfer finden.«

»Fotos?« Die Stimme des Holländers kratzte über den Tisch.

»Sie können wählen zwischen Hochglanz und matt.«

»Sie lügen.«

»Sie sind am Ende, van Bommel.«

»Wo ist Borsch? Ich will dem Hurensohn ins Gesicht sagen, dass Viola für immer mir gehört.«

»Marco van Bommel, es ist nur noch eine Frage von ein paar Stunden, bis für Sie endgültig die Türen zugehen.«

»Fick dich, Bulle.«

»Und ich sage Ihnen noch etwas, van Bommel. Jan Vermeer hat die Fotos schon gesehen und ausgesagt.«

»Jungs, ich bin stolz auf euch.«

»Quatsch nicht, Schrievers, wir haben keine Zeit. Otzenrath wartet.« Frank hatte schon seine Jacke angezogen.

»Den Weg könnt ihr euch sparen.« Der Archivar schwenkte ein durchsichtiges Plastiktütchen.

»Was hast du da?«

»Eine Kinnspitze, sagt Leenders.«

»Wie kann Leenders das wissen?« Frank drehte das Tütchen vor seinem Gesicht hin und her.

»Leenders hat damit nichts zu tun. Das hat einer der BKA-Leute erkannt. Er hat so was vor Jahren schon mal gesehen. Leenders hat nur den Glücksboten gespielt.«

»Und wem gehört die Kinnspitze? Uferkamp oder Kamphausen? Wissen das die Kollegen schon?« Ecki streckte die Hand aus.

»Gibt es sonst noch Fundstücke?«, fragte Frank.

»Bis jetzt negativ. Aber ich sage mal: Wo das herkommt, ist bestimmt noch mehr.«

»Eine Unsicherheit gibt es noch. Leider.« Ecki setzte sich.

»Nämlich?« Schrievers sah gespannt von Frank zu Ecki.

»Uns hat eine ältere Frau erzählt, dass auf dem Gelände deutsche Soldaten begraben worden sein könnten oder Kriegsgefangene.«

»Das kläre ich. Kein Problem. Ich hab da meine Quellen.« Schrievers winkte ab.

Je länger die Forensiker siebten, umso mehr Knochen- und Haarreste förderten sie zutage, dazwischen auch abgebrochene Zahnstücke.

Am Abend trafen Ecki und Frank im Zelt an der Grabungsstätte ein. Auf dem Gelände herrschte trotz der fortgeschrittenen Zeit noch konzentrierte Betriebsamkeit. Zwischen den Scheinwerfern hingen die weißen Atemwölkchen der Männer.

Leenders erwartete sie bereits.

»Kollegen, so etwas habe ich noch nicht erlebt.« Mad Doc warf sich in Positur. »Wir haben bisher mehr als 100 Proben sichergestellt, die mit höchster Wahrscheinlichkeit menschlicher Natur sind.«

»Das BKA ist sicher auf Soldatengräber gestoßen«, unterbrach Ecki.

»Lieber Ecki, das ist ebenfalls mit an Sicherheit grenzender Wahrscheinlichkeit auszuschließen. Die von uns eingesammelten Knochenreste sind jüngeren Datums.« Leenders zündete sich eine Zigarette an, bevor er weitersprach. »Gegen deine Annahme spricht vor allem, dass bisher keine Stoffreste gefunden wurden, die in die Zeit passen würden. Außerdem unterstützen auch die Bruchkanten der Knochenreste deine Annahme nicht.«

»Warum sprichst du nicht weiter, Leenders?«

»Ehrlich gesagt können wir uns keinen wirklichen Reim auf die Sache machen: Einerseits die Menge der aufgefundenen Stücke, und es werden ständig mehr, andererseits sind die Reste so klein. Das kann nie und nimmer ein Pflug oder sonst ein landwirtschaftliches Gerät gewesen sein. Auffallend ist, dass die meisten Fundstücke auf oder knapp unterhalb der Oberfläche gefunden wurden. Das spricht auch gegen deine Soldatentheorie.«

»Und jetzt?« Frank sah Leenders an.

Doch der zuckte nur mit den Schultern.

»Fragen wir Vermeer.« Ecki stand auf.

»Gleich morgen.« Frank nickte.

Auch Leenders nickte. »Ihr macht euren Job, ich meinen.«

»Herr Vermeer, machen Sie es sich und uns doch nicht so schwer.«

Jan Vermeer starrte schweigend auf seine Hände.

»Wir haben Gewebereste, Knochen- und Zahnsplitter gefunden. Die Rechtsmediziner sind bereits dabei, sie zuzuordnen. Ich bin sicher, dass die Experten Kamphausens Körper und den Kopf von Uferkamp identifizieren werden.«

Frank wusste, dass er behutsam mit Vermeer umgehen musste, der in der U-Haft schon zwei Selbstmordversuche unternommen hatte. In sich versunken hockte Jan Vermeer nun bereits seit einer guten halben Stunde vor Frank.

»Machen Sie reinen Tisch. Der Staatsanwalt hat Ihnen ja bereits signalisiert, dass er einer Kronzeugenregelung nicht grundsätzlich ablehnend gegenübersteht.«

Aus Jan Vermeers Brust drang ein dumpfes Grollen. Gleichzeitig bäumte sich der Oberkörper des Niederländers auf.

»Van Bommel kann Ihnen nichts tun. Er hat keine Macht mehr über Sie.«

Vermeer öffnete die Augen und sah auf seine Hände, die sich öffneten und schlossen. Wieder löste sich ein tiefer, gurgelnder Ton aus Vermeers Kehle. Er sprach mit einer Stimme, die bei jedem Wort abzubrechen drohte und so heiser klang, als habe der Mann über Stunden geschrien.

»Es war Abend. Wir haben getrunken. Und wir haben ein bisschen Koks gehabt. Wir wussten, dass wir es tun mussten.«

»Was mussten Sie tun? Wo waren Sie?«

»Was fühlt man, wenn man jemandem den Kopf abschneidet?«

Frank antwortete nicht.

»Ich sage es Ihnen. Man schneidet und fühlt nichts. Nur den Widerstand. Sind das Muskeln, ist das der Halswirbel? Es schmatzt und knirscht. Wir haben dabei getrunken. Und wir haben dabei gelacht. Ja, wir haben gelacht. Sieh her, wie er glotzt! Sieh her, wie es tropft.« Vermeer schüttelte sich. Er zitterte, seine Hände verkrampften sich.

Frank schwieg. Er nahm nicht wahr, dass das Mobiltelefon in seiner Hosentasche vibrierte.

»Wir haben den Kopf wie einen Ball über den Boden rollen lassen. Er ist einfach runtergefallen. Wir haben nicht gemerkt, dass er schon abgeschnitten war. Ich habe gelacht.«

Frank nickte.

»Wir haben getan, was wir auch mit Kamphausen getan haben. Wir haben ihm in den Kopf geschossen. Dann haben wir ihn ausgezogen, solange er noch weich war.«

»Ausgezogen?« Frank hauchte die Frage fast.

»Seine Kleider haben wir verbrannt.«

»Wo habt ihr ihn erschossen?«

»Und dann haben wir seine Arme und Beine abgeschnitten. Es war ganz einfach.« Ein kurzes Lächeln zuckte über Vermeers Gesicht. »Wenn man ein scharfes Messer hat. Es muss lang sein und scharf. Und man muss vorher viel trinken.«

Frank schluckte.

»Dann haben wir den Rest zerteilt.«

»Womit?«

»Er hat doch nicht ganz hineingepasst.«

»Was meinst du damit?«

»Die Arme und Beine waren kein Problem. Aber der Rest.«

»Wo habt ihr ihn erschossen, Jan?«

»Es hat geknirscht, schlimmes Geräusch.« Jan Vermeer schlug sich mit den Fäusten gegen die Schläfen. »Ich höre es jede Nacht. Dieses Knirschen!« Er schrie fast.

»Was hat geknirscht?« Franks Frage klang fast tonlos.

»Knochen.«

»Knochen?«

»Ich habe Marco gewarnt. Ich habe ihm gesagt, Kamphausen ist zu groß dafür.«

»Marco van Bommel war auch dabei?«

»Er war nicht so schwer, wie ich gedacht habe.«

Vermeer winselte und wand sich. Tränen liefen über seine Wangen.

»Aber wir haben es am Ende doch geschafft. Wir haben immer alles geschafft. Die Scheunen, das Marihuana, Ernten, Fortschaffen, Viola Kaumanns, Verhandlungen mit den Bossen. Geld ist nicht wichtig. Die Macht! Wir hatten die Macht.«

Frank traute sich nicht, Vermeer zu unterbrechen.

»Wir waren Gott.« Vermeer hob die Arme gegen die Zimmerdecke. »Niemand konnte uns aufhalten. Es war so schwer und so leicht.« Vermeer ließ seine Hände sinken. »Sie war schnell verstopft. Wir haben sie ein paarmal reinigen müssen. Das war gefährlich. Wir haben den Strom abstellen müssen. Sonst hätte sie auch uns aufgefressen.«

Frank glaubte nun zu wissen, wie die Reste der beiden Männer auf das Feld gekommen waren.

»Es war ein großer Schredder. Wir haben ihn gemietet.«

Nur mit eisernem Willen konnte Frank das Würgen in seinem Hals unterdrücken.

»Viola?« Frank flüsterte zum zweiten Mal ihren Namen.

Er hatte zunächst an der Tür gestanden und nicht sehen können, ob sie schlief. Nun sah er, dass Viola mit offenen Augen auf dem Rücken lag. Ihr Blick verlor sich im Nirgendwo.

»Viola?«

Sie antwortete nicht. Und sie bewegte sich nicht.

Unschlüssig blieb Frank stehen. Ob sie ihn überhaupt wahrnahm? Frank versuchte vergeblich, mit seinem Blick ihre Augen einzufangen.

»Ich habe dir etwas mitgebracht. Ich werde gleich mal nach einer Vase fragen.« Verlegen legte Frank die fünf dunkelroten Rosen, die er in dem kleinen Shop neben dem Klinikeingang gekauft hatte, auf das Nachttischchen.

Langsam und schüchtern legte Frank seine Hand auf ihre. Die Finger fühlten sich kühl an.

»Er wird den Rest seines Lebens sitzen. Jan Vermeer hat heute die Morde an Kamphausen und Uferkamp gestanden. Ich dachte, dass du es als Erste wissen solltest. Jetzt fehlt nur noch das Geständnis, dass sie Voogt getötet haben. Aber das ist auch nur noch eine Sache von Stunden. Viola, er wird dir nie mehr etwas tun.«

Viola Kaumanns zeigte keine Regung.

»Ich soll dir schöne Grüße von allen Kollegen bestellen. Sobald es dir bessergeht, wollen sie dich besuchen.«

Er hätte sie so gerne wenigstens zu einem kleinen Lebenszeichen bewegt.

»Ich komme wieder.« Er zögerte. »Wenn du willst.«

Frank bekam keine Antwort.

»Also, dann.« Frank zog vorsichtig seine Hand zurück. Für einen Moment meinte er, einen leichten Druck gegen seine Finger gespürt zu haben.

An der Tür blieb Frank noch einmal stehen. »Bis bald, Viola. Werd wieder gesund. Ich denke an dich.«

Guido Bremes stand auf, als er das Zimmer verließ.

»Bleib sitzen, Bremse.«

»Was sagt sie?«

»Nichts.«

»Ich habe Angst um sie.«

Frank nickte. »Passt, verdammt noch mal, gut auf sie auf.«

Der Polizist nickte.

»›Mönchengladbacher Polizei hält Informationen zurück‹.« Ecki warf den *Express* in den Papierkorb. »Das sind doch alles Arschlöcher. Warum reden wir überhaupt noch mit denen, wenn sie sowieso schreiben, was sie wollen?«

»Du kennst die Typen doch.«

»Hauptsache, wir konnten Viola aus der Sache heraushalten.«

Frank legte seine Zeitung beiseite. »Das wäre eine Katastrophe gewesen. Wer hat gerade Dienst bei ihr?«

»Bremse.«

»Guter Mann.«

Das Telefon klingelte.

»Eckers, KK 11.« Ecki runzelte die Stirn. »Vor einer Stunde? Aha. Danke.« Er legte auf.

»Und?«

»Van Bommel ist auf einen Justizwachtmeister losgegangen, dabei aber an den Falschen geraten. Nun hat er ein Veilchen.«

»Was heißt das?«

»Willi hatte Dienst.«

»Oligschläger?« Frank musste grinsen. »Volltreffer.«

»Schau mal.« Ecki deutete zum Fenster.

Vor den Bürofenstern tanzten dicke Schneeflocken.

Heinz-Jürgen Schrievers hatte kaum mehr Platz auf seinem Schreibtisch. Auch auf dem Boden stapelten sich Aktenordner zu unterschiedlich hohen Gebilden. Mehrere Fächer seiner Stahlschränke waren aufgezogen. Auf den Ablagen türmten sich aufgeklappte Mappen und Ordner. Dazwischen standen halbleere Wasserflaschen und Kaffeebecher. Eine leere Brötchentüte diente in einem der Schnellhefter als Lesezeichen. Das ganze Archiv schien im Chaos zu versinken.

»Sollen wir dir suchen helfen? Hast du den Überblick verloren? Suchst du einen verschollenen Schokoriegel?«

»Ihr solltet lieber dankbar sein.« Der Archivar fuhr sich mit der Hand übers Kinn, wo Bartstoppeln hörbar kratzten. »Aber wir können das Ganze auch vergessen. Kein Problem, Kollegen.« Schrievers zog beleidigt die dicke Strickjacke enger um seinen Bauch.

»Nun hab dich doch nicht gleich so, Heini.«

»Und nenn mich nicht ›Heini‹!« Schrievers' Kopf lief rot an.

Frank hatte das Glühen in Schrievers' Augen entdeckt. Das alte Trüffelschwein hatte offenbar etwas gefunden, das für sie von entscheidender Bedeutung war. Sonst hätte der Archivar sie nie und nimmer extra angefunkt.

»Halt doch mal die Klappe.« Frank legte eine Hand auf Eckis Arm.

»Schon gut«, knurrte Schrievers. »Das war erst die Gelbe Karte.« Er sah von einem zum anderen. »Ich habe alle Daten analysiert. Außerdem habe ich alle Unterlagen gesichtet, die mir LKA und BKA zur Verfügung gestellt haben. Und ich habe Unterlagen aus Den Haag bekommen. Ich habe ein Zeitraster angelegt, in das ich alle Bewegungen van Bommels aufgenommen habe. Und ich habe den Daten die entsprechenden Orte zugeordnet. Dadurch habe ich einen ziemlich lückenlosen Fahr- und Bewegungsplan der Holländer aufstellen können.

Nebenbei bemerkt: Die Versorgung der Plantagen, die Ernte, die Neuanlagen, der Abbau der alten Anlagen und so weiter, das ist in der Tat alles generalstabsmäßig geplant und durchgeführt worden. Van Bommel hat tatsächlich über eine erstklassige Logistik verfügt. Wenn wir eine Plantage ausgeräuchert haben, hat er einfach neue bauen lassen. So hätte es noch Jahre weitergehen können. Wenn wir nicht Viola eingeschleust hätten.« Schrievers räusperte sich verlegen, denn ihm war klar, dass er ein überaus sensibles Thema angesprochen hatte.

»Erzähl weiter.« Frank nickte dem Archivar zu.

»Besonders die Unterlagen von Europol belegen, dass van Bommel seine Logistik auch dazu benutzt hat, die Pestizide und Düngemittel gleich mit zu verteilen. Seine Transporter sind also nie leer unterwegs gewesen. Van Bommel hat jeden Monat Millionenumsätze gemacht, die an seine Auftraggeber geflossen sind. Und die sitzen ganz weit weg. An die werden wir kleinen Mönchengladbacher Polizeibeamten nicht herankommen. Die Kollegen haben Konten in den unterschiedlichsten Ländern entdeckt. Zudem haben die Täter ein Kartell aus verschiedenen Firmen, Holdings, Investmentfirmen usw. unterhalten. Dagegen sollen Mafia und Cosa Nostra harmlose Bridgeklubs sein.«

Ecki nickte. »So weit ist uns das doch schon bekannt.«

»Wart doch erst mal ab.« Schrievers sah Ecki tadelnd an.

»Du hast wie immer recht.« Ecki deutete eine Verbeugung an.

»Wie ihr euch sicher vorstellen könnt, hat mich das Aufstellen der Zeit- und Ortsraster viel Zeit, Kaffee und Schokoriegel gekostet. Aber es hat sich gelohnt.«

»Du siehst ganz danach aus, als ob du Erfolg hattest.«

»Was willst du damit sagen?« Schrievers strich mit einer Hand über seinen Bauch und sah Frank argwöhnisch an.

»Oh, ich freue mich nur, dass deine Arbeit offensichtlich von Erfolg gekrönt ist.« Jetzt hatte auch Frank den zweideutigen Sinn seiner Worte erkannt.

Heinz-Jürgen Schrievers war mit Franks Antwort zufrieden und zog ein großes, eng beschriebenes Blatt hervor, das aus mehreren DIN-A4-Blättern zusammengeklebt war. »Wenn ihr mal schauen wollt.«

Frank und Ecki umkurvten vorsichtig die Aktenstapel an Schrievers' Schreibtisch und traten hinter den Archivar.

»Es ist ein bisschen kompliziert, aber im Grunde auch wieder ganz einfach.« Schrievers fuhr mit seinem Zeigefinger über einige Linien. »Hier könnt ihr sehen, wie und wann van Bommel unterwegs war. Mit Datum, Ort und Uhrzeitangaben.«

Frank und Ecki schauten sich fragend an.

»Damit könnt ihr auch nachvollziehen, dass van Bommel an dem Abend, als Voogt ermordet wurde, gar nicht am Tatort gewesen sein kann. Genauso wenig wie seine Komplizen. Und wenn wir dann noch annehmen, dass er seine Morde zusammen mit seiner Meute immer nach dem gleichen Muster verübt hat, also niemals einen Auftragskiller beschäftigte, lassen die Fakten nur einen Schluss zu: Die Holländer haben Michael Voogt nicht umgebracht.« Schrievers sah die beiden triumphierend an und legte zufrieden seine gefalteten Hände auf den Bauch. »Wenn ihr mich nicht hättet.«

Ecki sprach vorsichtig, denn er wollte sich auf keinen Fall erneut den Zorn des Archivars zuziehen. »Ich ziehe meinen Hut vor deiner unglaublich akribischen Arbeit.«

»Endlich mal einer, der meine Arbeit zu würdigen weiß.«

»Allerdings muss ich dir ein wenig Wasser in den Wein gießen.«

Schrievers blieb freundlich. »Ja?«

»Nun ja, deine Ausführungen waren bis zum Schluss stimmig. Und sie sind mit Sicherheit bis ins Detail belegbar. Wenn es denn so ist, dass van Bommel nicht der Mörder von Voogt sein kann, dann mag ich dir das ja glauben. Aber glaubt dir auch der Staatsanwalt? Es fehlen die Beweise, dass van Bommel nicht am Tatort war.«

Mit einer Geschmeidigkeit, die Frank und Ecki nie vermutet hätten, wirbelte Schrievers auf seinem Drehstuhl herum, glitt mit der gleichen Bewegung an seinen Kollegen vorbei und fischte den Schnellhefter mit der Brötchentüte als Lesezeichen von der Ablage. »Hier ist genau das fehlende Puzzle-Teilchen, nach dem ich so lange gesucht habe.«

Frank nahm die Mappe entgegen und schlug sie an der Stelle auf, die die gefaltete Brötchentüte markiert hatte.

»Lies!«, fordert Schrievers seinen Kollegen auf.

Frank überflog die wenigen Zeilen, die in einem nicht ganz fehlerfreien Deutsch geschrieben waren, und sah dann hoch.

»Genauso habe ich auch geguckt, Frank. Die Beweise für meine Theorie lagen die ganze Zeit bei uns im Präsidium.«

»Kann mir einer mal erklären, worum es geht.« Ecki griff nach der Mappe, aber Schrievers hielt sie fest.

»Den Haag hat zusammen mit den Amsterdamer Kollegen van Bommel wochenlang beschattet und detaillierte Dossiers angelegt. Und Fotos gemacht. Ecki, wir sind Trottel.«

»Was heißt das?«

»Dass wir höchst interessante Fotos haben.« Schrievers griff nach einem braunen Umschlag und reichte ihn Ecki.

»Sie lagen die ganze Zeit auf Beans Schreibtisch. Ich habe sie gefunden, als ich dort Unterlagen gesucht habe. Die Niederländer haben ihm ihre Ermittlungsergebnisse geschickt, zusammen mit den Fotos. Der arme Bean ist nur nicht mehr dazu gekommen, die Post zu öffnen. Mit einer Kugel in der Brust ist das ja auch schlecht möglich.«

Ecki schüttelte ungläubig den Kopf.

»Während Voogt mit seinen Schützenbrüdern Schweineblut gespielt hat, saßen van Bommel und Konsorten fröhlich feiernd in dieser Amsterdamer Kneipe.« Schrievers deutete auf die gestochen scharfen Fotos.

»Ich glaub's einfach nicht.«

»Michael Voogt ist von jemand anderem erstochen worden. Und dieser Unbekannte hat auch die Medaille vom ›Bund Historische Deutsche Schützenbruderschaft‹ zur Leiche gelegt.«

»Heiliger Sebastian!«

»Du sagst es.«

»Was hat das zu bedeuten?«

»Dass der Mörder von Michael Voogt immer noch frei herumläuft.«

Ecki legte seine Hand auf Schrievers' Schulter. »Ich weiß nicht, ob ich mich jetzt freuen oder kotzen soll.«

Frank war erstaunt, wie ruhig Böllmann alles aufnahm.

»Die MK Bruderschaft bleibt natürlich in der bisherigen Stärke bestehen. Was ist, meine Herren? Worauf warten Sie noch?«

»Wir möchten Viola Kaumanns zur Beförderung vorschlagen und hoffen dabei auf Ihre Unterstützung.«

»Das können Sie. Ich werde mich in geeigneter Form für Frau Kaumanns verwenden. Ich habe mir auch schon meine Gedanken gemacht. Frau Kaumanns hat ein schweres Trauma. Soweit ich die Ärzte verstehe, wird sie vielleicht ihr Leben lang mit den Dämonen kämpfen müssen, die van Bommel in ihr zurückgelassen hat.«

Frank schluckte.

Ecki nickte. Aus den Augenwinkeln sah er, dass Franks Kiefer mahlten. »Wir müssen dafür sorgen, dass der Niederländer nicht auch noch aus dem Gefängnis heraus agiert. Sie wissen, was er dem Kioskbesitzer angetan hat.«

»Bei der Durchsuchung von van Bommels Zelle ist ein Handy gefunden worden. Ich denke, dass Sie ab sofort keine Angst mehr um Viola haben müssen. Van Bommels Zelle wird jetzt ständig überwacht. Und auch seine Kontakte im Bau.« Böllmann machte eine Pause und wechselte das Thema. »Sie stehen wieder am Anfang. Was werden Sie jetzt tun?«

»Voogts Bruderschaft durchleuchten, ebenso die Thofonderns, und wir werden uns diese Pornos noch genauer ansehen müssen. Wir werden den Landproduktehandel noch einmal auf den Kopf stellen, die Brauerei, die Wohnung. Meintwegen das ganze Dorf.«

Der Kollege aus der KTU stöhnte. »Das ist nicht euer Ernst? Wisst ihr, was das für ein Dreck ist?«

»Komm schon, Linder, die Personaldecke ist dünn. Und dir fallen beim erneuten Sichten sicher Dinge auf, die anderen verborgen bleiben würden.«

Linder drehte sich zu seinem PC und klickte die entsprechenen Dateien an. »Wonach soll ich überhaupt suchen?«

»Nach allem, was wie ein Gesicht aussieht. Vielleicht haben wir einen Spiegel übersehen, eine Kopfbewegung. Ich will endlich wissen, wen der alles gevögelt hat.«

»Wie soll das gehen, Ecki? Wenn nix drauf ist, ist nix drauf.«

»Hör auf zu jammern, und hau rein.«

Der Kriminaltechniker öffnete die erste Datei. Ohne Ton wirkten die rhythmischen Bewegungen grotesk. Stupide bewegte sich der Körper des Mannes vor und zurück. Auf der Aufnahme war nur die Rückenansicht der nackten Frau zu sehen.

»Das geht noch fünf Minuten so. Die gleiche Kameraeinstellung, der gleiche Mann, die gleiche Stellung. Ich weiß nicht, was der Typ damit bezwecken wollte.«

Ecki nickte. »Kunst ist das sicher nicht.«

Frank blieb unbeeindruckt. »Voogt wollte entweder mit den Clips vor seinen Kumpeln angeben, oder er hat sie benutzt, um die Frauen zu erpressen.«

»Warum sollte er die Frauen erpressen wollen?«

»Was weiß ich? Weil es ihm Spaß machte, Macht über Frauen zu haben. Weil die Frauen verheiratet sind und er scharf auf das Geld war.«

»Ich weiß nicht. Ist mir ein bisschen dünn, die Theorie.«

»Hast du eine bessere?«

»Nee.«

»Auf diesem Film ist außer Gerammel nichts drauf, was einen Hinweis auf den Ort oder auf die Identität der Frau geben könnte. Der Gestik nach zu urteilen ist sie keine Professionelle.« Torsten Linder seufzte.

»Wenn nicht auf diesem Film, dann vielleicht auf einem

anderen. Du machst das schon.« Ecki tätschelte Linders Schulter.

»Barbara Thofondern.« Frank sah Ecki an. »Sie könnte sich die Videos ansehen. Vielleicht fällt ihr etwas auf.«

»Hattest du nicht gesagt, dass sie raus ist aus der Nummer?« Ecki schüttelte den Kopf.

»Mensch, Ecki, wir müssen das Undenkbare denken.«

»Du klingst wie mein Ausbilder.«

»Und was ist mit der Bruderschaft?«

»Okay, auch die sauberen Bruderschaftler werden sich noch einmal erklären müssen.«

»Die Brauerei steht für mich aber auch noch auf der Liste. Wir sollten vor allem Böhling noch einmal überprüfen.«

»Warum sollte *der* Voogt umgebracht haben?«

»Hm. Kann doch sein, dass Böhling und Voogt eine gemeinsame Vergangenheit haben, von der wir nichts wissen.«

»Klingt gut, Ecki.«

»Könnt ihr eure Besprechung bitte draußen fortsetzen? Ich kann mich bei dem Gequatsche nicht konzentrieren.«

Sie hatten ihren Kollegen von der KTU völlig vergessen.

»Schon gut, Linder.« Ecki schmunzelte. »Haste schon was?«

»Wenn ich in Ruhe arbeiten könnte, vielleicht.«

Auf dem Flur drehte sich Ecki nach Frank um. »Und womit fangen wir an?«

»Thofondern?«

»Ich rufe nur kurz Marion an, dass es später werden kann.«

Frank musste Lisa anrufen. Und er musste an van Bommel denken. Er hatte noch etwas mit dem Holländer zu besprechen.

»Wir treffen uns bei Thofondern. In zwei Stunden.«

Ecki sah seinen Freund erstaunt an. »Wieso das denn?«

»Ich hab noch was zu erledigen.«

Franks Besuch bei van Bommel hatte nicht lange gedauert. Bevor er den Niederländer in der U-Haft aufgesucht hatte, war er noch kurz in seiner Wohnung gewesen, in der Hoffnung, Lisa anzutreffen. Aber sie war nicht da gewesen.

Der Niederländer hatte sich nur widerstrebend vorführen lassen. Van Bommel hatte sich zunächst schweigend angehört, dass Frank von ihm Namen und Hinweise auf Voogts Umfeld erwartete. Auch auf die Frage nach den verschiedenen Frauengeschichten des Brauereieinkäufers hatte er nicht reagiert. Für van Bommel war Voogt längst uninteressant. Nur gegen Ende der Begegnung hatte er ein paar Sätze gesprochen, kurz bevor er wieder in seine Zelle gebracht werden sollte.

»Ich bin immer einen Schritt hinter dir. Du wirst mich nicht mehr los. Dein Leben gehört längst mir. Begreif das endlich, Bulle.«

»Ich kann Ihren Unmut wirklich verstehen, Frau Thofondern. Aber Sie müssen bitte auch uns verstehen. Unsere bisherigen Ermittlungen haben uns keinen Schritt vorangebracht, zumindest, was den Mord an Michael Voogt betrifft.«

Sie hatte ihnen nur widerwillig geöffnet und aus reiner Höflichkeit Kaffee angeboten.

»Ich kann Ihnen trotzdem nicht helfen. Ich habe Ihnen doch schon alles gesagt.« Unsicher strich sie sich über ihr halblanges Haar.

»Sie müssen wissen, dass wir die Filmsequenzen immer und immer wieder abgespult und untersucht haben. Aber wir können keine der Frauen identifizieren. Es gibt keinen Hinweis auf ihre Identität. Auch was den Ort der Aufnahmen betrifft, haben wir nur Vermutungen. Wir wissen, dass es sich um Hotelzimmer handeln könnte. Im schlimmsten Fall irgendwo in Europa.«

»Michael war viel unterwegs. Aber meist nur am Niederrhein, gelegentlich mal in Nordrhein-Westfalen, in Rheinland-Pfalz oder auch mal in Bayern.«

»Er könnte die Frauen also überall aufgelesen haben?«

»Herr Kommissar, es ist schon schwer genug, mit meinem Leben klarzukommen. Da will ich mich nicht auch noch mit den Fantasien von Michael beschäftigen. Mir reicht, was er mir angetan hat.«

»Sehen Sie, und da genau liegt unser Problem.« Ecki nickte ihr zu.

»Was meinen Sie damit?«

»Sie sind immer noch die einzige Frau, die wir kennen, die ein Motiv hat.«

Barbara Thofondern legte ihre Hände flach auf den Tisch. »Lassen Sie mich doch endlich in Ruhe! Fragen Sie in der Brauerei nach. Die müssen doch wissen, in welchen Hotels Voogt war.«

»Das werden wir tun.« Frank trank einen Schluck Kaffee.

»Was sehen Sie mich so an?«

»Sie müssen sehr gelitten haben.«

Barbara Thofondern wandte den Blick ab und schwieg.

»Wir haben keinen Spaß daran, Sie mit unseren Fragen zu quälen. Aber wir müssen Gewissheit haben.«

»Dann suchen Sie Ihren Mörder irgendwo anders. Ich habe Michael Voogt jedenfalls nicht getötet.«

»Eine Frage noch.« Ecki lächelte die Tochter des Viehhändlers an.

Barbara Thofondern lehnte sich ergeben zurück.

»Gibt es in der Bruderschaft irgendjemanden, der ein Interesse am Tod von Michael Voogt gehabt haben könnte?«

»Das kann ich mir nicht vorstellen. Im Dorf kennt jeder jeden. Einen Mord traue ich niemandem zu.«

»Hat Voogt vielleicht jemanden provoziert? Vor anderen bloßgestellt?«

»Voogt war in Gesellschaft ein Großmaul. Immer ging es um das größere Auto, die dickere Knete, den längsten, na ja, Sie wissen schon. Was Männer so reden, wenn sie besoffen sind. Oft ganz schön abstoßend, wenn man als Frau daneben steht. Aber am Ende harmlos. Niemand hatte Grund, Voogt zu töten. Niemand.« Das letzte Wort betonte sie ungewöhnlich stark.

»Sie wollen doch nicht etwa jemanden schützen?«

»Meinen Sie meinen Vater? – Nein.«

»Könnten Sie mit dieser Last leben, Frau Thofondern?«

Barbara Thofondern antwortete nicht.

»Ach, wissen Sie, ich interessiere mich nicht für die Sachen, mit dem sich die jungen Leute heute beschäftigen. Ich habe keines von diesen kleinen Telefonen, und ich will auch gar nicht wissen, was man damit so alles machen kann. Wenn ich telefonieren will, gehe ich ins Wohnzimmer.« Ferdinand Inderbiethen deutete mit seiner schmalen Hand auf den Telefonapparat, der auf einem Beistelltischchen stand. Das graue Gehäuse steckte in einer dunkelroten Samthülle, die mit einer Goldborte gesäumt war.

»Aber Sie wissen, womit sich Michael Voogt vor seinen Kameraden in der Bruderschaft so gerne brüstete und großtat?«

»Ach, wissen Sie, Herr Kommissar, das ist doch nur Imponiergehabe. Das tun junge Männer, um sich vor den anderen zu beweisen. In meiner Jugend war das nicht anders.«

»Sie wissen also, worüber die jungen Leute geredet haben?«

»Selbstverständlich. Die meisten kenne ich von klein auf. Alles nette Jungens und völlig harmlos.«

Frank seufzte.

Ecki machte noch einen letzten Versuch. »Wie ist das Verhältnis zwischen Herrn Thofondern und seiner Tochter Barbara?«

Der Apotheker legte die Fingerspitzen zusammen. »Kurt ist ein harter Knochen. War er immer schon. Einer, der die Sprache der Bauern spricht. Er verdient gutes Geld. Aber er ist fair zu den Bauern. Wäre es anders, hätte er in dem Gewerbe keine Chance.«

»Ein harter Hund?«, fragte Ecki nach.

»Sie respektieren ihn. Er lässt sie leben und zieht sie nicht bis aufs letzte Hemd aus.«

»Ist er auch hart zu seiner Tochter?«

»Barbara ist ein feines Mädchen. Aber sie hat immer schon eine feste Hand gebraucht. Seit dem Tod der Mutter erst recht.«

»Woher wissen Sie, dass die Tochter des Viehhändlers eine feste Hand braucht?«

»Es ist nicht gut, wenn Frauen ohne Führung sind. Barbara ist schon als Mädchen viel mit den Jungens und später mit jungen Männern umhergezogen.«

»Wie hart ist Thofondern mit ihr umgegangen?«

»Geschlagen hat er sie jedenfalls nie.«

»Könnte Thofondern Voogt beseitigt haben?«

Inderbiethen war nicht erstaunt über die Frage. »Warum sollte Kurt das tun? Er hätte sicher andere Mittel gehabt, um Voogt zur Räson zu bringen.«

»Welche Mittel meinen Sie?«

»Er hätte Voogt aus der Bruderschaft werfen können. Voogt arbeitete doch als Einkäufer. Da hätte es nur weniger Fingerzeige bedurft, um Voogt bei seinen Lieferanten unmöglich zu machen. Das wäre viel effektiver gewesen als rohe Gewalt.«

Ecki stand unvermittelt auf. »Vielen Dank, Herr Inderbiethen.«

Frank hielt ihn zurück. »Was wissen Sie von den Drogengeschäften?«

Inderbiethen lächelte dünn. »Ich habe davon gelesen.«

»Das ist doch sicher ein Thema im Dorf gewesen, Voogts Kontakte zur Drogenszene.« Ecki hatte sich wieder gesetzt.

»Wissen Sie, es wird so viel erzählt, den ganzen Tag hören Sie Geschichten. Aber von Drogen ist da nicht die Rede.«

»Ich glaube Ihnen kein Wort.«

Inderbiethen machte eine bedauernde Geste. »Das werden Sie wohl müssen. Noch Tee?«

»Es will mir nicht in den Sinn, dass dieses Dorf so naiv sein soll.« Ecki schüttelte den Kopf.

»In unserer Bruderschaft wird der Grundsatz Glaube, Sitte, Heimat gelebt. Und zwar jeden Tag. Das war schon in meiner Jugend so, und das war auch zur Jugendzeit meiner Eltern und Großeltern nicht anders. Und daran wird sich auch in Zukunft nichts ändern.«

»Ich habe in Beans Unterlagen nichts gefunden, das auch nur im Entferntesten nach einem Ermittlungsansatz aussieht.«

»Hast du eine Idee?«, fragte Frank.

Der Archivar kratzte sich am Kopf. »Nee, keine Ahnung.«

»Das Dorf soll tatsächlich sauber sein?«

»Du wirst nur durch Zufall etwas erfahren, Frank. Auf dem Dorf gelten andere Gesetze. Das ist so.«

»Ich kann diese ganze Dorfkacke nicht mehr hören.« Frank fuhr sich mit beiden Händen durchs Haar und verschränkte sie hinter dem Kopf. »So verschworen kann ein Dorf gar nicht sein, dass es nicht auch eine schwache Stelle gibt. Das kann mir niemand erzählen.«

»Also, bei uns in Amern –« Weiter kam Schrievers nicht.

»Nee, jetzt bitte kein soziokultureller Vortrag über deine Heimat, Heinz-Jürgen. Echt nicht.«

»Bitte sehr, ich wollte ja nur helfen.«

»Was ist mit dem Gastwirt?« Ecki sah Schrievers an.

Frank verdrehte die Augen. »Das haben wir doch alles schon abgeklärt. Der Wirt ist sauber. Außer ein paar Querelen mit dem Gesundheitsamt gibt es keine Auffälligkeiten.«

»Barbara war es nicht, der Vater auch nicht, die Mitglieder der sauberen St.-Lambertus-Bruderschaft leben keusch nach ihrem hehren Grundsatz *Glaube*, *Sitte*, *Heimat*, van Bommel und seine Männer scheiden aus, das Faktotum aus Niederkrüchten ist zu blöd für einen Mord, und jetzt?«

»Jetzt geht's auf den Weihnachtsmarkt.« Bernd Holterbosch schob fröhlich grinsend seinen Kopf durch die Tür. Die drei drehten sich um und sahen den Kollegen überrascht an.

»Außerdem soll ich euch sagen, dass ihr euch die Pornofilmchen in die Haare schmieren könnt. Linder hat keine Lust mehr, sie zu sichten. Auf ihnen ist nichts zu sehen. Jedenfalls nichts, was auf die Identität der Frauen hinweist, sagt Linder. Und dass er ins Kloster gehen will. Oder über den Jakobsweg. Er hat vorläufig von Sex die Schnauze voll.«

Ulrich Böhling reichte Renate Pesch die Unterschriftenmappe und wartete, bis sie den Raum verlassen hatte. »Was kann ich für Sie tun, meine Herren?«

Der Brauereibesitzer lehnte sich erwartungsvoll in seinem Sessel zurück.

»Wir haben Ihnen ja schon am Telefon mitgeteilt, dass der Fall Michael Voogt noch nicht geklärt ist.«

»Und warum kommen Sie damit zu mir?«

Frank beugte sich vor. »Da wir derzeit auf der Stelle treten, gehen wir noch einmal alle Fragen durch. Kann sein, dass wir eine Kleinigkeit übersehen haben.«

»Und was sollte das sein?«

»Wie war zum Beispiel Voogts Verhältnis zu den Lieferanten?«

»Ich denke, gut. Das sagte ich doch schon. Warum fragen Sie?«

»Was zahlen Sie Ihren Lieferanten?«

»Die marktüblichen Preise.« Böhling klang verwundert.

»Michael Voogt soll ein harter Verhandlungspartner gewesen sein.«

Böhling nickte. »Wir haben nichts zu verschenken.«

»Ist es denkbar, dass er bei den Verhandlungen mal übers Ziel hinausgeschossen ist?«

Böhling beugte sich vor. »Wer hat Ihnen das erzählt?«

»Also stimmt es.« Ecki begann, sich Notizen zu machen.

»Wir verhandeln mit unseren Lieferanten fair und auf Augenhöhe. Wenn es uns gut geht, geht es auch unseren Lieferanten gut. Wenn es uns schlecht geht, können wir nur einen bestimmten Preis zahlen. Das haben alle Landwirte verstanden. Bisher hat sich noch niemand beschwert.«

»Wir verstehen Sie ja«, versuchte Frank zu beruhigen, »trotzdem muss ich Sie fragen: Hat es einen Vorfall gegeben, der Anlass zur Sorge hätte geben können? Hat Voogt zum Beispiel versucht, in die eigene Tasche zu wirtschaften? Hat er vielleicht Nebenabsprachen mit Lieferanten getroffen? Hat er Lieferanten unter Druck gesetzt? ›Erpressung‹ ist ein hässliches Wort, aber es ist nicht auszuschließen, dass Voogt sich, sagen wir, Vermittlungsprovisionen in die Tasche gesteckt haben könnte.«

Ulrich Böhling wurde blass. »Ich kann nicht sagen, dass er über seine Verhältnisse gelebt hat. Er fuhr einen teuren Wagen, ja. Aber das tun junge Leute nun mal gerne.«

»Wer weiß, ob es nicht doch irgendwo versteckte Konten gibt?«

»Davon weiß ich nichts, Herr Eckers.«

»Wir brauchen eine Liste mit den Adressen der Lieferanten, Mengen, Lieferterminen, Rechnungsbeträgen.«

»Sie meinen …?«

Ecki fiel ihm ins Wort. »Ja, das meinen wir.«

»Muss ich das überhaupt zulassen?« Böhling legte seine Arme auf die Sessellehnen.

»Wir kommen gerne mit einem entsprechenden Beschluss zurück, aber dann nehmen wir Ihr komplettes Büro mit.«

»Ich habe verstanden.« Böhling hob nickend seine Hände. »Nur kein unnötiges Aufsehen. In der Branche wird schon genug gequatscht. Bier verkaufen heißt, in den Krieg ziehen. Keiner der Konkurrenten gönnt Ihnen auch nur einen nassen Bierfilz. Nur wer die Bierhähne kontrolliert, besitzt auch die

Macht und macht das Geschäft. Und es setzen sich nur die durch, die clever sind, oder die Rücksichtslosen. Wir gehören natürlich zu den Cleveren.«

»Dann ist Voogt vielleicht ein Opfer dieses Krieges geworden?«

»Der Krieg da draußen wird von den Vertretern geführt, nicht von den Einkäufern.« Ulrich Böhling hatte seine Emotionen wieder unter Kontrolle. Seine Arme lagen entspannt auf den Lehnen. »Frau Pesch wird Ihnen alles zusammenstellen. Auch wenn sie nicht alle Daten parat haben wird, können Sie vielleicht die wichtigsten Unterlagen schon mitnehmen. Ich möchte nur darum bitten, dass Sie sie bald wieder zurückgeben. Wir müssen den Jahresabschluss und die Bilanz vorbereiten.«

Böhling gab seiner Mitarbeiterin über die Gegensprechanlage die nötigen Anweisungen.

»Während Sie warten, könnte ich Ihnen die Brauerei zeigen.«

Frank winkte ab. »Danke. Vielleicht ein anderes Mal. Wie viele Hektoliter gehen denn bei Ihnen im Monat so durch die Abfüllung?« Er wollte die Wartezeit lieber mit ein paar höflichen Fragen überbrücken.

»Bitte verstehen Sie, dass wir über diese Zahlen nicht so gerne reden.«

»Im Braugewerbe gibt es offenbar so manches Geheimnis.«

Böhlings Miene verdunkelte sich.

»Oh, verzeihen Sie, das hatte ich so nicht gemeint.« Ecki hatte die Veränderung in Böhlings Augen bemerkt. »Ich meine nur, Sie nehmen Hopfen, Malz, Wasser und Hefe, wie jede andere Brauerei auch, und trotzdem schmeckt jedes Bier anders. Jeder hat sein Geheimrezept. So habe ich das gemeint.«

»Es kommt auf die Zutaten an. Auf ihre Qualität und auf das Wasser. Natürlich auch auf das Geschick der Braumeister.«

»Hatte Voogt mit diesen Geheimnissen zu tun?«

»Die Rezepturen unserer Biere sind geheim. Voogt wusste natürlich in etwa Bescheid, aber die konkreten Zahlen und Mengenverhältnisse kannte er selbstverständlich nicht.«

»Wo bewahren Sie die Rezepte auf?«

»An verschiedenen Orten. Zum Beispiel in einem Schließfach der Volksbank.«

»Zu dem nur Sie Zugang haben?«

»Selbstverständlich. Und natürlich mein Braumeister.«

»Kann Voogt von jemandem erpresst worden sein, der an diese Informationen wollte?«

Böhling sah Frank erstaunt an. »Ich bitte Sie, nein. Wer will, kann unsere Biere in jedem guten Labor untersuchen lassen. So geheim können Sie heutzutage ein Rezept nun auch wieder nicht halten. Es geht mehr um Urheberrechte, die nicht verletzt werden dürfen.«

»Ich kann also meine Flasche Bier auch ins Labor tragen?«

»Selbstverständlich.«

»Letztlich geht es doch nur um Chemie, oder?«

Nun musste Böhling schmunzeln. »Um chemische Prozesse. Es ist wie im richtigen Leben. Die Chemie muss stimmen, ja.«

»Und Sie können sicherstellen, dass jeder Hektoliter heute genau die gleiche Zusammensetzung hat wie der Hektoliter, den Sie vor einem Monat produziert haben?« Frank hatte sein Thema gefunden.

»Ja. Wie in jedem anderen lebensmittelverarbeitenden Betrieb auch. Qualitätssicherung ist das tragende Grundprinzip jedes unternehmerischen Erfolges. Nur wenn Sie gleichbleibend gute Qualität produzieren und liefern, bleiben Sie am Markt.«

Auch Ecki hatte Lust auf ein wenig Smalltalk. »Dann müssen Sie ja ein großes Labor haben.«

Ulrich Böhling winkte ab. »Dafür ist unsere Betrieb dann doch zu klein. Wir arbeiten mit dem Labor Boshoven in Neuss zusammen. Wir nehmen nur die Stichproben, den Rest machen die Fachleute dort.«

»Qualität ist also der Motor?«

Böhling nickte. »Das fängt bei der Auswahl der Zutaten an. Auch dabei unterstützt uns das Institut Boshoven. Wir haben ja schon ausführlich über diese Zusammenarbeit gesprochen.«

Frank und Ecki nickten. Sie erinnerten sich. Auch eine Spur, die ins Nichts geführt hatte.

Renate Pesch betrat lächelnd das Büro und legte drei Aktenordner auf den Tisch. »Das sind alle unsere Lieferanten. Und die dazugehörigen Angaben.«

Frank nickte. »Das sieht nach Arbeit aus. Aber wir werden es schon schaffen.«

Ecki sah Renate Pesch an. »Wir können vielleicht ein bisschen Zeit sparen, wenn Sie uns Ihren Eindruck wiedergeben. Wer könnte Probleme mit Voogt gehabt haben?«

Renate Pesch sah zu Böhling und zögerte mit einer Antwort.

Ulrich Böhling machte eine einladende Handbewegung »Nur zu, Renate. Setzen Sie sich doch. Die Herren Kriminalhauptkommissare möchten alles wissen, und sie sollten alles wissen.«

Trotz der Aufforderung blieb Renate Pesch stehen. »Wir haben noch jede Menge zu tun. Und, um ehrlich zu sein, in Melanie habe ich nicht unbedingt Hilfe.«

Böhling zwinkerte den Fahndern zu. »Wie die jungen Leute heute so sind: Alles sofort haben wollen, dabei vergessen sie aber, dass der Weg dahin steinig und entbehrungsreich ist. Na ja.«

»Haben Sie keine Idee, Frau Pesch?«, insistierte Frank.

»Nein. Eigentlich nicht.«

»Dann will ich andersherum fragen: Hat er besonders guten Kontakt zu einem bestimmten Landwirt gehabt?«

»Nicht, dass ich wüsste. Nein. Also, jedenfalls nicht in meiner Gegenwart. Was Herr Voogt in seiner Freizeit gemacht hat, weiß ich natürlich nicht.«

»Wenn man auf so engem Raum zusammenarbeitet, bekommt man doch eine Menge Privates mit, oder?«

Renate Pesch sah erst wieder Böhling an. »Nein. Nicht so, wie Sie sich das vielleicht vorstellen. Michael, also Herr Voogt, war ja auch viel unterwegs. Und dann war da natürlich die Bruderschaft. *Glaube*, *Sitte*, *Heimat* und das ganze Zeug.«

»Das ganze Zeug?« Ecki horchte auf.

»Na ja. Dabei geht es doch nur um Männerfreundschaften und so. Frauen sind im Schützenwesen doch reine Dekoration.«

Ecki schmunzelte.

»Gucken Sie sich doch die Schützenfeste an. Die Frauen sehen in ihren bunten Puffärmelkleidern und mit den Blumen in den Haaren doch aus wie Kühe vor dem Almabtrieb.«

»Renate!« Ulrich Böhling schien ehrlich entsetzt. »Sie können diese Meinung ja vertreten. Aber bitte nie nach außen. Die Bruderschaften sind unsere wichtigsten Kunden.«

»Verzeihung.« Renate Pesch schlug die Augen nieder.

Ecki wollte wieder zum Thema zurück. »Sie haben also nichts bemerkt, was wir wissen müssten?«

Renate Pesch schüttelte den Kopf.

Frank stand auf. »Gut. Dann nehmen wir einstweilen diese Ordner mit. Sie bekommen sie möglichst schnell zurück.«

Ulrich Böhling räusperte sich. »Ich möchte Ihnen gerne noch eine Kostprobe unserer Produkte mit auf den Weg geben, meine Herren.«

»Vielen Dank. Aber das müssen wir ablehnen.« Frank war Ecki, der sicherlich nicht Nein gesagt hätte, wieder einmal zuvorgekommen.

Im Auto zog Ecki ein genervtes Gesicht. »Ich glaube ja nicht, dass wir da viel finden werden.«

»Das denke ich schon. Und was läuft da zwischen Böhling und der Pesch?«

»Was schon? Er ist ihr Chef. Du meinst doch nicht wirklich, dass Böhling sich an so eine verblühte Schönheit hängt?«

»Weiß man's?«

»Ach nee. Pesch ist für Böhling eine patente Arbeitskraft, aber sicher nicht mehr. Ich habe mich erkundigt. Böhling ist glücklich verheiratet und hat drei Kinder.«

»Na, dann. Ab ins Präsidium.« Frank schnappte sich eine CD. »Ist mal wieder Zeit für einen anständigen Blues.«

Ecki grinste. »Ich bin dran.«

Aber da hatte Frank seine CD schon in den Schacht des CD-Players geschoben und die Lautstärke aufgedreht.

»Hast du nichts Weihnachtliches?«

Frank grinste. »Pass auf, du nimmst einen der Bolten-Ordner, Heini nimmt einen und ich auch.«

»Ich will Weihnachten feiern.«

»Ich auch.«

»Marion wird das nicht gefallen.«

»Sie weiß, dass sie mit einem Polizisten verheiratet ist.«

»Ich habe zwei kleine Mädchen, die wollen ihren Vater Heiligabend unter dem Tannenbaum sehen. Du hast es da einfacher. – Sorry.«

»Schon gut.«

Ecki seufzte. »Vielleicht geht's schneller als gedacht.«

»Wäre schön.«

»Marion läuft im Augenblick ein bisschen neben der Spur, weil ich kaum noch zu Hause bin. Und meine Eltern haben sich auch schon beschwert.«

»Der übliche Stress vor Weihnachten.«

»Nee, in diesem Jahr ist es anders.«

»Echter Stress?«

»Wie man's nimmt.«

»Das kommt doch wieder in Ordnung, oder?«

»Klar.« Ecki klang eine Spur zu optimistisch.

»Sei ehrlich.«

»Wenn ich wirklich Stress hätte, würde ich's schon sagen.«

»Wie findest du Eddie Kirkland?«
»Ehrlich?«
»Was sonst?«
»Beschissen.«
Frank grinste und drehte den Lautstärkeregler noch ein Stück weiter auf.

»Melanie, ich erwarte ein bisschen mehr Eigeninitiative. So kommen Sie in Ihrer Ausbildung nicht weiter. Und wir nicht in unserem Betrieb.«
Melanie Mestrom verschränkte die Arme vor der Brust. Das tat sie immer, wenn sie nicht weiterwusste.
»Nun machen Sie doch nicht gleich so ein böses Gesicht. Wir meinen es doch nur gut. Wir haben ein großes Interesse daran, dass Sie Ihre Ausbildung erfolgreich abschließen. Ich habe Ihnen das doch schon einmal angedeutet: Wenn Sie sich bewähren, würde ich Sie gerne fest anstellen. Es wäre sehr schön, wenn Sie unsere Brauerei ein Stück weit als Ihre Heimat ansehen könnten.«
Renate Pesch hatte bisher schweigend zugehört. »Du brauchst gar nicht so verstockt zu sein, MM, der Chef hat eine Menge Verantwortung, auch für deine Ausbildung.«
»Nun gut, für den Augenblick haben wir alles besprochen. Nicht wahr?« Ulrich Böhling sah die Auszubildende mit einem aufmunternden Lächeln an. »Bitte betrachten Sie unser Gespräch als Denkanstoß. Es soll Ihrer Motivation ein wenig auf die Sprünge helfen, nicht mehr und nicht weniger.«
Der Brauereibesitzer stand auf und verließ das Büro, nicht ohne Renate Pesch zuzuzwinkern.
Renate Pesch räumte einige Unterlagen von ihrem Schreibtisch. »An der Stelle vom Chef hätte ich dir noch ganz andere Sachen gesagt.«
»Ach ja?«
In Melanie Mestroms Handtasche meldete sich ihr Handy mit einer Melodie des Rappers Eko Fresh.

Renate Pesch beobachtete mit Genugtuung, dass Melanie sich beherrschen musste, nicht in ihre Tasche zu greifen.

Die Chefsekretärin trat nahe an Mestroms Schreibtisch. »Du kommst nie pünktlich, machst dafür möglichst eine Minute früher Feierabend. Wenn man dich um etwas bittet, hat man das Gefühl, einer Prinzessin zu nahe getreten zu sein. Deine schulischen Leistungen sind auch nicht gerade berauschend, und deine Versuche, jedem Mann schöne Augen zu machen, der hier ins Büro kommt, sind geradezu lächerlich.«

»Sie sind doch nur neidisch, dass Sie keinen mehr abkriegen.«

»Was fällt dir ein! Du bist hier nur ein kleiner Lehrling und ein ganz mieser dazu.«

»Und Sie sind eine vertrocknete Schreckschraube.«

Renate Pesch atmete stoßweise tief ein und aus. Das hatte bislang immer geholfen.

»Wir sprechen uns noch, Fräulein. Sieh zu, dass du die Ablage heute noch zu Ende bringst.« Renate Pesch setzte sich an ihren Schreibtisch und nahm eine Schachtel Zigaretten aus einer Schublabe.

»Ich will nicht, dass Sie hier rauchen.«

»Keine Angst, mein Liebchen, ich werde schon nicht gegen die Ausbildungsverordnung verstoßen.«

Renate Pesch stand auf und verließ das Büro.

Melanie Mestrom schickte ihr einen stummen Fluch hinterher und griff nach ihrem Handy. Die SMS kam von ihrer Freundin, die bei einem Notar in die Lehre ging: *ist es bei dir auch so langweilig? mein chef ist scheiße. heute abend party im* nightlife*? dana.*

»Das haben wir doch schon alles durchgearbeitet.« Heinz-Jürgen Schrievers deutete auf die Aktenordner.

»Dann fangen wir halt wieder von vorne an.« Frank war sauer. Niemand wollte sich mit der langweiligen Aktenarbeit beschäftigen. »Bin ich hier in einem Bingoklub oder was?«

»Gib dir die Antwort doch selbst«, brummte Schrievers.

Ecki sah Schrievers an. »Hast du keine Idee?«

Der Archivar zog sein obligatorisches großes, kariertes Taschentuch aus seiner Uniformhose und wischte sich damit über die Stirn. »Langsam gehen mir die Ideen aus. Ich habe in den vergangenen Tagen eine Menge Papier bewegt. Ich fürchte, dass wir Hilfe von außen brauchen.«

»Einen Profiler?« Frank war skeptisch. »Bisher sind wir immer noch ohne ausgekommen.«

»Dreh- und Angelpunkt bleiben zwei Dinge.« Schrievers rutschte auf seinem Stuhl herum. »Nein, eigentlich drei. Wir haben immer noch nicht geklärt, wie diese Medaille neben die Leiche gekommen ist, das heißt, wie der Täter an das Abzeichen gekommen ist. Und wir haben Böhling nicht intensiv genug unter die Lupe genommen. Ich habe ein paar Beziehungen zu Archivaren, die in Wirtschaftsunternehmen arbeiten und ihrerseits ein hervorragendes Netzwerk aufgebaut haben. Ihr glaubt gar nicht, womit Archivare sich beschäftigen können. Es gibt kaum ein Sachgebiet, das nicht archiviert wird. Also, einer der Kollegen hat mir ein paar interessante Details aus dem Leben Ulrich Böhlings erzählt, an die er selbst auch nur über Umwege gekommen ist. Es hat vor ein paar Jahren den Versuch einer großen Brauerei gegeben, Bolten zu übernehmen. Und Böhling soll damals an der Sache beteiligt gewesen sein. Konkrete Hinweise hat es aber nie gegeben. Es ist also nicht auszuschließen, dass Böhling damals schon Kontakt zu Voogt hatte.«

»Und dann bringt er Voogt um, nachdem er die Brauerei übernommen hat? Ist das nicht um drei Ecken gedacht?«

»Zumindest ist es eine interessante Theorie.« Schrievers benutzte wieder sein Taschentuch. »Ich mache mir Sorgen. Nicht, dass ich noch über die Feiertage das Bett hüten muss. Eine Erkältung wäre jetzt eine mittlere Katastrophe.«

»Wenn sie dich erwischt, dann erwischt sie dich halt.«

»Aber die vielen leckeren Sachen.«

»Was ist damit?«

»Wenn ich krank bin, schmecke ich nichts. Wäre jammerschade um Gertruds Sauerbraten, Puter, Kuchen und Plätzchen.«

»Bleib beim Thema, Heinz-Jürgen, du hast vorhin von drei Dingen gesprochen.« Frank seufzte.

»Stimmt. Nummer drei hat auch damit zu tun, wer von Voogts Tod profitiert. Böhling könnte ja von Voogt erpresst worden sein. Vielleicht ist die Übernahme der Brauerei nicht ganz sauber gelaufen. Aber es gibt noch jemand, der von Voogts Tod profitiert. Jemand, den wir schon kennen.«

»Was heißt ›den wir schon kennen‹?« Ecki zweifelte am Verstand des Archivars.

»Ihr habt doch die Pornos. Da ist Voogts Mörder drauf. Denn wenn sich Voogt nicht selbst das Messer in den Bauch gerammt hat, dann doch wohl eine der Frauen. Findet die Frauen, mit denen Voogt Kontakt hatte, dann habt ihr auch die Mörderin.«

»Deine Theorien werden auch immer abstruser.«

»Das ist nicht meine Theorie, sondern Gertruds Idee. Ich habe ihr von dem Fall erzählt.«

Frank zog die Stirn in Falten. »Wir haben ja an Barbara Thofondern gesehen, wozu Frauen fähig sein können.«

»Angenommen, Heinz-Jürgen hat recht, dann haben wir es mit jemandem zu tun, der seine Rache schon gehabt hat. Er oder besser sie lebt jetzt mit der Last, einen Menschen getötet zu haben.«

Schrievers hustete leicht. »Ich brauche jetzt unbedingt eine heiße Zitrone. Ich werde krank.«

»Okay. Die Kollegen aus der MK kümmern sich um die Ordner, und wir kümmern uns um Böhling und die Pornos.«

Ecki hob schnell die Hand. »Ich kümmere mich um Böhling.«

Schrievers hustete wieder. »Und ich versuche herauszufinden, wie die Medaille an den Tatort gekommen sein kann.« Er war froh, dass er sich die Pornos ersparen und in seinem warmen Büro bleiben konnte.

»Ich kann mir gut vorstellen, dass ich Ihnen mittlerweile auf die Nerven gehe, Herr Böhling. Aber wir haben einen neuen Ermittlungsansatz entwickelt, den es abzuklären gilt.«

»Ich kann Ihre Arbeit schon verstehen, Herr Eckers. Aber ich habe noch eine Menge Termine heute.«

»Es geht sicher schnell. Ich habe nur ein paar Fragen.«

»Dann, in Gottes Namen, schießen Sie los.« Böhling sah auf seine Armbanduhr. »Verzeihen Sie, wenn ich auf die Uhr gucke. Ich erwarte Frau Pesch jede Minute von ihrer Tour zurück. Weihnachtswünsche und Präsente überbringen. Und inzwischen muss ich hier jeden Schrank selbst aufmachen und nach meinen Unterlagen suchen.« Er klang ziemlich ungehalten.

»Aber Sie haben doch Hilfe, die junge Frau vorne im Büro, eine hübsche noch dazu.«

»Melanie Mestrom ist leider nicht die Schnellste.«

»Oh.«

»Wie das so ist mit den jungen Leuten. Jeder Abend im ›Nightlife‹ ist ihnen wichtiger als ein Tag im Büro. Aber ich will nicht ungerecht sein, das ist wohl das Privileg der Jugend. Wir waren früher sicher auch nicht besser.«

Ecki stimmte lächelnd zu. »›Nightlife‹?«

»Der In-Laden in der Altstadt. Leider dürfen wir dort noch nicht unser Bier ausschenken.«

»Hm. Was mich interessiert, um zum Thema zu kommen, ist Ihre Zeit vor dem Kauf der Brauerei.«

Ulrich Böhling sah Ecki fragend an. »Warum das denn?«

»Wir interessieren uns für Ihren Werdegang.«

»Nun.« Der Brauereibesitzer rutschte unbehaglich auf seinem Stuhl hin und her. »Ich habe bei einem der großen Lebensmittelkonzerne begonnen.«

»Lebensmittel?«

»Alles, was Sie sich so vorstellen können. In einem Mischkonzern gibt es kaum eine Sparte, in die Sie sich nicht einarbeiten müssen. Das geht von der Kiwi über Backpulver bis hin zu den Ladepapieren für die eigene LKW-Flotte. Da wird Ihnen nie langweilig.«

»Und so ein Konzern ist immer auch auf Expansionskurs?«

»Selbstverständlich. Aber worauf wollen Sie hinaus?«

Ecki lächelte. »Zu so einem Konzern gehören vermutlich auch Brauereien?«

Böhling nickte zögernd.

»Haben Sie in Ihrer Eigenschaft als Manager in diesem Konzern auch versucht, Bolten zu übernehmen?«

»Ich weiß immer noch nicht, was Sie von mir wollen.«

»Dann will ich es Ihnen genau sagen, Herr Böhling. Wir haben einen Hinweis bekommen, dass Sie schon vor Jahren versucht haben, diese Brauerei zu übernehmen.«

»Ja, und?«

»Mit welchen Mitteln haben Sie das versucht?«

»Mit welchen Mitteln?« Böhlings Augen waren schmale Schlitze. »Hören Sie, worauf wollen Sie hinaus? Was hat mein beruflicher Werdegang mit dem Tod von Voogt zu tun?«

»Ich stelle hier die Fragen, Herr Böhling.«

»Sie müssen sehr verzweifelt sein, Herr Eckers. Das sind absolut abstruse Überlegungen.«

Ulrich Böhling klang spöttisch. Gleichzeitig spürte Ecki deutlich die Unsicherheit in seiner Stimme.

»Haben Sie schon vor Ihrem Engagement bei Bolten Kontakt zu Michael Voogt gehabt? Und wenn ja, welcher Art?«

Böhling sah Ecki feindselig an. »Sie halten mich tasächlich für den Mörder von Michael Voogt.«

Ulrich Böhling sprang unvermittelt auf und begann, auf und ab zu gehen. »Das ist doch lächerlich.«

Ecki verfolgte Böhling ungerührt. »Dann erklären Sie es mir. Und bitte, setzen Sie sich wieder.«

Böhling blieb tatsächlich vor seinem Sessel stehen und

setzte sich. »Ich habe mich damals, das wird jetzt so fünf, sechs Jahre her sein, ein paarmal mit Voogt getroffen. Aber es war verschwendete Zeit.«

»Warum?«

»Voogt wollte nicht kooperieren. Er war loyal. Ich habe ihm sogar Geld geboten. Aber er wollte es nicht.«

»Was hatten Sie denn erwartet?«

»Dass er mir einen möglichst umfassenden Überblick über die wirtschaftliche Situation der Brauerei verschafft.«

»Sie haben illegal versucht, an Informationen zu kommen.«

Böhling lächelte ein dünnes Lächeln. »Hören Sie, das Ganze ist ein Spiel. Einmal gewinnt man, ein anderes Mal verliert man. Ein bisschen Pokern gehört dazu. Letztlich war es nur Kiebitzen, mehr nicht.«

»Sie haben eine ziemlich weit gefasste Vorstellung von freier Marktwirtschaft, wenn ich das mal so sagen darf, Herr Böhling. Wann haben Sie Voogt wiedergesehen?«

»Als ich die Firma übernommen habe.«

»Der lästige Mitwisser, direkt nebenan.«

»Na und? Deshalb begehe ich doch keinen Mord.«

»Vielleicht hat er Sie erpresst, wollte Ihre Praktiken offenlegen.«

»Ich habe Voogt geschätzt. Er war ein guter Mann.«

Ecki ließ Böhling nicht mehr aus den Augen. Der Mann verheimlichte ihm etwas, und er wollte jetzt wissen, was.

»Warum haben Sie eigentlich bei dem Konzern aufgehört?«

»Es war an der Zeit, mich neuen Herausforderungen zu stellen.«

»Sind Sie im Streit gegangen?«

»Ich habe in meinem Leben bisher immer selbst bestimmt, wann ich was tue. Auch in diesem Fall.«

»Und was verheimlichen Sie mir?«

Die Frage kam für Böhling völlig überraschend. Er sah Ecki so irritiert an, als habe er ihn gefragt, ob er ihm nicht sein Braurezept verraten wolle.

»Ich verheimliche Ihnen nichts.«

»Wir haben über Voogt gesprochen und darüber, dass er ein guter Mitarbeiter war. Ich habe das Gefühl, dass sich das ›war‹ nicht nur auf seinen unnatürlichen Tod bezog.«

Es dauerte lange, bis Ulrich Böhling sich entschloss zu antworten. »Ich habe versucht, das Problem auf meine Weise zu lösen.« Seine Stimme klang spröde.

Na, also, dachte Ecki zufrieden. »Welches Problem?«

»Voogt war ein zuverlässiger, loyaler Mitarbeiter. Ich betone, war. Denn er hat mich betrogen. Um mehrere zehntausend Euro. Irgendetwas muss falsch gelaufen sein. Ich verstehe es nicht. Er war immer äußerst korrekt und absolut zuverlässig. Aber in den vergangenen Monaten hat er sich völlig verändert. Nicht nach außen. Da war er immer noch der perfekte Mitarbeiter. Er hat sich an meiner Firma bereichert.«

»Was meinen Sie?« Damit hatte Ecki nicht gerechnet.

»Es gibt da Gerüchte unter den Landwirten. Er soll in krumme Geschäfte verwickelt gewesen sein, erzählt man sich. Niederkrüchten könnte so etwas wie die Zentrale des Ganzen gewesen sein.«

Böhling erzählte Ecki von den Entdeckungen, die Renate Pesch in den Abrechnungsunterlagen gemacht hatte. Und dass er mit Boshoven über die undichte Stelle in seinem Labor gesprochen hatte. Dass Boshoven die zu viel bezahlten 30 000 zurückgezahlt hatte, ohne den Beweis liefern zu können, dass im Labor ein Komplize von Voogt sitzen musste.

»Warum zahlt Boshoven dann?«, warf Ecki ein.

»Er hat Angst um den guten Ruf des Labors.«

»Mit Boshoven arbeiten Sie von Anfang an zusammen?«

»Ja. Ein über alle Zweifel erhabenes Unternehmen. Die sind unbestechlich. Denen können Sie keine miesen Rohstoffe unterschieben, ohne dass das sofort erkannt wird.« Böhling unterbrach sich. »Voogt muss einen oder mehrere Helfer dort gehabt haben. Sonst hätte der Betrug nicht funktioniert.«

»Was genau hat Voogt mit Boshoven zu tun gehabt?«

»Er hatte dafür zu sorgen, dass die Proben von den Lieferungen ins Labor kamen und dass dort die Unbedenklichkeitsbescheinigungen ausgestellt wurden. Das ist für uns die Produktionsfreigabe.«

»Die Manipulation von Laborberichten war ausgeschlossen?«

»Wie meinen Sie das?«

»Er konnte also zum Beispiel nicht einfach schlechte, sagen wir, mit Pestiziden belastete Braugerste einkaufen und sie sich dann mit einem gefälschten Laborbericht sauber waschen lassen?«

»Was denken Sie, Herr Eckers? Unsere Produkte unterliegen den strengsten Auflagen. Das kann nicht vorkommen. Auf keinen Fall!«

»Es sei denn, er hätte Helfer gehabt.«

»Das Fälschen von Abrechnungen kann vorkommen, das ja. Aber falsche Laborberichte ausstellen, um minderwertige Ware als beste Qualität auszugeben – nein, das geht nicht. Das kann ich mir nicht vorstellen. Das macht in Deutschland niemand. Hier können Sie nur existieren, wenn Sie sich an die Auflagen halten. Und das ist gut so.«

»Ich sage nur: Gammelfleisch.«

»Erst unterstellen Sie mir, ich könnte der Mörder von Michael Voogt sein, und nun versuchen Sie, die Qualität meiner Ware in den Dreck zu ziehen!« Ulrich Böhlings Gesicht lief rot an.

»Herr Böhling, ich stelle nur Fragen, um ein mögliches Tatmotiv einzukreisen.«

»Ich habe mit dem Mord an Voogt nichts zu tun. Suchen Sie Ihren Mörder woanders. Von mir aus in Neuss.«

Ecki stand auf. »Wir sprechen uns wieder, Herr Böhling. Jetzt möchte ich mit Fräulein Mestrom reden.«

Ulrich Böhling wischte sich mit der Hand über die Stirn. »Bitte, ich kann Sie ohnehin nicht davon abhalten.«

Melanie Mestrom saß in ihrem gläsernen Büro und blätterte in einer Illustrierten. Die Abwesenheit von Renate Pesch schien für sie gleichbedeutend mit einer wohlverdienten Pause zu sein.

»Wenn das Ihr Chef sieht.« Ecki grinste.

Gelassen schob Melanie ihr Mobiltelefon zur Seite, das neben der Zeitung lag, und schlug dann die Ausgabe der *Vanity Fair* zu.

»Ach, der. Ich werde hier sowieso nur ausgebeutet. Da kann ich mir schon mal eine Pause gönnen. Sollen sich nicht so anstellen, ich halte den Laden schon zusammen.«

»Sie sind also die Stütze des Betriebes?«

»Das brauchen Sie gar nicht so komisch zu betonen. Sie sollten mal mitkriegen, wie ich hier getriezt werde.«

Ecki lächelte immer noch. »Sie müssen eine besondere Position in der Firma haben, dass Sie sich so viel Freiraum zugestehen können. So jung und schon so erfolgreich.«

Melanie Mestrom setzte sich aufrecht hin. »Jedenfalls weiß ich, was ich wert bin.«

»Wusste das auch Michael Voogt?«

»Michael war anders als die anderen. Freundlich, hilfsbereit, hatte immer einen coolen Spruch auf den Lippen, immer Zeit für mich. Wir«, sie schluckte, »wir hatten viel Spaß.«

»Michael Voogt, Renate Pesch und Sie. Das ist doch schön, wenn das Betriebsklima stimmt.«

»Quatsch, RP, ich meine, die Pesch hatte doch an allem was auszusetzen. Und seit der Chef sie zu seiner rechten Hand gemacht hat, ist es noch schlimmer geworden.«

»Voogt und Renate Pesch mochten sich nicht?«

»Das kann man so nicht sagen. Es ist nur so, dass RP ständig an mir herumnörgelt. Aber was kann ich dafür, dass ich meinen Spaß im ›Nightlife‹ habe und sie abends alleine vor dem Fernseher hockt?«

»Gehen Sie regelmäßig dorthin?« Ecki schmunzelte. Sie war wirklich noch sehr jung.

»Eigentlich immer, wenn das ›Nightlife‹ auf hat.«

»Warum?«

»Wie, warum? Weil der Laden cool ist, super Typen, zum Chillen halt.«

»Lernen Sie dort viele Männer kennen?«

»Hey, sehe ich etwa nicht so aus?«

Melanie Mestrom schlug ihre getuschten Wimpern so gekonnt auf, dass Ecki lachen musste.

»Sie haben sicher viele Verehrer.«

»Aus welchem Jahrhundert sind Sie denn?« Sie musterte Ecki von oben bis unten. »I'm the best bitch in town.«

Ecki grinste.

»Was wollen Sie von mir? Sie waren doch bis gerade beim Chef. Haben Sie mit ihm über mich gesprochen?«

»Haben Sie sich mit Michael Voogt auch privat getroffen, Melanie? Ich darf Sie doch Melanie nennen, oder?«

»Hin und wieder.«

»Im ›Nightlife‹?«

»Auch.«

Ihre plötzliche Einsilbigkeit machte Ecki stutzig.

»Wir sind auch schon mal mit seinem Auto rumgefahren.«

»Sie kannten sich also näher?«

»Meinen Sie, ob wir zusammen waren?« Sie musterte Ecki mit einem Blick, den sie für verführerisch hielt. Dabei straffte sie ihre Bluse.

»Zum Beispiel. Ja.«

»Und ob ich mit ihm im Bett war?«

»Wenn Sie so wollen, ja.« Dieses kleine Biest versuchte doch tatsächlich, mit ihm zu flirten.

»Was geht Sie das an? Muss ich die Frage beantworten?«

»Wär besser für Sie.«

»Ich habe ihn ein-, zweimal rangelassen. Nichts Großes.«

Ecki horchte auf.

»Was gucken Sie denn so? Ne schnelle Nummer zwischendurch, im Hotel. Und im Auto. Na und?«

»Wissen Sie, was Sie da gerade gesagt haben?«

»Dass ich mich von Voogt habe vögeln lassen. Und?«

»Sie machen sich damit verdächtig.«

Melanie Mestrom lachte. »Was? Ich glaub's ja nicht.«

»Sie könnten Voogt getötet haben. Aus Eifersucht.«

»Soll das ein Witz sein? Ich und eifersüchtig? Mann, ich kann jeden Abend mit einem anderen Typen ins Bett gehen, wenn ich will. Wenn Voogt noch andere flachgelegt hat, ist mir das doch egal.«

»Waren Sie nicht in ihn verliebt?«

»Verliebt«, echote die Auszubildende und lachte, »Mann, Sie haben echt keine Ahnung. Wenn ich mich verlieben will, dann gehe ich doch nicht ins ›Nightlife‹. Da will ich bloß Spaß haben.«

»Michael Voogt soll mit Drogen zu tun gehabt haben.«

»Davon weiß ich nichts.«

»Hat er nie etwas erwähnt? Er hatte doch immer viel Geld.«

»Keine Ahnung, Mann, das hat mich auch nicht interessiert.«

»Haben Sie darüber gesprochen?«

»Nein! Hören Sie, Michael war ein lustiger Typ. Immer gut drauf. Von Drogen weiß ich nichts.«

»Dass er die Firma betrogen hat, weil er Laboruntersuchungen abgerechnet hat, die gar nicht gemacht wurden, das müssen Sie doch mitbekommen haben.«

Melanie Mestrom sah jetzt aus wie ein trotziges Kind. »Davon weiß ich nichts. Mir erzählt ja keiner was. Ich bin in diesem Laden doch nur eine billige Arbeitskraft.«

Ulrich Böhling öffnete die Tür und betrat das Büro.

»Alles in Ordnung?« Böhling sah von Ecki zu Melanie Mestrom und trat dann an ein Regal, um einen Ordner herauszunehmen.

»Danke, wir sind gleich fertig.« Ecki nickte.

»Dann ist es ja gut.« Böhling verließ das Büro, ohne weiter auf die beiden zu achten.

Ecki sah die Auszubildende ernst an. »Frau Mestrom, ich bin ganz ehrlich. Ich werde wiederkommen. Die Sache gefällt mir nicht. Am besten ist es, wenn Sie in den kommenden Tagen in der Gegend bleiben.«

»Was heißt das denn?« Melanie Mestrom saß auf ihrem Stuhl wie ein verängstigtes Schulmädchen.

»Das soll heißen, dass wir noch einige Fragen an Sie haben.«

»Können wir das nicht jetzt und hier erledigen? Ich wollte über Weihnachten zu meiner Tante Karin nach Siegen.«

»In welchem Hotel sind Sie mit Michael Voogt gewesen?«

»Wir haben uns einmal in Kleve getroffen. Aber ich weiß schon gar nicht mehr, wie das Hotel hieß.«

»Sind Sie über Nacht geblieben?«

Mestrom verzog das Gesicht. »Das war so geplant. Ein nettes Wochenende sollte es werden. Aber dann war es nur Krampf. Nach einer Nacht bin ich abgehauen.«

»Wann war das?«

Melanie Mestrom sah an die Decke. »Vor ungefähr sechs Monaten.«

»Warum war das nur Krampf, wie Sie sagen?«

»Er wollte uns unbedingt beim Sex filmen.«

»Und das wollten Sie nicht?«

»Ich bin doch nicht pervers.«

»Das hat doch damit nichts zu tun.«

»Aber ich lass mich doch nicht dabei filmen. Nur damit er später damit angeben kann: Seht her, ich habe die kleine Mestrom flachgelegt. Nee, nee, das ist nicht mein Ding.«

»Es gibt also keine Aufnahmen von Ihnen?«

»Auf keinen Fall.«

»Okay. Ich denke, das reicht für heute. Wie gesagt, ich melde mich wieder. Und Sie würden gut daran tun, die nächsten Tage nicht zu verreisen.«

»Und? Was denkst du?« Frank hatte sich Eckis Bericht über seinen Besuch in der Brauerei aufmerksam angehört.

»Ich denke, dass die Kleine es faustdick hinter den Ohren hat. Aber ich glaube nicht, dass sie Voogt erstochen hat. Ich kann kein Motiv erkennen.«

»Was ist denn mit Böhling?« Frank gähnte. Er war müde.

»Er hat mir nicht schlüssig erklären können, warum Voogt für ihn kein lästiger Mitwisser war.«

»Lass Schrievers sich mit Böhling befassen. Vielleicht findet Heinz-Jürgen in alten Unterlagen Hinweise, die uns weiterbringen können.«

»Wir sollten Böhling überwachen.«

Frank sah Ecki fragend an. »Was hast du nur mit diesem Böhling?«

»Es ist nur so ein Gefühl, Frank. Er hat mir ein bisschen zu viel davon geredet, dass das Geschäft hart, aber fair ist. Und dass er sich nicht vorstellen kann, gefälschten Lieferpapieren oder Laborberichten aufzusitzen. Er hat sich einen Tick zu deutlich als Saubermann dargestellt.«

»Aber warum soll er Voogt umbringen? Das verstehe ich immer noch nicht. Ein Grund mehr, dass Heini umso tiefer in die Akten steigt.«

»Und wir kümmern uns um das Neusser Labor. Da scheint noch so manche Analyse nötig zu sein.« Jetzt gähnte auch Ecki. »Aber das kann bis morgen warten.«

»Warum kommen Sie zu mir?« Clemens Boshoven sah sie mit reservierter Miene an. »Bevor Sie antworten: Nehmen Sie bitte Platz. Meine Mitarbeiterin wird Ihnen gleich einen Kaffee oder ein Wasser servieren.« Mit knapper Geste wies Boshoven auf die beiden Stühle vor seinem Schreibtisch.

»Sehr freundlich.« Frank lächelte und setzte sich. Auch Ecki nahm Platz.

»Verzeihen Sie meine Frage, aber was macht die Gladbacher Polizei in Neuss? Habe ich falsch geparkt?«

»Nein, nein. Das wäre kein Grund, nach Neuss zu fahren. Es geht um ein Tötungsdelikt.« Ecki räusperte sich.

»Um Mord? Was um alles in der Welt habe ich damit zu tun?«

»Es geht um ein Verbrechen zum Nachteil von Michael Voogt.«

»Ich verstehe nicht.«

»Michael Voogt ist erstochen worden. Sie kannten ihn?«

»Was? Wer? Ich? Nein. Ja. Michael Voogt. Von Bolten, nicht? Ich habe davon gehört. Schrecklich. Aber warum kommen Sie damit ausgerechnet zu mir?«

Die Tür wurde von einer schlanken Blondine geöffnet, die auf einem Tablett geschickt Designergeschirr, Designergläser und Designerwasserflaschen balancierte. Lächelnd stellte sie alles auf Boshovens Schreibtisch und entfernte sich wieder.

Boshoven nickte. »Bitte, meine Herren, bedienen Sie sich.«

»Herr Böhling war so freundlich, uns darüber zu informieren, dass Sie intensiv mit seinem Mitarbeiter zusammengearbeitet haben.«

»Ja, sicher. Herr Voogt war der Mittelsmann zwischen den Lieferanten und uns. Wir haben die Proben auf Rückstände und auf ihre Qualität geprüft. Routineaufgaben, aber nichtsdestoweniger sehr verantwortungsvoll.«

»Keine Frage. Keine Frage.« Ecki rührte in seinem Kaffee.

»Aber was hat der Mord an Herrn Voogt mit meinem Unternehmen zu tun?«

»Dann will ich Sie mal nicht länger im Unklaren lassen.« Frank trank einen Schluck. »Voogt hat offenbar zu Unrecht Analysen abrechnen lassen und das Geld für sich behalten. Die Laborleistungen wurden offensichtlich nie erbracht. Herr Böhling geht davon aus, dass Voogt Helfer in Ihrem Labor gehabt haben muss.«

»Wie kommen Sie darauf?« Auf Boshovens Stirn erschienen kleine Schweißperlen. »Ich ... wir ... ich hatte mit Herrn Böhling vereinbart, dass er nicht die Polizei einschaltet. Ich dachte, dass wir die Sache bereits einvernehmlich geregelt hätten.«

Ecki nickte. »Sie haben die 30 000 Euro gezahlt.«

»Das wissen Sie auch schon?« Boshoven lockerte den Knoten seiner Krawatte.

»Ich glaube, Böhling war froh, von der Sache erzählen zu können. Wir fragen uns jetzt, warum haben Sie gezahlt?« Frank beobachtete die Veränderung, die in Boshoven vorging. Das Image des unbestechlichen und kühl denkenden Laborbesitzers war dem Bild eines zutiefst verunsicherten Managers gewichen, der nicht mehr in seinen maßgeschneiderten Anzug zu passen schien.

»Hören Sie, ich habe nichts mit der Sache zu tun. Sie können jederzeit meine Bücher prüfen. Unser Haus ist sauber. Wir können uns weder Fehler noch unkorrektes Verhalten leisten.«

»Warum haben Sie dann gezahlt? Das kommt doch einem Schuldeingeständnis gleich«, setzte Ecki nach.

»Um Gottes willen, nein. Das sehen Sie völlig falsch. Ich habe die 30 000 Euro gezahlt, um größeren Schaden von meinem Haus abzuwenden. Ich habe vermeiden wollen, dass der Fall an die große Glocke gehängt wird. Ich wollte auf keinen Fall die Polizei im Haus haben. Das ist mehr als schlecht für mein Geschäft. Aber das hat ja nun nicht funktioniert.« Boshoven sah Ecki resigniert an.

»Es gibt also niemanden, der mit Voogt unter einer Decke gesteckt hat?«

Boshoven nickte.

»Das kann ich mir beim besten Willen nicht vorstellen. Wie soll das gehen, dass Voogt Ihre Rechnungen manipuliert und das Geld in die eigene Tasche steckt?«

Boshoven schüttelte den Kopf. »Ich weiß es nicht. Ich habe alles auf den Kopf stellen lassen, die komplette Buchhaltung. Ich habe sogar externe Prüfer im Haus gehabt. Nichts. Ich weiß nicht, wie Voogt das geschafft haben soll.«

»Aber die Brauerei hat das Geld doch überwiesen.«

»Was weiß denn ich?«

»Wir werden ermitteln. Bei Ihnen und bei Böhling.«

»Muss das sein? Sie ruinieren mit einer Polizeiaktion nur meinen Ruf und meine Existenz. Ich kann das Labor schließen, wenn herauskommt, dass die Polizei im Haus war. Ich habe die 30 000 Euro doch bezahlt. Damit ist die Sache für mich erledigt. Ich möchte nur in Ruhe weiterarbeiten können. Haben Sie denn dafür kein Verständnis?«

»Hören Sie«, Ecki schlug das Notizbuch zu, »es geht hier nicht nur um Betrug. Es geht um Mord.«

Boshoven lehnte sich zurück und lockerte den Knoten der Krawatte vollends. »Ich bin am Ende.«

Frank sah ihn verständnisvoll an. »Wir werden sensibel vorgehen. Es geht doch darum, dass wir den Kontakt finden müssen, den Voogt gehabt hat, um den Betrug abwickeln zu können. Und dieser ›Kontakt‹ führt uns dann möglicherweise zum Mörder.«

Boshoven war verzweifelt. »Ich habe nichts mit dem Mord zu tun. Und meine Firma auch nicht.«

»Es hilft nichts, Herr Boshoven.«

Nachdem die beiden Fahnder gegangen waren, stand Clemens Boshoven noch lange an dem großen Panoramafenster und sah auf den Neusser Hafen. Schließlich ging er zu dem schmalen Schrank, der an der kurzen Wand seines Büros stand. Er öffnete den flachen schwarzen Holzkasten und schlug den öligen Lappen zur Seite. Dann legte er eine Hand auf die Armeepistole, die ihm sein Vater vermacht hatte.

Frank drehte das flache Päckchen unschlüssig in seinen Händen. »Viola?«

Er bekam keine Antwort.

Frank trat näher. Er sah, dass Violas Augen geöffnet waren.

»Viola?«

In ihrem blassen Gesicht regte sich kein Muskel.

»Ich habe dir eine CD mitgebracht. Ich habe mir gedacht, ich brenne dir meine Lieblingsstücke.« Er zögerte. »Aber vielleicht war das gar nicht so eine gute Idee. Was meinst du?«

Viola regte sich nicht.

»Ich, äh, ich lege dir die CD auf deinen Nachttisch.«

Er bemerkte, dass in dem Zimmer gar kein CD-Player stand.

»Ich meine, wenn sie dir einen CD-Player bringen. Sie bringen dir doch sicher ein Gerät, oder? Wenn nicht, dann komme ich zurück. Ich habe noch einen tragbaren Player im Büro.«

Viola Kaumanns sagte immer noch nichts.

Frank legte die CD auf den Nachttisch, der bis auf ein Glas und eine Flasche Wasser leer war.

»Ich bin eine Blume.«

Frank zuckte zusammen. Das war nicht die Stimme, die er kannte. Sie war dunkel und kratzig.

»Ich bin eine Blume.«

»Was sagst du?« Frank versuchte, etwas in ihrem Gesicht zu erkennen. Aber ihre Augen bewegten sich nicht.

»Ich bin eine Blume.«

»Das ist schön, Viola.«

»Ich bin eine Blume.«

»Ja. Gut. Das habe ich verstanden.«

»Ich bin eine Blume.«

Was wollte sie ihm damit sagen? Blumen waren etwas Schönes. Sie wollte ihm wohl mitteilen, dass es ihr gut ging. Ja, das musste es sein.

»Ich bin eine Blume.« Viola flüsterte jetzt kaum hörbar.

»Ich freue mich, dass es dir gut geht.«

Er wollte so gerne ihren Händedruck spüren. Aber er traute sich nicht.

Frank blieb noch einige Minuten stehen, dann beschloss er zu gehen.

»Wir sehen uns. Ich komme dich wieder besuchen.«

Viola schwieg.

In dem Augenblick, als er die Tür von außen schließen wollte, fiel sein Blick auf die Fensterbank. Dort stand eine Vase mit Blumen. Und auch auf dem kleinen Tischchen an der Wand standen zwei Vasen mit Blumen.

Zuerst glaubte Frank, die Blumen ließen ihre Köpfe hängen. Aber dann sah er, dass jemand allen Blumen die Köpfe abgeknickt hatte.

»Was machen wir mit Boshoven?«

Ecki fragte Frank nun schon zum zweiten Mal.

»Frank!«

»Was?«

»Hörst du mir eigentlich nicht zu? Was machen wir mit Boshoven?«

»Was machen wir mit Viola? Das ist die viel wichtigere Frage.«

»Um Viola kümmern sich die Experten. Wir können da jetzt nichts tun. Begreif das doch endlich, Frank. Wir können nur Verbrechen aufklären. Um den Rest müssen sich andere kümmern.«

»Für dich gibt's nur Schwarz oder Weiß. Gut oder Böse.«

»Ist das nicht die Basis unseres Erfolgs, dass wir die Grenze zwischen Gut und Böse klar erkennen können? Dass wir uns nicht beirren lassen durch falsche Spuren, durch falsche Behauptungen? Wir haben einen klaren Auftrag, und dafür gibt es klare Definitionen und klare Strukturen. Alles dazwischen ist nicht unsere Sache. Die Klinik wird verhindern, dass irgendwelche Reporter Viola finden.«

Frank wusste, dass Ecki recht hatte. Aber es tat trotzdem weh, nichts tun zu können.

»Komm, Frank, lass uns über Boshoven nachdenken.«

»Wir müssen ihn im Auge behalten. Mir ist nicht klar, welches Spiel er spielt. Ich kann mir nicht vorstellen, dass er nicht klären kann, wer sich da die Finger schmutzig gemacht hat.«

»Am Ende er selbst. Wer sagt denn, dass nicht er mit Voogt gemeinsame Sache gemacht hat?«

»Warum zahlt er dann die 30 000 an Böhling?«

»Als Beruhigungsspritze sozusagen. Damit wäre dann der Fall für Böhling erledigt. Immerhin hat er nur Kenntnis über diese 30 000. Möglicherweise ist der Schaden aber viel höher. In diesem Fall wären die 30 000 wirklich Peanuts.«

Ecki nickte. »Könnte passen. Machen wir die Überwachung oder die Neusser Kollegen?«

»Frag mal rum, ob sich Freiwillige finden. Ansonsten müssen die Neusser ran.«

»Werde ich tun.«

Ecki griff schon zum Telefon, als Torsten Linder das Büro betrat. Ecki ließ den Hörer wieder sinken.

»Na, alter Pornokönig?« Ecki grinste.

»Hahaha. Ich glaube, ich werde Mönch.«

Auch Frank lachte. »Du solltest nicht voreilig ins Kloster gehen. Auch dort können dich die fleischlichen Gelüste erreichen.«

»Spaß beiseite, was gibt's?« Ecki war neugierig.

»Wir haben eine Spur.« Linder sah zufrieden aus.

»Was heißt das?« Frank legte die Füße auf den Schreibtisch. Was konnte das schon sein?

»Wir haben von allen Sequenzen ›stills‹ gemacht, also Einzelbilder. Dabei ging es weniger um die Bumsbilder als vielmehr um das Mobiliar, soweit erkennbar. Und diese Fotos haben wir verschickt. Wir haben in Böhlings Akten die Hotel- und Spesenrechnungen Voogts gecheckt. Anhand dieser Informationen haben wir eine Liste der Hotels erstellt. Es war nur ein Versuch. Aber wir haben einen Treffer.« Linder wollte seinen Erfolg ganz auskosten und machte eine Kunstpause.

»Linder, wir sind hier nicht in einer Gameshow«, rügte Ecki seinen Kollegen.

»Das Hotel ›Zur Post‹ in Kleve hat sich gemeldet. Wir haben dann ein Foto von Voogt gefaxt und: Bingo. Er war dort. Und in Begleitung einer Frau. Der Portier erinnert sich deshalb so gut, weil die Frau das Hotel nach einem Streit vorzeitig verlassen hat.«

»Melanie Mestrom.« Ecki sah Frank an.

Frank sah Torsten Linder an. »Und du bist sicher?«

»Absolut.«

»Dann los.«

Ecki sah auf die Uhr. »Bolten hat womöglich schon geschlossen. Wir brauchen die Privatadresse von Mestrom.«

Sein Kollege Schmitz hielt ihm bereits einen Zettel hin. »Josef-Jentgens-Straße 14a.«

»Erst zur Brauerei.«

Sie kamen gerade noch rechtzeitig. Die Auszubildende wollte eben gehen.

»Der Chef ist nicht da. Und Frau Pesch ist noch auf Tour. Ich müsste eigentlich auch schon längst weg sein.« Melanie Mestrom schloss ihren Schreibtisch ab und legte den Schlüssel in den Topf eines roten Weihnachtssterns, der auf dem Schreibtisch stand.

»Das macht nichts, wir wollen zu Ihnen.«

»Zu mir?« Melanie Mestrom setzte langsam ihre Tasche ab, die sie gerade mit Schwung vom Boden gehoben hatte.

»Wir haben Ihnen etwas mitgebracht.« Ecki nahm ein Foto aus einem Umschlag und legte es auf den Schreibtisch.

Melanie Mestrom nahm das Bild in die Hand.

»Dieses Schwein.«

»Kommen Sie bitte mit.«

»Mitkommen? Wohin? Jetzt? Ich bin verabredet.«

»Frau Mestrom, Sie sind verdächtig, Michael Voogt erstochen zu haben.«

Melanie Mestrom schien nicht zu verstehen. »Das geht jetzt nicht. Ich bin mit Dana verabredet. Wir wollen, wir haben …«

»Wir nehmen Sie jetzt erst mal mit, und dann reden wir in aller Ruhe.« Frank schlug einen väterlichen Ton an.

»Was? Nein. Dana wartet.« Mestrom begriff erst allmählich den Ernst ihrer Lage. »*Ich* soll Michael erstochen haben?«

Ecki streckte seine Hand aus. »Kommen Sie, bitte.«

Sie wich einen Schritt zurück. »Ich habe nichts getan.«

»Bitte, kommen Sie.« Frank blieb bei seinem väterlichen Tonfall.

»Aber ich kann doch jetzt nicht einfach …« Melanie Mestrom blieb wie angewurzelt mitten im Büro stehen.

»Sie müssen.«

Eine halbe Stunde später saßen sie bereits im Vernehmungszimmer.

Die Auszubildende hatte während der Fahrt schweigend aus dem Fenster gesehen. Auch Ecki und Frank hatten nur das Nötigste gesprochen.

In dem überheizten Raum war es still. Seit ihrer Ankunft hatte Melanie Mestrom außer ihrem Namen und dem Geburtsdatum nichts gesagt.

»Ich will hier wieder weg.«

Melanie Mestroms Stimme schnitt so unerwartet in die Wärme und das Schweigen, dass Frank versucht war aufzustehen.

»Dürfen Sie mich hier überhaupt so einfach festhalten?«

»Sie stehen unter Mordverdacht.«

»Ich habe Michael nicht getötet.«

»Es fällt uns schwer, das zu glauben.« Ecki sah Frank an.

»Warum glauben Sie mir denn nicht?« Ihre Stimme klang weinerlich.

»Sie haben uns schon einmal belogen. Außerdem haben Sie ein Motiv. Warum haben Sie uns nicht gesagt, dass Voogt Sie gefilmt hat?«

Melanie Mestrom schluchzte. »Ich habe mich so geschämt.«
»Sie haben den Aufnahmen doch zugestimmt?«
Sie wischte sich über die Wange und verschmierte dabei das Mascara, das sich längst von ihren Wimpern gelöst hatte. »Ich war betrunken.«
»Betrunken?«
»Ja. Wir haben Cocktails getrunken und Desperados.«
»Und dann haben Sie sich von ihm filmen lassen?« Ecki nickte ihr zu.
»Ja.«
»Und dann haben Sie Voogt erstochen, weil Sie sich geschämt haben und weil Sie sich von ihm betrogen gefühlt haben.«
»Nein!«
»Sie waren in ihn verliebt, und dann haben Sie sich gerächt.«
»Nein. Ich war nicht in ihn verliebt. Er hat mir gefallen, und er hat mir imponiert. Mehr nicht.«
»Aber Sie wollten mit ihm ins Bett.«
»Das hat doch damit nichts zu tun! Ich wollte ein bisschen Spaß, deshalb muss ich ihn doch nicht gleich heiraten.«
»Sie haben an jenem Abend gemerkt, dass Sie doch mehr für ihn empfinden. Deshalb waren Sie so enttäuscht, dass Voogt in Ihnen nur eine weitere Trophäe für seine Pornosammlung gesehen hat. Sie haben ihn umgebracht, weil er Ihre Liebe nicht erwidert hat.«
»Nein, nein, nein!«
»Dann sagen Sie uns, wie es wirklich war.«
Melanie Mestrom suchte in ihrer Jeans vergeblich nach einem Taschentuch. Deshalb wischte sie sich nun mit beiden Händen die Tränen aus dem Gesicht.
»Ich habe nur Spaß haben wollen.«
»Aber aus dem Spaß wurde mehr. Ihre Gefühle haben Ihnen einen Streich gespielt. Und weil Ihre Liebe nicht auf Gegenliebe gestoßen ist, musste Michael Voogt sterben. So war es doch, oder?«

»Nein! So war es nicht! Fragen Sie doch die Pesch. Die war doch selbst scharf auf Voogt.«

»Frau Mestrom, es macht keinen Sinn, wenn Sie hier ziemlich fadenscheinige Behauptungen aufstellen, nur um sich zu entlasten.« Franks Ton wurde schärfer.

»So kommen wir nicht weiter.« Ecki schüttelte den Kopf. »Die Wochen zwischen der Nacht in dem Hotel und dem Tattag müssen für Sie die Hölle gewesen sein.«

»Warum?«

»Jeder Tag, jede Stunde im selben Raum mit Michael Voogt muss für Sie die Hölle gewesen sein. Sie haben so lange versucht, mit Ihren Gefühlen allein fertig zu werden, bis Sie keinen anderen Ausweg mehr wussten. Dann sind Sie nach Bracht gefahren und haben Voogt aufgelauert. Sie haben ihn zur Rede gestellt, aber er hat nur gelacht, und dann haben Sie die Kontrolle über sich verloren und zugestochen. Anschließend sind Sie in Panik weggerannt. Das Messer haben Sie unterwegs weggeworfen. Sie müssen schrecklich gelitten haben, als Ihnen bewusst wurde, was Sie getan hatten.«

Melanie Mestrom sah Frank verzweifelt an. »Nein. So war es nicht.«

»Wie dann?«

»Ich habe ihn nicht umgebracht. Ich war nicht in Bracht. Ich war in meinem ganzen Leben noch nicht in Bracht.«

»Sondern?«

»Wir haben nach dem Wochenende in Kleve kaum mehr miteinander gesprochen. Ich habe ihm gesagt, dass ich sein Verhalten scheiße fand und dass er sich ja nicht trauen soll, irgendjemand die Bilder zu zeigen. Und dass ich die Sache einfach nur vergessen wollte.«

»Und dann?«

»Er hat es mir versprochen. Und damit war die Sache auch erledigt. Michael war niemand, dem man lange böse sein konnte. Er hatte so eine Art ... Ich weiß nicht.«

»Und das sollen wir Ihnen glauben?«

»Fragen Sie Dana.«

»Dana ist Ihre Freundin?«

»Dana ist meine beste Freundin.«

»Und der erzählen Sie alles.«

»Sie ist meine beste Freundin.«

»Wir werden sie fragen.«

Frank sah Ecki an. Dessen Mimik verriet nicht, was er dachte.

»Darf ich jetzt gehen? Bitte.«

»Wir können Sie nicht einfach so gehen lassen, Frau Mestrom. Sie sind im Augenblick unsere Hauptttatverdächtige. Ihre Geschichte klingt keineswegs plausibel.«

Ecki nickte. »Sie werden hierbleiben müssen. Aber Sie können gleich Ihre Angehörigen informieren, dass Sie bei uns sind.«

»Aber ich habe doch nichts getan!« Melanie Mestrom schlug die Hände vors Gesicht. »Ich habe Michael nicht getötet. Er war nur nett zu mir. Und ich wollte ein bisschen nett zu ihm sein. Mehr war da nicht. Dass die Sache in Kleve passiert ist, das war nicht so schlimm.«

»Uns fehlen die Beweise für Ihre Unschuld, Frau Mestrom.« Ecki seufzte. »Ich bedaure das sehr. Aber uns bleibt keine andere Wahl.«

Frank sah seinen Freund an und deutete mit dem Kopf in Richtung Tür. »Kommst du bitte mal?«

Die beiden Ermittler verließen den Raum.

»Das ist ein junges Ding mit einer großen Klappe. Einen Mord begeht die nicht. Die hat ein bisschen Spaß gesucht und ist dabei an den Falschen geraten.«

»Vielleicht.«

»Was sollen wir deiner Meinung nach jetzt tun?«

»Sie muss hierbleiben, bis wir mit ihrer Freundin gesprochen haben. Wir müssen ihr Umfeld abklären, ihren PC sicherstellen, das Handy überprüfen. Das ganze Programm eben, wie immer.«

»Es besteht aber keine Fluchtgefahr.«

»Wie kannst du dir da so sicher sein?«

»Ich weiß es einfach.«

»Die Kleine ist unberechenbar.«

»Ich glaube eher, dass sie so schockiert ist, dass sie sich keinen Zentimeter aus Mönchengladbach wegbewegen wird.«

»Ich möchte trotzdem erst mit dem Staatsanwalt sprechen. Ich denke, dass er sich selbst ein Bild machen will.«

»Dann ruf Böllmann an. Ich bleibe so lange bei ihr.«

»Bis gleich.« Ecki verschwand Richtung Büro.

Frank kehrte in den Vernehmungsraum zurück und setzte sich wieder an den Tisch. Melanie Mestrom hatte die Zeit genutzt, um sich, so gut es ging, die Reste ihrer Schminke aus dem Gesicht zu wischen.

»Ich sehe bestimmt scheiße aus.« Die Auszubildende zog die Nase hoch und wischte dann mit dem Handrücken nach.

Frank reichte ihr ein Papiertaschentuch. »Was sollen wir bloß mit Ihnen machen? Sie haben sich sehr verdächtig verhalten.«

»Aber ich habe wirklich nichts getan.«

»Im Augenblick sieht es nicht gut für Sie aus.«

»Was soll ich denn noch machen, um Sie von meiner Unschuld zu überzeugen?« Melanie Mestrom schniefte wieder.

»Fühlen Sie sich wohl in der Brauerei?« Frank schob ihr das Päckchen Papiertaschentücher hin.

»Geht so.« Melanie Mestrom sah Frank misstrauisch an.

»Sind Sie nicht froh, dass Sie eine Lehrstelle gefunden haben?«

»Schon.«

»Aber?«

»Ich werde von der Pesch nur als billige Arbeitskraft benutzt. Sie traut mir nichts zu. Ständig stellt sie mich als die

Blöde dar. Immer muss ich die Negerarbeiten machen. Und wenn ich mal eigenständig arbeite, ist das auch nicht gut. Sie macht jedes Mal ein riesiges Theater, wenn es um die Buchhaltung geht. Etwas Heiligeres gibt es für sie nicht. Und sie zickt rum, wenn ich mal privat telefoniere.«

»Mal?«

»Was ist denn da schon dabei? Aber nein, die Tussi hat nichts Besseres zu tun, als sich einen Einzelgesprächsnachweis zu besorgen und mir den brühwarm auf den Tisch zu knallen.«

»Sie können doch nicht einfach auf Kosten der Firma telefonieren.«

»Das macht den Chef auch nicht ärmer.«

»Das hat mit Prinzipien zu tun.« Frank kam sich vor wie sein eigener Vater. »Und was die Buchhaltung betrifft, da geht es nun mal um Präzision und Transparenz. Sonst funktioniert so ein Betrieb nicht.«

»Jetzt reden Sie schon wie die. Als wenn ich das nicht wüsste.«

»Sie sind von Ihrer Art her jemand, verzeihen Sie, wenn ich das so sage, der einen schnell auf die Idee bringen kann, dass man besser noch mal draufguckt, bevor man einen Vorgang zu den Akten legt.«

»Sie meinen also auch, dass ich eine Schlampe bin?«

»Nein, natürlich nicht.«

»Ich bin, wie ich bin. Basta.« Sie sah Frank jetzt trotzig an. »Wann kann ich gehen?«

»Der Staatsanwalt wird entscheiden, ob Sie nach Hause dürfen.«

»Sie wollen mich wirklich ins Gefängnis bringen?« Ihre verweinten Augen funkelten.

»Wenn Sie Michael Voogt erstochen haben, werden Sie sich dafür zu verantworten haben.«

»Ich werde nicht ins Gefängnis gehen. Sie werden sehen.«

»Was mich schon die ganze Zeit beschäftigt: Voogt scheint

einen ziemlichen Verschleiß an Frauen gehabt zu haben. Hat Sie das nicht gestört? Kein bisschen Eifersucht? Wie haben Sie das übereinandergebracht: Sie flirten mit Voogt, gehen mit ihm ins Bett, obwohl Sie wussten, dass Voogt in der Beziehung ein Chaot war.«

»Sie müssen das sportlich sehen. Gegen eine schnelle Nummer ist doch nichts einzuwenden. Niemand ist dem anderen verpflichtet. Im Gegenteil. Es war ein geiles Gefühl, die Nase vorn gehabt zu haben. Und wenn auch nur für ein Wochenende.«

»Er war doch deutlich älter als Sie.«

»Na und? Hauptsache, er war gut im Bett.«

Frank verstand die Logik der jungen Frau nicht. Vielleicht war er auch schon zu alt für so etwas.

»Was ist?« Melanie Mestrom wunderte sich, dass der Polizeibeamte mit einem Mal so still war.

»Wir warten.«

Die nächsten Minuten schwiegen die beiden. Während Melanie Mestrom mit ruhelosen Augen den Raum absuchte, versuchte Frank, Ordnung in seine Gedanken zu bringen.

Einerseits konnte er sich nicht vorstellen, dass Melanie Mestrom wirklich zugestochen hatte, andererseits wurde er aus der jungen Frau nicht wirklich schlau. Er wollte daher lieber kein Risiko eingehen.

»Haben Sie schon viele Mörder gefasst?«

Frank sah Melanie Mestrom erstaunt an. »Einige schon. Ja.«

»Warum tun Sie das?«

»Mörder suchen?«

»Ja. Immer die Leichen, das Blut und das Ganze.«

»Warum ich das tue?« Was sollte er darauf antworten?

»Ich könnte das nicht.«

»Es ist nicht einfach. Aber ich liebe meine Arbeit.«

»Wollten Sie immer schon Polizist werden?«

»Ich kann mir keinen schöneren Beruf vorstellen.«

Melanie Mestrom schüttelte den Kopf.

»Ich kann es nicht ertragen, wenn Menschen anderen Menschen Gewalt antun.«

»Schießen Sie viel?«

Melanie Mestrom hatte ihr Wissen über die Polizei anscheinend aus diversen Fernsehserien.

»Eher selten.«

»Ich ...« Bevor Melanie Mestrom weitersprechen konnte, klopfte es an der Tür. Es war Jürgen Schiffer von der Leitstelle.

»Kann ich dich kurz sprechen?« Er nickte Richtung Flur.

Etwas in Schiffers Blick alarmierte Frank. Er sprang auf und folgte Schiffer.

»Was ist los?« Frank hatte eine Ahnung.

»Viola hat das Krankenhaus verlassen. Sie war gerade auf der Leitstelle und hat wissen wollen, wo ihr seid. Und wo van Bommel untergebracht ist. Und sie hat nach dem Kollegen gefragt, der den Schlüssel für die Waffenkammer hat.«

»Um Gottes willen. Wo ist sie jetzt?«

»Sie ist weg. Wir haben sie nicht zurückhalten können.«

»Mist.«

»Alles in Ordnung. Sie hat keine Waffe bekommen, sie würde mit einer Pistole ohnehin keinen Schritt in die JVA tun können.«

Schiffer kannte Violas Geschichte natürlich.

»Sie kann sich überall eine Waffe besorgen. Und sie kann van Bommel auch ohne Waffe angreifen. Wir müssen in der JVA anrufen. Ich habe geahnt, dass es so weit kommen würde. Ich hoffe nur, dass Viola jetzt nicht ausrastet. Wie konnte sie ihr Zimmer verlassen, ohne aufgehalten zu werden?«

»Soweit ich erfahren habe, hat der Kollege mit den Schwestern im Stationszimmer Kaffee getrunken. Man hatte ihn zum Weihnachtskaffeeklatsch eingeladen. Er hat doch nicht ahnen können, dass sich Viola selbstständig macht.«

»Was für eine Scheiße!«

Die Tür schwang auf, und Melanie Mestroms Kopf erschien. »Kann ich jetzt gehen? Ich möchte nach Hause. Ich bin müde.«

»Sie bleiben.«

Clemens Boshoven hatte seinen Wagen sorgfältig abgeschlossen und war das kurze Stück vom Landtag zum Rhein hinuntergegangen. Dort hatte er eine Weile gestanden und den Schiffen zugesehen, die mit ihrer Ladung tief im Wasser liegend an ihm vorbeigezogen waren. Schließlich hatte er den Mantelkragen hochgeschlagen und war dem Weg in Richtung Medienhafen gefolgt.

Der Nebel hatte sich wie Watte um die Lichthöfe gelegt, die die Laternen auf das Pflaster warfen. Im Jachthafen reflektierten die schlanken Bootskörper das diffuse Licht, das sich bis auf die tief im Hafenbecken liegenden Stege verirrt hatte.

Boshoven fühlte sich als Teil dieser Watte, die sich mit der Atemluft mischte und feucht auf sein Haar und seinen Mantel legte.

Auf der einen Seite grenzte das schwarze Wasser an den Weg zu den Werbeagenturen, Filmfirmen und Designerbüros. Zur Linken lag das WDR-Funkhaus wie ein breiter blau gestrichener Schubleichter auf dem Trockendock. In einigen Büros brannte noch Licht. Hinter dem Gebäude hatten sich mehrere asymmetrisch geformte Bürotürme zu einer lockeren Gruppe aus Putz-, Backstein- und Aluminiumfassaden versammelt.

Boshoven hatte die Fußgängerbrücke erreicht, die das Hafenbecken überspannte und beide Ufer in einer schwungvoll hingeworfenen Linie miteinander verband. Gegenüber lag das Ensemble aus alter Industriearchitektur und Moderne weitgehend im Dunkeln.

Dieser Platz ist genauso gut wie jeder andere, dachte er.

Die Kälte sickerte langsam durch den Mantelstoff. Der Laborbesitzer befühlte die klaren Konturen der Waffe, die er eingesteckt hatte. Er begann vor Kälte und Angst zu zittern.

»Wo willst du hin?« Ecki stützte sich am Armaturenbrett ab, um in der scharf genommenen Kurve nicht gegen Frank zu kippen.

»Wir müssen sie finden.« Frank starrte durch die beschlagene Windschutzscheibe und bog vom Gelände der alten Polizeikaserne Richtung Stadtmitte ab.

»Das bringt doch nichts, einfach loszufahren. Lass uns nachdenken. Frank, pass auf, du bringst uns noch um.« Ecki fluchte.

»Kannst ja wieder aussteigen.«

Eckis Handy schrillte. Mühsam versuchte er, das Gleichgewicht zu behalten.

»Eckers. Was gibt's?«

Das Gespräch war nur kurz.

»Das war Schiffer. Wir haben ein echtes Problem.«

»Sag schon.«

»Viola hat doch eine Waffe.«

»Was? Was?« Frank überholte einen Kleinwagen, der mit Tempo 50 Richtung Bismarckplatz unterwegs war.

»Melanie Müller vermisst ihre Dienstwaffe. Sie war gerade erst von einer Einsatzfahrt zurück und hatte ihre Pistole nur kurz auf dem Schreibtisch in der PI abgelegt. Viola war zur gleichen Zeit auf der Wache. Nun ist die Waffe weg.«

»Auch das noch.«

»Sie kommt doch damit nie in die JVA. Jedenfalls wissen sie dort Bescheid.«

»Hoffentlich.«

»Frank!« Ecki hatte intuitiv die Bremse treten wollen. Frank wäre fast auf einen Linienbus der NVV aufgefahren.

»Stell dich nicht so an. Wir müssen uns beeilen.«

Über die hell erleuchtete Innenstadt hatte sich dichter Nebel gelegt, den die Straßenbeleuchtung zu einem gelblichen Schleier verdichtete.

Auf der Hohenzollernstraße war davon kaum mehr etwas zu sehen. Die Laternen warfen nur spärliches Licht auf die üppigen Kapitelle, Stucksimse und anderen Gründerzeitprofile der hohen Bürgerhäuser. Vor ihnen tauchte die Front des wilhelminischen Landgerichts auf. Auch um diese Tageszeit forderte der mächtige Bau den Respekt vor der preußischen Gesetzgebung ein. Ebenso still lag nebenan die Staatsanwaltschaft da.

Ecki klappte sein Mobiltelefon zu. »Sie hat sich an der Pforte noch nicht gemeldet.«

»Wir werden die Straßen beobachten. Sie wird kommen.« Frank lenkte seinen Wagen in die Parallelstraße, die die Hohenzollernstraße vor dem Gericht ein kurzes Stück begleitete und durch Parkbuchten von ihr getrennt war.

»Viel siehst du von hier aus aber nicht.«

»Abwarten.« Frank schaltete die Scheinwerfer aus und beobachtete die gegenüberliegende Straßenseite. Bis auf den Autoverkehr blieb es ruhig. Von keiner Seite näherte sich eine Frau der Straße, die zur Justizvollzugsanstalt führte, die weitgehend versteckt hinter dem Gerichtsgebäude lag. Außerdem hatten sie niemanden gesehen, der wie sie in einem der geparkten Autos wartete.

Die Minuten verstrichen, ohne dass etwas passierte.

Schließlich ließ Frank den Motor an. »Viola wird nicht aus dieser Richtung kommen.«

»Sie wird vorsichtig sein. Sie weiß, dass wir sie suchen.«

Frank startete den Motor.

»Was hast du vor?«

»Lass uns über die Bökelstraße von hinten an die JVA heranfahren. In den Seitenstraßen hat sie jede Möglichkeit, unentdeckt zu bleiben.«

»Du meinst, Viola ist mit dem Auto unterwegs?«

»Ich weiß es nicht.« Frank fuhr langsam und suchte mit den Augen die Bürgersteige ab und das Innere der abgestellten PKWs.

»Vielleicht ist sie längst wieder weg. Wenn sie weiß, dass wir sie suchen, wird sie auch wissen, wo wir sie suchen. Sie hat nur ein kleines Zeitfenster gehabt, um in die JVA zu kommen. Sie hat ihren Plan sicher längst aufgegeben. Sonst hätten wir etwas gehört.«

»Und, wo ist sie jetzt, du Schlaumeier? Wenn sie ihre Aktion abgebrochen hat, wird sie weiter auf Rache aus sein.«

»Aber sie wird ihre Gefühle nicht befriedigen können.«

»Sie kann sich etwas antun. Sie hat schließlich die Waffe.«

»Du meinst …?« Ecki wagte nicht weiterzusprechen.

»Wenn das für sie die einzige Chance auf Heilung ihrer Qualen bleibt, dann sollten wir auch damit rechnen.«

»Sie wird doch nicht so lebensmüde sein.«

»Du hast sie nicht gesehen.«

Ecki schwieg.

Die beiden umrundeten das Karree, in dem die JVA lag, noch ein paarmal, ohne Viola Kaumanns zu Gesicht zu bekommen.

»Wir brechen ab.«

»Was denkst du?«

»Entweder ist sie schon tot, oder sie hat sich irgendwo verkrochen.«

»Sie wird sich nichts antun. Sie hängt an ihrem Leben. Sie ist doch immer so lebensfroh gewesen.«

»Ja, Ecki, sie ist voller Lebensfreude ›gewesen‹. Sie wird nicht vergessen können, was van Bommel ihr angetan hat.«

»Menschen sind zäh. Sie können verdrängen.«

»Hör auf mit deinen Polizeiweisheiten.«

Ecki rieb über das beschlagene Seitenfenster. »Wer kümmert sich jetzt eigentlich um Mestrom?«

»Sie wird die Nacht schon unversehrt überstehen.«

Mehrfach umrundete sie das Gebäude. Dabei hielt sie ihre Hand fest auf die Waffe gedrückt, die schwer in ihrer Anoraktasche lag. Der Nebel verschluckte die Umgebung, gleichzeitig gab er ihr Schutz.

In der Entfernung meinte sie ein Auto zu hören, das langsam durch die Seitenstraße rollte. Viola Kaumanns drückte sich in die Nische einer verschlossenen Toreinfahrt. Dort blieb sie, bis sich das Motorengeräusch endgültig in der Nacht verloren hatte.

Viola versuchte, die Konturen der unmittelbaren Umgebung zu erkennen und Veränderungen in den Fassaden auszumachen: hell aufleuchtende und dann wieder im Dunkeln versinkende Räume, aufflackernde Außenlampen. Sie schloss die Augen und konzentrierte sich auf die Geräusche: Haustüren, geöffnete Wagenverschläge, bellende Hunde.

Aber es blieb still.

Clemens Boshoven hatte jedes Gefühl für Zeit verloren. Er wusste nicht, wann er sein Büro verlassen hatte. Er wusste nicht mehr, wann er das letzte Mal etwas gegessen hatte. Er wusste nicht, wann er das letzte Mal mit seiner Frau, wann mit seiner Freundin telefoniert hatte. Zeit war längst bedeutungslos geworden.

Er spürte nur noch die Kälte der Kaimauer. Er musste es zu Ende bringen. Mühsam erhob sich Clemens Boshoven. Er war von der Kälte und vor Müdigkeit ganz steif. Boshoven musste für einen Moment an die Winterabende bei seiner Tante denken, an denen er sich in ihrem kalten Gästezimmer unter dem Oberbett zusammengerollt und glücklich die Wärme gespürt hatte, mit der sein Körper langsam das Bett aufwärmte.

Clemens Boshoven zog die Hand aus der Manteltasche und wischte sich über die Augen. Er spürte die Tränen und dass seine Hand die alte Wehrmachtspistole hielt.

Er starrte in das Wasser, das wie schwarzes Metall war. Nur

wenige Lichtpunkte tanzten auf der ruhigen Oberfläche. In seinem Inneren tanzten dazu synchron die Noten von *The times they are a-changing*. Er wunderte sich über die Kapriolen, die das eigene Ich manchmal schlug, darüber, dass es Wege ging, die man nicht vorgesehen hatte und die doch entscheidend waren. Diese jähe Erkenntnis hatte etwas Zynisches.

Das Leben war nicht das Ergebnis ausführlicher Analysen und wohldurchdachter Versuchsanordnungen. Das Leben geschah einfach und entzog sich damit jeglicher objektivierbaren Bewertung.

Seine Hand fasste die Pistole fester. Er würde nichts spüren. Er würde den Lauf aufsetzen, abdrücken und sich gleichzeitig fallen lassen. Von ihm würde nicht mehr als eine Ahnung bleiben, die kurz über dem Pflaster des Kais verharrte, um ihm dann in die Unendlichkeit zu folgen.

»Wo mag sie sein?« Frank hatte gegenüber der Leitstelle eingeparkt, machte aber keine Anstalten auszusteigen.

»Können wir die Frage nicht im Büro klären? Mir ist saukalt. Deine Karre hat eine beschissene Heizung.«

»Ich bin so unruhig.«

»Viola macht schon keine Dummheiten.«

»Und warum hat sie Müllers Waffe mitgehen lassen?«

»Vielleicht aus einem Impuls heraus.«

»Das glaube ich nicht.«

»Lass uns ins Büro gehen.«

»Fahr nach Hause, Ecki. Ich komme allein klar. Du musst dir wegen mir nicht die Nacht um die Ohren schlagen.« Frank hielt das Lenkrad mit beiden Händen umfasst.

Er war bereit. Er wartete nur noch auf den Einsatzbefehl.

»Spinnst du?« Ecki sah Frank an. »Meinst du, ich lasse dich jetzt im Stich? Wir ziehen die Sache gemeinsam durch.«

Frank sagte nichts. Aber er war Ecki dankbar.

Sie hatte sich minutenlang ruhig verhalten, hatte keinen Schritt aus ihrer Deckung getan. Aber nun wollte sie nicht länger warten, sonst fiel sie am Ende doch noch auf.

Das Gewicht der Waffe, das ihre Jackentasche nach unten zog, gab ihr ein Gefühl von Überlegenheit. Sie würde sich nicht mehr verstecken müssen. Vor nichts und niemandem. Nie, nie wieder. Sie würde ihre Feinde ausschalten, in der Sekunde, in der man sie angegriff.

Die Straße war frei. Viola Kaumanns drückte sich entschlossen von der Hauswand ab. Mit wenigen Schritten hatte sie die Fahrbahn überquert und stand Augenblicke später vor dem Tor. Sie musste nur noch klingeln.

Seine privaten und geschäftlichen Angelegenheiten hatte er geregelt. Der Brief lag auf seinem Schreibtisch. Er konnte abtreten. Er musste sich keine Gedanken mehr machen. Trotzdem versuchte er vergeblich, ruhig zu atmen. Dafür brauchte er einen Rest Kontrolle.

Clemens Boshoven hob die schwere Pistole an den Kopf und drückte den schlanken Lauf gegen seine Schläfe.

Er atmete. Tief drang die kalte Luft in seine Lunge. Gleich wäre es vorbei. Er würde schweben, und wenn er den Wasserspiegel erreicht hatte, würde er frei sein.

»Das kann nicht sein.«

»Vor nicht mal einer Minute.«

Sein Puls raste. Er wankte.

»Frank!« Ecki schob beide Hände stützend unter Franks Achsel.

»Was sagt sie?« Frank hatte nicht die Kraft, zu schreien. Seine Stimme verkroch sich unter seinen Schmerzen.

Der Leiter der Leitstellenbesatzung sah von seinen Bildschirmen auf. »Ich schicke zwei Wagen hin.«

»Das wirst du schön bleiben lassen.« Frank schüttelte Eckis Hände ab. »Ich will nicht, dass sie in Panik gerät.«

Das Gewicht der Hand schob sich gerade rechtzeitig zwischen seine Gedanken, die nur noch Sekunden von ihrem Ziel entfernt waren.

»Geben Sie mir die Waffe. Es ist besser so.«

»Was?« Abwesend drehte Clemens Boshoven seinen Kopf.

Bevor er registrierte, was um ihn herum geschah, hatten sie ihm schon die Pistole aus der Hand genommen.

»Es ist vorbei, Herr Boshoven.«

»Wer, wer sind Sie?« Die Bilder in ihm lehnten vergessen an einer verwitterten Wand.

»Kommen Sie. Wir bringen Sie dorthin, wo Sie sicher sind.«

»Warum? Nein? Ich will nicht.« Clemens Boshoven hatte immer noch nicht begriffen. Er fiel doch schon. So hatte er es entschieden. Und jetzt nur Blau, das sich rhythmisch im Aluminium der Gehry-Bauten spiegelte.

»Kommen Sie, bitte.«

»Was wollen Sie?«

»Mein Name ist Klaus Dönecke. Die Gladbacher Kollegen haben uns gebeten, auf Sie aufzupassen. Ich glaube, wir sind gerade noch rechtzeitig gekommen.«

»Aber ich habe es doch ganz anders geplant.«

Der Mann mit dem mächtigen Schnauzbart legte beruhigend seine Hand auf Boshovens Schulter. »Kommen Sie.«

Erst als sie das Hafengelände verlassen hatten, hörte Boshoven die Worte, die aus der Spieldose in seinem Kopf kamen: *It's all over now, baby blue.*

»Pfeif sie zurück. Ich gehe.« Frank sah Rainer Rostek auffordernd an.

»Du weißt, dass ich das nicht kann, Frank.«

»Du hast mich schon verstanden.«

Rainer Rostek hatte den Fernseher stumm geschaltet, der über der Küchenzeile hing. Die Stimmung war gereizt und angespannt. Der ein- und ausgehende Funkverkehr war hektisch.

»Hol die Streifenwagen zurück.«

»Wir haben sie zum Schutz draußen, Frank.«

»Frank, Rainer hat recht«, versuchte Ecki Frank zu beruhigen.

»Halt du dich da raus, Ecki. Wenn Viola die Streifenwagen sieht, weiß sie, was los ist.«

»Wir dürfen kein Risiko eingehen.«

Der Erste Polizeihauptkommissar Rainer Rostek schüttelte langsam den Kopf. »Diese Entscheidung kann ich nicht treffen. Das muss der PP absegnen.«

»Sehe ich auch so«, nickte sein Kollege Jürgen Schiffer und wählte die Mobilfunknummer des Polizeipräsidenten.

»Das dauert mir zu lange«, entgegnete Frank ungehalten.

Schiffer horchte in den Hörer, dann legte er auf. »Die Mailbox.«

»Funk die Kollegen an. Sie sollen unsichtbar bleiben. Ich fahr mit Ecki hin.«

Rostek sah Frank lange an und nickte schließlich zögernd. »Ich bitte die Kollegen, sich im Hintergrund zu halten. Und wir versuchen, den PP ans Telefon zu bekommen. Jürgen wird sich bei dir melden.«

Den letzten Satz hörte Frank schon nicht mehr, weil er, dicht gefolgt von Ecki, bereits über den Flur Richtung Parkplatz hastete.

Ecki schwang sich auf den Beifahrersitz. »Bitte fahr vorsichtig. Es nützt nichts, wenn wir unterwegs einen Unfall bauen.«

Frank achtete nicht auf Ecki, sondern trat noch auf der Ausfahrt des Polizeipräsidiums das Gaspedal seines MGB bis zum Anschlag durch.

Sie lag wie achtlos abgelegt auf dem Tisch.

Fast verstohlen nahm Frank als Erstes die Pistole an sich, als habe er Angst, durch seine Bewegungen die Stille zu zerreißen, die wie ein feines Gewebe zwischen den beiden Frauen gespannt war.

»Da bist du ja endlich.«

Frank atmete hörbar aus. Er war müde.

»Setz dich.« Lisa deutete auf den Platz neben sich auf der Couch.

Aber Frank blieb stehen. Er musste das Bild erst verstehen, das er sah. Ecki stand reglos an der Zimmertür.

»Hallo, Frank.« Violas Stimme war fest. Aber in ihren Augen glitzerte es.

Frank nickte. Sein Blick wanderte über den Couchtisch. Neben leeren Teetassen standen halbvolle Rotweingläser.

»Ich wusste nicht, wohin.« Viola versuchte ein Lächeln.

»Lisa, ich ...« Frank atmete immer noch schwer.

»Ich bin froh, dass du da bist.« Lisa schickte einen liebevollen und zugleich sorgenvollen Blick in Franks Richtung.

»Was geht hier vor?« Der ungewollt scharfe Ton traf die beiden Frauen unvorbereitet.

»Ich wusste einfach nicht, wohin.«

»Jetzt schau nicht so.« Lisa machte eine unbeholfene Handbewegung.

»Was tust du hier?« Frank hielt seinen Blick fest auf Viola gerichtet.

»Ich habe dich übers Handy nicht erreicht. Dann habe ich es über die Leitstelle versucht. Viola ist schon eine ganze Weile hier.« Lisa spürte Franks Bemühen, seine Gefühle unter Kontrolle zu halten.

»Die Waffe.«

Viola sah Frank hilflos an.

»Warum hast du Müllers Dienstwaffe an dich genommen?«

»Ich weiß es nicht. Ich ...« Viola Kaumanns Stimme brach.

»Du wolltest van Bommel töten, oder? Aber du wärst nicht einen Meter auf das Gelände der JVA gekommen.«

»Ich hatte plötzlich das Gefühl, etwas tun zu müssen. Ich habe die Waffe auf dem Schreibtisch liegen sehen. Es war nur eine Idee.«

»Warum hast du die Waffe mit hierher gebracht?« Franks Worte klangen harsch.

An der Tür räusperte sich Ecki hörbar.

»Wie? Was meinst du?« Verwirrt sah Viola an Frank vorbei Ecki an.

»Warum hast du die Waffe hierher gebracht, Viola?«

»Ich verstehe die Frage nicht.« Violas Stimme schob sich schwach über den Tisch.

Lisa unterbrach die Stille in sanftem Ton. »Lass gut sein, Frank. Viola ist hier, und wir haben geredet. Mehr nicht.«

»Was hätte denn passieren sollen?« Violas Augen glänzten feucht.

»Lisa hat recht.« Ecki räusperte sich erneut. »Also, ich könnte jetzt einen Kaffee gebrauchen oder, besser noch, einen Schnaps.«

»Mir geht es gar nicht gut.« Viola, die gerade noch so stark gewirkt hatte, sank zusehends in sich zusammen.

»Frank, ich kümmere mich um sie.« Lisa sah Frank eindringlich an.

»Warum hast du mich dann angerufen?« Frank kam sich überflüssig vor. Er wusste nicht, wohin er schauen sollte.

»Ich habe dich vermisst. Ich wollte dich bei mir haben.« Sie verbesserte sich. »Ich wollte dich bei uns haben. Viola braucht unsere Hilfe. Im Augenblick habe ich aber eher das Gefühl, dass ich besser mit ihr allein bleibe.«

Frank war immer noch irritiert. »Warum hast du den Kollegen von der Leitstelle dann gesagt, dass Viola bewaffnet ist? Rostek hatte den Eindruck, du seist in Gefahr.«

Lisa schüttelte verwundert ihren Kopf. »Dein Kollege hat gefragt, ob Viola bewaffnet ist. Das habe ich bestätigt. Mehr nicht. Ich verstehe die Aufregung nicht. Was hast du denn gedacht? Dass Viola mich erschießen will?«

Bevor Frank etwas sagen konnte, meldete sich Ecki zu Wort. »Ich brauche jetzt wirklich einen Kaffee.«

Frank spürte, dass ihm die Anspannung fast den Atem nahm.

Die nächsten Stunden verbrachten sie mit Reden. Nach mehreren Bechern Kaffee und reichlich Rotwein war erst einmal alles gesagt. Schweigend saßen die vier in Lisas Wohnzimmer.

Lisa hatte zwischendurch einen Sampler mit Bob-Dylan-Songs in den CD-Player geschoben. Die näselnde, manchmal schroffe Stimme, die schrammelnde Gitarre und die oft am Abgrund des Missklangs schlingernde Mundharmonika waren an diesem Abend der absolut passende Soundtrack.

Viola wirkte zunächst zunehmend gelöster, je mehr sie von ihrer Familie und Kindheit erzählte. Aber dann wurde sie immer stiller, bis sie schließlich ganz verstummte und nur noch in den Schein der Kerzen sah, die Lisa angezündet hatte.

Für einen kurzen Augenblick hatte sie die Kraft gehabt, den anderen den Weg zu ihren Ängsten einen Spalt breit zu öffnen. Dann schloss sich die Tür wieder.

Ecki war ebenfalls zunehmend stiller geworden. Sein übermütiges Lachen und seine flotten Sprüche hatte er schnell sein lassen. Er war ratlos. Was konnte er schon tun? Außer zuzuhören.

Lisa hatte schließlich Viola in den Arm genommen und sie weinen lassen.

Die Stimme von Bob Dylan war schon lange verklungen.

Schließlich stand Ecki auf. Er schwankte leicht. »Es ist verdammt spät. Ich rufe uns jetzt ein Taxi.«

Lisa blinzelte ihn müde an und nickte dann Viola zu. »Du bleibst hier.«

Frank wollte erst protestieren, blieb dann aber stumm.

Lisa wandte sich Ecki zu. »Nimm Frank mit und setz ihn in Eicken ab.«

Frank lag noch lange wach. Durch das Fenster seines Schlafzimmers konnte er die Schneeflocken im Schein der Straßenbeleuchtung tanzen sehen. Erst spärlich und langsam, dann immer dicker und schneller.

Seine Gelenke schmerzten. Er dachte an Lisa und daran, dass sie immer wusste, was zu tun war. Lisa wusste immer eine Lösung. Bis jetzt. Frank spürte, dass Lisa nichts für Viola würde tun können. Auch er wusste keinen Rat mehr.

Wie ein dünhäutiges kleines Mädchen hatte sie in dem Sessel gesessen, der von Minute zu Minute größer zu werden schien, bis Viola sich am Ende verschreckt und ängstlich in das Polster gedrückt hatte.

Viola hatte ihnen erzählt, dass sie für die nächsten Wochen nicht in der Stadt sein würde. Sie würde für lange Zeit keinen Dienst mehr tun. Sie sei froh, Zeit zu haben, nachdenken und Entscheidungen treffen zu können. Sie wollte viele andere Dinge ausprobieren. Sie habe ihr Leben bisher nur eingleisig gesehen, hatte sie am Schluss gesagt.

Das Jahr war in merkwürdigen Bahnen verlaufen, dachte Frank, als er den nun heftiger treibenden Schneeflocken zusah, die einer geheimen Ordnung zu gehorchen schienen.

Wenig hatte in diesem Jahr Struktur und noch weniger eine eindeutige Richtung gehabt. Weder im Dienst noch in seinem Privatleben. Frank schlang sein Oberbett enger um seinen Körper. Wenig Zeit war ihm vergönnt gewesen, um den Grund suchen zu können. Viel zu wenig Zeit. Er war von Monat zu Monat gehetzt, in der Hoffnung, dass der nächste ruhiger werden würde. Aber jedes Mal war er weitergetrieben worden.

Wenig Zeit mit Lisa war ihm vergönnt gewesen. Zu wenig. Viel zu wenig. So durfte es nicht weitergehen.

Erst spät fiel der Leiter der Mönchengladbacher Mordkommission in einen unruhigen Schlaf. Viola stand im Schnee, blass wie der Winter.

»Ich konnte es nicht tun. Ich konnte mir die Waffe nicht in den Mund stecken. Weil van Bommel nicht siegen darf.«

Gegen Morgen schreckte Frank auf. Zuerst wusste er nicht, warum. Dann sah er die spärlicher sinkenden Flocken, die fast schwerelos vor dem Küchenfenster standen. Nun wusste er es. In seinem Traum war der Schnee blutrot gewesen. Die Farbe hatte sich dann mit dem Rostrot des Bildes vermischt, das van Bommel Viola geschenkt hatte.

—

Erst spät erschien Frank im Büro, wo Ecki schon mit Heinz-Jürgen Schrievers sprach.

»Wölese?«

»Ich habe ein paar Restkarten ergattern können. Kommt ihr mit?«

Ecki blieb skeptisch. »Wann ist die Sitzung?«

»Seemannsgarn in der Hafenbar der Wölese.« Schrievers wedelte mit zwei Karten. »Ende Januar. Ich hätte sie schon längst verkaufen können, aber ich habe zuerst an dich gedacht.«

Frank hängte seine Jacke auf den Haken. »Wie könnt ihr jetzt schon an Karneval denken? Wir haben doch noch nicht einmal Heiligabend.«

»Wenn Ecki nicht will, dann du? Lisa hätte bestimmt Spaß.«

»Frag Lisa. Ich bin heute nicht in Stimmung.«

»Bitte.« Schrievers steckte die Karten in seine Hemdtasche. »Wer nicht will, der hat schon.«

Ecki achtete nicht auf Schrievers' Empfindlichkeiten. Ihm brannte die wichtigste Nachricht des Tages auf den Nägeln.

»Clemens Boshoven sitzt in der Klapsmühle.«

»Seit wann?« Damit hatte Frank nicht gerechnet.

Der Archivar stand schwerfällig auf. »Okay. Wenn mich einer sucht, ich bin Weihnachtsgeschenke kaufen.«

Schrievers ging zur Tür und drehte sich noch einmal um. »Falls mich überhaupt jemand vermissen sollte.«

Frank und Ecki hatten Schrievers schon vergessen, obwohl er noch nicht einmal die Tür hinter sich geschlossen hatte.

»Was ist passiert?«

Ecki erzählte, was ihm die Neusser und Düsseldorfer Kollegen berichtet hatten.

»Gut, dass wir sie auf Boshoven angesetzt haben.«

Ecki nickte.

»Wie lange bleibt er in der Psychiatrie?«

»Sie werden ihn noch ein, zwei Tage beobachten.«

»Das dauert mir zu lange.«

»Du kennst die Vorschriften für den Umgang mit potenziellen Selbstmördern.«

»Hat er schon gestanden?«

»Nein. Ich meine, was soll er gestehen?«

»Na, dass er Voogt erstochen hat. Und sich in seiner Verzweiflung selbst umbringen wollte.«

»Nein.«

»Dieser Selbstmordversuch ist doch schon das halbe Geständnis.«

»Bist du da nicht ein bisschen vorschnell?«

»Hat er nichts gesagt, als die Kollegen ihn überwältigt haben?«

»Er hat immer nur diesen Text gesungen.« Ecki suchte nach seinem Notizbuch. »Hier: *It's all over now, baby blue.*«

»*It's all over now, baby blue*?«

»*It's all over now, baby blue.*«

»Der Mann hat einen merkwürdigen Humor.«

»Die Kollegen haben in Boshovens Büro einen Brief gefunden.« Ecki reichte Frank ein Fax.

Frank überflog die von Hand geschriebenen Zeilen. Boshoven behauptete, weder mit Voogts Betrügereien noch mit dem Mord etwas zu tun zu haben. Er nehme sich das Leben, weil er finanziell am Ende sei. Die 30 000 Euro, die er an Böhling gezahlt hatte, um die »unschuldig über ihn gekommene Schande« von seinem Unternehmen abwenden zu können, habe er eigentlich für die Rückzahlung von Krediten gebraucht. Er habe auf Verständnis bei seiner Bank gehofft, sei aber »bitter enttäuscht« worden.

Ecki sah Frank erwartungsvoll an. »Was sagst du dazu?«
»Klingt mir zu pathetisch, wenn du mich fragst.«
»Der Mann war verzweifelt.«
»Ich traue ihm nicht.«
»Die Kollegen haben noch einmal seine Firma gecheckt. Der Mann, das heißt, sein Unternehmen, hing wirklich am seidenen Faden.«
»Trotzdem.«

Knapp 24 Stunden später saßen sich Frank und Ecki Boshoven in dessen Büro gegenüber.
Der Unternehmer sah übernächtigt aus. »Die Ärzte haben mich nicht gehen lassen wollen. Ich darf mich nicht aufregen. Aber was soll ich machen? Ich trage meinen Angestellten gegenüber doch Verantwortung.«
»Verzeihen Sie meine für Sie vielleicht zynisch klingende Frage: Daran haben Sie im Düsseldorfer Hafen aber nicht gedacht, oder?« Frank blieb misstrauisch.
Boshoven sah auf seine Hände. »Ich wusste keinen Ausweg mehr.«
»Und das ist jetzt anders?«
»Mir ist inzwischen einiges klar geworden.« Boshovens Blick lag jetzt klar und fest auf Franks Gesicht.
»Dass Sie ihrem Schicksal nicht entgehen können.«
»So ist es. Ich habe noch eine Menge zu regeln.«
Frank nickte auffordernd. »Dann erleichtern Sie doch mal Ihr Gewissen.«
»Das, was ich zu sagen habe, bespreche ich mit meiner Frau, meinen Mitarbeitern und meiner Bank. Ich weiß nicht, was ich Ihnen sagen sollte. Für die Unannehmlichkeiten des Polizeieinsatzes stehe ich selbstverständlich gerade.«
Frank sah erst Ecki an und dann Boshoven. »Mir ist immer noch nicht klar, in welchem Verhältnis Sie nun zu Voogt standen.«
Boshoven richtete seine Krawatte, bevor er antwortete.

»Es bestand lediglich ein beruflicher Kontakt zu Herrn Voogt. Ich habe nur dann mit ihm zu tun gehabt, wenn es um Fragen zu meinen Analysen ging. Er war mein offizieller Ansprechpartner bei der Firma Bolten. Er und nun Frau Pesch. Aber das wissen Sie ja.« Er legte seine Hände zusammen. »Wir hatten allerdings selten Kontakt. Denn unsere Analysen waren und sind ohne Fehler. Dafür steht mein Institut seit Jahren. Ich beschäftige nur die fähigsten Chemiker und Laboranten.«

»Und für dieses Image gehen Sie über Leichen.«

»Das klingt mir zu billig, um es zu kommentieren.«

Frank spürte, dass Boshovens Widerstand nicht so leicht zu brechen sein würde. »Jedenfalls haben Sie dafür 30 000 Euro gezahlt. Obwohl Sie das nicht mussten. Da darf doch die Vermutung erlaubt sein, dass Sie für Ihre ›weiße Weste‹ sogar einen Mord begehen würden.«

»Als rational denkender Naturwissenschaftler muss ich Ihnen recht geben. Aber Sie liegen mit Ihrem Analyseergebnis falsch. Es tut mir leid, Ihnen das attestieren zu müssen.« Boshoven unterbrach sich. »Nein, es tut mir natürlich nicht leid. Denn ich bin frei von jeder Schuld. Sieht man von einer gewissen moralischen Schuld ab, aber das ist, wie gesagt, ein Thema, das nur mich und meine Frau etwas angeht.«

Ecki stand auf und trat ans Fenster. Die Unterredung mit Boshoven machte ihn nervös. Er wurde langsam ungeduldig. Das Gespräch drehte sich immer mehr und immer schneller im Kreis. Mit Genugtuung bemerkte er, dass der Nebel über dem Hafen lichter geworden war. Er meinte sogar einen blassblauen Streifen erkennen zu können, den die Sonne in die feuchten Schwaden geschmolzen hatte.

Frank versuchte es über einen anderen Weg. »Wenn Sie ein so nüchtern denkender Mensch sind, wie Sie sagen, was ist dann Ihre Theorie zu dem Mord an Voogt?«

Clemens Boshoven lächelte feinsinnig. »Wollen Sie wirklich meine Analyse, oder wollen Sie nur ausloten, wie ein Mörder denkt? Aber schön, ich werde versuchen, Ihre Frage zu beantworten. Aber ich sage Ihnen jetzt schon, dass Sie nichts Neues erfahren werden.«

Ecki wurde müde. Immer die gleichen Argumente, immer die gleiche Geschichte. Ich wäre besser im Büro geblieben, dachte er, stattdessen stehe ich hier am Fenster und warte auf die Sonne.

Frank machte eine einladende Handbewegung.

»Ich habe mir nächtelang den Kopf zerbrochen. Und es gibt nur eine Antwort. Voogt muss einen Komplizen oder eine Komplizin gehabt haben. Und diese Person kommt nicht aus meinem Unternehmen. Das habe ich mir von einer Detektei bestätigen lassen, die diskret für mich ermittelt hat. Ich bin davon überzeugt, dass der Betrug von außen gesteuert wurde. Von Mitarbeitern der Brauerei. Es gibt keine andere Erklärung. Und Voogt wurde ermordet, weil er als Mitwisser aus dem Weg geräumt werden musste.«

Franks Gesicht blieb ausdruckslos. »Was sagt Böhling dazu?«

Boshovens Gesicht verdunkelte sich. »Er hat nichts davon hören wollen. Und was sollte ich machen? Ich hatte keine Beweise. Also habe ich gezahlt. Einen Zusammenhang zwischen dem Betrug und dem Mord hat er nicht gesehen. Das hat er in einem Telefongespräch angedeutet. Und dass er davon ausgeht, dass das Motiv für die Tat eher in der Bruderschaft zu suchen ist. Ansonsten habe ich mit Böhling nicht weiter über Voogt gesprochen. Der Betrug war für mich schon Verbrechen genug.« Boshoven blickte Frank fest ins Gesicht. »In gewisser Weise bin ich sogar froh, dass Voogt nicht mehr lebt. Denn damit hat der Betrug aufgehört.«

»Genau das ist das Mordmotiv, das ich Ihnen unterstelle.« Frank nickte zufrieden. Boshoven stand kurz davor, sich selbst ans Messer zu liefern.

»Ich weiß. Aber dafür haben Sie nicht den geringsten Beweis, Herr Kriminalhauptkommissar. Sonst wären Sie schon viel früher in mein Büro gekommen. Bitte«, er breitete die Arme aus, »mein Haus steht Ihnen zur Verfügung. Stellen Sie es auf den Kopf, durchsuchen Sie mein Privathaus, mein Ferienhaus. Sie werden nichts finden.«

Frank fühlte sich plötzlich kraftlos, ihm fehlten die Argumente, um das Gespräch sinnvoll weiterzuführen. Er sah vergeblich zu Ecki hinüber, der immer noch am Fenster stand und interessiert das Treiben zu seinen Füßen beobachtete.

»Na schön.« Frank stand auf. »Ich nehme Ihre Einladung an. Aber Sie können sicher sein, dass unsere Ermittlungen nicht ohne Aufsehen über die Bühne gehen. Das wird für Sie unangenehm werden.«

Clemens Boshoven lächelte. »Ich habe meine Meinung seit den Stunden am Kai geändert. Manchmal ist es besser, wenn Untersuchungen unter den Augen der Öffentlichkeit stattfinden. Das stärkt die eigene Glaubwürdigkeit.«

Nachdem sich Frank und Ecki »vorläufig« von Clemens Boshoven verabschiedet hatten, standen sie mit ihrem Dienstwagen an der Ausfahrt des Laborgeländes und warteten eine Lücke im Verkehr ab, als ein Auto von der Hauptstraße auf das Gelände abbog.

»The show must go on.«

Frank hing seinen Gedanken nach und hatte nur halb zugehört. »Was?«

Ecki nickte in Richtung des Wagens, der an ihnen vorbeifuhr. »Renate Pesch. Die Geschäfte gehen weiter. Analysiert wird in dem Gewerbe immer.«

Frank antwortete nicht, sondern fuhr zügig auf die Hauptstraße. Was interessierten ihn die Qualitätsanalysen von *Landbier* und *Uralt*?

Diese Einstellung änderte sich blitzartig nicht weit vom Kaarster Kreuz.

Entschlossen bog Frank im letzten Augenblick in die Einfahrt zur Raststätte »Cloerbruch«, raste an der Tankstelle vorbei und kam erst auf dem Parkplatz für LKWs zum Stehen. Er drückte abrupt die Stopptaste des CD-Players, obwohl Joe Bonamassa gerade gefühlvoll von *Cowboys and heroes* sang.

»Spinnst du? Bist du lebensmüde? Was ist? Oder musst du pinkeln?« Ecki war kreideweiß im Gesicht.

»Mensch, Ecki, was sind wir blöd! Es passt alles zusammen!« Frank schrie fast, so aufgeregt war er.

»Was passt zusammen?«

»Wen haben wir da gerade gesehen?«

»Renate Pesch.«

»Und mit wem hat Voogt eng zusammengearbeitet?«

»Renate Pesch.«

»Und wer hat bei Bolten Zugriff auf die Buchungsunterlagen, ohne aufzufallen?«

»Renate Pesch.«

»Und was hat Melanie Mestrom gesagt? Wer war noch scharf auf Voogt?«

»Renate Pesch.«

»Und was für einen Wagen fährt Renate Pesch?«

»Da habe ich jetzt nicht so direkt drauf geachtet.«

»Einen dunklen Geländewagen.«

»Oh, nein!« Ecki konnte es kaum glauben. Die Lösung des Rätsels war die ganze Zeit quasi vor ihnen herumspaziert.

»Richtig.«

»Renate Pesch hat Michael Voogt erstochen.«

Frank nickte.

»Warum sind wir nicht eher darauf gekommen?«

Statt zu antworteten, sprach Frank schon in das Funkgerät. »Wir brauchen Unterstützung. Zwei Streifenwagen. Brauerei Bolten. Wir nehmen Renate Pesch bei ihrer Rückkehr in Empfang.«

»Fahr Er zu, Kutscher.« Ecki hatte das zufriedene Gefühl, Weihnachten doch zu Hause verbringen zu können.

Frank versuchte, auf dem kurzen Stück zur Autobahnauffahrt den Beschleunigungsrekord auf Raststätten zu brechen.

»Bist du bescheuert?« Ecki stemmte sich mit aller Gewalt gegen das Armaturenbrett, Frank hatte nur mit Mühe vor einem LKW abbremsen können, der vor ihnen aus seiner Parkbucht ausgeschert war.

»Willst du uns umbringen?« Ecki brach der Schweiß aus.

Aber Frank grinste nur. Dann drückte er die Starttaste des illegal in ihren Dienst-Mondeo eingebauten CD-Players.

»*Hard to cry today.*«

»Was?« Ecki stockte fast der Atem, als Frank auf die Überholspur der A 52 zog, ohne auf den Verkehr zu achten.

»Joe Bonamassa.«

»Was?«

»Vergiss es.« Frank grinste immer noch.

Ulrich Böhling hatte schweigend den knappen Erklärungen der beiden Ermittler zugehört. Mit jedem Satz war er blasser geworden.

»Das kann nicht sein. Renate eine Mörderin.« Böhling wischte sich den Schweiß von der Stirn und beobachtete die beiden Streifenwagen, die auf seinem Betriebshof Position bezogen.

»Noch ist es nur ein Verdacht. Wenn auch ein ziemlich konkreter.« Ecki verschränkte die Arme vor der Brust.

»Sie war … sie ist eine so absolut zuverlässige Kraft. Ich mag es nicht glauben, dass ich wochenlang mit einer Mörderin zusammengearbeitet haben soll. Ich habe sie sogar zu meiner wichtigsten Mitarbeiterin gemacht. Sie sollte einmal meine Stellvertreterin werden. Ich fasse es nicht. Ich muss meine Frau anrufen.« Er verschwand in Richtung seines Büros.

»Der ist ja völlig fertig.« Ecki sah Böhling verwundert hinterher.

»Lass uns die Kollegen einweisen. Pesch muss bald zurück sein.«

Es dauerte nur Augenblicke, bis die Streifenwagenbesatzungen im Bilde waren, dann saßen Frank und Ecki wieder in dem gläsernen Büro und warteten auf die Rückkehr von Renate Pesch.

Ihre Geduld wurde auf eine harte Probe gestellt, denn Renate Pesch nahm sich offenbar viel Zeit. Frank befürchtete schon, einen Fehler gemacht zu haben, weil er sie nicht gleich in Boshovens Firma mit den Indizien konfrontiert hatte. Aber dafür war es jetzt zu spät.

Es wurde bereits dunkel, und Frank wollte schon die Fahndung auslösen, als Ecki ihn in die Seite stieß und nach draußen zeigte. Dort bog gerade ein schwarzer Hyundai vor die Tür zum hell erleuchteten Lagerverkauf.

Die beiden Fahnder erhoben sich langsam und traten auf den Hof. Sie wollten Renate Pesch Gelegenheit geben auszusteigen.

Die langjährige Mitarbeiterin der Brauerei trug einen dunklen, fast bodenlangen Mantel, dazu einen Schal, der gut zu ihren roten Haaren passte, die sie zu einem Zopf geflochten hatte. Sie bot das perfekte Bild einer erfolgreichen Geschäftsfrau, die kurz vor dem überaus gelungenen Jahresabschluss steht.

Renate Pesch hob nachlässig den Zündschlüssel, um ihren Wagen abzuschließen. Dann trat sie lächelnd den beiden Polizeibeamten entgegen. In einem Arm hielt sie ein in Geschenkpapier gewickeltes Päckchen.

»Guten Tag, meine Herren. Da haben Sie aber Glück, ich …« Etwas im Blick der beiden Männer ließ sie abrupt verstummen.

Renate Pesch blieb stehen. Ihr Lächeln war einem fragenden Blick gewichen. Dann bemerkte sie die beiden Streifenwagen.

Ihr Lächeln wich dem Ausdruck von Bedauern, gemischt mit Trauer.

Frank und Ecki hatten Renate Pesch fast erreicht. Ihr Haar glänzte im Licht der letzten Sonnenstrahlen.

Frank streckte eine Hand aus. Es sah aus, als wolle er ihr den Arm reichen.

Die designierte Geschäftsführerin der Brauerei Bolten streckte sich. Dann lächelte sie wieder.

»Ich habe Sie schon viel früher erwartet.«

»Es ist vorbei.«

Sie strich sich mit der Hand übers Haar. Wie um sich ihrer selbst zu vergewissern. Und sie lächelte immer noch.

»Ja, es ist vorbei.«

»Meine Kollegen bringen Sie ins Präsidium.« Ecki deutete auf die vier Polizeibeamten, die im Hintergrund warteten.

Renate Pesch sah sich kurz zu ihnen um. »So muss es sein.«

»Geben Sie mir das Päckchen. Ich werde es für Sie aufheben.«

»Das ist nicht nötig, Herr Kommissar. Ich brauche es nicht mehr. Ich schenke es Ihnen. Es wäre schade um die guten Pralinen.«

Frank nahm das Päckchen und reichte es an Ecki weiter.

»Noch etwas, bevor wir gehen.« Sie zögerte, der Aufforderung, zum Streifenwagen zu gehen, nachzukommen.

Frank sah sie fragend an.

Renate Pesch hielt Frank die Wagenschlüssel hin. »Könnten Sie bitte dafür sorgen, dass der Wagen zurückkommt? Er gehört meinem Neffen. Und bitte bestellen Sie ihm, dass er meinen Wagen aus der Inspektion holen soll. Ich werde dazu vermutlich auf absehbare Zeit keine Gelegenheit haben. Mein Neffe wohnt in Neuss. Die Telefonnummer finden Sie in meiner Handtasche.«

—

»Wann stand Ihr Entschluss fest, dass Voogt sterben muss?« Ecki sah Renate Pesch freundlich an. Bisher war das Verhör in einer fast angenehmen Atmosphäre verlaufen. Renate Pesch hatte von Beginn ihrer Vernehmung an den Eindruck gemacht, froh zu sein, sich alles endlich von der Seele reden zu können.

»Als ich den Film gesehen habe. Ich fühlte mich so schmutzig.«

»Sie werden sich den Film noch einmal ansehen müssen.«

»Muss das sein?« In ihrem Blick lagen Ekel und auch Angst vor der Begegnung mit ihrer eigenen Vergangenheit.

»Ich fürchte schon.«

»Kann dieser Ekel, den Sie empfunden haben, Grund genug sein, um einen Menschen zu töten?« Frank konnte sich nicht vorstellen, dass jemand aus Scham mordete.

»Ich habe Michael gebeten, die Aufnahmen zu vernichten. Ich hatte dem Film aus Liebe zu ihm zugestimmt. Es hat mir zunächst geschmeichelt, dass er mich so begehrte. Ich hatte doch längst keine Hoffnung mehr, jemals in meinem Leben noch so etwas wie Liebe zu erfahren. Oh Gott, das klingt vielleicht naiv! Aber Michael hat nur gelacht. Er hat mich eine dumme Gans genannt. Von wegen Heirat! Er habe nicht einen Augenblick an Heirat gedacht und auch nicht an Liebe. Seine Art von Liebe habe ich erst viel zu spät begriffen, als ich das zwischen ihm und der kleinen Mestrom mitbekommen habe. Ich war wirklich eine dumme Gans. Was habe ich nicht alles aus Liebe zu ihm gemacht.«

»Was meinen Sie?«

»Na, das wissen Sie doch. Die gefälschten Belege.«

»Sie haben mit ihm zusammengearbeitet?«

»Aus Liebe. Er hat mir das Blaue vom Himmel versprochen. Dass wir ein sorgenfreies Leben führen würden, nur wir beide. Dass es ganz einfach sein werde, an das Geld zu kommen. Es war dann ja auch ganz einfach.«

Frank beugte sich vor. »Wie sind Sie vorgegangen?«

»Ich habe in einem unbeobachteten Augenblick in Boshovens Labor Blankoformulare einstecken können. In unserem Büro habe ich dann die Blätter mit einem unserer Stempel versehen: Neue Kontonummer. Und die neue, also die falsche Nummer, habe ich dann mit der Hand eingetragen. Das war der schwierigste Teil. Ich habe dann die kleine Mestrom die Buchungen machen lassen. Der ist nichts aufgefallen, weil sie sich für ihre Arbeit nicht interessiert. Anschließend habe ich die falschen Belege abheften lassen. Selbst bei einer Betriebsprüfung wäre nichts aufgefallen.«

»Wo sind die 30 000 Euro gelandet?«

»Auf einem Konto, auf das nur Michael Zugriff hatte. Ich wollte nicht, dass mein Name irgendwo auftaucht.«

»Und das Geld liegt noch auf diesem Konto?«

Renate Pesch schüttelte den Kopf. »Er hat es verspielt oder in irgendwelche windigen Geschäfte gesteckt.«

Frank sah Ecki vielsagend an.

»Sind Sie nie auf die Idee gekommen aufzuhören?«, fragte Ecki nach.

»Zuerst nicht. Später ja. Aber Michael wollte nicht. Ich habe ihn angefleht, das Geld zurückzugeben, anonym. Aber er hat wie immer nur gelacht. Dann habe ich damit gedroht, ihn anzuzeigen, das war schon nach den Filmaufnahmen und nachdem er mit der Mestrom im Bett war, aber er hat auch da nur gelacht. Er würde meinen Film mit meinem Namen ins Internet stellen, hat er mir gedroht. Und da konnte ich nur noch still sein.«

»Und dann haben Sie beschlossen, ihn umzubringen?«

»Nein, ich habe lange mit mir gekämpft. Und dann habe ich in der Zeitung gelesen, dass Frauen, die töten, selten ein Messer benutzen. Und da habe ich gedacht, dass ich mir ein Messer besorgen muss.« Sie sah von Frank zu Ecki. »Kann ich eine Zigarette haben? Bitte.«

Ecki sah Renate Pesch erstaunt an. »Sie rauchen?«

»Nein, nicht wirklich. Nur wenn ich aufgeregt bin.«

Frank nickte. »Wir lassen Ihnen nachher eine Packung bringen.«

»Wie ging es dann weiter? Wo haben Sie sich das Messer besorgt?« Ecki war gespannt.

»Wir arbeiten mit einem Partyservice zusammen. Kraushof. Da ist es nicht weiter aufgefallen, dass ein Messer fehlte. Das kommt schon mal vor bei der Menge Veranstaltungen, die die beliefern.«

»Sie hatten also den festen Vorsatz, Michael Voogt zu töten. Bitte erzählen Sie uns ganz genau, wie der Tattag verlaufen ist.«

Bei dem Gedanken daran füllten sich Renate Peschs Augen mit Tränen.

»Brauchen Sie eine Pause?« Franks Zeigefinger schwebte über der Stopptaste des Aufnahmegeräts.

»Es geht schon. Wir haben uns gestritten. Wir waren alleine im Büro. Herr Böhling war unterwegs, Melanie Mestrom lag angeblich krank im Bett. Und die Arbeiter kommen eher selten ins Büro.«

»Worum ging es bei dem Streit?«

»Das war der Tag, an dem er mir gedroht hat, den Film ins Netz zu stellen. Da habe ich Panik bekommen. Wir haben uns angebrüllt. Er ist dann raus aus dem Büro. Ich wusste, dass er am Abend eine Versammlung in Bracht hatte.«

»Schweineblut.«

»Genau. Schweineblut.«

»Sind Sie mit Ihrem eigenen Auto gefahren?«

»Nein. Mein Auto sollte an diesem Tag Winterreifen bekommen. Mein Neffe regelt das für mich. Er ist Automechaniker in Neuss. Er hat mir den Leihwagen gebracht und meinen mitgenommen. Aber dann haben sie überraschend einen Unfallwagen reparieren müssen, sodass mein Neffe meinen Wagen erst am darauffolgenden Tag, am Samstag, fertigmachen wollte.«

»Und dann sind Sie mit dem Hyundai nach Bracht gefahren? Wie ging es dann weiter?«

»Ich bin zuerst in meine Wohnung gefahren. Ich wollte den Streit vergessen. Ich habe geputzt, dann habe ich gekocht. Aber als ich das Essen auf dem Teller hatte, ist mir schlecht geworden. Da habe ich gemerkt, dass ich etwas tun muss, um meine Ruhe wiederzufinden. Ich habe das Essen in den Abfalleimer gekippt, habe gespült und aufgeräumt. Aber der Druck war immer noch da. Dann bin ich noch einmal in die Firma zurück und habe das Messer geholt. Ich habe die ganze Zeit gedacht, dass ich das nicht tun darf. Aber etwas in mir war stärker. Das war mir unheimlich, aber ich habe mich nicht dagegen wehren können. Ich bin dann von Bolten direkt nach Bracht gefahren. Ich habe dieses Lied im Radio gehört, das mit dem Stern. Das Lied haben wir immer gehört, wenn wir zusammen waren. Da habe ich gewusst, dass ich ihn nur noch hassen kann. Dass es keinen Stern geben wird, der meinen Namen trägt. Ich wollte es einfach nur noch zu Ende bringen. Ich habe lange auf dem Parkplatz gewartet. Ich wollte ihn anrufen, damit er raus auf den Parkplatz kam. Aber ich hatte mein Handy vergessen. Ich weiß nur noch, dass es die ganze Zeit geregnet hat. Ich habe nur dagesessen, geraucht und nicht gewusst, was ich tun sollte.«

»Warum sind Sie nicht einfach umgekehrt?«

»Ich weiß es nicht. Ich ... ich ...«, sie schluckte, »ich konnte es nicht. Ich wollte etwas gegen dieses Gefühl in mir tun. Aber ich habe nicht gewusst, was. Ich habe im Auto gesessen. Plötzlich ging die Tür auf, und Michael tauchte unter dem Vordach auf, mit dem Handy am Ohr.«

»Hatten Sie keine Angst, erkannt zu werden?«

Renate Pesch sah Ecki erstaunt an. »Nein. Es hat den ganzen Abend geregnet. Der Parkplatz war leer.«

»Es gibt jemanden, der Sie gesehen hat.«

»Das kann nicht sein.« Renate Pesch überlegte. »Stimmt. Ja. Da war ein Hund. Und diese Frau. Sie hatte ein weites Regencape an. Einen Poncho. Stimmt.« Sie nickte. »Ich habe aber nicht gedacht, dass sie etwas merkt. Sie war auch nur ganz kurz auf dem Parkplatz.«

»Die Frau war weg, als Michael Voogt aus der Gaststätte kam?«

Renate Pesch nickte. »Wie gesagt, sie war nur ein paar Sekunden auf dem Platz. Bis sie ihren Hund wieder angeleint hatte.«

»Wie ging es dann weiter?«

»Als ich Michael gesehen habe, bekam ich Panik. Ich wollte weg. Dann habe ich das Messer gefühlt, das neben mir auf dem Sitz lag. Und da habe ich gewusst, dass es keine andere Lösung geben kann.«

»Wie ist das Ganze abgelaufen? Können Sie sich daran erinnern?«

»Ich weiß nicht. Ich glaube, dass ich die Autotür aufgemacht habe und ausgestiegen bin.« Sie sprach nicht weiter.

»Da hat Michael Voogt Sie gesehen?«

Renate Pesch atmete schwer. »Nein. Er stand halb mit dem Rücken zu mir, unter dem Dach.«

»Sprechen Sie ruhig weiter.« Ecki sah Renate Pesch freundlich an.

»Ich … ich kann nicht.« Renate Pesch begann, ihre Hände zu kneten.

»Brauchen Sie vielleicht doch eine Pause?«, fragte Frank teilnahmsvoll.

Sie schüttelte den Kopf.

Böllmann öffnete die Tür und machte ein Zeichen, dass sie nicht auf seine Anwesenheit achten sollten.

Renate Pesch sah Frank fragend an.

»Das ist der zuständige Staatsanwalt.«

»Ich habe Angst.«

Frank fluchte innerlich. Böllmann war wirklich zum falschen Zeitpunkt hereingeplatzt. Frank legte seine Hand auf ihren Unterarm. »Sie brauchen keine Angst zu haben.«

Bevor Renate Pesch weitersprach, sah sie Böllmann lange an.

»Wird's gehen?« Auch Ecki war nicht erfreut über den unerwarteten Besuch.

Renate Pesch nickte, sagte aber nichts.

Ecki wollte ihr helfen. »Sie haben gesagt, dass Voogt Sie zuerst nicht gesehen hat. Wie ist er auf Sie aufmerksam geworden?«

»Ich habe seinen Namen gesagt.«

»Laut oder leise?«

»Ganz normal, glaube ich. Ja, normal. Aber er hat nicht reagiert.«

»Haben Sie verstehen können, worum es in dem Telefonat ging?«

»Nein. Ich glaube aber, dass er Niederländisch gesprochen hat. Und ich habe gesehen, dass es das Firmenhandy war. Das Handy, das er angeblich schon vor einem halben Jahr verloren hatte.«

»Voogt sprach Niederländisch?«

»Ja. Aber das ist ja nichts Besonderes. An der Grenze sprechen viele Holländisch. Ist ja fast wie Platt.«

Frank war irritiert. Das Handy war bisher nirgendwo in den Akten aufgetaucht. »Er sprach also Niederländisch. Hm. Das mit dem Handy muss doch aufgefallen sein. Dass die Telefonfirma das Handykonto jeden Monat belastet hat.«

»Nein. Er wird Telefonkarten benutzt haben.«

»Hm. Das könnte sein. Und weiter?«

Renate Pesch atmete immer noch schwer. »Ich habe seinen Namen gesagt. Ein paarmal, aber er hat nicht zugehört.«

»Der Regen war vielleicht zu laut.«

»Ich weiß nicht.« Renate Pesch sah wieder zu Staatsanwalt Böllmann, der gerade den obersten Knopf seines Wintermantels öffnete.

»Ist auch nicht so wichtig.« Frank hatte ihren Blick gesehen.

»Ich habe dann einmal laut geschrien. Da hat er sich endlich umgedreht.«

»Ja?«

»Ich stand im Regen und war so wütend auf ihn. Weil er nicht auf mein Rufen reagiert hat. Und weil er so selbstgefällig ausgesehen hat, wie er dastand mit seinem Telefon. Als würde ihm die ganze Welt gehören. Dabei ist er auf allen nur herumgetrampelt. Er hat alles kaputt gemacht.« Tränen liefen ihr übers Gesicht.

»Wo hatten Sie das Messer zu diesem Zeitpunkt? Haben Sie es ihm da schon gezeigt?«

»Nein. Ich hatte es in meiner Jacke.«

»Und dann hat er Sie bemerkt?«

»Ja, er hat sich umgedreht. Und er hat mich ganz erstaunt angesehen. Er hat sein Handy in die Hosentasche gesteckt. Er hat mich angesehen. Nur angesehen.«

»Dann haben Sie zugestochen?«

Renate Pesch schüttelte den Kopf und versuchte, ihre Tränen zu trocknen. »Nein. Ich wollte nur mit ihm reden. Aber er hat mir nicht zugehört. Er hat nur gelacht. Und dann hat er mir wieder gedroht.«

»Ja?«

»Dann habe ich das Messer aus der Jacke gezogen. Er hat immer noch gelacht. Er hat gesagt: Was willst du mit dem Messer? Das steht dir nicht, geh nach Hause, heulen. Du traust dich ja doch nicht. Er hat sich über mich lustig gemacht. Und dann war da auf einmal das ganze Blut.«

»Was haben Sie gefühlt, als sie zugestochen haben?«

»Ich habe nichts gefühlt. Ich wollte nur noch weg.«

»Aber Sie sind nicht sofort weggerannt, nicht wahr?« Ecki sah auf den Rekorder. Viel Zeit blieb ihnen nicht mehr, bis das Band voll sein würde.

»Nein. Ich habe erst das Messer in eine Pfütze gehalten, um es sauber zu machen.«

»Und Sie haben das Abzeichen auf den Boden gelegt.« Ecki

blätterte in seinem Notizbuch, um den Eintrag zu finden. »Das von Raimund Kamphausen.«

»Woher hatten Sie das?« Für Frank war das immer noch eine zentrale Frage.

Renate Pesch zuckte mit den Schultern. »Das habe ich in der Brauerei gefunden.«

»Wie kann das sein?«

»Er hat es verloren.«

»Das verstehe ich nicht.«

»Michael hatte seine Bruderschaft zu einer Brauereibesichtigung eingeladen. Das war kurz nach der Übernahme der Firma durch Herrn Böhling. Die Bruderschaft ist in Uniform gekommen, weil der Chef den Besuch zu Werbezwecken nutzen wollte. Unser Fotograf, Detlef Ilgner, hat an dem Abend Fotos gemacht. Raimund Kamphausen muss dabei die Medaille verloren haben. Sie ist dann erst viel später wieder aufgetaucht, als wir unser Fasslager umgeräumt haben. Michael hatte sie seinem Freund ein paarmal bringen wollen. Aber dazu ist es dann nicht mehr gekommen.«

»Und warum haben Sie sie an sich genommen?«

»Das war ein Reflex. Sie lag im Büro auf Michaels Schreibtisch. Ich habe sie einfach eingesteckt. Warum, weiß ich nicht. Vielleicht, weil ich sie in Bracht abliefern wollte. Ich weiß es nicht.«

»Vielleicht wussten Sie da schon, dass Sie mit der Medaille eine falsche Spur legen wollten. Sie haben in der Brauerei an Voogts Schreibtisch gestanden, und da ist Ihnen die Idee gekommen, dass die Medaille Ihnen noch gute Dienste leisten würde.«

»Ich weiß es nicht.«

»Könnte es denn so gewesen sein? Dass Sie die Medaille in der Absicht eingesteckt haben, uns in die Irre zu leiten?«

Renate Pesch sah erst zwischen den Ermittlern hin und her und dann zu Böllmann, als hoffte sie, in seiner Miene die Antwort zu finden. Der Staatsanwalt begegnete ihrem Blick mit ausdruckslosem Gesicht.

»Kann es so gewesen sein?«, fragte nun auch Ecki.

»Ist das so wichtig?«

»Ja, das ist wichtig.« Ralf Böllmann nickte ernst.

»Ja, das könnte sein«, Renate Pesch nickte zögernd.

Damit wusste Frank, dass ihr Anwalt nicht auf eine Affekthandlung plädieren können würde.

»Werde ich lange im Gefängnis sein?« Renate Peschs Frage hatte etwas Kindliches.

Staatsanwalt Ralf Böllmann räusperte sich. »Das wird ganz davon abhängen, was die Ermittlungen ergeben. Es ist jetzt noch viel zu früh, über ein mögliches Strafmaß zu spekulieren.«

Renate Pesch flüsterte nur noch. »Ich habe das nicht gewollt. Aber er hat mir so wehgetan. Da wollte ich ihm auch wehtun. Er sollte spüren, wie es ist, wenn man so sehr verletzt wird. Ich wollte ihn nicht töten. Ich habe mich doch dagegen gewehrt. Ich weiß, dass ich in meinem Leben nicht mehr glücklich sein kann. Aber ich hatte keine Wahl. Etwas in mir war stärker und hat meine Hand aus der Jacke gezogen.«

»Was haben Sie danach getan? Als Sie das Messer abgewischt und den Orden hingelegt hatten?«, fragte Böllmann. Er hatte inzwischen sämtliche Mantelknöpfe geöffnet.

»Ich weiß es nicht mehr.«

»Sie können sich wirklich nicht erinnern?«

Renate Pesch sah Frank an. Erneut liefen ihr Tränen übers Gesicht. »Ich möchte nicht im Gefängnis sterben. Ich habe doch noch nichts von meinem Leben gehabt. In meinem Leben gabs bisher nur Dreck.«

»Woran erinnern Sie sich noch?«, hakte Böllmann nach.

Sie schluchzte. »Ich bin weggefahren. Aber nicht nach Hause. Ich bin stundenlang unterwegs gewesen. In Bracht, in ganz Nettetal, in Viersen. In Mönchengladbach bin ich an den

Geschäften vorbeigelaufen. Ich habe nichts denken können. Ich habe nur das Blut vor mir gesehen und wie er da am Boden gelegen hat.«

»Und dann?«

»Irgendwann in der Nacht bin ich nach Hause gekommen. Ich habe eine Flasche Wein aufgemacht, und dann habe ich nach Tabletten gesucht. Aber ich hatte nicht genug. Und ich hätte es auch nicht getan. Ich habe die ganze Nacht nicht geschlafen.«

»Sie wollten sich umbringen?«

»Ich hätte es nicht gekonnt.« Ängstlich sah sie den Staatsanwalt an. »Was passiert jetzt mit mir?«

»Sie werden hierbleiben müssen. Mich interessiert noch eine Frage: Was haben Sie mit dem Messer gemacht?«

»Mein Neffe hat das Messer am Samstag im Auto gefunden und es mir gegeben.«

»Hat er sich nicht gewundert?«

Renate Pesch schüttelte den Kopf. »Ich habe ihm gesagt, dass der Caterer kurz den Wagen gebraucht hat, um noch ein paar Sachen auszuliefern. Und dass er das Messer mitgenommen hat, um ein Spanferkel aufschneiden zu können.«

»Wo ist das Messer jetzt?«

»Keine Ahnung. Vermutlich auf irgendeiner Weihnachtsfeier im Einsatz.«

»Frohe Weihnachten!«

»Aber Ihr feiert doch gar kein Weihnachten, Cengiz.«

»Dennoch kann ich euch Christen doch ein schönes Fest wünschen. Wir Moslems lieben alle Menschen.« Der Kioskbesitzer schob Frank ein Sixpack entgegen.

»Du weißt, dass ich das nicht annehmen darf. Ich bin Polizist.«

»In der Heimat meiner Väter sagt man: Wer andere beschenkt, beschenkt sich selbst.«

Frank musterte Cengiz skeptisch. »Bist du dir da sicher, oder hast du dir den Spruch vielleicht gerade erst ausgedacht? – Cengiz, sei ehrlich.«

Cengiz lächelte verschmitzt. »Ich bin ehrlich, und deshalb müssen ehrliche Menschen sich helfen. Sagt mein Vater. Und meinem Vater darf ich nicht widersprechen. Außerdem hat er gesagt, Cengiz, wenn du den Kommissar siehst, dann bestell ihm schöne Grüße von mir und dass er das Bier mit seiner Freundin trinken soll. Denn man weiß nie, wie lange die Freude dauert.«

Frank gab seinen Widerstand auf und legte seine Hand auf den Karton. »Ich trinke ein Bier auf dein Wohl, Cengiz. Und auf das Wohl deiner ganzen Familie.«

»Sehen Sie, Herr Kommissar, was habe ich gesagt? Ehrliche Menschen helfen sich.«

Frank ahnte das Unheil schon. »Wie muss ich das verstehen?«

»Ich habe ein klitzekleines Problem, Herr Kommissar. Ich bin vor einer Woche über die Theodor-Heuss-Straße gefahren. Und dabei habe ich die Apparate übersehen.«

»Nicht schon wieder! Die Apparate heißen Starenkasten, Cengiz.«

»Kann sein, Herr Kommissar, als ich weitergefahren bin, war da noch so ein Starennest.«

»Noch ein Starenkasten.«

»Sag ich doch.«

»Wie schnell warst du?«

Cengiz machte ein betrübtes Gesicht. »Das weiß ich nicht.«

Frank grinste. »Du wirst es noch früh genug erfahren, Cengiz. Wie jedes Mal. Ganz sicher.«

»Ich habe gedacht, dass Sie Ihre Kollegen …« Cengiz blieb mit der Stimme am Satzende oben und machte eine vage Handbewegung.

»Nee, mein Lieber, du weißt, dass das nicht mein Ressort ist.«

»Hat mein Vater auch gesagt.«

»Dann sind wir uns ja einig. Denn deinem Vater darfst du ja nicht widersprechen, Cengiz. Fröhliche Weihnachten.« Frank nahm das Bier und die aktuelle Ausgabe der *bluesnews* vom Tresen und verließ den kleinen Kiosk.

Cengiz' »Fröhliche Weihnachten« klang ihm kummervoll hinterher.

Kurz vor seiner Wohnungstür klingelte Franks Mobiltelefon.

Frank hoffte, dass es nicht die Leitstelle war, und meldete sich.

»Wann?« Frank blieb wie angewurzelt stehen und ließ die Hand sinken. Er hatte die Weihnachtsfeier der Band völlig vergessen!

Nach der Schrecksekunde drückte er das Handy wieder an sein Ohr.

»Wie war es denn?«, fragte Frank pflichtschuldig.

»Wir haben jede Menge Spaß gehabt. Und das Essen beim Libanesen ist einfach göttlich. Um zwei hat der Wirt den Laden hinter uns abgeschlossen. Schade, dass du nicht dabei sein konntest.«

Claus klang immer noch müde.

»Wir haben endlich unsere Ermittlungen abschließen können.«

»Dann kannst du ja jetzt in Ruhe Weihnachten feiern.«

Frank ließ das Handy sinken. Die Stimme kam nicht aus dem Telefon.

Frank drehte sich um und sah in grinsende Gesichter. Die komplette Band samt Frauen stand hinter ihm. Bassist Wimo schwenkte zwei Flaschen Rotwein wie Kirchenglocken. Auch die anderen Musiker hatten Flaschen in den Händen, außerdem bemerkte Frank in seiner Verwirrung mehrere Körbe.

»Fröhliche Weihnachten«, klang es im Chor.

Kopfschüttelnd, aber lachend begrüßte Frank seine Freunde.

Lisa stand schon mit breitem Grinsen in der Tür, als Frank die Treppe heraufkam.

In der Küche wurde es eng, aber sie fanden alle Platz. Der Grundriss der an sich geräumigen Küche wurde vollends zur Herausforderung, als Gertrud und Heinz-Jürgen Schrievers klingelten und wenig später auch noch Ecki und Marion in der Küche standen.

Es wurde ein langer und ausgelassener Weihnachtsabend in der Wohnung des Kriminalhauptkommissars Frank Borsch in Eicken.

Spät am nächsten Tag stand Frank in seiner Küche an der Spüle und konnte sich trotz der alkoholbedingten Nebelschwaden, die sich schmerzhaft in seinem Kopf festgesetzt hatten, vor allem an zwei Dinge erinnern: Gertrud Schrievers hatte Gästekarten für »ihren« Weinball verteilt. Heinis alleinstehender Vetter Herbert hatte nämlich beim Vogelschuss den Vogel von der Stange geholt und sie als »erfahrene Regentin« gefragt, ob sie beim nächsten Schützenfest in Dam nicht »seine« Königin sein wolle. Außerdem hatte die designierte »Herrscherin« Fotos von den Kleidern herumgezeigt, die sie zum Schützenfest tragen würde. Und sie sahen genauso aus, wie Frank sie sich in seinen schlimmsten Träumen nicht hätte vorstellen können. Aber die Frauen hatten ihren Spaß und übertrafen sich übermütig lachend mit guten Ratschlägen für die anstrengende Schützensaison. Vor allem Gertruds Ankündigung, sich nicht auf die Sonnenbank zu legen, sondern fachmännisch von einem Automaten einsprühen zu lassen, erntete johlende Zustimmung. Alle wollten mitkommen, wenn Gertrud Schrievers sich in einer speziellen Sprühkammer eine nahtlose Bräune verpassen lassen würde. Ganz im Dienste ihrer schulterfreien Abendrobe.

Außerdem hatte Frank gelernt, dass es für Männer »Kirmeshosen« gab, die während des Schützenfestes ständig gewaschen werden mussten, weil sie den Folgen des übermäßigen Bier- oder Frittenkonsums nicht gewachsen waren.

Und Frank hatte ungläubig zur Kenntnis nehmen müssen, dass ihr neuer Gitarrist David zwar aussah wie die deutsche Ausgabe von Mark Farner von Grandfunk Railroad, in seiner Freizeit aber genauso gerne die Uniform seiner Bruderschaft anzog, wie er die Akkorde von *All along the watchtower* durch seine Marshall-Box jagte.

Frank sah auf die Straße hinaus. Vor dem Fenster wirbelten erneut Schneeflocken. Sie schienen in ihrem schwerelosen Spiel den Rhythmus seiner Kopfschmerzen aufgenommen zu haben.

Mir bleibt aber auch nichts erspart, dachte er, während in seinem Wasserglas ein Aspirin sprudelnd auf und ab tanzte.

Stefan Holtkötter

Schneetreiben

Ein Münsterland-Krimi. 288 Seiten. Piper Taschenbuch

Innerhalb kurzer Zeit versinkt ein ganzer Landstrich im Schnee. Bäume knicken wie Streichhölzer um, die Stromversorgung bricht zusammen, Straßen und Schienennetze sind unpassierbar. Das Nest Birkenkotten ist wie viele andere Dörfer von der Außenwelt abgeschnitten. Mit dem Unterschied, dass hier kürzlich ein bestialischer Mord passiert ist und die Spur eines entflohenen Vergewaltigers in die ländliche Idylle führt. Hauptkommissar Hambrock, durch einen Zufall mit eingeschneit, bleibt nicht viel Zeit, um den Mordfall aufzuklären. Denn jeden Moment kann der Täter wieder zuschlagen … In seinem packenden Münsterland-Krimi zeichnet Stefan Holtkötter eine nur scheinbar idyllische Welt, hinter der sich Abgründe auftun.

05/2446/01/L

John Burdett

Der buddhistische Mönch

Thriller. Aus dem Amerikanischen von Sonja Hauser. 397 Seiten. Piper Taschenbuch

Sonchai besitzt genug Erfahrung für zwei Leben. Doch niemals zuvor hat der Polizist des berüchtigten achten Bezirks von Bangkok ein Verbrechen mit ansehen müssen, das ihn so erschütterte. Nun treibt ihn nur noch eines an – die Jagd auf die Mörder seiner Ex-Geliebten Damrong … Abgründig, rasant und erfüllt von der brodelnden Atmosphäre Bangkoks erzählt John Burdetts Thriller von einem perfiden Verbrechen und seiner schockierenden Auflösung.

»Spannend, kenntnisreich und witzig – eine gute Mischung!«
Der Standard

05/2451/01/R

Gisa Pauly

Tod im Dünengras

Ein Sylt-Krimi. 320 Seiten.
Piper Taschenbuch

Erik Wolfs Strandspaziergang mit Mamma Carlotta, seiner italienischen Schwiegermutter, ist ganz beschaulich – bis der Kriminalhauptkommissar in den Sylter Dünen einen Toten entdeckt. Das nächste Mordopfer lässt nicht lange auf sich warten: Utta Ingwersen liegt tot in ihrer Boutique. Erik findet heraus, dass sich deren Mann kurz zuvor eine Auseinandersetzung mit einem italienischen Schutzgelderpresser geliefert hat. Wenig später wird der Mafioso selbst erschlagen aufgefunden. Der allerdings kommt Mamma Carlotta merkwürdig bekannt vor. Sie mischt sich in die Ermittlungen ein – unterstützt von der italienischen Tante des Toten, die zum Entsetzen von Erik ebenso viel und laut redet wie seine Schwiegermutter …

05/2441/01/L

Wolfgang Burger

Echo einer Nacht

Ein Fall für Alexander Gerlach.
288 Seiten. Piper Taschenbuch

Schon seit Wochen ist der kleine Gundram wie vom Erdboden verschluckt. Kein Wunder, dass der Heidelberger Kriminalrat Gerlach unter Druck steht – die Eltern und die Medien erwarten endlich Erfolge, und auch die Staatsanwaltschaft wird immer nervöser. Da passt es ihm eigentlich gar nicht, dass seine Töchter ihm von einem weiteren möglichen Entführungsfall erzählen: In der Nachbarschaft einer Freundin soll ein kleiner Junge verschwunden sein. Immer mehr deutet darauf hin, dass es sich um einen Serientäter handelt. Ein Wettlauf mit der Zeit beginnt.

05/2447/01/R

Franz-Josef Körner

Bamberger Bluthochzeit

Historischer Roman. 368 Seiten. Piper Taschenbuch

Man schreibt das Jahr 1208: In Bamberg bereitet man sich auf die bevorstehende Hochzeit von Beatrix, der Nichte des Königs Philipp, und dem Bruder des Bamberger Bischofs Eckbert vor. Doch dann entdeckt ein Mönch im Klostergarten von St. Michael die Leiche einer jungen Frau, die offenbar ermordet wurde. König Philipp und Bischof Eckbert benennen zwei Ermittler, die den Fall so rasch wie möglich aufklären sollen: Lupold, Kanzler des Königs, und Tankred, bischöflicher Kaplan. Während die ersten Gäste eintreffen, geschehen zwei weitere Morde, und das Leben des Königs scheint bedroht. Ein Mittelalterroman voller Aroma und Spannung über ein dramatisches Ereignis, das wirklich stattgefunden hat.

05/2438/01/L

Wolfram Fleischhauer

Der gestohlene Abend

Roman. 364 Seiten. Piper Taschenbuch

Es ist die Leidenschaft zur Literatur, die Matthias an die berühmte Hillcrest Universität nach Kalifornien treibt. Dort lernt er die attraktive, undurchschaubare Janine kennen – und es ist ausgerechnet ihr Freund David, der Matthias den ersehnten Zutritt zum innersten Kreis von Hillcrest verschafft. Welches Geheimnis aber steckt hinter den neuen Thesen, die dort gelehrt werden? Und warum zieht David gerade seinen Widersacher ins Vertrauen?

»Ein spannender, vielschichtiger Campusroman voller literarischer Bezüge, der neben der Krimihandlung auch mit philosophischen Denkfiguren jongliert.«
Stuttgarter Nachrichten

05/2452/01/R